ullstein

Das Buch

Einen Fremden bekommen sie nicht oft zu Gesicht, die Bewohner des engen Tals hoch oben in den Alpen. Und so reagieren sie denn auch äußerst abweisend, als kurz vor Wintereinbruch ein junger Mann mit einem Maultier in ihr winziges Dorf kommt. Er stellt sich als Greider vor, behauptet, er sei Maler, und bittet um Unterkunft. Die Dorfbewohner sind misstrauisch, denn bald wird der Schnee ihm den Rückweg in die Ebene abschneiden und ihn dazu zwingen, den ganzen Winter bei ihnen zu verbringen. Doch von den prall mit Gold gefüllten Beuteln, die der Fremde mit sich führt, lassen sie sich schließlich überzeugen, ihn bei einer Witwe und ihrer jungen Tochter einzuquartieren. Mit der Zeit scheint man sich im Dorf an Greiders Anwesenheit zu gewöhnen, beäugt man ihn nicht mehr gar so argwöhnisch. Dann fällt das erste Weiß und macht die Abgeschiedenheit des Tals vollkommen – wie jedes Jahr. Doch die Dinge geraten aus ihrem gewohnten Gang, als zwei Männer bei dramatischen Unfällen zu Tode kommen. Und als klar wird, wer hinter den scheinbar zufälligen Todesfällen steckt, ist es längst zu spät, den folgenden Sturm der Gewalt noch aufzuhalten.

Der Autor

Thomas Willmann, Jahrgang 1969, sammelte erste journalistische Erfahrungen während eines Auslandssemesters in Los Angeles. Heute lebt er als freier Kulturjournalist, Autor und Übersetzer in München. *Das finstere Tal* ist sein erster Roman, er avancierte bereits kurz nach Erscheinen zum gefeierten und erfolgreichen Geheimtipp und wurde mit dem Stuttgarter Krimipreis für das beste Debüt 2010 ausgezeichnet.

Thomas Willmann

Das finstere Tal

Roman

Ullstein

Besuchen Sie uns im Internet:
www.ullstein-taschenbuch.de

Neuausgabe der Lizenzausgabe im Ullstein Taschenbuch
1. Auflage August 2013
© Verlagsbuchhandlung Liebeskind 2010
Umschlaggestaltung: ZERO Werbeagentur, München
Titelabbildung: © plainpicture/arcangel/Roy Bishop
Satz: Frese Werkstatt, München
Papier: Pamo Super von Arctic Paper Mochenwangen GmbH
Druck und Bindearbeiten: CPI – Clausen & Bosse, Leck
Printed in Germany
ISBN 978-3-548-28553-5

Für
meine Eltern
Rolf, Gretel und Christine

Die knorrige Hand fuhr hinein in das wurlende Knäuel neugeborenen Lebens. Sie scherte sich nicht um das Maunzen der Kätzchen und die Wischer ihrer bekrallten Tatzen. Sie erkundete die Kräftigkeit und das Geschlecht der kleinen Körper, drehte hin und wieder eines der noch blinden Gesichter ins Licht des großen Petroleumlüsters, der über dem Weidenkorb mit den Tieren hing. Dann wurden kurz die zahnlosen Mäuler betrachtet, auf Fauchen oder Jammern gehört.

Lange dauerte es nicht. Dann hatte die Hand drei strampelnde Leiber aus dem Haufen der Brüder und Schwestern gelupft.

»De, de und de«, erging das Urteil.

Die drei Kätzlein wurden auf einen weiblichen Arm gehoben und zurück zu ihrer Mutter gebracht, die – noch immer benommen von der Anstrengung der vielfachen Geburt – beim Ofen lag.

Ein bärtiger Mann packte den Korb mit den Übrigen, trug ihn zur Stube, zum Haus hinaus. Er ging den kurzen Weg zur Scheune, pflanzte sich drei Schritt vor den harten Brettern ihrer Seitenwand auf. Dann packte er eins nach dem andern die Kätzlein aus dem Korb, den er in die Beuge des linken Arms gehängt hatte, und derschmiss sie.

I

Als der Fremde mit seinem Maultier das Hochtal erreichte,
lag in der Luft schon der Geruch des ersten Schnees. Der
Atem des Mannes und des Tieres malte kleine Wolken in die
klare Luft, und er ging schwer – die beiden hatten den felsi-
gen Anstieg hart genommen, um vor dem Mittag ihr Ziel zu
erreichen.

In dem kleinen Dorf, das sie unten hinter sich gelassen
hatten, war die Sonne noch über einem Herbsttag aufgegangen, dem die letzte Erinnerung an die Wärme des Sommers
in den Spinnweben hing. Hier oben aber konnte man bereits
den Winter ungeduldig mit seinen Knochen klappern hören.

Vom Fuß der Bergkette aus, wo im Morgengrauen der
Weg des Fremden begonnen hatte, bot sich selbst dem Kun-
digen kein sichtbarer Hinweis auf die Existenz des Hochtals,
in das er mit seinem Packtier nun einschritt. Zu hoch gelegen,
zu schmal und langgezogen war die Kluft zwischen den Felswänden, die den einzigen Zugang bildete. Und der Pfad dorthin war wenig mehr als ein halbverwitterter Fußsteig – viel
Verkehr herrschte nicht, hatte nie geherrscht zwischen den
Bewohnern der Ebene und denen des riesigen Felskessels hier
in der Höhe. Dass dort so nah unter dem Himmel jemand
lebte, war unten kaum mehr als eine halbvergessene Legende. Und das war den Leuten hier oben gerade recht so.

Der fremde Mann – ein schlanker, kräftiger Bursche von
etwas mehr als zwanzig Jahren – war in jene Stoffe gekleidet,
aus denen man hier in der Gegend das Gewand wirkte: wild-

9

lederne Hosen, ein Hemd aus Leinen, Jacke aus Loden, die Knöpfe aus Hirschhorn. Aber all das hätte zusammengenommen selbst dann keine der örtlichen Trachten ergeben, wenn nicht zwei Kleidungsstücke überhaupt ungewohnt geschienen hätten – ein Paar spitze, ausgetretene braune Lederstiefel und ein heller Staubmantel. Alles außer ebendiesen beiden Dingen machte den Eindruck, dass es zwar schon eine Weile seinen Dienst auf einer nicht allzu komfortablen Reise tat, dass es aber erst zum Zweck ebendieser Reise angeschafft und nicht schon Jahre im alltäglichen Gebrauch war. Es schien nicht wirklich zu diesem Körper zu gehören, es wirkte an ihm wie die Tarnung mancher Tiere, die sich an ihre Umgebung anpassen, um nicht von ihren Feinden verschlungen zu werden – oder um ihre Beute in Sicherheit zu wiegen. Sein Gesicht war klar geschnitten und seine Haut von einer Glätte, die einer scharfen Rasur geschuldet sein mochte oder der bloßen Jugend. Doch in seinen Augen saß Entschlossenheit. Als hätten die schon mehr als nur dieses Leben gesehen.

Das Maultier war beladen mit reichlich Gepäck – allerdings nicht mehr, als einer anhäufen würde, der beabsichtigt, seine Habe längere Zeit mit sich zu tragen. Nur zwei lange, rohrförmige Lederfutterale und eine offenbar zusammengeklappte Apparatur aus mehreren Holzstreben schienen fehl am Platze für einen einsam Reisenden, der darauf bedacht ist, nur das Nötige mit sich zu führen.

So kamen also Mann und Tier aus dem Schatten des schmalen Felsdurchgangs, der das karge, steinige Antlitz des Bergmassivs ein gutes Stück über dessen halber Höhe durchschnitt und sich auf eine riesige Ebene hin öffnete, die umschlossen von Gipfelketten in unvermuteter Ruhe und einsamer Fruchtbarkeit lag. Es war ein Ort, der sich selbst genügte, der kein Außen duldete. Er wehrte sich nicht gegen

Besucher – aber er schloss hinter ihnen sofort wieder den Durchlass zu jeder anderen Welt. Wer hierherkam, den verleibte er sich ein. Es mochte einen knappen Tagesmarsch dauern, den ganzen, länglich ovalen Saum der Ebene abzuschreiten, die umfangen war von steilen Felswänden und finsteren, hageren Bergwäldern. Der Fremde aber blieb auf dem Weg, der sich vom Schlund des Durchgangs entlangzog, durch das Hochtal hindurch und auf die Ansiedlung hinzu, die sich etwa in dessen Mitte befand.

Die Sonne stand hoch, und die Luft war klar und kalt, so dass die Ebene weithin vor ihm ausgebreitet lag. Sie bot das Bild einer Stätte, wo man beizeiten eingefahren hatte, was der Herr in seiner Güte gab – weil man nicht auf die allzu lange Dauer dieser Güte vertrauen mochte. Felder und Früchte waren abgeerntet, das Heu war gemacht, nur wenig Vieh wurde noch ins Freie zum Grasen geschickt. In Frühjahr und Sommer mochte das Blühen, Sprießen und Wuchern einem in seiner Gewalt fast den Atem nehmen, denn Boden und Witterung verliehen der Ebene eine in dieser Höhe unerwartete Üppigkeit. Nun aber war der Natur bereits alles geraubt, was in den kommenden Monaten der Entbehrung den Menschen Nahrung geben konnte, und der unverwertbare Rest stand in trügerischem Trotz und harrte des Todes durch den ersten Frost.

Jetzt, da sein Wegziel so gut wie erreicht war, nahm sich der Fremde Zeit, ließ das zuvor so harsch angetriebene Maultier gemächlich einhertrotten, gönnte ihm gelegentliche Bissen vom Gewächs am Wegrand. Immer wieder blickte er sich um im Rund der Ebene, schien ihr Bild mit den Augen aufzusaugen, er lauschte, schnupperte. Als wäre er an den Ort einer lang vertrauten Legende gekommen und müsse nun jeden Eindruck korrigierend, ergänzend, bestätigend vergleichen mit der Vision, die er schon seit Jahren im Kopf trug.

Als wolle er seine vorläufige Einsamkeit an diesem Ort auskosten und den Moment hinauszögern, an dem er hier auf einen Menschen treffen würde.

Wieder und wieder ging sein Blick nach oben, suchte den Saum der Bergrücken ab – bis er schließlich das einzige Gipfelkreuz entdeckte, das den Kesselrand zierte. Lange verharrte er in dessen Betrachtung.

Schließlich aber war doch der Zeitpunkt gekommen, an dem sich unleugbar bewies, dass er nicht allein war hier im Tal. Von weitem schon hatte er die Gestalt gesehen – ein kleiner Bub, der nahe dem Weg im Gras spielte. Anfangs hatte er ihn nicht genau ausmachen können, aber bald war er nahe genug, um das helle Hemd, die dunklen Hosen und das braune Gesicht unter dem struppeligen schwarzen Haar zu erkennen. Eine ganze Weile schritt er auf dem Weg dahin, ehe auch der Bub ihn zu bemerken schien. Er hörte auf zu spielen, richtete sich auf, stapfte durch die hohe Wiese zum Rand des Weges und blieb dort stehen, den Blick starr auf den Fremden mit seinem Maulesel gerichtet, der da auf ihn zukam.

Sie hatten einander nun fest in den Augen, aber noch war die Strecke zwischen ihnen zu weit, um sie mit freundlicher Stimme zu überbrücken. Das Kind stand stocksteif da, die Fäuste in die Hosentaschen gestemmt – und dem Mann schien seinerseits ein Winken nur falsch und gespielt wirken zu können. So blieb ihm nichts, als festen Schrittes voranzugehen. Doch nun war sich jede seiner Bewegungen der Beobachtung bewusst, sein Gang verlor jede natürliche Selbstverständlichkeit und bemühte sich um einen Eindruck von freundlicher Gesinnung, harmlosem Wohlwollen.

Nach einer Ewigkeit, in der die Schatten des frühen Nachmittags nicht einmal einen Zentimeter vorankamen, waren die beiden sich endlich nahe genug, um ohne großes Heben der Stimme eine Unterhaltung zu führen. Doch sie schwiegen noch immer. Der Fremde verlangsamte seinen Gang, lächelte dem Buben, der ihm kaum bis zur Hüfte reichte, zu. Im Blick des Kindes aber lag nichts Freundliches. Groß und dunkel waren seine Augen, die ohne Scheu in die des Mannes starrten und ihn dann von oben bis unten musterten. Die Augenwinkel und die blassen Lippen bargen etwas Verkniffenes, das zu alt war für die Lebensjahre des Kindes. Selbst wenn der Fremde einem so jungen Gesicht echten Hass zugetraut hätte, wäre dieser noch etwas zu Lebendiges gewesen für das, was er in diesen Zügen sah.

Das Kind schwieg. Der Mann war stehen geblieben, obwohl der Bub ihm nicht den Weg versperrte. Lange Atemzüge verharrten sie so. Dann, gerade als der Fremde zu einem Wort anheben wollte, zog das Kind die Fäuste aus den Taschen, drehte sich um und rannte quer über die Wiese fort, auf das Dorf zu, das in der Ferne zu erkennen war.

Was sollte hinter alldem mehr gesteckt haben als das verständliche Verhalten eines Kindes, das wohl in seinem ganzen Leben nie jemanden gesehen hatte, den es nicht aus der kleinen Gemeinschaft der Talbewohner kannte? Es war hier keine Gegend, die zur Neugier und Offenheit erzog und wo das Unbekannte willkommen war.

Aber dem Mann blieb nach der Begegnung mit dem Kind ein seltsames Gefühl. Es schien unzweifelhaft, dass er im Dorf erst ankam, nachdem Kunde von ihm schon längst eingetroffen war. Kein Mensch war zu sehen vor den Höfen, die den Weg in die Siedlung säumten, doch sobald er an einem von ihnen vorbei war, meinte er, hinter sich das Geräusch sich öffnender Fensterläden zu hören.

Das Dorf war eine Ansammlung von vielleicht zwei Dutzend dunklen Gebäuden, die jenen wenigen Bauernhöfen gli-

13

chen, die versprengt im Tal lagen. Die Siedlung hatte etwas trutzig Gedrängtes, als hätten ihre Erbauer nur deswegen widerwillig die Nähe zueinander gesucht, weil die Abneigung gegen die übrige Welt in ihnen einen Druck aufbaute, der alles Auseinanderstrebende niederhielt. Das Dorf wirkte wie eine Art zweiter Festung inmitten des Schutzwalls des Bergkessels – aber man hätte nicht leicht entscheiden mögen, ob es eine weitere Verteidigungslinie gegen Eindringlinge von außen war oder ob es eine Wehrgemeinschaft war gegen den von der Natur geschaffenen Ort selbst, der sie duldete und umschloss.

Jedenfalls spazierte der Fremde unbehelligt und allein in das Dorf hinein wie in eine aufgelassene Burg. Doch kaum war er auf dem engen Hauptplatz angelangt, endete auch diese Illusion. Dort waren, wie zufällig, mehrere kräftige Männer mit runden, schwarzen Hüten versammelt. Viel Anstalten machten sie nicht, vorzugeben, hier mit anderem beschäftigt zu sein als dem Warten auf seine Ankunft. Der Fremde grüßte sie freundlich, aber stumm mit einem Kopfnicken.

Die Männer kamen näher, bildeten um den Eindringling, der auf der Mitte des Platzes mit seinem Maultier zum Stehen gekommen war, einen Halbkreis, der nur wenig enger hätte werden müssen, um unverhohlen bedrohlich zu sein. Rundum öffneten sich allmählich Türen und Fenster, Menschen kamen aus den Gassen, so dass sich die Ränder des Platzes bald mit leise tuschelnden Zuschauern füllten. Die Männer, die dem Fremden gegenübertraten, ein halbes Dutzend an der Zahl, hatten zum Teil gerade erst die Jugend hinter sich gelassen, zum Teil waren sie gerade noch im besten Mannesalter. Der Jüngste hatte seine Wangen, die in der Kälte rosig leuchteten, glatt rasiert; zwei trugen Schnauzbärte, einer einen buschigen Backenbart, zwei sauber gestutzte, schwarze Vollbärte – aber nichts davon konnte die Ähnlichkeit ihrer Gesichter verbergen. Hätte man nur die zwei Männer gesehen, die sich am wenigsten glichen, so wären sie einem noch immer erkennbar als Typen einer Region erschienen. Durch die anderen vier aber waren ihre Gemeinsamkeiten wie die Unterschiede über so vielfältige, feine Stufen vermittelt – fand sich jeder Zug, der einen der Männer speziell auszuzeichnen schien, in wenigstens einem der anderen wieder –, dass höchstens der Grad, nicht aber die Tatsache ihre Verwandtschaft untereinander zweifelhaft schien.

Das erste Wort sprach einer der beiden Vollbärtigen, offenbar der Älteste in dem Halbkreis, in dessen Mitte er dem Fremden genau gegenüberstand.

»Grüß dich.«

»Grüß euch«, antwortete der Neuankömmling, mit einem langsamen, unbeugsamen Blick durch das Halbrund.

»Bist fremd hier.«

Ob Frage oder Feststellung war nicht zu entscheiden. Der Mann nickte.

»Wer bist du?« Die Frage kam hart, gerade, in den kehligen Lauten des hiesigen Dialekts.

»Greider«, antwortete der Fremde, noch knapper, grader heraus.

»Und was willst?«

»Quartier.«

»Wirst net finden. Mir brauchen keine Fremden. Is kei guade Zeit, es kommt bald der Schnee. Dann kommst nimmer nunter. Schaug lieber, dass d' glei umkehrst.«

Greider stand still da, als seien die Worte nicht an ihn gerichtet. Ruhig und gleichmäßig dampfte sein Atem in der kühlen Luft, durch die – obwohl kaum Wolken zu sehen waren – zitternd vereinzelte Schneekörner tanzten.

»Hast net g'hört? Umkehr'n sollst. Gibt für Fremde nix hier im Tal.«

Wieder blieb Greider stumm, als hätten die Worte einem anderen gegolten und als wartete er darauf, endlich angesprochen zu werden.

Die Stimme des anderen – bisher von einem nachsichtigen Ton, als spräche sie zu einem, der unwissentlich einen Fehler gemacht hatte – wurde eisiger.

»Was willst überhaupt hier?«

Nun endlich antwortete Greider, höflich, ganz selbstverständlich und indem er auf die langen, runden Lederfutterale und die seltsame, zusammengeklappte Holzkonstruktion zeigte, die auf dem Rücken seines Maultiers festgezurrt waren:

»Malen.«

Ein fast erschrockenes Tuscheln und Raunen brandete rings auf – ›Was hat er gesagt? Malen? Wirklich Malen?‹

Einen kurzen Moment blickte auch der Bärtige verdutzt, aber dann, als er wusste, dass nun alle auf seine Antwort warteten – denn es schien völlig ohne Zweifel, dass er allein hier Wort zu führen hatte –, da fragte er, so laut, dass jeder es sicher hören konnte, und voll höhnisch gespielter Freundlichkeit:

»Ah so, mahlen willst? Mir ham aber schon an Müller!«

Das rief johlendes Gelächter im Rund hervor. Nur Greider verzog so wenig die Miene wie die sechs Männer, die um ihn standen.

Ganz ernst und betont höflich, als hätte ihn der andere tatsächlich missverstanden, sagte er:

»Net Müller. Maler. Bilder will ich malen.«

Da war nun der Bärtige um eine Antwort verlegen. Greider nutzte den Moment, um erstmals ungefragt zu sprechen. Als hätte der andere nicht erklärt, dass es so etwas hier nicht gebe, sagte er:

»Ich zahl's Quartier auch gut.«

Währenddessen machte er sich an einer seiner Satteltaschen zu schaffen, öffnete ihre Riemen, griff hinein. Sofort wurde der Halbring der Männer um ihn enger, ihre Körper spannten sich, schienen zum Sprung auf ihn bereit. Greider aber holte in aller Ruhe einen faustgroßen Lederbeutel aus der Tasche und warf ihn dem Bärtigen zu. Als jener ihn aus der Luft fing, hörte man das Scheppern und Klirren von Metall.

Der Bärtige schien einen Moment unsicher, als traute er dem Säcklein nicht. Greider forderte ihn mit einem Nicken auf, es zu öffnen. Der Bärtige lockerte den Zugriemen, der den Beutel geschlossen hielt, weitete die Öffnung und griff hinein.

Heraus zog er eine goldene Münze.

Er hielt sie zwischen Daumen und Zeigefinger hoch, so dass alle rundum sie sehen konnten. Dann ließ er das Säckchen in der Linken klimpern, um ihnen wortlos einen Eindruck zu geben, welch handfesten Schatz er da hielt. Sofort wurde das Tuscheln wieder reger.

Greider lächelte den Bärtigen an, der sichtlich ins Nachdenken gekommen war. Wägend blitzten die Augen unter der Hutkrempe hervor, huschten zwischen der Münze und Greider hin und her; zwei-, dreimal noch prüfte seine Hand das Gewicht des prallen Beutels.

»Wie lang hast g'sagt willst bleiben?«, fragte er den Fremden misstrauisch, keinen Zweifel lassend, dass lang noch nicht entschieden war, ob das Bleiben überhaupt möglich sein werde.

»An Winter.«

»Wird net reichen für an ganzen Winter, der Beutel«, sagte der Bärtige, aber man merkte ihm an, dass er nicht recht sicher war, ob ihn seine Gier da zu viel wagen ließ.

»Hab schon noch«, meinte Greider – so, als wäre es ganz

selbstverständlich, dass eine Summe, die er unten in einem
der feinen Hotels der großen Städte für mehrere Wochen Lo-
gis bezahlt hätte, hier in diesem abgelegenen Tal eine Unterkunft nicht für ein Vierteljahr erkaufen konnte.

Die Augen des Bärtigen wurden groß. Er schaute seine
Kumpane an, blickte sich nach den Umstehenden um. So viel
Geld, das einem offensichtlichen Narren gehörte, der nur
darum zu bitten schien, es ihm abzunehmen – das mochte
wahrhaft ein Geschenk Gottes sein.

»So?«, gab er Greider lauernd zurück. »Lass seh'n.«

Greider schüttelte den Kopf. Er wusste wohl, dass er den
Plan seiner Überwinterung in diesem Tal nur Wirklichkeit
werden lassen konnte, indem er die Gier seiner Bewohner
weckte – einem anderen Argument würden sie nicht zugäng-
lich sein. Aber er durfte sich nicht so leichtsinnig und naiv
darstellen, dass die Gier dieser Leute den schnellsten Weg zu
ihrer Befriedigung suchen würde: Greider für immer ein
Quartier knapp unter der Scholle zu bereiten und als Gegen-
leistung dafür sein ganzes Hab und Gut in Besitz zu nehmen.
»Des zeig ich, wenn ich's Quartier hab.«

Einen winzigen Ruck gab es dem Bärtigen, dass ihm dieser scheinbare Narr nun doch Schranken aufweisen wollte.
Er schaute in Greiders Gesicht, auf die Satteltaschen und
wieder auf Greider. Als wollte er sagen: ›Es kann das Geld
nirgends sein als in deinen Taschen, und du bist allein hier
oben. Aber gut, wir sind ja keine Wegelagerer … Solang einer
die Versuchung nicht größer macht, als man einem gewöhnlichen Christenmenschen zumuten kann.‹

»Mir müssen überlegen«, meinte er dann nach einer kleinen Weile. Dies fand hörbar allgemeine Zustimmung. »Am
besten, du gehst vorerst zum Wirt. Trinkst was. Des kannst
auch vertragen, wennsd' dann wieder umkehrn musst.«

Greider nickte, mit einem Lächeln, das sich sicher schien,

dass Letzteres nun nicht mehr der Fall sein würde. Sofort kam Bewegung in die Menge. Greider musste gar nicht fragen, wo es zum Wirt ging. Denn während manche nun – gar nicht mehr flüsternd – anfingen, das eben miterlebte, außergewöhnliche Ereignis untereinander zu diskutieren, hatten die meisten offenbar urplötzlich einen gehörigen Durst bekommen und beeilten sich, als Erste ins Wirtshaus zu gelangen, das im Rücken des Bärtigen am Rand des Platzes stand. Greider musste nur dem Strom folgen, der sich eine Gasse bahnte durch die Gruppe derjenigen, die im angeregten Gespräch an Ort und Stelle verblieben und die Hälse nach Greider reckten, sobald er ihnen näher kam. Der Halbkreis der sechs Männer hatte sich aufgelöst, doch Greider entging nicht, dass vier von ihnen sich von der Menge nie zu weit von ihm wegtreiben, ihn nie aus den Augen ließen. Nur der Wortführer blieb mit dem anscheinend Jüngsten zurück, und Greider sah, wie der Bärtige auf den anderen einredete, der darauf zu einem unweit bereitstehenden Einspänner lief. Als Greider schon das Wirtshaus erreichte, hörte er durch das ihn umfangende Branden der Stimmen noch die Geräusche von Wagenrädern und preschenden Pferdehufen, die aus dem Dorf davoneilten.

Man sah dem einzigen Wirtshaus des Tals an, dass es um seine Gäste nicht zu werben brauchte. Wie alle Häuser rund um den Platz hatte auch dieses nur zwei Geschoße, von denen das obere unter der Last eines schwarzen Giebeldachs kauerte, das aussah, als wolle es sich vor den Augen des Himmels in den Boden drücken. Die Risse im Putz wirkten wie eine Bestätigung dessen – als ob die Wände dieser Schwere nicht lang mehr standhalten wollten.

Greider hielt vor dem Haus an, befreite das Maultier von seiner Last, schulterte die Satteltaschen und blickte sich etwas ratlos um, bis sich aus der umstehenden Menge wortlos zwei Männer lösten; der eine, um das übrige Gepäck aufzunehmen, der andere, um die Zügel des Tieres zu ergreifen und es wegzuführen.

Als Greider die dunkle, karge Wirtsstube betrat, war die schon ganz gefüllt. Kaum einer an den groben Holztischen bemühte sich, den Eindruck zu erwecken, sein Hiersein hätte einen anderen Zweck, als den Fremden aus der Nähe zu beäugen. Mit unverhohlener Neugier grienten die meisten ihn an, und die wenigsten senkten ihre Stimme, wenn sie Bemerkungen – selten freundliche – über ihn austauschten.

Nur ein Tisch war frei geblieben, und es wird kaum Zufall gewesen sein, dass der grade bei einem der dicken, trüben Fenster stand. Bis Greider dort Platz genommen hatte – so gut als möglich sich unbekümmert gebend, als wäre Sonntag und er im heimischen Wirtshaus –, drängte sich schon draußen die Menge an der Scheibe, um einen ausführlichen Blick auf den seltsamen Neuankömmling zu werfen.

An dem Dutzend Tische ringsum hatte noch niemand zu trinken. Der Wirt hatte um diese Zeit nicht mit Gästen, erst recht nicht mit einer vollen Stube gerechnet. Die Bedienung hatte man offenbar eben erst herbeigerufen, sie hatte sich grade die Schürze umgebunden, die Haare notdürftig zu einem zausligen Dutt hochgesteckt und machte sich daran, die ersten Bestellungen einzuholen. In Greiders Nähe aber wurde sie gar nicht gelassen. Sobald er sich auf die speckig schwarze Bank am Fenster gesetzt hatte, den Rücken den Neugierigen draußen zugekehrt, kam der Wirt selbst hinter seinem Schanktisch hervor; ein Mann, der wie zu straff in seine prall glänzende Haut gestopft wirkte, mit fettigen, kurzen Locken und einem gewaltigen Kropf. Er durchquerte mit plumpen Schritten die Wirtsstube, stellte, ungefragt und wortlos, ein gedrungenes Glas vor Greider. Aus einem Stein-

20

gutkrug schenkte er es voll mit einer schlierig hellen Flüssigkeit, deren scharfer Schnapsgeruch sogleich aufwolkte. Dann blieb er am Kopfende des Tisches stehen, die Hände mit dem Krug vor seiner ledernen Schürze verschränkt, und schaute mit blitzenden Äuglein Greider an – auf den alle Blicke im fast still gewordenen Raum gerichtet waren.

Greider griff sich das Glas, hob es erst dem Wirt, dann den rundum Versammelten entgegen, setzte an und trank es in einem Zug leer. Kurz kniff er die Augen zusammen, einen Moment riss es ihm die Mundwinkel nach unten, dann ließ er nur ein leises, befriedigt klingendes »Aaaahh« entfahren, wischte sich mit dem Handrücken über die Lippen und hielt dem Wirt das Glas hin. Der grinste, halb hinterfotzig, halb anerkennend, schenkte nach und stapfte dann mitsamt dem Krug zu seinem Schanktisch zurück. An den Tischen in der Stube nahm man das Gespräch wieder auf.

Vielleicht eine Stunde mochte Greider im Wirtshaus gesessen haben. Er blieb allein an seinem Tisch, obwohl die neugierigen Blicke, manche verstohlen, manche ganz offen, nicht weniger wurden und sicherlich die meisten rundum geführten Gespräche ihm galten. Wenn ein Augenpaar das seine fand, dann wich er ihm nicht aus, schaute aber nie herausfordernd zurück, sondern ließ seinen Blick wie beiläufig weggleiten.

Es waren einfache Menschen, die Greider da seinetwillen im Wirtshaus versammelt sah – von der Arbeit massig gewordene oder ausgezehrte Leiber mit markigen Köpfen, aus denen langsame, aber zielstrebige Augen schauten, mit Mündern, die Essen und Trinken begierig aufnahmen, aber gründlich daran zehrten, Mündern, denen die Worte nicht schnell und leichtfertig entkamen. Sie waren gekleidet in zweckmäßiges, gewohntes Gewand, das Jahr um Jahr mit sturer, sorgfältiger Beharrlichkeit ausgebessert und reinlich gehalten wurde. Sie füllten die Stube mit einem Dunst, der ihnen eigen und gemeinsam war, der nach Tagwerk und Ertrag, nach Unbeirrbarkeit und misstrauischer Gottgefälligkeit roch. Es war Herbst in ihren Herzen, jene Zeit, das Erarbeitete zu ernten und als Vorrat zu wahren und sich auf die kommende Kälte vorzubereiten. Keine Zeit, in der man gern das Klopfen eines Fremden an der Tür hört.

Ab und zu drehte Greider sich um zum Fenster, um zu sehen, ob sich daran noch immer Gesichter drückten, und um zu verfolgen, wie das Licht des klaren Tages langsam fahler wurde. Bei einem dieser Blicke durch das uneben dicke Glas, das Wellen und Blasen in die Welt dahinter malte, bemerkte Greider auf der gegenüberliegenden Seite des Hauptplatzes wieder den Einspänner, der vor Greiders Betreten des Wirtshauses aus dem Dorf geprescht war. Der junge Mann, der ihn gelenkt hatte, stand neben dem dampfenden Pferd, die Zügel in der Hand, und sprach eindringlich mit dem Bärtigen, der zuvor das Wort geführt hatte und der offenbar die ganze Zeit über das Wirtshaus von außen im Auge behalten hatte. Nach einer Weile nickte dieser.

Greider wandte den Rücken zum Fenster, sobald er sah, dass der Bärtige sich in Bewegung setzte. Diejenigen, die Greider noch immer forschend anstarrten, mochten jetzt ein leises Lächeln auf seinem Gesicht entdecken, wie er so dasaß, die Hände um das Glas vor ihm gelegt, ruhig der Dinge harrend. Lang musste er nicht warten, da öffnete sich die schwere Tür. Der Bärtige trat in die Wirtsstube und fand zielstrebig seinen Weg zu Greiders Tisch. In der tuschelnden Stille, in die sein Eintreten das Murmeln der Gespräche verwandelt hatte, knarzten die Dielen laut unter seinen klobigen Schuhen. Die Bank am Fenster war plötzlich wieder Mittelpunkt aller Aufmerksamkeit.

Mit fromm fragenden Augen blickte Greider fast frech zu

dem Mann hoch, der sich vor ihm aufpflanzte, breitbeinig, die Daumen in seine Weste gehakt. Einen Moment schien der Bärtige auf ein Wort Greiders zu warten, aber der blieb stumm. Also musste er selbst mit der Sprache heraus, wobei ihm die Worte so widerwillig zwischen den Zähnen herauskamen, als seien sie ranzig.

»De Gader-Wittib. De könnt wen brauchen im Haus, für'n Winter. Einen, der hilft«, verkündete er. Und beeilte sich hinzuzufügen: »Wennsd' zahlst.«

Greider nickte zufrieden, als hätte man ihm eben am Empfang eines Hotels zuvorkommend versichert, dass genau das von ihm gewünschte Zimmer frei sei und als hätte er nichts anderes erwartet. Er trank den letzten, aufgesparten Schluck aus und erhob sich wortlos.

Noch weniger als das Überbringen des im Sinne des Fremden ausgefallenen Bescheids schmeckte dem Bärtigen ganz offensichtlich die Selbstverständlichkeit, mit der Greider diesen aufnahm. Ein leichter Zornesanflug huschte über sein Gesicht, bevor er sich in den Griff bekam und Greider mit einer Armbewegung aufforderte, den Weg aus dem Wirtshaus als Erster anzutreten. Hinter Greiders Rücken warf er sodann einen funkelnden Blick in die Runde, der alle Versammelten sofort wieder großes Interesse an ihren zuvor unterbrochenen Gesprächen finden ließ. Erst als die Tür sich hinter den Männern geschlossen hatte, wagten die meisten Köpfe, sich erneut nach dem leeren Raum umzuwenden, den die beiden zurückgelassen hatten – als hegte man Hoffnung, so etwas wie ein sichtbares Echo des eben über diese bescheidene Bühne gegangenen Schauspiels zu erhaschen. Dann schienen sich innerhalb kürzester Zeit alle, die vor kurzem noch wie auf ihren Bänken festgewachsen waren, zu besinnen, dass heute eigentlich kein Tag sei, den man gottgefällig im Wirtshaus zubringen dürfe, und mit einem Mal kamen Bedienung

und Wirt kaum nach mit dem Kassieren all der zu beglei-
chenden Zechen.

II

Nach dem schweißigen Dunst der Wirtsstube schnitt Greider
die Kälte des Hochtals eisig ins Gesicht. Drinnen hatten
Rauch und Halbdunkel einen dämmrigen Schleier gebildet,
der die Konturen weich und unsicher machte und alle Geräusche dumpf ineinander verschwimmen ließ. Hier draußen
aber schien die Luft nun gläsern bis zum Horizont, sie fuhr
einem mit metallenem Geruch in die Nase, stach in der
Lunge. Das blasse Vorwinterlicht der Sonne zeichnete jeden
Halm, jeden Stein mit einer fast grausam nüchternen Klarheit
ab. Jeder Klang verhallte überdeutlich hart.

Selbst das Knirschen der Räder der offenen Kutsche, auf
deren Bock Greider nun saß, wirkte, als könnte man darin jeden Kiesel einzeln zählen. Der Kutscher neben Greider hatte
es nicht sonderlich eilig, doch die wenigen Male, wo er die
Peitsche über den Köpfen der beiden Pferde schnalzen ließ,
knallte das wie ein Pistolenschuss durch den leeren Nachmittag. Es war einer der sechs Männer, die Greider auf dem
Dorfplatz empfangen hatten – jener mit dem Backenbart –,
und neben ihnen ritten drei der anderen: die beiden Vollbärtigen und der ältere der beiden Schnauzbartträger. Hinten an
der Kutsche angebunden, trottete Greiders Maultier duldsam
mit, erleichtert um das Gepäck, das nun in der Kutsche lag.

So hatte Greider das Gefährt schon vorgefunden, als er
aus dem Wirtshaus getreten war. Ohne viele Worte hatten der
Bärtige und seine versammelten Kumpane Greider bedeutet,
dass er auf die Kutsche zu steigen habe, und während er der
Aufforderung gefolgt war, hatte er mitbekommen, wie der

zweite Vollbärtige ein kleines Stück in Richtung Wirtshaus geritten war, aus dem die Neugierigen nun wieder herausströmten – offensichtlich um diesen mitzuteilen, dass er und die drei anderen als Begleittross für den Fremden vollauf genügten.

Nun hatte man eben die letzten enger zusammenstehenden Häuser hinter sich gelassen und fuhr auf einem Weg, der tiefer ins Innere des rundum von Bergen eng umschlossenen Tals führte. Lang aber dauerte es gar nicht, da war sich Greider gewiss, dass das Haus der Hilfe bedürfenden Witwe Gader auch schon erreicht war. Der Bau, den er da links des Weges langsam näher kommen sah, unterschied sich nicht merklich von den anderen Häusern im Tal; auch er wirkte geduckt, beherbergte zwei Geschoße mit dickgetünchten Wänden und misstrauischen Fenstern unter einem schwarzen Schindeldach. Und sein enger, üppiger Obst- und Gemüsegarten sprach nicht anders als die bisher gesehenen von der dunklen Fruchtbarkeit des Bodens und der furchtsamen Selbstgenügsamkeit der Bewohner. Was Greider seine Gewissheit verschaffte, stand vor dem niederen Zaun auf dem Weg: Es war der Einspänner, den er zuvor bereits im Dorf beobachtet hatte.

Und tatsächlich wurde die Kutsche kurz darauf neben diesem Gefährt zum Stehen gebracht, und die drei Reiter stiegen ab, um Greiders Gepäck auszuladen und ihn zur Tür des Hauses zu geleiten. Die hatte sich geöffnet, kaum dass die Pferde ihren klappernden Trott unterbrochen hatten, und in dem schmalen Eingang, den sie freigab, warteten schon zwei Gestalten, um die Ankommenden in Empfang zu nehmen. Das eine musste die Witwe Gader sein: eine kleine, aufrechte Frau, deren noch immer schwarzes Haar zu einem strengen Dutt gebunden war. Nach Jahren gerechnet, war sie nicht alt, konnte kaum auf ein halbes Jahrhundert Erdendasein zurückblicken – aber das Leben hier heroben machte die Haut ledrig, die Hände schwielig und sehnig. Doch die dunklen Augen der Frau hatten sich noch nicht von der Müdigkeit befallen lassen, welche Greider im Dorf begegnet war, und ihr vorsichtiges Lächeln ließ Zähne erkennen, die gerade waren und stark. Die Gestalt neben der Frau war der junge Mann, der den Einspänner gelenkt hatte.

Die Witwe hieß Greider freundlich willkommen, ließ sich von seinen Plänen berichten, den Winter hier im Tal als Maler zuzubringen, beteuerte, wie froh sie sei, in ihm jemand zu finden, der ihr, neben ihrer Tochter, im Haus zur Hand gehen könne. Die ganze Zeit über spürte Greider jedoch ihre Unruhe, sah sie immer wieder schnelle Blicke auf die vier umstehenden Männer werfen, als wollte sie jeden zweiten Satz darauf prüfen, ob er deren Zustimmung fand. Er hatte das entschiedene Gefühl, dass die »Gader-Wittib« von ihrem Bedarf nach einem helfenden Hausgast vor noch kürzerer Zeit erfahren hatte als er selbst.

Obwohl es frisch war im Schatten des Hauses, hatte man das ganze Gespräch lang keinen Schritt über die Schwelle getan. Erst als die Rede auf die Bezahlung fürs Quartier kam, schlug der Wortführer der Männer bestimmt vor, man könne doch in der Stube weiter »diskurieren«. Darauf schoben sich alle durch den engen Flur in die Wohnstube, wo ein Ofen prasselte und die sieben Menschen nur gedrängt Platz fanden, obwohl sie sonst nicht mehr enthielt als eine schmale Eckbank mit einem armseligen Herrgottswinkel, einen bescheidenen Tisch mit einer fadenscheinigen, aber sauberen Decke, einen Schaukelstuhl und eine Truhe. Man forderte von Greider den Beweis, dass er wie versprochen genug Vermögen dabeihatte, um den Preis für seine Einquartierung zu begleichen – welcher für den ganzen Winter nunmehr aufs Doppelte des im Dorf vorgezeigten Beutelinhalts festgesetzt wurde.

Als Greider dem Wunsch nachgekommen war und ein zweites Ledersäcklein aus seinen ihm eilig gereichten Satteltaschen gefischt und auf dem Tisch entleert hatte, blitzte es in den Augen der noch enger um das Münzhäuflein zusammengerückten Männer. Es konnte einem bang werden, wie drückend eng gepfercht die Stube war mit diesen massigen Leibern und der Gier, die sie ausdünsteten. Dennoch erfolgte die Einigung, dass Greider die Hälfte des Betrages gleich zahlen würde und die andere am Ende seines Aufenthalts – als gehörten mit Wintereinbruch der Fremde und sein Gold nicht ohnehin unwiderruflich dem Tal.

So verstaute Greider einen Beutel wieder in den Satteltaschen, band den anderen, prall gefüllt, gut zu, wiegte ihn aufreizend in der Hand, schaute den Männern reihum ins Gesicht, ohne die Witwe auch nur mit einem Blick zu streifen, verharrte dann Aug in Aug mit dem Wortführer und fragte mit scheinheiliger Unschuld: »Wem geb ich's Geld?«

Dem anderen verzog es einen Moment die Augen zu zornigen Schlitzen, dann aber sagte er trocken und kurz, mit einem Ruck des Kinns in Richtung der Frau: »Der Wittib, freilich.«

Die schien verdutzt, hob an, etwas zu sagen, schüttelte dann aber den Kopf, wusste nicht wohin mit ihren Händen, bis sie sich durchrang, den Lederbeutel in Empfang zu nehmen, Greider wieder und wieder dankend und dabei besorgte Blicke auf die Männer werfend – bis die ihr stumm offenbar Beruhigendes bedeutet hatten. Greider hatte eine Ahnung, dass die Witwe sich tatsächlich um das Geld nicht lange selbst würde Sorgen machen müssen.

Mit Abwicklung des Pekuniären schien Greider eigentlich vorerst alles Wesentliche erledigt, und er meinte, auch den fünf Männern eine Bereitschaft zum Aufbruch anzumerken. Doch der, der vorher die Kutsche gelenkt hatte, wollte von der Witwe wissen: »Wo is dei Tochter?«

27

Einen winzigen Moment zögerte die Frau mit der Antwort, als überlege sie, was sie tun könne, außer mit der Wahrheit herauszurücken. Dann aber sagte sie einfach:

»Die is oben. Richt' die Stubn her für'n Gast.«

»Ruf's nur runter, dass' ihn glei kennenlernt, unsern Herrn Gast«, forderte der Mann.

Wieder zögerte die Frau einen Moment, bevor sie sich jede Erwiderung verkniff und die Männer zur Seite schob, um zur Wohnstube hinauszukommen und zum Fuß der ausgetretenen Treppe, die draußen im Flur nach oben führte. Ihr Rufen fiel betont laut aus, als wäre es in dem kleinen Haus wirklich fraglich, ob es sonst bis in den ersten Stock dringen könne; als ob man dort unterm Dach tatsächlich ganz leicht etwas überhören könne, was im Parterre geschah.

»Luzi!«, rief sie. Und nachdem die einzige Reaktion darauf Stille war, noch einmal lauter: »Luzi!«

Da ertönten Schritte auf den Dielen im oberen Geschoß. So klein, wie das Haus war, konnte es ja gar keine langen Wege darin geben, aber dennoch schien Greider besondere Notiz davon zu nehmen, wie wenig an der Zahl und wie nah zum oberen Treppenabsatz diese Schritte waren. Noch aber ließ sich dort niemand blicken. Stattdessen fragte eine helle Stimme zögerlich: »Ja, was is?«

»Luzi, komm amal nunter«, verlangte die Witwe lautstark, aber in einem Ton, der die Überzeugung vermissen ließ, wirklich das Rechte zu befehlen.

Um die Frau am Fuß der Treppe hatten sich inzwischen auch die Männer versammelt, und alle warteten auf Antwort. Als diese ein, zwei Augenblicke länger, als höflich war, nur aus Schweigen bestand, setzte der Bärtige mit anstrengungslos dröhnender Stimme hinzu: »Sollst euern Gast begrüßen!«

Endlich setzten sich, zaghaft zwar, die Schritte oben wieder in Bewegung, und auf dem Treppenabsatz erschien Luzis Gestalt.

Sie mochte ihre Mutter um ein gutes Stück überragen, aber nicht so viel, dass es die zehrenden Jahre ihr nicht würden rauben können. Aufrecht war sie, in ihrem einfachen, für häusliche Verrichtungen gedachten Rock und Mieder, und schlank – wie die meisten hier oben, wo es nichts zu essen gab, das nicht vorher erarbeitet wurde. Im Schwarz alter Deckenbalken glichen die Haare denen ihrer Mutter, doch waren Luzis weder glatt noch zu einem Dutt gebunden – kraus und ungezähmt umrahmten sie das kleine Oval des Gesichts. Das war von einer gesunden Helle und wirkte scharf und klar, ohne jede breite, unbedachte Fläche. Nase – nicht ganz gerade – und Kinn reckten sich ohne Scheu in die Welt, aber auch ohne vorwitzige Spitzheit. Der Mund, dessen Lippen kaum auf sich aufmerksam machten, lag dazwischen in einer ungekrümmten Linie, von der nur die Winkel verrieten, dass er gerne lachte, aber selten Gelegenheit dazu fand. Die Brauen waren lang und dicht und gaben den dunklen Augen einen Anschein von leicht skeptischer, unbeirrbarer Wachheit. Es waren Augen, die alles fest zu packen und zu durchschauen gewohnt waren – die Rechtfertigung forderten von allem, was in ihr Blickfeld geriet, die aber auch selbst keine Geheimnisse hüteten und Freundschaft zu geben bereit waren.

Und doch wollten sie jetzt keinen Ruhepunkt finden, sie flitzten hin und her wie bei einer verängstigten Kreatur – und trauten sich nicht, einem der Männer am Fuße der Treppe länger ins Gesicht zu schauen. Dabei war mit unverschämter Ausschließlichkeit das Einzige, was all die von dort unten heraufblickenden Augenpaare in ihrer Aufmerksamkeit gefangen hielten, Luzi selbst. Nur die Mutter schaute, mit kaum verborgener Besorgnis, nicht auf ihre Tochter, sondern auf deren gar zu wohlwollende Betrachter.

Noch immer hatte Luzi keinen weiteren Satz hervorgebracht, und sie stand da, als wolle sie gleich wieder umkehren zur Fortsetzung ihrer Verrichtungen dort im oberen Stockwerk. Wieder war es der Vollbärtige, der das Schweigen brach und mit einer ausholend winkenden Armbewegung aufforderte:

»Also. Komm nunter!«

Seine Genossen verstärkten aufmunternd diesen Wunsch. Es blieb der jungen Frau, wollte sie nicht offen unhöflich erscheinen, nichts übrig, als der Aufforderung nachzukommen, was sie so zögerlich tat, wie es nur eben noch schicklich war.

Kaum war sie in Reichweite, legte sich die Pranke des Bärtigen auf ihre Schulter, zog sie schneller herab und dirigierte sie zu Greider, auf dessen Schulter sich dann die andere Hand des grinsenden Mannes niedersenkte.

»Des is euer Wintergast. Greider. Greider – des is die Luzi.«

Die beiden nickten sich ob dieser recht ungehobelten Vorstellung leicht verlegen zu, und die Augen des Mädchens fanden in denen Greiders für eine kleine Weile Ruhe. Und obwohl ihr Gesicht, ihr ganzer Körper nichts von seiner misstrauischen Spannung verlor, schien sie etwas Zutrauen zu gewinnen bei dem leichten Lächeln, das in Greiders Mundwinkeln lag – weil es die ganze Situation in der völlig unbesorgten Anerkennung ihrer unterschwelligen Bedrohlichkeit plötzlich harmlos zu machen schien.

Unterdessen erklärte der Bärtige den Sinn und Umstand des fremden Besuchs, in Worten, die knapp und grob waren, aber durchzogen von hauchfeinem Spott. Und dann meinte er zu der jungen Frau:

»Tust dich schön um 'n Gast kümmern, Luzi. Aber fei net zu schön!«

Er sagte dies, das Mädchen dabei in die Wange kneifend,

mit einem Zwinkern und einem Lachen, das seine Kumpane sofort aufnahmen. Aber es war nicht Heiterkeit, was dabei aus seinen Augen blitzte, und das scherzhaft sich gebende Wangenkneifen wurde kurz vor dem Loslassen für einen Moment so fest, dass Luzi beinahe aufgeschrien hätte und sich danach die gerötete Backe rieb.

Einer der anderen Männer, noch lachend, klopfte derweil Greider auf den Rücken, wie um diese so überaus gelungene Pointe zu unterstreichen und ihren humoristischen Wert dem Fremden näherzubringen – aber auch das fiel eher wie ein Hieb aus, so dass Greider Mühe hatte, nicht das Gleichgewicht zu verlieren.

Eng standen sie beisammen, Greider, Luzi und der Bärtige; die Übrigen hatten wie zufällig einen Kreis um sie geschlossen, der sich anlässlich des gemeinsamen Gelächters zwanglos dicht zusammengezogen hatte. Auf Luzis Seite am dichtesten – genug für einige beiläufige Berührungen ihres Rockes, ihres Rückens, ihres Haars. Die Witwe Gader stand außerhalb, den Hals nach einem Blick auf ihre Tochter reckend und auch nervös auflachend, als hoffte sie, dadurch einen Glauben an die Heiterkeit des Moments zu finden.

Das Lachen verklang, der Kreis verharrte. Luzi schien sich eine passende Erwiderung nicht zuzutrauen, Greider schien keine für nötig zu erachten. Alle warteten auf einen Nachsatz des Bärtigen. Der aber befand wohl, alles Wichtige nunmehr gesagt zu haben.

Es begann, von ihm angeführt, die Verabschiedung der Männer. Langsam drängten sie den schmalen Hausgang hinaus, keiner, ohne der Witwe einen guten Ratschlag, Greider einen Schulterklopfer, Luzi ein anzügliches Lächeln hinterlassen zu haben. Und als sie endlich alle wieder vor der Tür standen, in der Kälte und dem dämmrigen Licht des anbrechenden Abends, da drehte sich, während die anderen schon

31

Pferde und Wagen bestiegen, ihr offensichtlicher An- und Wortführer um und meinte zu Greider, der mit den beiden Frauen im Hauseingang stand:

»Also, mir sehn dich dann.«

Als hätten sie zuvor eine Verabredung getroffen. Aber auch wenn dem nicht so war, gab es für Greider keinen Zweifel, dass der Bärtige die Wahrheit gesprochen hatte.

Nachdem die Haustür dann endlich geschlossen, das Geräusch der Pferdehufe draußen verklungen war, kümmerte man sich zunächst darum, Greiders Gepäck in jenes Zimmer zu schaffen, das ihm die nächsten Monate Quartier sein sollte. Greider, mit dem Großteil seiner Sachen beladen, hätte gerne darauf bestanden, dass sein restliches Hab und Gut im Hausflur auf ihn warten solle. Aber Luzi wollte davon nichts hören, hatte flink die Staffelei und den zweiten Koffer geschnappt, um dem Fremden damit ins obere Stockwerk zu folgen, und schließlich nahm sich die Witwe Gader – zögerlich, weil sie es scheute, sich so einfach über einen Wunsch des Gasts hinwegzusetzen – der noch verbleibenden Reisetasche an und trug sie, ehrfürchtig wie einen kostbaren Gegenstand, den anderen beiden hinterdrein.

Die dem Fremden zugedachte Kammer war klein, einfach und reinlich. Eine schmucklose Bettstatt schmiegte sich unter die Dachschräge und war bereits mit Leintuch und Decken als Nachtlager bereitgemacht. Das Kopfende des Betts stieß fast an die kaum mehr als eine Armspanne breite, der Tür gegenüberliegende Wand, in der sich das einzige Fenster des Raums befand: eine schmale Öffnung nur mit wuchtigem Fensterkreuz, an die man nah herantreten musste, um einen wirklichen Ausblick zu haben auf die Landschaft draußen. An der letzten Wand, den Eintretenden zur Linken, hing ein Blechspiegel über einem kleinen Tisch, auf dem sich eine

Waschschüssel mitsamt Krug befand und eine Öllampe; daneben stand ein Stuhl.

Es blieb kaum genug Platz, dass Greider – mit Luzis Hilfe und unter den besorgten Blicken ihrer Mutter, die fürchtete, die Enge der Behausung könne als Beleidigung des Gastes scheinen – sein Gepäck an dieser Wand, teils unter dem Tisch, stapeln konnte und dabei noch ein freier Gang in der Mitte des Zimmer blieb. Aber schließlich gelang dies, und dem Fremden wurde angeboten, sich nach seiner gewiss beschwerlichen Tagesreise zu waschen und umzukleiden sowie sein Maultier zu versorgen, während die beiden Frauen das Abendmahl bereiten würden. Die Ältere war schon auf der Treppe, Greider hatte einen seiner Koffer wieder hervorgezogen und zum Öffnen aufs Bett gehievt, als Luzi noch immer auf der Schwelle zur Kammer stand. Sie hatte den Türknauf in der Hand, doch bevor sie die Tür hinter sich zuzog, wandte sie sich halb um und blickte auf den unerwarteten Gast. Eingehend musterte sie noch einmal zunächst sein Gepäck, dann den Mann selbst. Sie sagte nichts, auch nicht, als Greider ihr Innehalten bemerkte und fragend zurückblickte. Es war kein Misstrauen in ihren Zügen, nur Neugier, eine fast amüsierte Unentschiedenheit, die darauf zu warten schien, dass sie irgendetwas entdeckte, irgendetwas herausforderte, was seine wahren Absichten verraten würde. Greider hielt der Begutachtung ohne Regung stand, bis das Mädchen endlich das Zimmer verließ. Sie hatte dabei ein Lächeln auf den Lippen, das wie ein Versprechen wirkte, dem Mann sein Geheimnis dann eben zu einer anderen Gelegenheit zu entlocken.

Draußen hatten die Berge die Sonne geschluckt und den Schatten zu ihren Füßen freien Lauf über das Tal gegeben. Drinnen glühte rot das vergitterte Auge des Ofens, hüllte der

bescheidene Deckenleuchter das Abendmahl in ein gelegentlich zitterndes, gelbliches Licht. Obwohl Greider merkte, wie
neugierig vor allem die Mutter immer wieder auf ihn lugte, aß
er genüsslich und schweigsam seine Milchsuppe.

Als dann aber abgetragen war, konnte die Hausherrin die
Stille nicht mehr dulden.

»Sie san also Maler?«, begann sie einen Fragenreigen, mit
dem sie Greider so viel als möglich über sich, seine Herkunft,
seine Absichten, das Leben in der weiten Welt da draußen
entlocken wollte – worauf der ihr nur Antworten bescherte,
die zwar höflich und freiheraus daherkamen, die aber doch
stets knapp und sehr im Allgemeinen blieben. Luzi beschaute
sich das Spiel, ohne sich selbst mit einer Frage zu beteiligen,
aber mehr als einmal packten ihre Augen die seinen genau
dann, wenn in persönlichen Dingen sich seine Sätze mit
kunstvoller, die Wissbegier der Witwe mit allerlei Neben-
sächlichem zufriedenstellenden Beiläufigkeit einer klaren Aus-
kunft entwunden hatten.

Zugleich nutzte der Gast jede Möglichkeit, seine Antworten in Gegenfragen zu kehren, und hatte mit diesen bei der
offenherzigen Frau ergiebigeren Erfolg. Lang dauerte es
nicht, bis er alles Wesentliche über ihr – zu seiner Gänze hier
oben im Hochtal zugebrachtes – Leben erfahren hatte. Viel
war dies ohnehin nicht, geprägt, wie die Jahre waren von der
Wiederkehr des immer Gleichen und die Tage gefüllt von
dem arbeitsreichen Mühen um eine leidliche, gottgefällige
Existenz. Selbst was in diesem Leben als herausragend galt,
hatte für den Außenstehenden wenig Besonderes: Es war die
Hochzeit und der Tod des Ehemanns – ein Unfall im steilen
Bergwald – und die Geburt der Kinder. Nur dass die Witwe
vor Luzi schon einen Sohn zur Welt gebracht hatte, hätte
Greider nicht selbst erraten können, und auch nicht, dass
dieser Sohn ebenfalls tödlich verunglückt war, nur wenige

Monate vor ihrem Mann. Dies schien das einzige Thema, bei dem die Frau wortkarg wurde. Diese Wunde war nicht gut verheilt, und Greider kam rasch auf anderes zu sprechen.

Nur einmal noch kam die Rede der Frau ähnlich ins Stocken. Es war, als Greider das Gespräch auf die sechs Männer lenkte, die ihn zum Haus der Witwe geleitet hatten. Zu diesem Zeitpunkt schien der Frau eigentlich schon alle Scheu vor dem Gast verlorengegangen, war der Ton in der Stube unbeschwert geworden, hatte auch Luzi sich hin und wieder mit einer kleinen Geschichte eingemischt. Doch sobald Greider die sechs erwähnte, war es plötzlich, als stünden diese wieder im Raum, und die Witwe druckste herum und hätte am liebsten gar nichts gesagt. Aber wo es denn nun mal sein musste – vielleicht nicht einmal aus Höflichkeit gegenüber dem Gast, sondern weil eine strikte Weigerung auf ihre Weise verräterisch gewesen wäre –, schien sie jedes Wort vorab in Gedanken hin und her zu wenden.

»Des sind die Buben vom Brenner Bauern«, kam es ihr schließlich über die Lippen.

»Vom Brenner Bauern?« fragte Greider nach, der den Namen zum ersten Mal hier im Tal hörte.

Noch einmal kauten die Gedanken der Gader-Witwe eine Weile an ihren folgenden Worten herum:

»Der schafft an, was hier heroben geschieht.«

»Und des waren alle seine Buben?«, wollte Greider wissen.

Lange blickte die Frau in sein Gesicht, darin nach irgendetwas Bestimmtem forschend. Sie schien es nicht zu entdecken.

»Alle sechse san's seine«, sagte sie schließlich.

Eine Weile plauderte man noch, ohne dass sich so recht jene Vertrautheit einstellen wollte, die an diesem Abend schon geherrscht hatte zwischen den dreien. Allen schien es nur recht, dass Greider sich die zunehmende Müdigkeit am Ende dieses strapaziösen Tages immer deutlicher anmerken ließ und so ein guter Grund gefunden war, weitere Unterhaltung auf ein andermal zu verschieben und den Gast sich in die Kammer zurückziehen zu lassen.

Luzi geleitete ihn mit einer Petroleumlampe nach oben und entzündete das Licht auf seinem Waschtisch. Als sie ihm eine gute Nacht wünschte, hob sie ihre Leuchte auf Kopfhöhe und begutachtete noch einmal Greiders Gesicht, das sich dieser Musterung einmal mehr freimütig stellte, ohne etwas preiszugeben.

Sobald das Mädchen die Kammer verlassen hatte, zog Greider unter dem Tisch eines der beiden Lederfuterale hervor. Er löste den Riemen, mit dem der Deckel am einen Ende der Röhre verschlossen war, und schüttelte deren Inhalt vorsichtig ein Stück weit heraus, bis er ihn fassen und behutsam ganz ans weiche Licht der Öllampe ziehen konnte. Es war eine stattliche Rolle weißer Leinwand. Offenbar war dies der Vorrat an Malgrund, der sich diesen Winter mit Bildern füllen sollte. In der Mitte der Rolle aber befand sich noch etwas. Greider lockerte die Wicklung der Leinwand ein wenig, was ein säuselndes Geräusch gab, und griff dann sacht in sie hinein. Was er da langsam herausbeförderte, war wiederum ein Stück aufgerollte Leinwand. Diese aber war nicht mehr von frischem Weiß, sondern zeigte eine gelbliche Färbung. Und beim Entrollen wurde auf ihrer inneren Seite ein Gemälde sichtbar.

Es war das Porträt einer Frau. Der dunkle Hintergrund war neutral; was man von ihrem hochgeschlossenen Kleid erkennen konnte, so war es das Gewand einer gutsituierten, aber nicht reichen Städterin. Sie war in reifen Jahren, älter möglicherweise als die Witwe Gader, aber ihr Gesicht – um-

rahmt von graublondem, nach hinten gebundenem Haar –
zeugte davon, dass sie einst Entbehrung gekannt haben
musste. Es trug Spuren von frühem Kampf und Enttäuschung, die später erst Ruhe und Zufriedenheit gewichen waren. Letztere leuchteten aus dem Lächeln, das den Falten der
Haut im ganzen Antlitz jede Schärfe nahm, sie sprachen aus
der milden Güte der Augen. Es war schwer zu sagen, wie viel
dieses Leuchtens das Modell verströmt haben musste und
wie viel der Pinsel hinzugedichtet hatte. Denn es war ein Bild,
das die ganze Liebe des Künstlers in jedem verklärenden
Strich verriet.

Greider breitete das Gemälde behutsam aus, hielt es hoch
ins Licht. Er trug es zu dem Spiegel über dem Waschtisch und
klemmte es mit dem oben überstehenden Streifen unbemal-
ter Leinwand hinter dessen Rahmen.

Dann verstaute er das Lederfutteral, zog seine Übersa-
chen aus, löschte die Lampe und kletterte ins Bett. Zwei-,
dreimal drehte er sich hin und her, bis er auf der unvertrauten
Matratze und in den fremden Decken eine bequeme Position
gefunden hatte, dann war er eingeschlafen.

Draußen machte sich der Mond nur in einem milchigen
Glühen der ihn verdeckenden Wolken bemerkbar, aus denen
kleine, harte Schneekörner in das finstere Tal rieselten. Ge-
rade genug Licht kam so herein, dass das Fenster ein kleines
Rechteck auf das gemalte Gesicht vor dem Spiegel warf. Alle
Spuren des Alters wusch diese schummrige Helle aus dem
Porträt. Nur das Lächeln und der Blick blieben erkennbar.
Der Blick, der nun auf den Schlafenden gerichtet schien. Aus
Augen, deren Blau so tief war wie ihre Güte.

III

Die Erkundungen, die Greider in den ersten ein, zwei Wochen nach seiner Ankunft im Tal anstellte, führten ihn nicht allzu weit weg von dem, was er am ersten Tag bereits kennengelernt hatte. Sein Weg am Morgen, nachdem er bei der Witwe ein einfaches Frühstück genossen hatte, war stets derselbe: Einen Skizzenblock und einen kleinen Holzkasten mit Zeichenutensilien unter dem Arm, spazierte er den Pfad vom Haus der Gaderin zurück ins Dorf, um dort manchen Tag bis Sonnenuntergang zu verbringen. So klein, wie das Dorf war, dauerte es nicht lange, bis er all seine ungepflasterten Straßen und Gassen beschritten hatte, bis er jedes seiner Häuser kannte. Doch immer wieder schien er Interessantes dort zu finden, oft verharrte er angesichts eines sich ihm darbietenden Anblicks. Dann ließ er sich irgendwo am Wegesrand nieder, auf einem Stein, einem Holzstapel, holte ein Stück Kohle aus seinem Kästlein und begann, was er sah, mit entschlossenen Strichen auf Papier zu bannen.

Bestimmt zehn Tage lang blieben diese Skizzen leer von Menschen. Sie zeigten Gebäude, ganz und im Detail, fingen Höfe ein und die wenigen reinen Geschäfts- und Wohnhäuser nahe der Dorfmitte. Und auch flüchtig, aber erstaunlich genau und zielstrebig in schwarze Linien gefangene Eindrücke der Landschaft, die den Talkessel säumte und die Behausungen klein und provisorisch erscheinen ließ, konnten jene Neugierigen erhaschen, die sich nah genug heranwagten, um einen Blick über Greiders Schultern zu werfen.

Es war eine behutsame Zeit der Annäherung. Es brauchte nicht viel Scharfsinn, zu erraten, dass Greider seine Wege und Motive planvoll wählte. Dass sie nicht nur der Neugier des Künstlers folgten, sondern vielleicht sogar mehr noch erkoren waren, der Neugier des Dorfs auf ihn selbst Genüge zu leisten und dabei niemandem etwas anderes zu bieten als ein Bild freundlichster Harmlosigkeit. Zuverlässig erschien er Tag um Tag im Dorf, gab sich zurückhaltend. Er bot sich für jeden zu sehen, er drückte sich nie in Winkel oder suchte versteckte Wege, nie trat er zu nah an fremdes Gut heran. ›Schaut her‹, schien jede seiner Bewegungen zu sagen, ›hier bin ich und scheue keinen Blick; schaut euch satt, ich habe nichts zu verbergen.‹ Seine Skizzen aber waren wie redliche Beweise seiner einst auf dem Dorfplatz gemachten Ankündigungen und seiner lauteren Absichten: Sie zeigten ein ehrliches, geradliniges Künstlerhandwerk, wagten nie zu viel. Sie blieben vorläufig und ausschnitthaft, tasteten sich vorsichtig an die Welt des Tals heran, statt sich ihrer herrisch zu bemächtigen.

Schnell gingen so den Spöttischen und den Angsterfüllten die Angriffsflächen aus. Die ersten Tage, als die Anwesenheit Greiders im Dorf noch neu und fremd war, mochten sie immer wieder einmal um ihn herumstreichen, in scheuem Bogen oder provozierender Nähe, allein oder in kleinen Grüppchen; hie und da ließen sie eine schneidende Bemerkung untereinander fallen, die gerade laut genug gesprochen war, dass sie seine Ohren noch erreichte. Greider aber schien sie nicht zu hören. Und da nichts, was er tat, Anlass gab zu Hohn oder Furcht, die sich aus mehr speisen hätten wollen denn sturem Prinzip, verstummten diese Stimmen bald.

Und noch jemand schien langsam ein widerstrebendes Vertrauen in Greider zu fassen: die Söhne des Brenner Bauern. Jede Stunde hatte anfangs den ein oder anderen von ihnen sein Weg in die Nähe von Greider geführt, und so aufreizend langsam waren sie dann vorbeigeritten oder um eine Ecke geschlendert, dass ihnen offenbar nicht groß daran gelegen war, den Grund ihrer Anwesenheit hinter einem Vorwand zu verstecken: Sie wollten darüber wachen, ob der Fremde ihnen nicht doch einen Anlass böte, ihn aus dem Tal zu weisen – oder vielleicht noch ungastlicher mit ihm zu verfahren –, und sie wollten ihn wissen lassen, dass er in ihrem Revier keine verheimlichten Schritte tun konnte. Nur ein sehr genauer Beobachter hätte bezeugen können, dass Greider die regelmäßigen Besuche dieser Männer überhaupt bemerkte. Dass seine Augen da jedes Mal auf ihrem häufigen Weg vom in Angriff genommenen Motiv zur entstehenden Skizze einen kleinen, scharfen Abstecher machten, um einen flüchtigen Blick auf den jeweiligen Brenner-Sohn zu erhaschen. Und auch der genaueste Beobachter hätte sich nicht trauen können zu schwören, dass, als diese Visiten seltener wurden – sich erst auf jede zweite Stunde beschränkten, schließlich nur noch ein-, zweimal am Tag vorkamen –, jedes Mal, wenn so ein Besuch ausblieb, der nach den Intervallen des vorigen Tages noch hätte erscheinen sollen, der Hauch eines Lächelns um Greiders Lippen spielte.

Es war freilich nicht so, dass das Dorf nach zwei Wochen dem Fremden schon freundlich gesonnen war. Man sprach ihn nicht an, außer in den seltenen Fällen, wo jemand es doch für nötig befand, ihm das Niederlassen an einem gewissen Platz zu untersagen – Aufforderungen, denen er stets ohne Murren nachkam. Und man hätte es nicht geduldet, wenn er einer Person oder deren Eigentum zu nahe gekommen wäre, sei es wahrhaftig oder in seinen Bildern. Da er dies aber so beharrlich vermied, wurde er für die Menschen des Tals immer unsichtbarer. Sie waren zu beschäftigt mit ihren alltäglichen Lasten, um mit ihrer Aufmerksamkeit verschwenderisch zu sein. Und so drang es auch nicht in ihr Bewusstsein, als Greider nach und nach begann, seine Erkundung und Eroberung immer weiter auszudehnen.

Die Bilder, die auf seinem Skizzenblock entstanden, wur-

40

den ausführlicher. Sie erfassten nicht mehr nur einzelne Details, sondern ganze Ansichten – hier ein Blick auf die Berge, die sich hinter dem Dorf erhoben, dort eine klapprige Scheune oder ein Gehöft in all seiner trägen Pracht. Und irgendwann, da niemand Einspruch erhob dagegen, dass Greider nun so viel mutiger nach dem griff, was das Hochtal zu bieten hatte, wagte er es endlich, den ersten Menschen zeichnend einzufangen.

Greider hatte schon zwei, drei Tage immer wieder denselben Hof am Rande des Dorfs aufgesucht, sich auf einem Stein am gegenüberliegenden Wegrand niedergelassen und verschiedene Ausschnitte vom Anblick des Anwesens mit fleißiger Genauigkeit festgehalten. Damit hatte er die Aufmerksamkeit eines kleinen Jungen geweckt, der im Hof hinter dem Zaun aus dicken, ungehobelten Querbalken spielte. Scheu und verstohlen hatte der immer wieder den Fremden beäugt, hatte zunächst nur dann gewagt, einen schüchternen Blick in Richtung des unbekannten Manns zu werfen, wenn er sich vorher bis fast an die Schwelle zum Hauseingang zurückgezogen hatte – oder später, wenn er sich hinter dem Trog des Brunnens, dem Tor zur Scheune verbergen konnte, stets bereit, sich sofort in Sicherheit zu bringen, falls der Fremde seine Neugier bemerken und missbilligen sollte. Anfangs tat Greider so, als würde er den Bub gar nicht wahrnehmen, ließ sich nie anmerken, dass er dessen Spitzelblicke sehr wohl registriert hatte. Daraufhin bekam das Spiel des Jungen, der sich zuerst ganz selbstvergnügt mit den einfachsten Dingen wie Stöcken oder Steinen beschäftigt hatte, etwas von einer Darbietung. Das Kind wusste, dass es einen Beobachter hatte, und wenn dieser sich durch neugieriges Anschauen nicht aus der Ruhe bringen ließ, so sollte er doch wohl auf andere Weise zu einer Reaktion zu bewegen sein. War der Bub zuvor still und versunken gewesen in seinen Erkundungen des Hofs, so kündigte er jetzt jeden neuen Plan vor seiner Ausführung erst an, verlautbarte sofort jede gemachte Entdeckung. Doch der Schein, dass er all das nur für sich selbst tat, wurde spätestens immer dann zerstört, wenn nach jeder Beachtung heischenden Aktion ein nach deren Wirkung forschender Blick zum umbuhlten Publikum ging.

Und siehe da, nachdem dies einen halben Tag lang stets fruchtlos gewesen war, krönte der Fremde die Bemühungen des Jungen schließlich doch mit Erfolg. Als der Bub nach einer besonders spektakulären Anstrengung – er hatte einen Stein fast so groß wie sein eigener Kopf bis auf Schulterhöhe gewuchtet und dann im Bogen von sich geschleudert – einmal mehr zu dem Mann auf der gegenüberliegenden Seite des Wegs aufschaute, schon mehr aus Gewohnheit als in echter Hoffnung, da landete sein Blick tatsächlich auf einem leicht schiefgelegten Gesicht, dessen Augen offenbar nur darauf gewartet hatten, den seinen geradewegs zu begegnen. Das Kind zögerte, das Lächeln zu erwidern, öffnete halb den Mund in einer unentschlossenen Mischung aus Neugier und Erstaunen, aber es scheute nicht zurück vor dem Blick des Fremden, und es war schließlich Greider, der den groß aufgetanen, tiefdunklen Augen des Kleinen auswich und wieder zu seiner Arbeit überging. Doch nun hatte der Junge die Gewissheit, dass er seine kleinen Vorstellungen nicht an ein blindes Publikum verschwendete, und wann immer er von da an zu dem Maler hinüberschaute, dauerte es nicht lang, bis dieser wohlgesinnt zurücklächelte. Und so wurde der Bub bald zutraulicher, hielt den Abstand zum sicheren Haus nicht mehr so bedacht kurz.

Während der ganzen Zeit blieb das scheinbar sich allein überlassene Kind freilich nie ganz unbeaufsichtigt. Immer wieder konnte Greider hinter den Fenstern des Hofs Bewegungen erkennen, sah Menschen im Flur hinter der nie völlig geschlossenen Eingangstür auftauchen. Und als der Kleine schließlich einmal gar zu zielstrebig auf die Einfahrt zum Hof zustakste, da konnte man auf einmal ein, zwei scharf über den Platz hallende Worte aus dem Haus vernehmen, und schon machte das Kind mit erschrockener Miene kehrt. Aber es traute sich nach einer Weile trotzdem bis fast an den Zaun zur Straße hin, ließ sich dort auf die von der Kälte harte Erde plumpsen und begann, den Fremden unverwandt mit munterem Blick zu mustern.

Der wiederum wendete seine Aufmerksamkeit nun auch nicht mehr von dem Jungen ab, sondern studierte sein Gesichtlein genau, besah sich das feine, erst langsam dunkelnde Haar, die große, glatte Stirn, die zwischen zwei feste, rote Backen gesteckte kuglige Nase, den weichen Mund mit seinen lückenhaften Zahnreihen und die weiten Augen, die so dunkel waren, dass Iris und Pupille kaum voneinander zu scheiden waren. Eine Weile saßen sie beide so, in den gegenseitigen Anblick vertieft, dann blätterte Greider ohne fortzuschauen die angefangene Skizze eines Details des Hofs auf seinem Block weiter, ließ die Hand mit dem Zeichenstift ein paarmal locker über dem neuen, leeren Blatt unsichtbare Linien in die Luft ziehen, um die rechte Position, den rechten Schwung für den ersten wirklichen Strich zu finden – und begann dann, das Gesicht des Kindes auf dem Papier nachzuerschaffen.

Der Kleine schien durchaus zu verstehen, was da geschah, aber er hielt klaglos und frohgemut still, und als sich auf dem Zeichenblock die ersten Umrisse gefügt, die ersten angedeuteten Einzelheiten zusammengefunden hatten, da hielt Greider die Skizze hoch, damit der Junge sie begutachten konnte. Und weder erschrak dieser, noch war ihm das Anlass zu Heiterkeit, sondern er fixierte ernst das Bild.

43

Sobald der Bub den Eindruck machte, fürs Erste genug gesehen zu haben von seinem Ebenbild, nahm Greider die Arbeit daran wieder auf, doch wenn ein merklicher Fortschritt erzielt war oder das Kind ungeduldig zu werden schien, dann stellte er den Block wieder auf seine Knie, dass der Junge einen prüfenden Blick darauf werfen konnte.

Trotz dieser Unterbrechungen schritt das Werk zügig voran, und es gelang gut. Es war schon fast vollendet, als wieder einmal ein Erwachsener an einem der Fenster erschien, nach dem Kind zu schauen. Und als der sah, wie nah am Zaun der Junge saß, und er erkannte, dass der zeichnende Fremde das Kind ganz in seine Aufmerksamkeit gefasst hatte, da erscholl ein barscher Ruf nach dem Bub, und noch ehe der sich recht entschließen konnte, diesem Ruf zu folgen – denn er wollte nun die Fertigstellung des Bildes miterleben –, da war der Mann schon aus dem Hauseingang, kam schnurstracks auf das Kind zu und hatte es so rasch vom Boden hochgezerrt und unter den Arm gepackt, dass es verschreckt zu heulen begann. Greider hatte er dabei einen drohenden Blick zugeworfen, der ahnen ließ, dass nicht viel fehlte und der Mann hätte sich auch noch Greiders Block geholt, und zwar am liebsten mit Gewalt. Und dann war er schon mit dem Jungen im Haus verschwunden und hatte hinter sich die Tür zugeriegelt.

Greider ließ nicht den Eindruck aufkommen, dass ihn dieser Auftritt in eine hastige Flucht geschlagen hätte, aber er blieb nicht mehr lange an seinem Platz, verfertigte nur mehr aus dem noch frischen Gedächtnis einige Einzelheiten am Porträt des Knaben, räumte dann seine Sachen zusammen und zog heimwärts, zur Witwe Gader.

IV

Im Haus, in dem Greider zu Gast war, hatte man sich schnell aneinander gewöhnt und gut miteinander eingelebt. Entgegen der Behauptung des Bärtigen, die Witwe würde für den Winter Hilfe benötigen, gab es für Greider nicht viel zu tun, was ihn von seiner Kunst abgehalten hätte. Der Gader'sche Obst- und Gemüsegarten war schon vor der Ankunft des Fremden abgeerntet, der Ertrag eingelagert oder zu Konserven verkocht worden. Die gewöhnliche Hausarbeit wollten sich Luzi und ihre Mutter nicht von ihrem Gast abnehmen lassen. Und das für diese Jahreszeit aufgesparte Handwerk, mit dem sie die länger werdenden Abende zubrachten, das Nähen oder Ausbessern von Kleidung und Wäsche, hätten sie ohnehin niemals Männerhänden überlassen.

So blieb Greider – der stets bereitwillig anbot, sich nützlich zu machen – nur, ab und an einen frischen Vorrat an Brennholz zu hacken, bei der Versorgung der wenigen Tiere im Stall oder dem seltenen Schleppen schwererer Lasten zu helfen. Dass man aber den Gast überhaupt als Arbeitskraft einsetzte, schien weniger dem Wunsch oder Bedarf der Witwe und ihrer Tochter geschuldet, sondern Greiders beharrlichen Erinnerungen, dass der Bärtige ihm das Quartier mit der Begründung zugeteilt hatte, er würde dort gebraucht. Die Frauen wollten dies sichtlich nicht als Lüge entlarven.

Zumindest in einer Hinsicht aber wurde ihnen der unerwartete Mitbewohner tatsächlich zur willkommenen Erleichterung. Da Greider fast jeden Tag im Dorf oder dessen Umgebung verbrachte, konnten Luzi und ihre Mutter sich den Weg dorthin ersparen und ihm jederzeit die nötigen Besorgungen auftragen, die sie sonst alle zwei Wochen gesammelt zu erledigen pflegten. Aber obwohl Greider sich dabei als tadellos zuverlässig erwies und die Gader-Wittib bald nur noch sonntags zum Kirchgang ihr Grundstück verließ, behauptete Luzi gelegentlich, dass für eine gewisse Anschaffung ihr persönlicher Sachverstand unverzichtbar wäre. So schlug sie auch Greiders Angebot aus, sie in die Ortschaft und zurückzubegleiten und sich von ihr beim Kauf die zu beachtenden Besonderheiten erklären zu lassen, und zog alleine los, wofür sie stets ein bisschen länger zu benötigen schien, als wenn sie gemeinsam mit ihrer Mutter eine ähnliche Besorgung erledigt hatte. Und wovon sie stets mit einem Einkauf zurückkehrte, dem nicht anzusehen war, was an seiner Auswahl denn nun Greider eigentlich hätte überfordern sollen.

Wenn die Witwe daran etwas Seltsames fand, dann ließ sie sich das nicht anmerken. Greider aber, der anfangs noch voller Hilfsbereitschaft versucht hatte, ihr den Weg abzunehmen, verstand bald, dass er der jungen Frau nützlicher war, indem er seine vermeintliche Unfähigkeit, die Besorgungen zufriedenstellend zu erledigen, einfach mit einem heimlichen Lächeln akzeptierte – und er sah es weder als seine Aufgabe noch als sein Recht an, weiter zu fragen, warum.

Das Verhalten des Mädchens war umso eigenartiger, als das Hochtal kein Ort war, der viel Auswahl anbot für Besorgungen jeglicher Art. Die meisten seiner Bewohner waren Bauern, die das, was sie zum Leben bedurften, selbst erwirtschafteten. Nur wenige waren für ihr täglich Brot auf Zukäufe angewiesen, wie die Gaderin, die nach dem Tod von Mann und Sohn einen Großteil der Felder und des Viehs aufgeben musste. Und jeder wusste, an wen von den anderen man sich zu wenden hatte, falls man – stand beispielsweise ein Fest an – zusätzlich etwas benötigte, ohne dass dabei Geld die Hände wechseln musste.

Für alles, was auf diese Weise nicht zu beschaffen war, gab es im Ort einen Dorfschmied und einen Laden, in dessen wenigen, engen Regalen sich Stoffballen, häusliche Gebrauchsgegenstände und Werkzeuge, einfacher Schmuck und solch fast schon sündige Waren wie Kaffee oder Zucker drängten. Man scheute den beschwerlichen Weg in das größere Dorf am Fuß des Berges, selbst wenn das arbeitsreiche Leben überhaupt Zeit dazu ließ, und dieser Laden war die einzige Brücke zur Welt da draußen und deren Versuchungen.

Der Ladenbesitzer, ein kleiner, hagerer Mann mit dünnen, öligen Haaren und einem schmalen Schnurrbart, und seine unscheinbare, teigige Frau, die beide ihre Jugend schon lang abgestreift hatten, machten sich zweimal im Jahr auf zum großen Einkauf – einmal im Herbst, bevor der Schnee den Abstieg aus dem umkesselten Plateau unmöglich machte, und einmal nach der Schmelze, wenn die Warenvorräte des Winters fast leergekauft waren. Das meiste, was sie auf mehreren Packtieren dabei heraufbeförderten, war Nützliches, für den unvermeidbaren Gebrauch Bestimmtes, denn für alles Schmückende, nur dem Genuss Dienende fehlte den Leuten hier oben das Geld und der Sinn. Selten hatte das Krämerpaar einen Kunden, der sich zufrieden etwas gönnte von seinem Ersparten – den meisten schien das Betreten des Ladens wie das Eingeständnis, dass man nicht gut genug gehaushaltet hatte.

Dass die beiden mit ihrem Geschäft dennoch ein Auskommen hatten, lag weniger an den hohen Preisen, die sie für die unverzichtbare Ware, und den noch höheren, die sie für die Luxusgüter verlangten. Es lag daran, dass die Bewohner des Tals immer dann, wenn einer der ungeliebten Einkäufe unumgänglich war, auf die Anwesenheit des Krämerladens angewiesen waren. So war man darauf bedacht, den Besitzer und seine Frau im Ort zu halten. Es hatte sich so eingespielt, dass es den beiden nie an etwas fehlte. Viele der Bauern hier oben hatten ja, außer ein paar geerbten, in der Truhe sorgsam aufbewahrten Münzen, überhaupt kein Geld. Sie ließen beim Krämer Rechnungen anschreiben, von denen der so gut wusste wie die Bauern, dass sie nie mit Heller und Pfennig beglichen würden. Aber es war unausgesprochener Brauch geworden, dass der Händler diese Schulden bei Bedarf in Naturalien einfordern konnte, und dass dann er es war, der die Umrechnung nach Gutdünken vornehmen durfte.

Da aber der Händler selbst, so gut er hier oben von dem indirekten Tauschhandel leben konnte, hartes Geld brauchte, wenn er die Regale seines Geschäfts wieder neu bestücken wollte, sorgte man dafür, dass er auch dieses hinreichend in seiner Kasse fand. Manchmal schien es, dass die frivoleren seiner Waren, die fremdartigen Genussmittel, die vielfach überteuerten Zier- und Schmuckstücke für beide Seiten nichts anderes waren als eine Möglichkeit, gehörig klingende Münze in die Schublade der ratternden Registrierkasse zu füllen, die in absurdem Missverhältnis zur Seltenheit ihres Gebrauchs trotzig auf der Theke thronte. Und in Jahren, die die Launen des Wetters mager gemacht hatten, schienen besonders die Söhne des Brenner Bauern oft außergewöhnliche Gelüste zu verspüren nach Kolonialwaren, deren Genüssen gegenüber man sie sonst ganz gleichgültig kannte. Da tauchte, gerade am Ende des Winters, kurz bevor der Weg vom Berg hinab wieder frei wurde, der ein oder andere der sechs Brüder fast täglich in dem Laden auf und erstand solch ein Luxusgut gegen klingende Münze. Und schließlich fand der hereinbrechende Frühling die Kasse des Krämers so gefüllt wie immer.

All dies hatten die Gaderin und Luzi ihrem Gast gegenüber mehr angedeutet als erklärt – und hatten dabei in ihm, der sonst so viel hier oben gleichgültig hinzunehmen schien, stets einen erstaunlich aufmerksamen Zuhörer gefunden. Der Ladenbesitzer und seine Frau waren dann auch die ersten Menschen gewesen, mit denen Greider in den Tagen nach seiner Ankunft im Hochtal ein Wort wechselte außer seinen Gastgeberinnen. Diese hatten ihn bei seinem ersten Besuch in dem Geschäft noch begleitet, ihn nach kurzem Überlegen als »unsern Wintergast« vorgestellt, und seither hatten ihn die Besorgungs-Aufträge der beiden öfters hierhergeführt. Er konnte nicht gerade behaupten, sehr herzlich empfangen zu werden, wann immer er die schmale Tür öffnete und die Klingel zum Schellen brachte, welche den Krämer aus dem Hinterzimmer rief. Der kleine Mann beäugte ihn missmutig, wenn Greider die Waren prüfte – als warte er jeden Moment darauf, dass dieser etwas beschädigen oder gar entwenden würde –, blickte Greider aber auch überheblich an, wenn der ihn um etwas Bestimmtes bat, als sei es eine Zumutung, ihm dies hervorholen, abwiegen, einpacken zu müssen. Etwas besser war es, wenn der Inhaber seine Frau bedienen ließ. Die erledigte alles mit einer unbeteiligten Schläfrigkeit, mit der sie ihr ganzes Leben hinzunehmen schien, und wurde nur wacher, wenn man ihr Geldstücke in die Hand zählte. Aber auch bei ihrem unleidlichen Mann hatte Greider das Gefühl, dass der ziemlich bald aufgehört hatte, ihn als außergewöhnlichen Fremden zu betrachten, und nur das Verhalten an den Tag legte, das er allen gegenüber zeigte, weil ihm jeder Kunde insgeheim wie ein Eindringling in seinem Laden erschien. Greider ertrug es gelassen, aber er beschaute sich das Paar genau, und er schien sich jede Herabsetzung, die ihr Verhalten ihm beizubringen suchte, im Gedächtnis zu notieren. Als gäbe es da noch eine andere Rechnung, die geführt wurde und die nicht in Münze zu begleichen sein würde.

In diesem engen Laden, wo der Schaden, den Greider bringen konnte, nicht größer schien als der aller anderen Käufer mit ihren gierigen Augen und Fingern, und wo der Nutzen, den er brachte, sogleich in Form des Geldes in der Kasse sichtbar wurde, vollzog sich schnell, was allmählich auch im Rest des Dorfs geschah. Greiders Anwesenheit an sich verlor ihr Interesse, es zählte nur noch, was er unmittelbar tat.

Nach wie vor war das vor allem Zeichnen. Es war kalt geworden in der Hochebene. Seine ersten zwei, drei Wochen hatte Greider den Bergkessel noch oft erfüllt gefunden von einem hartnäckigen Nebel, der aus allem die Farben zu saugen schien und der manchmal erst mittags widerwillig der Sonne Durchlass gewährte. Doch diesem fahlen Dunst war es jetzt selbst zu ungastlich geworden, und an seiner statt bleichte in den frühen Stunden des Tages ein pelziger Raureif die Welt. Als wolle der Winter Maß nehmen für das weiße Tuch aus dickerem Stoff, das er bald über alles breiten würde. An manchen Tagen fiel auch schon der erste echte Schnee, in vorschnellen Flocken, deren fadenscheinige Decke spätestens am nächsten Mittag von den Strahlen einer zunehmend blassen Sonne zerschlissen und aufgetrennt wurde.

Wenn Greider sich morgens auf den Weg machte, dann hinterließen seine Tritte nun Spuren, obgleich diese selten den Abend erlebten. Und diese Spuren führten immer öfter nicht nur ins Dorf hinein, sondern auch durch es hindurch, um es herum, weiter und weiter über es hinaus. Greiders Zeichenstift eroberte sich ein immer größeres Territorium. Im Ort gab es kaum mehr eine Gasse, ein Haus, deren Ansicht nicht zumindest skizzenhaft auf einem von Greiders Zeichenblöcken eingefangen war. Und nun hatte er begonnen, das Dorf aus einiger Entfernung festzuhalten, wie es dichtgedrängt und geduckt inmitten der Ebene lag. Er hatte die Kirche eingehend studiert, die etwas außerhalb gelegen von einer kleinen Anhöhe aus über die Ansiedlung wachte. Und auch zu einigen der einzeln liegenden Höfe war er schon mit seinem Maultier gezogen. Zudem hatte die Natur um die Ortschaft herum offenbar seine künstlerische Neugier geweckt, denn viele Blätter zeigten die mächtigen, das Hochtal einkreisenden Felsmassive – besonders jenen Zug, auf dessen höchstem Punkt das dunkle Gipfelkreuz prangte. Seit dem kleinen Jungen hatte Greider keinen Menschen mehr zum alleinigen Gegenstand seiner Zeichnungen gemacht, aber er hatte keine Scheu mehr, seine Szenen aus dem Tal mit Figuren zu bevölkern. Seine Bilder behielten lediglich weiterhin einen vorsichtigen Abstand zu den Leuten, kamen vor allem ihren Gesichtern nie so nah, dass der Einzelne sich zweifelsfrei hätte wiedererkennen können.

Greiders Streifzüge durch die Welt des Tals wurden in jenen Tagen begleitet von den Geräuschen der Männer, die sich – nun, da auf den Feldern keine Arbeit mehr zu verrichten war und die Bäume ihren Saft schützend nach innen gesogen hatten – im Hangwald versammelten, um Holz zu machen. Der angebrochene Winter hatte seine hellhörige Stille über das Tal gelegt, die das Rauschen der Blätter, das Rufen der Vögel, die ganze Geschäftigkeit des übrigen Jahrs hochmütig abgestreift hatte, und so tönte jeder laute Klang von der Arbeitsstelle am Bergkesselrand klar und trocken widerhallend über die ganze Ebene. Die knappen, warnenden Rufe der Männer, hie und da auch ein kurzes Auflachen, das ächzende Brechen der Bäume und das hundertfache Ästeknicken ihres Falls, ihr dumpfes, lebloses Aufschlagen. Der heiser rasselnde Atem der Sägen. Und vor allem das Schlagen der Äxte, welches das Tal durchschallte wie das leicht stolpernde Tocken einer riesenhaften, hölzernen Uhr.

An einigen Tagen stieg Greider auch das bewaldete Stück

Hang hinauf bis zu der Lichtung, die die versammelten Männer mit ihren groben Werkzeugen gerade erweiterten. Er erntete ein paar abschätzige Blicke, als er aus dem dunklen Saum des Waldes heraustrat, aber die Männer waren zu beschäftigt – und Greiders Anblick ihnen inzwischen vertraut genug –, als dass man sich lange um ihn gekümmert hätte. Er hockte sich mit seinem Zeichenblock abseits auf einen älteren, von einer früheren Rodung übrigen Baumstumpf, wo er weder den Männern bei der Arbeit im Weg war noch Gefahr lief, unter einen der umstürzenden Stämme zu geraten. Dort blieb er ein paar Stunden, seine Hände durch an den Fingern gestutzte Handschuhe zugleich warm und feinfühlig genug zum Zeichnen – und, wenn sie dennoch zu klamm wurden, durch ein in der Manteltasche geborgenes Blechbehältnis, in dessen Innerem ein Stück Kohle glimmte, wieder zur Geschmeidigkeit gebracht.

Die Zeichnungen, die er in dieser Zeit anfertigte, schienen zunächst geprägt von einer Neugier auf den tatsächlichen Ablauf einer solchen Arbeit. Sie ließen erkennen, wie die Männer den nächsten zum Fällen geeigneten Baum ausguckten, wie sie ihn vorbereiteten, dann mit Äxten, Keilen und Stricken zum Stürzen brachten, wie sie ihn von seinen Ästen entkleideten und schließlich den nackten Stamm transportierten und zu den anderen stapelten. Aber mehr als auf allen Blättern Greiders aus den Wochen zuvor konnte man bei ihnen nun auch eine Genauigkeit in der Wiedergabe der Personen entdecken. Obwohl die Männer hier nur austauschbarer Teil einer gemeinschaftlichen Arbeit waren, hatte Greider jeder Gestalt auf diesen Zeichnungen in Proportionen, Haltung, Ausdruck genug Aufmerksamkeit gewidmet, dass man ohne Schwierigkeiten alle wiedererkennen konnte. Über die verschiedenen Zeichnungen verteilt hatte so fast jeder arbeitsfähige Mann aus dem Tal seine kleine künstlerische Studie erhalten – wenngleich manche von ihnen mit sichtlich mehr Interesse ausgeführt waren als andere. Die Söhne des Brenner Bauern jedenfalls, von denen jeder am einen oder anderen Tag seinen Teil bei der Arbeit half, waren mit einer ganz besonderen Sorgfalt getroffen.

Die Bilder von der Holzstelle waren auch seit längerem die ersten, die bei Greiders Gastgeberinnen wieder auf echtes Interesse stießen. Anfangs hatte er jeden Abend für die Witwe Gader und Luzi die Erträge seines künstlerischen Tagwerks auf dem Stubentisch ausgebreitet. Ein wenig war das wohl als Beweis seiner ehrlichen Absichten gedacht, seines tatsächlichen Vermögens als Maler und seines fleißigen Arbeitens. Aber im Haus der Gaderin war ihm das Misstrauen ohnehin niemals so entgegengeschlagen wie im übrigen Tal. Hier gab man Greider nie Anlass zu meinen, seine Worte brauchten äußere Bestätigung, um Glauben zu finden. So war die allabendliche Bilderschau auch mehr dazu gedacht, eine vermeintliche Neugier der beiden Frauen zu stillen auf das, was ihr unerwarteter Gast denn nun wirklich tat. Doch bald spürte Greider, dass diese Neugier nicht sonderlich groß war.

Die ersten Tage war man tatsächlich noch gespannt, was es denn genau war hier oben, das einen Künstler für einen Winter aus seiner zweifelsohne viel reichhaltigeren und komfortableren Welt locken könne, und man bestaunte ausgiebig sein technisches Können. Denn auch wenn Greider bisher eigentlich nur Studien angefertigt hatte, die wenig erkennen ließen, was nicht zu den Fertigkeiten jedes Kunststudenten gehörte, war es für die beiden mit Malerei so unvertrauten Frauen allein schon eine Attraktion zu sehen, wie wenige, sichere Striche ein lebendiges Stück Wirklichkeit so treffend auf ein Stück Papier bannen konnten.

Aber wie jeder Reiz des Neuen verflog auch dieser bald,

und selbst ihre bescheidene Erfahrung mit Kunst sagte den Frauen, dass sie es bei diesen Blättern noch nicht mit richtigen Werken zu tun hatten. Und die Besonderheit des von den Skizzen Abgebildeten wollte sich ihnen erst recht nicht erschließen. So wenig Malerei sie kannten, so vertraut war ihnen seit Jahr und Tag all das, was auf Greiders Blöcken erschien.

Die abendlichen Blicke auf die Zeichnungen wurden schnell immer kursorischer, immer mehr schienen die Frauen mehr als auf Greiders Arbeiten darauf zu warten, dass diese den Tisch wieder freigaben für Essen und häusliche Tätigkeiten, und so begnügte man sich bald, ihn bei seiner Heimkehr einfach kurz berichten zu lassen, welchen Ort er aufgesucht und was er dort gezeichnet hatte.

Es war keinerlei Misstrauen unter Luzis Neugier, nur etwas Enttäuschung, als diese sich eines Abends traute zu fragen, wann Greider denn nun einmal ein »richtiges« Bild malen würde. Greiders belustigte Gegenfrage, was denn an seinen bisherigen Werken nicht richtig sei, war nicht ganz ehrlich, denn er musste ganz genau wissen, was die junge Frau meinte – auch wenn Greider ein Gemälde anders umschrieben hätte als Luzi, deren Erklärungsversuche nicht hinauskamen über »halt mit Farben«, um dann hilflos zurückzufallen auf »so a richtiges Bild halt«. Greider antwortete auf die ursprüngliche Frage schließlich mit einem bloßen »Bald«.

Aber ein paar Tage später sahen die Frauen ihren Gast mit Säge und Hammer hantieren, fanden in seinem Zimmer die Staffelei ausgeklappt und aufgestellt, und darauf dann einen offenbar frisch zusammengezimmerten Holzrahmen, den Greider mit einem Stück unberührter Malerleinwand bespannt hatte. Doch dabei blieb es fürs Erste. Nichts ließ erraten, welches – und ob überhaupt schon ein – Motiv dazu auserkoren war, auf dieser Leinwand zum »richtigen Bild« zu werden, und wann Greider vorhatte, mit dem Malen tatsächlich zu beginnen.

Vielleicht wollte Luzi sehen, ob sie in einer von Greiders weiteren Zeichnungen schon den Vorentwurf zu dem noch ausstehenden Gemälde würde erkennen können. Als jedenfalls Greider bei seiner Heimkehr ins Haus, starr in den Gliedern und das Gesicht brennend rot von der Kälte, auf die übliche Frage nach seinem Tag erzählte, er habe die Männer beim Holzhauen beobachtet, da wurde Luzi plötzlich neugierig und forderte ihn auf, seinen Zeichenblock in Augenschein nehmen zu lassen. Greider tat ihr gern den Gefallen, breitete ihr die Blätter zur Inspektion auf den Tisch in der Stube. Das Mädchen vertiefte sich aufmerksam wie kaum zuvor in deren Studium, beugte sich tief über die Zeichnungen, dass sie sie fast mit der Nasenspitze berührte und sich das Haar mit einer Hand zurückstreichen und im Nacken halten musste, damit die Locken nicht die Skizzen verdeckten. Sorgfältig ließ sie ihren Blick über die ganze Fläche eines jeden Blatts gleiten, wobei sie besonders eindringlich die dargestellten Figuren zu mustern schien. Ihre Mutter gesellte sich mit an den Tisch, aber offensichtlich weniger aus eigenem Interesse an Greiders Arbeiten als aus dem Wunsch, den unerwarteten Eifer ihrer Tochter zu ergründen. Sie hielt mehr Abstand zu den Bildern, schaute ebenso oft auf das Gesicht des Mädchens wie auf die Zeichnungen. Doch während die Witwe noch suchte nach etwas, das das Verhalten ihrer Tochter zu erklären vermochte, hatte Luzi bereits die gründliche Inspektion der neuen Arbeiten abgeschlossen und damit schlagartig ihren Eifer für die Zeichnungen verloren. Was immer sie in ihnen zu finden gehofft hatte, sie hatte es offenbar nicht entdeckt. Das richtige Bild, es war nicht darunter.

Luzi verlor an jenem Abend kein Wort mehr über Greiders Werke, und weder er noch ihre Mutter sprach sie auf ihre merkwürdige Neugier an. Dafür gab es anderes zu bereden. Seit zwei Tagen hingen schwere Wolken über dem Tal, die Sonne hatte sich nur als milchiger Schemen blicken lassen, die Luft war durchdrungen vom scharfen Geruch nach dem ersten großen Schnee. Alle waren sich einig, dass der Winter die Vorgeplänkel satthatte. Auf seinem Heimweg durchs Dorf, während bereits beständig einzelne Flocken niedertanzten, die zu dick geworden waren, um sich länger am Himmel zu halten, hatte Greider schon Blicke geerntet, die erst ihn fixierten, dann den schneeschwangeren Himmel. Und wenngleich die Gaderin sich förmlich verbog an diesem Abend, um es nicht auszusprechen, so war doch unmöglich zu überhören, dass sie eigentlich – allerdings höflich besorgt statt drohend – dasselbe sagen wollte wie jene Blicke: ›Greider, in diesen Wolken hängt das Beil, das dir deinen Rückweg abschneiden wird. Wenn du aus dem Tal willst, dann hast du höchstens noch ein paar Stunden.‹

Greider verstand die Blicke, und er verstand die unausgesprochenen Worte der Witwe. Aber er nahm beides mit Gelassenheit hin. Wenn in seiner Art etwas war, das nicht von großer innerer Ruhe zeugte, so war es höchstens der Funke einer Vorfreude. Greider war sich wohl bewusst, dass eine Tür hinter ihm zufiel. Aber er wirkte nicht wie einer, der im Begriff war, mit gefährlichen Tieren in einen Käfig gesperrt zu werden. Er wirkte eher wie jemand, den man in die gefüllte Speisekammer schloss.

Als die beiden Frauen und Greider zu Bett gingen, konnten sie durch die dicken Scheiben der schmalen Fenster den Schnee immer dichter fallen sehen. Schon war der Boden weiß, und es gab keine Zweifel, dass die Sonne sich diesmal einige Monate würde gedulden müssen, bis sie sein Grün und

Braun erneut hervorholen konnte. Es ging fast kein Wind,
das Unwetter, das da draußen niederging, machte sich ganz
still daran, die Welt zu ersticken und zu einem erstarrten Bild
zu formen.

Greider, der sich wohlig in den Daunen seines Betts vergrub, schien das durchaus zu gefallen. Friedlich lächelnd
schlief er ein, unter den Augen des Frauenporträts an der
Wand gegenüber. In der Mitte des Zimmers stand, in einem
trüben, vom Schneefall durchrieselten Rechteck aus Mondlicht, noch immer die Staffelei. Auf ihr prangte erwartungsvoll
die leere, straff aufgespannte Leinwand. Sie war vom gleichen
Weiß, das die Welt draußen vor dem Fenster langsam annahm.

V

Der Hof kauerte unter dem lastenden Schnee wie ein bös-
artiges Tier. Massig und gedrungen wirkte das matte Schwarz
seiner Holzverkleidung, aus dem die Nachmittagssonne das
Glas der Fenster blitzen ließ. So lauernd das große Haus ins
Ende des Hochtals geschmiegt war, hätte man es inmitten des
alles bedeckenden Weiß für den Eingang einer Höhle halten
mögen, aus dem ein Wesen einen mürrischen Blick heraus
tat, vielleicht in der Hoffnung auf Beute, die durch die langen,
zurückgezogenen Wintermonate Zehrung geben könnte.

Es gab keinen mächtigeren Hof im Tal als den des Brenner
Bauern. Zwar hatte auch sein Haupthaus lediglich ein weite-
res Stockwerk auf dem Erdgeschoß aufsitzen – aber seine
Ausdehnung der Länge und Breite nach maß nahezu das
Zweifache der des nächstgrößeren Hofs. Und wo die anderen
Gebäude im Tal durch ihre geringe Höhe furchtsam geduckt
wirkten, da weckte dieses den Eindruck von sich breitma-
chender und dennoch gespannter, versammelter Kraft.

Leichte, angedeutete Linien, nur hie und da eine schärfere Kontur, ein paar schattige Flächen, Schraffuren, die höchstens für ein Stück vom Schnee freier Baumborke oder Felswand einmal tiefer ins Grau hineinspielten: Das war alles, was es auf Greiders Zeichenblock bedurfte, die umgebende Landschaft einzufangen. Doch in der Mitte des Bildes, da hatte er die Zeichenkohle dick und stark aufs Papier gerieben. Da starrte dieser Hof, mit seinem lauernden Haus, seiner großen Scheune und den Ställen.

Kurz nach Hereinbrechen des Schnees hatte Greider damit begonnen, auch die andere Seite des Hochtals zu erkunden. Da diese kaum bevölkert war und er niemandem ein vertrauenerweckendes Schauspiel bieten musste, kam er bei diesen Streifzügen schneller voran. Das einzige Gebäude, das Greiders Aufmerksamkeit fesselte, war die Mühle, die – ins Tal hineinreitend linker Hand – nah an die Felswand gebaut war, aus der ein Gebirgsbach herabschoss, welcher das mannshohe Rad drehte. Sie beschäftigte seinen Zeichenstift für zwei, drei ungewöhnlich konzentrierte Tage, bevor er die schmale Holzbrücke überquerte, welche ein Stück stromabwärts tiefer ins Tal führte.

An einem schneidend klaren Morgen hatte Greider schließlich auch zum ersten Mal das hinterste Ende des Tals erreicht. Er war früh losgezogen, kaum dass ein schmutziges Rosa über den Gipfeln aufgeblüht war, am Saum eines Himmels, in dem noch die kalten Nadelstiche der Sterne zu sehen waren. Er hatte keine Station gemacht, hatte nur seinem Tier hin und wieder eine kurze Rast gegönnt. Langsam war es hell geworden um ihn, hatten sich Schwarz und Weiß, die anfänglich nur zwei unterschiedliche Schattierungen des alles durchdringenden bläulichen Graus waren, immer weiter voneinander getrennt, bis endlich die Sonne selbst über den Bergkamm kam. In ihren Strahlen wurde der Schnee gleißend, und die Landschaft schien nun mit einer harten Schicht feiner Spiegelkörner überzogen.

Jeder Blick auf die freien Flächen stach in den Augen, und so froh Greider und sein Tier nach solch langem Ritt durch beißende Kälte über die flüchtige, aber intensive Wärme des Sonnenlichts waren, sosehr fanden sie es doch erleichternd, aus der peinigenden Helle in den Halbschatten eines Waldstücks einzutreten. Selbst jetzt, wo es auf Mittag zuging, herrschte dort ein majestätisch-gelassenes Zwielicht, ein gefilterter Dämmer blieb als matter Abglanz der Sonnenhelle, so wie manche von Klippen geschützte Höhle am Meeresstrand ein Gewässer beherbergt, das die tosenden Wellen und Fluten des Ozeans draußen nur durch ein mildes Steigen und Fallen seines Pegels erahnen lässt. Und nicht nur das Licht schien hier gedämpft und gemildert, auch die Geräusche bekamen einen sanfteren Klang. Still war es schon zuvor im Tal, aber die Stille hier zwischen den schwarzen Stämmen war intimer. Es war die Stille eines schützenden Raumes, der alles Ertönende schnell in eine erstickende Umarmung nimmt und auf den weichen Boden niederringt, bevor es weit dringen kann.

Dumpf war hin und wieder das Niedergehen einer Schneemasse zu hören, die schwer von einem Ast geglitten war. Hart, mit mitleidlosem Nachhall krachte es, wenn irgendwo ein Ast sich nicht rechtzeitig von der nassen Last hatte befreien können und barst. Nur einmal schien es, als käme ihm ein unregelmäßiges Echo seiner Hufschläge durch die Bäume entgegen. Doch grade war es fast so laut geworden, dass es die Schwelle zu einer sicheren Wahrnehmung überschritten hätte, da entfernte es sich wieder und verschwand.

Greider wusste, dass der Weg durch diesen Wald nicht allzu lange dauern konnte. Schon wie er auf das Gehölz zu-

gekommen war, hatte er dahinter mächtig die Bergwand auf-
ragen sehen, die das Hochtal an diesem, seinem vom Zugang
entferntest gelegenen Punkt abschloss. So hoch und steil
ragte sie dort in den Himmel, dass die Sonne nur im Sommer
für ein paar Mittagsstunden weit genug über deren Rand
lugte, um den kalten Schatten zu verscheuchen, der dieses
Felsbecken füllte. Wie ein Gürtel lag davor der Wald, langgezogen, jedoch nicht tief. Nur ein paar Minuten war er im
gemächlichen Trott seines Tieres geritten, da sah Greider den
Weg vor sich sanft ansteigen, und er ahnte, dass hinter dieser
Böschung das Ziel seines Ausflugs wartete. Und in der Tat
bot sich ihm, nachdem der Maulesel die Kuppe hinauf-
geschnauft war, sein erster Blick auf den Hof des Brenner
Bauern.

Greider ließ sein Tier anhalten, stieg ab und führte es auf dem
Kamm des Hangs entlang des Waldrands, ein Stück abseits
von dem Weg, der hinabführte. Von hier hatte er eine wie für
einen Maler geschaffene Sicht auf den dunklen Hof, doch bevor er sich genauer in dessen Anblick vertiefen konnte, forderte etwas anderes seine Aufmerksamkeit. An dem Zaun
aus groben, waagerechten Stämmen, der das Gut umgab,
hatten sich am Durchlass des Weges sechs zu Pferd sitzende
Männer aufgereiht. Es waren die Söhne des Brenner Bauern.
Vielleicht hatten sie sich tatsächlich eben erst dort versammelt, hatten möglicherweise auf einen Nachzügler gewartet,
bevor sie sich auf den Ritt in Richtung Dorf machten. Einige
von ihnen hatten sich schließlich mit ihren Pferden halb zueinander gewandt, schienen etwas zu diskutieren. Und es
mochte nur Ungeduld sein, dass die anderen sich so ausge-
richtet hatten, dass sie den Weg entlangblickten, der Anhöhe
und dem Wald zu.
Tatsächlich setzte sich nach einer Weile die kleine Kara-

wane in Bewegung, denn es war einer der seltenen Tage, wo sich das vollzählige halbe Dutzend von ihnen in den Ort begab. Im Wirtshaus war eine Versammlung anberaumt – die Witwe Gader hatte es am Abend zuvor erwähnt –, bei der über wichtige Dinge für das bevorstehende neue Jahr beratschlagt werden sollte, über Landzuteilungen, Bauvorhaben und dergleichen. Da durfte offenbar keiner der Burschen fehlen. Und doch war es ein arger Zufall, dass einerseits Greider just diesen Tag gewählt hatte, endlich diesen letzten ihm unbekannten Fleck des Tals aufzusuchen – und dass er nun andererseits eben in jenem Moment hier ankam, in dem die Brenner-Söhne im Aufbruch begriffen waren.

Dass sie den Fremden bemerkt hatten, wie der aus dem Wald heraustrat, daran gab es keinen Zweifel. Kaum war Greider auf der Kuppe erschienen, da hatte einer von ihnen, dessen Augen vielleicht zufällig genau auf diese Stelle gerichtet waren, zu den anderen ein paar knappe Worte gesagt und mit dem Kopf in Greiders Richtung gedeutet. Alle hatten darauf ihren Blick zu dem Ankömmling gewandt, und seltsam mochte einem nur vorkommen, wie wenig Überraschung über sein Erscheinen sie dabei an den Tag legten. Als sie dann wenig später losritten, grüßte jeder – sobald er den sanften Hang herauf an der Stelle angelangt war, an der Greider mit seinem Maulesel am Waldrand stand – den Maler wortlos und mit Blicken, die von spöttischer Höflichkeit bis zu drohender Abschätzigkeit reichten, indem er zwei Finger an die Hutkrempe hob. Der Älteste mit dem Vollbart war der Einzige, der dabei den Gang seines Pferdes verlangsamte, und seine Augen funkelten am feindseligsten herüber. Greider erwiderte jeden Gruß auf gleiche Weise, aber mit einem Lächeln, das von einer Selbstsicherheit kündete, der nicht allzu viel zur Unverschämtheit fehlte.

Während sie an Greider vorbeiritten, sprachen die Bren-

61

ner-Söhne untereinander kein Wort, und als ihre Stimmen wieder vernehmbar wurden, da waren sie nur ein ununterscheidbares Murmeln, das sich unter die anderen, schon immer ferner und undeutlicher werdenden Geräusche ihres Zuges mischte.

Bald war wieder Stille eingekehrt, die nun, nach diesem ersten großen Menschenlärm des Tages, noch tiefer schien als zuvor. Greider band sein Tier an einen Baum, wo es geschützt stand und nur eine dünne Schicht Schneestaub den Waldboden bedeckte. Dann holte er endlich seine Utensilien aus der Tasche, postierte sich auf einem umgestürzten Baumstamm auf dem Kamm der kleinen Anhöhe, studierte eine Weile wach und genau den kauernden Hof und begann dann zu arbeiten.

Greider hatte bald drei, vier Blätter mit Skizzen des Guts gefüllt: mit einer vollständigen Ansicht, wie es am Fuß der Felswände lag und die natürliche, kesselartige Nische für sich in Beschlag nahm, die sich hier zwischen Berghalbrund und Waldsaum auftat; mit der großen Scheune, die links, und den Stallungen, die rechts neben dem Haupthaus lagen, im Vordergrund der Brunnen inmitten des großzügigen Platzes, welcher sich hinter dem Zaun erstreckte; und mit Detailstudien der einzelnen Gebäude – die meisten und ausführlichsten dem Wohnhaus gewidmet. Die Arbeit schritt zügig voran, und doch war mittlerweile wohl eine Stunde vergangen, ohne dass auf dem Hof sich eine Spur von Leben geregt hätte außer dreier junger Katzen, von denen gelegentlich eine um eine Hausecke herumspazierte oder durch einen Türspalt gekrochen kam und sich dann, nachdem sie kurz den Schnee inspiziert hatte, doch wieder in eines der Gebäude trollte.

Ab und zu drang ein Muhen aus dem Stall, doch sonst war es hier nicht weniger still als zuvor im Wald.

Und dennoch kam aus dem Kamin, der aus dem schwarzen Dach des Hauses wuchs, beständig Rauch, der kerzengerade in die eisklare Luft stieg, um sich in ihr bis zur Unsichtbarkeit zu zerfransen.

Als Greider eine Skizze dieses Kamins ausgeführt hatte, erhob er sich, schüttelte sich die Kälte aus dem Leib, klemmte seinen Block unter den Arm, band das Tier los und führte es zurück auf den Weg. Doch er wandte sich nicht zurück zum Wald, sondern hinab in die Senke. Er stieg nicht auf den Maulesel, sondern schritt ihm, die Zügel in der Hand, voran auf den dunklen Hof zu, bis es nur noch wenige Schritte zu dem Zaun hin gewesen wären. Dort verließ er wieder den Weg und stapfte ein paar Meter weit ins freie Feld, bis zu einer mächtigen, einsam stehenden Tanne, um deren Stamm herum dank des Schutzes der ausladenden Äste nur dünn Schnee lag. Hier band er das Tier erneut an und öffnete, sich an den Stamm lehnend, ein weiteres Mal den Zeichenblock.

Der Mittag war noch nicht allzu lang vorbei, aber weil die steilen Bergwände dem Licht hier nur einen schmalen Durchlass gewährten, genügte diese Zeit schon, dass es merklich dämmriger wurde in der Senke. Vielleicht lag es daran, dass Greider jetzt zum ersten Mal einen flackrigen Schein bemerkte, der aus einem kleinen Anbau neben dem Stall auf den Schnee fiel, welcher sich langsam wieder von Weiß ins Bläulich-Graue zu färben begonnen hatte. Aber hätte ihm wirklich auch die zweite Rauchsäule entgehen können, wenn sie sich schon die ganze Zeit wie jetzt aus dem steinernen Schornstein geringelt hätte, der unverhältnismäßig groß auf dem flachen, schmalen Bau prangte? Und seit wann waren die unregelmäßigen Schläge wie von einer tonlosen, kurzatmigen Glocke schon zu hören gewesen, die er nun aus derselben Richtung zu vernehmen glaubte?

Diesmal gab sich Greider mit seiner Arbeit schon zufrieden, nachdem er nur ein Blatt mit ein paar Details des Panoramas gefüllt hatte. Dann verstaute er seine Stifte und seine Zeichenkohle, nahm den Block unter den Arm. Und ging die letzten Schritte durch den Schnee, dessen im Nachmittagsschatten überfrorene Kruste unter seinen Stiefeln brach, bis er endlich unmittelbar am Zaun des Brenner'schen Anwesens stand.

Er stützte sich auf den obersten Balken und ließ erneut und genauer als je zuvor seinen Blick über den Hof streichen. Doch kaum war er ein paar Atemzüge so verharrt, da zog der kleine Anbau neben dem Stall seine Aufmerksamkeit auf sich, weil das gluthelle Flackern, das aus ihm drang, plötzlich unterbrochen wurde. In der türlosen Öffnung war eine Gestalt erschienen, die einen großen Schatten in den Schnee warf. Sie füllte das Rechteck des Eingangs so vollständig aus, dass nur ein kleiner Kranz des rotgelben Lichts noch Raum hatte, den Schattenleib zu umzüngeln.

Es war ein hünenhafter Mann, der sich da durch den Einlass zu zwängen schien, bekleidet mit einer Lederschürze, welche stammdicke Beine und einen fassgleichen Körper verbarg, mit Unterarmen so stark wie eines kräftigen Mannes Oberschenkel und einem Nacken, der die stierbreiten Schultern ansatzlos in den runden, kahlen Schädel übergehen ließ – der ganze Kerl glänzend und dampfend von Schweiß. In der einen Hand hielt der Hofschmied locker seinen Hammer, den ein gewöhnlicher Mann nur mit beiden Armen zu schwingen vermocht hätte, in der anderen seine Zange, deren Spitze ein weißglühendes Stück Metall umfasst hielt.

Von dem Moment an, da er durch die Türöffnung getreten war, hatten seine tiefliegenden, polierten Eisenkugeln gleichenden Augen sich an Greiders Blick gekrallt und diesen fest an sich gezwungen. Und sie wendeten sich auch nicht ab, als der Schmied das Eisen in einen Schneehaufen stieß, aus dem sofort Dampf aufzischte. Nur einen kurzen Moment gönnte er sich, das erkaltete, schwarz gewordene Werkstück in Gesichtshöhe zu heben und zu prüfen. Ein Hufnagel war es, von dem der Blick des Schmieds – der das Gewicht seines Hammers in der anderen Hand spielerisch tanzen ließ – umgehend zu Greider zurückkehrte, um ihn herausfordernd zu mustern.

Wer immer unter dem Dach des Brenner-Hofs zurückblieb, wenn die sechs Söhne ausgeritten waren, wer immer im Dämmer hinter den halb blinden Fenstern kauerte – er wusste sein Haus nicht ohne Hüter.

VI

Während der Wochen, die seit Greiders Ankunft ins Land gezogen waren, war es immer näher auf Weihnachten zugegangen. Man hatte wenig davon gespürt hier im Hochtal, wo auch die Adventszeit nicht viel Schmuck und Bräuche kannte. Es hatte sich höchstens mancher ein oder zwei von den beim Holzen abgehauenen Tannenzweigen in die Stube geholt – was so sehr dem guten Geruch zu verdanken war, den sie dann dort verbreiteten, wie dem Gedanken an den heranrückenden hohen Feiertag.

Aber dieser Gedanke war jeden der letzten vier Sonntage vor jenem Fest in der Kirche wachgehalten worden, in der Liturgie und in den strengen Predigten des Pfarrers Breiser. Sein Haus Gottes stand etwas abseits vom Dorf, ein kleiner, knochenweißer Bau mit einem spitzen Turm, in dem nicht mehr Platz hatte als ein Geläut aus drei Glocken, von denen nur die größte diese Bezeichnung verdient hatte. Die anderen beiden waren bessere Bimmeln, deren Betätigung der Verkündigung besonderer Anlässe vorbehalten war. Auch innen bot die Kirche nur den gerade nötigen Raum, um die paar Dutzend Talbewohner in einer Handvoll enggedrängter Bankreihen aufzunehmen.

Ihr einziger Schmuck außer dem Altar, dessen Tabernakel tatsächlich mit dünnem Gold verziert war, war ein Kreuzweg aus grobgeschnitzten Bildtafeln an den Seitenwänden. Das Holz dieser Tafeln war im Lauf der Jahre auch da gedunkelt, wo das Schnitzmesser des Künstlers einst helle Kerben und Narben hinterlassen hatte. Und da die Fenster der Kirche wenige an der Zahl und schmal waren, war es aus etwas Entfernung schwierig, in dem schummrigen Licht die Bilder deutlich zu erkennen. Die Arbeit war eher unbeholfen, es musste wohl jemand aus dem Tal selbst gewesen sein, der versucht hatte, die Leiden des Herrn mit alltäglichem Werkzeug in vierzehn Stücke Holz zu bannen. Aber gerade die Derbheit der Schnitzerei, ihre ungeschliffenen Kanten, langen, tiefen Fahrer und die manchmal an glücklicher Stelle erscheinenden, zufällig einen Teil des Dargestellten formenden Unebenheiten des Holzes machten in diesen Tafeln die rohe Brutalität des Gezeigten greifbar. Bei der Kreuzigung selbst schienen die verrenkten Muskeln und Sehnen der gemarterten Glieder, das schmerzverzerrte Gesicht geradezu herauszuwachsen aus dem Holz, und in die Hände und Füße des ausgezehrten Heilands hatte der unbekannte Künstler in grausiger Inspiriertheit wahrhaftige kleine, kantige Eisennägel getrieben, die dem Holz als Spalten aufklaffende Wunden zugefügt hatten.

Greider hatte nun schon einige Sonntage Gelegenheit gehabt, diese Kirche und ihre drückende Atmosphäre kennenzulernen. Denn seine Gastgeberin hatte ihn – nachdem sich der erste Argwohn über seine Anwesenheit im Tal gelegt hatte – schon öfters eingeladen, sie am Tag des Herrn zur Messe zu begleiten. Und er hatte dieses Angebot stets angenommen, auch wenn die Gaderin sich mit ihm immer möglichst abseits an den Rand einer der hinteren Bankreihen setzte – ohne damit manch abschätzigen Blick verhindern zu können – und sich nie jemand herabließ, ein Wort mit ihm zu wechseln. Er fand es wohl notwendig, dem Dorf den Beweis zu erbringen, kein Unchrist zu sein.

An diesen Sonntagen hatte Greider auch jedes Mal Gelegenheit gehabt, die Ursache für die seltsame Stimmung an diesem Ort der Gottesherrlichkeit zu erleben: den irdischen Herren dieses Hauses des Herrn. Breiser war ein beeindruckender Mann. Selbst die gestandensten Kerle im Tal vermochten nicht, sich seiner Wirkung zu entziehen. Denn sein grobschlächtiger Körper wies ihn als einen aus, der hingehörte in die rauhe Welt hier oben – einen, der es mit ihnen aufnehmen könnte, wenn das Undenkbare eintreten sollte und er seine Meinung mit mehr als Worten durchsetzen müsste. Zugleich aber wussten sie, dass sein Geist dem ihren weit überlegen war. Und beides zusammen gab Breiser eine natürliche Autorität, die selbst den Halsstarrigsten, Aufmüpfigsten seiner Gemeinde Respekt abforderte und viele Obrigkeitsfürchtige regelrecht einschüchterte – noch bevor überhaupt in Betracht gezogen war, dass er zudem seine Sendung auf Erden keinem Geringeren verdankte als dem Höchsten.

Er war ein kräftiger, im Alter etwas untersetzt gewordener Mann, dem Priesterrock und Messgewand immer leicht fremd am Leib saßen; dessen fleischige, behaarte Hände, dessen knochiger, von kurzgeschorenen, weißgrauen Haaren bekränzter Kopf mit den harten Augen und den überraschend vollen Lippen zu viril, zu animalisch hervorschauten aus solch heiliger, unmännlicher Kleidung. Es war ein Körper, von dem man vermutet hätte, dass er sich bei kraftvoller Arbeit wohl fühlen würde. Und zeigte sein Körper auch Spuren des Alters, ließen ihn diese nur noch zäher erscheinen, als wäre auch die letzte Weichheit aus ihm herausgegerbt – wobei auch sein Blick, seine Zunge im Lauf der Jahre immer unversöhnlicher und schärfer geworden waren.

Breisers Art zu sprechen, zu predigen, entbehrte jedoch jeder Theatralik – er war nicht einer jener Pfarrer, die mit ausladenden Gesten und donnernder Stimme die ewige Verdammnis beschworen, dass es den Leuten Schauer über den Rücken jagte, die manche insgeheim als durchaus wohlig empfanden. Die Vehemenz von Breisers Rede lag ganz in ihrer Direktheit, in ihrer bestimmten Gradlinigkeit, die keinen Ausweg ließ und keinen Widerspruch duldete. Breiser war ein so gebildeter wie kluger Mann, der seine Studien durchaus ernst genommen und sie mit Erfolg betrieben hatte. Er hatte seine Stelle hier oben in der rauhen Gegend bei den einfachen Leuten nicht, weil er einer von ihnen war – oder weil man ihn für einen anderen, zivilisierteren Ort nicht für gut genug befunden hätte –, sondern weil es ihm gefiel hier. Sein Geist hatte nichts von der Grobheit seines Äußeren, er war geschliffen und fein. Und auch wenn seine Worte manchmal fast derb waren in ihrer Direktheit, hatte die Stimme, mit der Breiser sie vortrug, doch eine Art von Musikalität, die ihr Eindringlichkeit verlieh.

Je näher Weihnachten sich genähert hatte, je mehr hatte Greider darauf gewartet, dass diese Stimme und das, was sie sagte, wenigstens etwas Weichheit, Sanftheit finden würden. An jedem der Adventssonntage war diese Erwartung unerfüllt geblieben. Nun aber war die Nacht der Geburt des Herrn gekommen, und wenn es überhaupt einen Anlass gab, der selbst einem Breiser Milde würde einflößen können, dann musste es dieser sein.

Die Fenster der Kirche erschienen allein durch den blausilbernen Schimmer des auf dem Schnee reflektierten Mondlichts nicht ganz als schwarze Löcher, und von den Kerzen, die in einfach geschmiedeten Ständern die Seitengänge des Kirchenschiffs säumten, fiel ein Licht auf die geschnitzten Bildtafeln, das ihre Erhöhungen und Vertiefungen mit schweren Schatten überdeutlich hervortreten ließ. Jedes Mal, wenn eine Unreinheit im Wachs eine der Flammen aufschrecken oder sich ducken ließ, wenn ein Luftzug eine Gruppe von ihnen zum Schwanken brachte, schienen die gequälten Holzleiber auf dem Kreuzgang zu zucken.

Doch selbst wenn einer aus der zur Mitternachtsmette versammelten Gemeinde dafür ein Auge gehabt hätte, hätte er es nicht beachtet. Denn heute galt es nicht, des Opfertods des Gottessohns zu gedenken, sondern seine Geburt zu feiern. Deshalb hatte man sich in feiner Tracht und mit dicken Überjacken eingefunden, dichtgedrängt und andächtig in den übervollen Bankreihen des Gotteshauses, das sich langsam erst mit Wärme füllte. Deshalb harrte man jetzt des Erscheinens Breisers, während seine zwei Ministranten am Altar versuchten, nicht zu zittern, obwohl sie übernächtigt waren und dort standen, wo sich im Raum die Kälte am besten gehalten hatte.

So wenig die Menschen des Tals auf die Adventszeit gegeben hatten, ließen sie dennoch spüren, dass Weihnachten selbst für sie ein besonderer Tag war. In der Früh wurde so bald als möglich alles an Arbeit erledigt, was sich nicht vernachlässigen oder aufschieben ließ. Die Tiere in den Ställen wurden versorgt, die Öfen beheizt, die letzten Stuben ausgekehrt und reingemacht, das Festmahl vorbereitet. Doch dann galt der Rest des Tages nur noch der Erwartung des Abends und der Einstimmung auf den mitternächtlichen Kirchgang.

Auch im Haus der Witwe Gader hatte man am Nachmittag begonnen, die Festtagsgewänder aus der Truhe zu holen, sie aufzubürsten und zurechtzulegen. Luzi hatte dabei offenbar noch mehr Sorgfalt walten lassen, als es jedes Jahr üblich war – jedenfalls hatte ihre Mutter liebevoll gescherzt, sie nehme es wohl wegen des Hausgasts diesmal besonders genau und wolle guten Staat machen, wenn der Fremde sie nachts zur Kirche geleiten würde. Luzi lächelte dabei nur in sich hinein, aber sie half tatsächlich Greider, der kein wirklich angemessenes Gewand mit sich führte, seine feinste Kleidung auszusuchen, sie festtagswürdig zu machen – bis keine unerwünschte Falte, kein loser Faden oder lockerer Knopf die Erscheinung mehr trübte. Und als Greider dies Gewand nachmittags einmal zur Probe angelegt hatte, da schaute Luzi ihn prüfend an, überlegte einen Moment, verschwand dann und tauchte kurz danach mit einem Halstuch wieder auf, das sie Greider umband und das ihn tatsächlich sowohl vornehmer als auch schneidiger aussehen ließ.

All diese Vorbereitungen hatten den Nachmittag doch so weit ausgefüllt, dass nicht mehr viel Zeit zu vertreiben war bis zum Abendessen, für das die Vorratskammer ein paar sorgfältig aufbewahrte Schätze hatte hergeben müssen. Man nahm die Mahlzeit in bedächtig genießerischer Stille ein, mit einer zufriedenen Einvernehmlichkeit zwischen den dreien. Als auch dies geschehen war, galt es schon bald, die feine Kleidung erneut anzulegen und sich bereitzumachen für den Weg zur großen Festtags-Versammlung.

Wäre in der Stunde vor Mitternacht ein Vogel im eisigen, nur von ein paar silbergeränderten Wolken durchzogenen Himmel über dem Tal geschwebt, er hätte beobachten können, wie an den Rändern der Hochebene beginnend sich leuchtende Punkte vor den Häusern entfachten und sich auf den Ort in der Talmitte zubewegten. Je näher es auf Mitternacht zuging, je mehr dieser Punkte kamen aus den näher zum Dorf gelegenen Höfen hinzu. Und all diese gelb zwinkernden Punkte reihten sich, an den Wegkreuzungen vereint, nach und nach zu einer flackernden Kette: dem mit Fackeln beleuchteten Zug zur hohen Feier. Alle hatten sich aufgemacht, die irgendwie schon alt oder noch rüstig genug waren, sich so spät in der kalten Nacht aus dem Haus zu begeben. Die kleinsten Kinder, traumduselig den unterbrochenen Schlaf noch in den Augenwinkeln, trug man auf dem Arm oder in einer Kraxe; die gebrechlichen Alten zog man auf großen Schlitten, auf denen sie, Mumien gleich, eingepackt in warme Decken saßen – manche noch ganz kregel, lauthals scherzend, andere im Dämmerzustand, in den nicht mehr viel von der Welt drang. Die jungen Männer trugen die Fackeln voran, nicht selten dabei um die Aufmerksamkeit eines hübschen Mädchens buhlend; die Hofherren schritten gemütlich einher, ihre Frau neben sich am Arm führend; der Rest der Familie und das Gesinde folgte respektvoll hinterdrein.

Die meisten dieser Grüppchen begannen ihre Prozession ausgesprochen fröhlich. Man war noch gewärmt von der Geselligkeit der Stube, dem Abendessen und den Getränken, die anlässlich des besonderen Tags gern etwas reichlicher genossen worden waren. Und in den meisten Häusern hatte sich im Lauf des Abends eine muntere Stimmung entwickelt – man war als guter Christenmensch in diesen Tagen einander wohlgesinnt, und man war zufrieden, wieder die Arbeit und Mühe eines Jahres hinter sich gebracht zu haben und nun ein paar wenige, kostbare Tage des verhältnismäßigen Müßiggangs mit höchstem himmlischem Segen vor sich zu wissen.

Doch als würde die Kälte des Wegs diese Glut der Freude langsam packen und löschen, wurden die Leute immer ruhiger, je näher sie ihrem Ziel kamen. Ja, es schien geradezu, dass selbst in dieser Nacht, sobald die Kirche in Sichtweite war, eine Bedrücktheit sie anfiel, obwohl dies doch der Ort war,

71

wo ihnen die Frohe Botschaft verkündet werden sollte. Die Gespräche wurden gedämpfter oder erstarben ganz, die jungen Leute, die Fackelträger reihten sich brav in die Prozession, ohne gelegentlich ein Stück vor- oder zurückzulaufen, miteinander zu lachen, die Schritte schienen immer schwerer.

Nur bei der kleinen Gruppe um die Gaderin verhielt es sich genau andersherum. Die Witwe, ihre Tochter und Greider hatten sich bedächtig und schweigsam auf den Weg gemacht, und trotz der vorherigen Scherze der Mutter ließ Luzi sich zwar gerne von dem Gast geleiten, aber da war keinerlei Koketterie mit im Spiel – Bruder und Schwester hätten keine höflichere Herzlichkeit an den Tag legen können. Doch je näher die Kirche kam und die Menschenansammlung davor, desto aufgeregter und freudiger wurde Luzi. Da zupfte sie immer häufiger den Sitz ihres Gewands zurecht, ordnete sie mit ihren Fingern den Fall ihrer Locken, warf sie abwechselnd ihrer Mutter und Greider einen fragenden Blick zu, ob an ihrer Erscheinung denn auch wirklich alles so vorteilhaft wie möglich sei. Und auf ihrem Gesicht wechselte sich ein besorgter Ausdruck – dem stets eben wieder etwas eingefallen schien, was besser und schöner hätte herausgeputzt werden können – mit einem stillen, erwartungsvollen Strahlen ab. Sobald die drei die ersten Wegkreuzungen erreicht hatten, an denen sie auf Grüppchen aus den anderen Höfen und Häusern stießen, hatte Luzi wenig Erfolg beim Versuch, zu verbergen, dass sie immer wieder den Hals reckte und den Blick schweifen ließ, um zu mustern, wer da alles vor und hinter ihnen spazierte.

Hatten die Gaderin und ihr unverhoffter Wintergast in den Wochen zuvor immer wieder kleine Seltsamkeiten in Luzis Verhalten bemerkt, so dämmerte ihnen spätestens jetzt die Erklärung dafür, und die ältere Frau und der Mann schmunzelten sich hinter Luzis Rücken nun gelegentlich zu. Und als die

Gaderin schließlich wagte, ihre Tochter zu fragen: »Schaust nach wem?«, und diese abwehrend antwortete: »Naa, naa!«, da wussten beide, dass sie log – und dass die Person, nach der Luzi Ausschau hielt, gewiss jung war und männlich.

So überraschte es die beiden auch nicht, dass, sobald man bei der bereits vor der Kirche versammelten Menschenmenge angekommen war, Luzi behauptete, sie wolle eine Freundin begrüßen – und im Getümmel verschwand, bevor ihre Mutter viele Fragen dazu stellen konnte. Aber die Gaderin ließ sie sowieso freimütig ziehen, stand mit einem etwas verlegenen Lächeln vor Greider und begann dann schnell, über die Kälte und die anderen Leute und den zu erwartenden Gottesdienst zu reden.

Doch plötzlich erlosch von den Rändern der Menge her das Murmeln der Gespräche und wurde ersetzt durch eine ehrerbietige Stille. Die letzte der fackeltragenden Gruppen war eingetroffen, und sie wurde offenbar nicht wie die anderen als gewöhnlicher Teil der Gemeinschaft empfunden. Schon ihren langen Weg, der im hintersten Winkel des Tals begonnen hatte, war sie von Anfang bis Ende allein gegangen, ohne sich mit dem allgemeinen Strom der Lichter zu vereinigen. Dennoch hatte die von ihr verbreitete Insel der Helligkeit mehr Kraft, gegen das Winterdunkel anzubrennen, als der Schein mancher von drei, vier Höfen zusammen gebildeter Schar. Denn diese Gruppe war sowohl von der Zahl ihrer Mitglieder als auch der ihrer Lichtscheite stärker als alle anderen. Sechs Männer zu Pferd bildeten die Spitze und die Flanken der Gruppe, noch einmal so viele Menschen liefen an ihrem Ende auf Schusters Rappen hinterdrein, und alle trugen sie Fackeln. Der Mittelpunkt der ganzen Prozession aber war ein mächtiger Schlitten, gezogen von zwei stämmigen Gebirgspferden, die ein riesenhafter Mann zum steten Vorwärtsstapfen antrieb.

73

Der Schlitten wirkte wie eine Kreuzung aus einem länglichen Trog und einer Kutsche. Auf den Kufen saß ein Aufbau mit Seitenwänden aus Holz und einer ledernen, halboffenen Überdachung am hinteren Ende. Sowohl vorn an jeder der Kufenspitzen als auch an den beiden hinteren Ecken des Gefährts steckten dicke Fackeln.

Die Männer zu Pferde hatte Greider sofort erkannt, es waren die ihm bereits vertrauten Söhne des Brenner Bauern, und obwohl er dessen Hofschmied bisher nur einmal ansichtig geworden war, machte dessen außerordentliche Gestalt es nicht schwer, ihn in dem Treiber der Schlittenpferde wiederzuentdecken. Erst auf den zweiten Blick enthüllte sich Greider, dass die hintanlaufenden Leute allesamt Frauen waren, Mägde wohl, auch wenn er darauf nicht hätte wetten mögen. Nicht lange zu raten aber hatte er, wer der Mann sein musste, der in dicke Felle eingemummt in dem Schlitten thronte. Doch so leuchtend die Fackelstrahlen die Umgebung des Schlittens erhellten, zu dessen Mitte hin mischten sie sich mit dem Schattenwurf des Dachs zu etwas unbeständig Flackerndem. Man ahnte nur etwas von einem knochenweißen Gesicht, vierkantig wie ein Klotz, aus dem scharf eine Nase hervorhakte, durchzogen von einem verpressten Mund, dessen schmale Linie parallel zur waagrechten Kinnkante lag. Auf dem Haupt prangte langes, schlohweißes Haar, das streng nach hinten gekämmt war. Und die ganze Miene war völlig steinern, hart und leblos – außer den schwarzblitzenden Augen, die in den tanzenden Höhlenschatten unter den Brauen lauerten: Dort saß die Macht und das Leben.

Doch bevor Greider die Augen des Alten länger hätte betrachten können, war der Schlitten schon an ihm vorbei. Alle beeilten sich, ihm den Weg frei zu machen, und die Gruppe des Brenner Bauern schien dies für so selbstverständlich zu nehmen, dass sie in rücksichtsloser Zügigkeit auf den Eingang des Gotteshauses zustrebte und eine Mutter ihr neugieriges Kind erst im letzten Moment aus dem Weg des Schlittens zurückzerren konnte, bevor es unter die Hufe der massigen Pferde geraten wäre.

Der Schmied brachte den Schlitten so nah als möglich an der Pforte des Gotteshauses zum Stehen. Die Männer stiegen von ihren Pferden ab und machten sich daran, den Alten aus seinem fahrbaren Lager zu befreien. Die Felle und Decken wurden zur Seite geschlagen, eine der Seitenwände des Gefährts ließ sich herabklappen, und zwei der Söhne fassten den in einen Bärenfellmantel gehüllten Brenner links und rechts an den Hüften, während er je einen Arm voll zäher Kraft um die Nacken der beiden legte. So konnten sie ihn aus dem Schlitten ziehen und aufrichten. Der Alte vermochte nicht mehr, sich aus eigener Macht auf den Beinen zu halten, aber es schien dennoch nicht in Frage zu kommen, dass ihn seine Söhne einfach den kurzen Weg in die Kirche getragen hätten. Die beiden jungen Männer gingen halb gebückt nebenher, während er mühsam, aber mit entschlossenem Gesicht einen Fuß vor den anderen setzte. Sein ganzes Gewicht lastete in Wahrheit auf ihren Schultern, und sein Gang wirkte fast wie der schwerelose Schritt einer Marionette – die jedoch ihrem Spieler ihren eigenen Willen aufzuzwingen verstand.

Respektvoll und geduldig beobachteten die Umstehenden das Schauspiel. Sie alle hatten mit dem Betreten der Kirche gewartet, bis diese Gruppe angekommen war. Erst als der Alte die Eingangspforte erreicht hatte, kam Bewegung in die Menge. Doch auch dann ließ man zunächst der Gruppe des Brenner den Vortritt. Erst folgten ihm seine Söhne – bis auf den Jüngsten, der zusammen mit dem Schmied auserkoren war, sich um die Pferde zu kümmern. Dann schlossen sich ihnen, in demütigem Abstand, die Frauen an.

Schließlich begann die größte Glocke der Kirche zu läuten, auf dass auch die übrigen Menschen in das Gotteshaus strömten. Bis dies geschah, waren nur wenige Minuten vergangen, aber schon war Luzi wieder da – und ihre Wangen von einer noch gesunderen Rötung, als die frische Luft ihnen zuvor schon aufgemalt hatte. Die junge Frau bemühte sich um ein dem Anlass angemessen andächtiges Gesicht, aber es war schwer zu übersehen, dass sie innerlich strahlte vor Glück. Wer immer in Wahrheit die »Freundin« war, nach der sie gesucht hatte – sie hatte ihn offenbar gefunden.

Doch Luzi schien die Einzige, die von Freude erfüllt war, als sie die Kirche betrat. Unter den anderen hatte sich die gedämpfte Stimmung noch weiter verdichtet und war zu etwas geworden, das dunkler, unseliger war als die dem Heiligen Abend zustehende Andacht und Würde. Schweigend und mit gesenkten Köpfen waren die Leute den Rufen der Glocke gefolgt und in die Kirche geschlurft, hatten dort dichtgedrängt in den Bänken Platz genommen wie Schulkinder, die bei einem strengen Lehrer eine schwere Prüfung erwarten. Nur die Männer der Brenner-Familie – welche schon in den ersten beiden Bankreihen Platz und diese gänzlich in Beschlag genommen hatte – saßen allesamt aufrecht, selbst der Alte in ihrer Mitte. Was sich dabei auf ihren den übrigen Kirchgängern abgewandten Gesichtern abspielte, vermochte keiner zu sagen.

Und so ließ der unter der Gemeinde Fremde schon bald die Erwartung fahren, wenigstens jetzt, am freudigen Ende des Jahreskreises und kurz vor dem hoffnungsvollen Beginn eines neuen, würde der Pfarrer sich gnädig und zufrieden zeigen. Jetzt würde er seine einschüchternde Gestalt, seine mächtige Stimme nutzen, um eine Botschaft der Zuversicht und Liebe zu verbreiten. Aber tatsächlich erwies sich nach seinem Eintreten schnell, dass Breiser seine eigene, unverrückbare Vorstellung davon hatte, was seine Schäflein, egal was für ein Festtag sei, zu ihrem Heil brauchten. Wer in seiner Kirche saß, dem wurde eingebläut, dass er ein Sünder sei, und wenn er dennoch eine winzige Hoffnung auf Gottes Gnade hatte, dann nur, weil der Allerhöchste so viel barmherziger und nachsichtiger – um nicht zu sagen *allzu* gutmütig – war, als es Breiser an seiner Stelle je wäre.

Das spürte man nie besser als an diesem Tag. Verhalten und brüchig klangen die Stimmen bei den ersten Erwiderungen, Gesängen, die sie von sich zu geben hatten, ein Klang der Unterwürfigkeit. Breisers Worte – ihr Ton so sehr wie ihr Inhalt – ließen die Gemeinde wie geduckt in den Bänken sitzen, und doch hing sie an seinen Lippen. Selbst jetzt, wo die späte Stunde und die Kälte in der Kirche andernorts gewiss den ein oder anderen einnicken hätte lassen oder mit den Gedanken abschweifen, gab es niemanden, der hätte weghören können bei Breisers Weihnachtspredigt. Man sah es Breiser an, dass er wusste und genoss, wie fest er seine Zuhörerschaft im Griff hatte.

»Den Heiligen Vater«, mahnte Breiser, »den dürft ihr keinen Tag und keine Stunde vergessen, das wisst ihr.« Murmelnd und nickend kam die Zustimmung, als er eine Pause machte und seine Augen über die Menschen in den Bankreihen streifen ließ. »Aber lasst uns heute an einen Vater denken, der nicht so allmächtig ist. Ohne den ihr aber den Heiland auch nicht gehabt hättet. Lasst uns denken an den guten Josef.

Was glaubt ihr, was der gedacht hat, als seine Maria mit Kind war, und er hatte gar nicht bei ihr gelegen. Stellt euch einmal vor, wie das ist für einen, der hat gerade geheiratet, und dann sieht er, seine Frau bekommt von einem anderen ein Kind. Die Worte möchte ich nicht sagen, die so einer für die Frau und das Kind da haben könnte.«

Es herrschte eine seltsam gespannte Stille in der Kirche, ein Schweigen, das schon fast zu ächzen schien unter dem Druck, den es barg. In den Gesichtern der Leute war zu lesen, wie gut sie sich an Josefs Stelle denken konnten, und welche Gefühle das bei ihnen auslöste. Manch einem schienen die entsprechenden Worte nur grade auf der Zunge zu liegen, und es war eine Anstrengung, sie zurückzubeißen.

»Einen Zorn muss er bekommen haben«, fuhr Breiser fort, eben das, was auf den Gesichtern zu sehen war in Sprache fassend, »und eine Ohnmacht gespürt, und alles muss ihm falsch und verkehrt vorgekommen sein. Jeder hätte es verstehen müssen, wenn er handgreiflich geworden wäre. Wenn er die Maria davongejagt hätte, und aller Welt gezeigt, was er glaubt, dass sie für eine sei.

Aber fromm war er, sagt die Bibel, und wollte sie nicht in Schande bringen. Aber nicht, dass ihr glaubt, dass er die Geschichte gleich so hingenommen hat. Heimlich verlassen hat er sie wollen, die Maria, nachdem er sie heimgeholt hat. Das sagt auch die Bibel. Und warum war er dann doch so treu zu ihr, und warum hat er sie beschützt auf dem Weg nach Bethlehem, und warum ist er dann in der Krippe dagestanden und hat sich angeschaut, wie das Kind, das von ihm nicht war, auf die Welt gekommen ist? Warum war er dann ein froher und guter Vater? Weil er gewusst hat, dass sein Sohn von einem Besseren kommt.«

Ein Raunen ging durch die Gemeinde, mehr ein mürrisches Stöhnen als ein Murmeln der Zustimmung, untermischt von ein paar scharf flüsternd hervorgestoßenen, unverständlichen Ausrufen. Die Regung, die durch manche der Körper ging, schien auch etwas anderes zu sein als ein frommes Nicken: keine Bestätigung von Breisers Worten, sondern ein Schwanken ob ihrer Wirkung. Nur in den vorderen Reihen, wo der Brenner mit den Seinen saß, war zumindest an deren breiten Rücken noch immer keine Reaktion zu bemerken.

»Er hat sich gefügt, der Josef«, fuhr Breiser fort, ohne der Wirkung seiner Rede allzu lange Zeit zum Abklingen gegeben zu haben. »Ein Engel ist ihm im Traum erschienen und hat's ihm gesagt, dass er die Maria zu sich nehmen soll und dass das, was sie empfangen hat, vom Heiligen Geist ist und sich in ihm die Prophezeiungen erfüllen würden. Der Josef hat eingesehen: Da ist einer, der weiß besser als ich, was gut ist und was recht. Dessen Plan soll ich nicht anzweifeln, auch wenn er der Menschen Gewohnheit widerspricht. Und selbst wenn er mein Weib braucht, und ihren Schoß, um seinen Plan zur Wahrheit zu machen auf Erden, dann soll ich nicht aufbegehren. Sondern dann soll ich es sehen als Ehre, dass ich Unbedeutender ihn gewähren lassen darf. Und ich der Frucht seines wundersamen Wirkens, so viel herrlicher, als eine Frucht meiner eigenen Lenden es hätte sein können, ihr irdischer Vater sein darf. Und sie schützen und nähren und behüten wie einen eigenen Sohn, bis er zeigt, dass er ein anderer ist. Und das dürft ihr nie vergessen, wie der Josef da über sich hinausgewachsen sein muss und wie er verstanden hat, dass das, was ihm der Herr da auferlegt, kein Opfer war, sondern ein Himmelsgeschenk.«

So recht aber schien sich die Gemeinde nicht in die Ergebenheit Josefs einfühlen zu können, noch immer waren offenbar ihre Gefühle aufgewühlt von der Vorstellung an die Situation des Vaters eines fremden Sohns. Nur von den Frauen hatten einige Tränen in den Augen von einer schmerzhaften Rührung. Die Männer aber schauten alle entweder stumpf vor sich hin oder rangen in ihren Köpfen sichtlich mit dem Gehörten und seiner den irdischen Gebräuchen so fremden Lehre.

Breiser aber, für einige Momente in eine strenge Stille ver-

79

fallen, musterte sie ausführlich, und es waren nicht wenige, die seinem Blick durch ein Senken des Hauptes auswichen, das weniger wie Demut wirkte, sondern wie das schuldhafte Verbergen eines vor solch höherer Autorität unziemlichen Zorns.

Allein die Brennerschen hatten das Ende von Breisers Predigt mit einem Nicken quittiert und waren dann gleich wieder in ihre aufrechte Ruhe verfallen.

Einige Augenblicke war das enge, dunkle, inzwischen trotz der Kälte von Menschen, Kerzen und Weihrauch dampfig gewordene Kirchenschiff erfüllt von dieser seltsamen Spannung. Dann erst brachten die vertrauten, von der lebenslangen Wiederholung mehr zum singenden Klang denn zum Sinn gewordenen Worte des Glaubensbekenntnisses alle in dumpf raunender Eintracht zusammen.

Doch noch beim heiligen Abendmahl – das Breiser zunächst dem zum Aufstehen nicht fähigen alten Brenner an seinem Platz in der vordersten Reihe erteilte, auf dass sich erst danach die übrigen Gläubigen erhoben und zum Altar strebten –, noch bei diesem heiligen Abendmahl schienen bei manchen die Vorstellungen, die ihnen Breisers Predigt in den Kopf gesetzt hatte, so lebendig, dass sie einen Unwirsch gegen den Pfarrer behielten und die Sprache ihrer Leiber erkennen ließ, wie widerwillig sie sich vor ihm auf die Knie herabließen, ihr Haupt senkten, ihren Mund stumm öffneten, damit seine groben Finger den Leib des Herrn auf ihre Zunge schieben konnten.

Genauso unverkennbar war aber, dass Breiser selbst dies wohl wahrnahm – und dieses starke innere Nachhallen seiner Worte ganz seiner Absicht entsprach. Die Tatsache jedoch, dass trotzdem kein Einziger offen etwas dazu sagte, dass sie alle selbst in ihrem Widerwillen sich nichts anderes trauten, als vor ihm die Knie zu beugen und ihm aus der Hand zu essen – das war es, was dem alten Pfarrer dieses Weihnachten wahrhaftig zu einem Fest der Freude machte.

VII

Es mögen Breisers Worte manchen noch eine Weile beschäftigt haben, als die Gemeinde sich nach der Messe wieder auflöste in eine Ansammlung vieler Familien und diese zurück durch die noch kälter gewordene Nacht heimwärts zogen. Aber das Leben dort ließ sich schon am nächsten Morgen wieder keinen Schritt weit von seinem stumpf unbeirrbaren Gang abbringen.

Man hatte nicht allzu viel zu tun, jetzt in der tiefverschneiten Winterszeit. Für die kurzen Tage zwischen den Jahren ließ man auch das Holzen in den Bergwäldern ruhen, und so wollte lediglich das Vieh in den Ställen versorgt, die täglichen Mahlzeiten zubereitet, das Innere der Häuser in Ordnung gehalten werden. Man verlebte die übrige Zeit in Einsamkeit, die Bewohner jeden Hofs für sich in ihren Stuben versammelt, mit Handarbeiten beschäftigt oder schlicht damit, den das ganze Jahr über von schwerer Arbeit beanspruchten Körpern ihre seltene Rast zu gönnen, ohne dass sich in ihnen dabei ein ungeduldiger Geist geregt hätte, der nach Betätigung verlangte.

Nur bei der Gaderin war immer stärker zu spüren, dass eine freudige Veränderung ins Haus stand. In den Wochen um Weihnachten war immer unverkennbarer geworden, was die Witwe und Greider schon längst ahnten und welchen Verdacht sie durch Luzis Verhalten vor der Mette mehr als bestätigt gefunden hatten: nämlich, dass das Mädchen verliebt war.

Ihren Tätigkeiten im Haus kam sie fröhlich nach, aber immer ein wenig abwesend, und kaum deutete die Gaderin an, dass es irgendetwas im Dorf zu besorgen geben könnte, da bot sich ihre Tochter sofort bereitwillig dafür an, fand sofort diesen und jenen Grund, warum man die Besorgung keinesfalls aufschieben könne. Und sobald sie dann den Auftrag, oder besser: die Erlaubnis, bekommen hatte und dazu – denn die Gaderin war ja nicht blind oder herzlos – eine mehr als großzügig bemessene Spanne, um den Gang ins Dorf und die Geschäfte dort zu erledigen, da war ihre Laune noch einmal gesteigert. Und die Fröhlichkeit, die sie an den Tag legte, wenn sie sich sorgfältigst bereitmachte zum Ausgehen, wurde nur noch übertroffen von jener rotwangigen, strahlenden Glückseligkeit, mit der sie dann ein paar Stunden später ins Haus zurückkehrte.

Was da vor sich ging, war so offensichtlich, dass die Gaderin ihrem Hausgast an solchen Tagen hinter Luzis Rücken ein halb entschuldigendes, halb verschwörerisch-wissendes Lächeln zuwarf. Und beide nur noch des Tags harrten, an dem ihnen das Mädchen endlich beichten würde, dass es jemanden gab, an den sie ihr Herz gehängt hatte – und wer dieser sei.

Lange mussten sie nicht warten. Offenbar hatte Luzi den Vorsatz gefasst, sich zu erklären, noch ehe das alte Jahr um war. Und so, fünf Tage nach dem Christfest, als sie wieder einmal mit geröteten Backen und kurzem Atem aus dem Dorf heimgekehrt war und nach der Abendmahlzeit alle drei in der gusseisernen Wärme des Ofens um den Tisch saßen, nahm Luzi ihren Mut zusammen und hob an: »I muss euch was sag'n.«

Für einen Moment schien sie unsicher, blickte von der Gaderin zu Greider und wieder zurück, die gespannt auf ihre nächsten Worte warteten. Und schaute dann noch einmal länger dem Gast ins Gesicht – als kämen ihr grade Zweifel, wie klug es war, ihn an dem Geständnis teilhaben zu lassen.

Doch dann gab sie sich den endgültigen Ruck und sagte, mit Augen, die ängstlich waren, und einem Mund, der lachen wollte: »I hab' einen, den i mag.«

Kurz herrschte Stille, während die beiden anderen erwarteten, das Mädchen müsse gleich noch mehr folgen lassen, für Luzi aber schon dieser eine Satz, der so viel Überwindung gekostet hatte, nicht ohne sofortige Reaktion bleiben konnte. Ja, weil sie insgeheim wohl erwartet hatte, dass diese Neuigkeit nur ein solches Entsetzen hervorrufen könne, dass sie ihre Liebe mit großen Worten würde behaupten müssen gegen unverständige Anfechtungen, vermutlich nicht ohne das Vergießen etlicher Tränen auf beiden Seiten. Als also einen Moment einfach nur Schweigen herrschte, breitete sich zunächst Verwirrung auf Luzis Gesicht aus, um dann, zwar ohne wirklichen Anlass, aber mangels einer besseren Wahlmöglichkeit, schnell in die innerlich schon vorbereitete, halb verletzte, halb angriffslustige Miene der Verteidigung überzuwechseln. Doch noch bevor Luzi den Mund zur Rede geöffnet hatte, entwaffnete ihre Mutter die fehlgeleitete Entrüstung mit einem schlichten: »Hab's mir schon lang denkt.« Und legte ihre knotigen Hände streichelnd um eine der jungen, weichen Fäuste, die Luzi unbewusst auf der Tischplatte geballt hatte.

Die Tochter stutzte einen ausgebliebenen Lidschlag lang, und dann – begreifend, was diese fraglose Zustimmung zu ihrem jungen Glück bedeutete – sprang sie von ihrem Stuhl auf und umarmte ihre Mutter so fest, dass der fast die Luft wegblieb. Und wenn nun vielleicht doch die ein oder andere Träne floss, dann waren es nur welche der Freude.

Als wieder Beruhigung eingekehrt war, wollte die Gaderin dann doch all die Einzelheiten wissen, die Luzi, von allen Sorgen der Ablehnung so unerwartet schnell befreit, nur zu gerne preisgab. Der Auserwählte, so stellte sich heraus, war

Lukas, ein Bursche von einundzwanzig Jahren, jüngster Sohn eines der Bauern, der seinen Hof am Rand des Dorfes hatte, an der Straße zum Haus der Gaderin gelegen. So hatten die beiden jungen Leute sich schon seit Jahren immer wieder gesehen, aber erst in diesem Sommer hatten sie wirklich Notiz voneinander genommen. Da war Luzi aufgefallen, dass dieser Kerl eigentlich ganz stattlich war, dass er in ihren Augen eine angenehme Figur machte und auch sein Gesicht mit dem dichten Oberlippenbart nicht schlecht anzusehen war, wie es ernst versunken war in das Tagwerk und nur ab und zu aus der Ruhe gebracht, wenn der Schweiß ihm seine nussbraunen Locken vor die Stirn fallen ließ und er sie zurückstrich. Irgendwann muss er dann auch gemerkt haben, dass dieses Mädchen, das schon zahllose Male vor dem Zaun vorbeigegangen war, auf einmal merklich langsamer schlenderte, wenn es seinen Hof erreichte, und mehr interessierte Blicke auf sein Tun richtete, als es beiläufige Neugier zu erklären vermochte.

Und also war auch seine Aufmerksamkeit geweckt, und seine Blicke in ihre Richtung waren häufiger geworden – und dabei hatte auch er bald festgestellt, dass das, was sich seinen Augen da bot, recht hübsch anzuschauen war. Und dann hatten sich die wechselseitigen Blicke regelmäßig zu treffen begonnen. Und ihr Schritt am Hof vorbei hatte sich noch mehr verlangsamt. Und man hatte sich zunächst ein vorsichtiges, unverbindliches »Servus« zugeworfen – und irgendwann waren dann beide am Zaun gestanden und hatten sich zum ersten Mal unterhalten. Und weil es eine so schöne Unterhaltung war – auch wenn keiner der beiden nachher noch hätte sagen können, wovon die Rede war, außer dass sie einander nun nicht mehr bloß reizvolle Gestalten waren, sondern jeder für den anderen einen Namen hatte –, nachdem es also so eine schöne Unterhaltung war, führte man beim nächsten zufälligen Zusammentreffen wieder eine. Und weil auch das eine schöne, wenngleich für Außenstehende vielleicht etwas inhaltsleere Unterhaltung war, und weil einem inzwischen so manches an dem anderen lieb geworden war – der Anblick, die Stimme, und der Name, den man sich angewöhnt hatte, hin und wieder mit einem Lächeln still vorzusagen –, nun, da beschloss man, dass man sein Möglichstes tun würde, um in Zukunft die Zusammentreffen nicht mehr gar so dem Zufall zu überlassen.

Und so war Lukas immer häufiger gerade dann vor dem Hof oder im Dorf oder hinter der Kirche, wenn auch Luzi dort erschien. Und die Unterhaltungen wurden immer schöner und immer zärtlicher. Und irgendwann sprach dabei einer von beiden es endlich aus: dass man sich mehr als nur gernhatte.

Viel und lang wurde erzählt an diesem Abend, versammelt um den Stubentisch, dieser Insel von Licht und Wärme in dem sonst dunkel daliegenden Haus inmitten der nachtblauen Wogen von Schnee, fern von den nächsten Menschen und deren Heim in diesem hohen, finsteren Tal. Nach einer Viertelstunde war zwar eigentlich alles gesagt, war jedes wesentliche Detail erzählt und bestätigt. Aber die Gaderin konnte nicht genug bekommen von dem Glück, das aus dem Gesicht ihres Kindes zu all den Worten sprach und mehr mitteilte als diese. Und Luzi war so erleichtert und froh, dass ihre Freude nicht nur keinen Widerspruch fand, sondern sich so offensichtlich auch auf die Mutter übertrug und mithin auch für Luzi noch wuchs, dass es einfach weiter aus ihr heraussprudeln musste – bis die Lukas'sche Herrlichkeit bald bis in jedes Barthaar hinein beschrieben und seine Liebenswürdigkeit bis in jedes noch so alltägliche Wort nachgewiesen war, das seine unvergleichliche Stimme je geäußert hatte.

Schließlich aber kam man dann doch auch noch auf die praktischeren Gesichtspunkte zu sprechen, die in die Wege zu leiten waren, da diese Liebe nun auch offen in der Welt war. Denn auch Lukas musste dieser Tage seinen Eltern von ihr berichtet haben – das hatten die beiden bei ihrem heimlichen Treffen vor der Christmette vereinbart. Solche verborgenen Zusammenkünfte aber waren jetzt freilich keine statthafte Möglichkeit des Wiedersehens mehr. Also wurde zuerst beschlossen, Lukas und seine Eltern möglichst bald ins Haus der Gaderin einzuladen – oder zumindest seinen Vater, denn die Mutter war blind und kränklich und kaum in der Lage, den eigenen Hof zu verlassen. Greider erbot sich sogleich als Bote für diese Einladung, und als Termin für selbige wurde schnell der zweite Tag des neuen Jahrs erkoren. Dies Datum ließ Lukas' Familie Gelegenheit, den Jahreswechsel in Ruhe unter sich zu verbringen – hatte aber die Vorzüge, dass der zweite Jänner noch immer ein wenig am symbolischen Gehalt des Jahresbeginns teilhatte, was zu diesem sozusagen offiziellen Beginn der jungen Liebe zwischen Lukas und Luzi nur zu gut passte, und dass er gerade noch nahe genug lag, um Luzis Ungeduld in halbwegs erduldbaren Maßen zu halten.

Wobei es nicht an Dingen mangelte, sie bis dahin von dieser Ungeduld abzulenken. Denn natürlich musste, kaum war der Plan der Einladung gefasst und in seinen Einzelheiten festgelegt, das ganze Haus von Grund auf in einen präsentablen Zustand gebracht werden. Kein Eck, das nicht gefegt, kein Deckchen, das nicht geflickt und gesäubert gehörte. Und was immer die Gaderin oder der hilfsbereite Greider anpackten, was und wie sie auch scheuerten und schrubbten, putzten und polierten, nichts davon genügte Luzis streng prüfendem Blick, der stets noch die letzte spektrale Erscheinung eines einstigen Flecks entdeckte – so dass sie im Schweiße ihres glückstrahlenden Angesichts nachbessern musste.

Und dauernd gingen sie im Weg um, die Gaderin und ihr Wintergast, denn wo sie auch saßen oder standen, bestimmt war es grade dort, wo eben gesäubert war und nicht schon wieder schmutzig werden durfte, oder da, wo eben gesäubert werden sollte.

VIII

Greider war merklich froh, wann immer er dieser Putzwut für ein paar Stunden entfliehen konnte. Es mochte noch so weißgrau und eisig draußen sein, mit einem schneidenden Wind, der angriff, was immer sich ihm an unverhüllter Haut bot – viel ungastlicher als in dem Haus, wo man ständig von Besen und Staubtuch vertrieben wurde, schien es ihm nicht. Gerne hatte er die Rolle des Boten übernommen, um Lukas' Vater die Einladung zu überbringen. Und war auf die Idee verfallen, sie in gewählten Worten, mit frischer Feder, bester Tinte und seiner schönsten Schrift auf einen aus seinem Gepäck hervorgeholten Papierbogen zu schreiben. Die Gaderin hatte ihm das zunächst ausreden wollen, weil man es hier heroben doch nicht so hatte mit dem Lesen und Schreiben. Aber Luzi war so begeistert von der hochoffiziell wirkenden Bedeutsamkeit, die sie dadurch ihrer Liebe verliehen sah, dass ihre Mutter den Gast gewähren ließ. Und dessen Vermutung erwies sich als goldrichtig: Auf den Bauern – einen Mann, dessen plusterndes Mühen um Autorität im Gegensatz stand zu seiner Schmächtigkeit – verfehlte der Brief seine Wirkung nicht. Zwar trug ihm Greider den Inhalt zur Sicherheit auch mündlich vor, während der Mann mit gravitätischer Miene so tat, als verstünde er, die Zeichen auf dem Papier zu entziffern. Aber dass man ihn wie einen hohen Herrn eines solchen Schriftstücks für würdig befunden hatte, das überrumpelte ihn und schmeichelte ihm so sehr, dass er nicht lange mit einer Antwort auf sich warten ließ. Seine Zusage freilich hatte Luzi in ihrem Vorbereitungsfieber nur noch befeuert, so dass der Jahreswechsel im Gader'schen Haushalt zum unbedeutenden Nebenereignis degradiert wurde. Und Greider am Neujahrstag verkündete, dass er ein wenig ausreiten würde, ohne einen Grund dafür vorzuschützen – wohl wissend, dass Luzi ohnehin den Kopf zu voll mit anderem hatte und die Gaderin seine kleinen Fluchten nur zu gut verstand: Sie – die ihre Tochter nicht im Stich lassen konnte – freute sich, dass wenigstens einem im Haus diese Atempause vergönnt war.

Schon von weitem merkte Greider, dass Aufregung herrschte im Dorf. Er hörte Stimmen schallen, sah Leute, die ihre Nachbarn aus den Häusern klopften, spürte, dass etwas aus dem gewohnten, beharrlichen Tritt geraten war. Er trieb sein Maultier zum Marktplatz, der das Sammelbecken bildete für außerordentliche Neuigkeiten und Neugierige gleichermaßen. Dort waren schon ein, zwei Dutzend Menschen zusammengekommen und tauschten untereinander erregt Fragen und Behauptungen aus. Greider band sein Maultier vor dem Wirtshaus an, mischte sich unter die Menge und hatte sich bald aus dem Wortgewirr so viel zusammengereimt: Einer der Bauern hatte eine trächtige Kuh im Stall, die bald dran war zum Kalben – aber mit dem, was sie im Leib hatte, war etwas verkehrt, und man hatte nach einem der Söhne des Brenner geschickt, der am besten wusste, was zu tun war.

Tatsächlich hörte man nach einer Weile, in der sich das allgemeine Gespräch – langsam neuer Gerüchte-Nahrung entzogen – zunehmend im Kreis drehte, sich nähernden Hufschlag. ›Er kommt!‹, verbreitete sich vom Rand des Platzes die Kunde, dem Pferd selbst nur wenig vorauseilend. Kaum dass alle sie vernommen hatten, langten auch schon Ross und Reiter auf dem Markt an. Es war der Bärtige, der Älteste der Brenner-Söhne, mit dem Greider an diesem Platz schon seinen Wortwechsel gehabt hatte. Diejenigen, die genauer Bescheid wussten über die Angelegenheit, drängten sich vor und nahmen ihn in Empfang, sobald er vom Pferd abgestiegen war, um ihm einen Weg durch die sich um den Ankömmling verdichtende Menge zu bahnen und ihn zu dem richtigen Hof zu führen.

Es ging ein unschlüssiges Raunen durch die versammelten Leute, bis sie sich in zwei Gruppen teilten: Die eine begab sich zurück in ihre Behausungen, zu ihrer Arbeit, oder entschied, im Wirtshaus auf einen Bericht vom Ausgang der Sache zu warten. Die andere schloss sich dem Brenner-Sohn und seinen Führern an. Zur letzteren Gruppe gesellte sich auch Greider, hielt sich aber an deren Ende, um nicht zu viel Aufsehen zu erregen. Viele Gedanken hätte er sich darum aber eh nicht machen müssen. Denn der Weg zum rechten Stall war nicht weit, führte nur durch zwei, drei Gassen an den Rand des Dorfkerns. Und auch wenn Greider den ein oder anderen misstrauischen, feindseligen Blick erntete von den Männern, so verloren die doch schnell jedes Interesse an ihm, als sich die Gruppe in das enge, verwitterte Holzgebäude zwängte – wo ihre Aufmerksamkeit von etwas anderem in Beschlag genommen wurde.

Zwei Schweine und drei Rinder standen hier dichtgedrängt im Stroh, und in einem eigenen, etwas geräumigeren Verschlag befand sich die trächtige Kuh. Durchdringender Tiergeruch erfüllte den Raum. Das weißgraue Tageslicht drang nur in schmale, scharfe Strahlen zerteilt durch die Ritzen in der Wand und eine kleine Fensteröffnung im Giebel. Der dunklere, wärmere Schein von zwei Öllampen, beim Abteil der Kuh an Pfosten gehängt, gab dem übrigen Stall eine schummrige Helle. Mit aufgeblähtem Leib stand das Vieh an der Stelle, an der sich der Lichtschein der Lampen überkreuzte, das Hinterteil dem Raum zugewandt, den Kopf zur Wand, keuchend und mit starrem, weit aufgerissenem Blick, der das Weiße der Augen hervortreten ließ.

Der Brenner-Sohn trat zu dem Tier hin, dessen gewölbte Flanken sich mit jedem tiefen, rasselnden Atem hoben und senkten, und tastete es ab. Als seine Hände den unter dem starrigen Fell dick geäderten Bauch erreichten, begann die Kuh zu schreien. Es war kein Muhen mehr, das ihrer Kehle entkam, es hatte nichts von dem bewusstseinsfreien Ton ihrer gewöhnlichen Laute. Es waren jene Vokale des Schmerzens, die so vielen Kreaturen in Momenten größter Pein gemeinsam waren – Äußerungen, bei denen dem Menschen seine Brüderschaft mit den anderen Tieren schlagartig ins Mark fuhr. Die versammelten Männer, denen die Natur seit Kindestagen in all ihren Grausamkeiten vertraut war und die nicht zimperlich waren, verstummten und ließen den Schauer auf ihren Gesichtern erkennen. Der Brenner-Sohn blickte ernst den Bauern an, der sorgenvoll neben ihm stand, und sagte nur: »A Messer.«

Der Auftrag wurde raunend von Mund zu Mund weitergereicht, und während sich einer der auf dem Hof Heimischen an dessen Erfüllung machte, ging auf Geheiß des Brenner-Sohns eine Handvoll der Männer daran, die Kuh mit Stricken in ihrem Verschlag anzubinden. Hörner, Hals und jedes der Beine einzeln wurde an Haken in Wand und Umzäunung festgemacht. Ein zweiter Satz Seile wurde dem Tier ebenso um die Glieder gewunden, deren Enden jedoch nicht mit Knoten fixiert, sondern von jeweils zwei der kräftigsten Männer aus der Gruppe um die Fäuste geschlungen und festgehalten. Schließlich wurde auch der in Erregung um sich schlagende Schwanz des Tieres hochgebunden. Die Kuh spürte nur zu gut, dass ihr etwas bevorstand. Sie fing schneller und flacher zu atmen an, dass ihr der Rotz aus den Nüstern troff, verdrehte die stier glänzenden Augen noch weiter nach hinten und stieß einen im Vergleich zu dem Aufschrei zuvor leisen, aber beharrlich-jammervollen Klagelaut aus.

Bis die Kuh fest vertäut dastand, hatte auch jemand ein Messer gefunden und es in den Stall gereicht – wo es von Hand zu Hand den umgekehrten Weg des Befehls nahm, der es beigebracht hatte, bis es den Brenner-Sohn erreichte. Der hatte inzwischen seinen Janker und sein Hemd abgelegt und stand mit blankem, muskulösem Oberkörper in der Luft, in welcher sich die hereinkriechende Winterkälte und der Körperwärmedunst von Männern und Vieh mischten. Das Messer, das man ihm reichte, hatte einen von vielem Gebrauch speckig gewordenen Holzgriff und eine Klinge, die knapp handlang und an ihrer dicksten Stelle zwei Finger breit war. Er nahm es so in die Rechte, dass die Klinge, auf seinen Körper hin weisend, flach an der Innenseite seines Unterarms anlag und sich die Faust fest um den Griff schloss.

Der Bärtige gab den Männern an den Seilen ein Zeichen, dass sie bereit sein sollten, und trat hinter die Kuh. Sein Gesicht war ernst und entschlossen und ließ sich keine Gefühlsregung anmerken, aber selbst im gelblichen Licht der Öllampen wirkte es bleich.

Mit der Hand, die das Messer barg, fasste er in den fleischigen Spalt, der sich ihm am Hinterteil der Kuh darbot. Mit Vorsicht, aber ohne Zagen, schob er die Faust voran, bis erst sein gesamter Unterarm mitsamt des Messers, dann der Gutteil seines Oberarms in der glitschigen Öffnung verschwunden waren. Er drehte den Kopf – der dem After des Tieres auf Handbreite nah gekommen war –, so weit er konnte, um wenigstens sein Gesicht abzuwenden.

Das Tier war jetzt still geworden, keuchte stimmlos vor

91

sich hin und zuckte nur ab und zu schnaubend mit dem Leib auf, was die Hufe auf die Bretter knallen ließ, aber von den Männern an den Stricken sofort mit scharfem Zug unterbunden wurde. Auch das Raunen der Umstehenden, das zuvor noch den Stall erfüllt hatte, war verstummt. Gebannt von einer widerstrebenden Faszination, einem sich nicht abwenden könnenden Ekel, verfolgten alle das Schauspiel.

Der Arm des Brenner-Sohns hatte sein Vordringen eingestellt, aber nun schien er zu arbeiten. Das Stück sichtbarer Oberarm und die nackte Schulter, der Rücken ließen ein reges Spiel der Muskeln erkennen, der Atem des Mannes begann schwerer zu gehen, sein angespanntes Gesicht stand im Schweiß.

Immer wieder schien er vorsichtig nach etwas zu tasten, verharrte sein Körper in gespannter Ruhe, dann schien sich ein Druck in ihm aufzubauen, bis dieser sich in einem plötzlichen Ruck entlud. Dann wechselte er seine Stellung, verfiel in eine erneute Phase des behutsamen Fühlens, Erkundens, die dann einmal mehr in einen Moment der ungesehenen, aber allein schon beim Anblick der Anstrengung seines Leibes spürbaren Gewalt mündete.

Das dauerte lange Minuten, aber kein Wort fiel in dieser Zeit – sah man von den unverständlichen und an niemanden gerichteten Satzbrocken ab, die der Brenner-Sohn hin und wieder unbewusst in seinen Bart murmelte. Selbst die Kuh schien wie von dem Spektakel um sie herum hypnotisiert, und die übrigen Tiere waren wie von der angstvollen Atmosphäre angesteckt, rührten sich bloß etwas in Aufregung, hielten dabei aber ebenso stumm, als wäre der ganze Stall mit seinen Bewohnern und Besuchern gemeinsam ein- und ausschnaufend gefangen in einem furchtbaren Traum.

Wie ein Weckruf fuhr da das Aufbrüllen der Kuh hinein, und auch die Männer an den Stricken schienen eingelullt gewesen zu sein, denn diesmal reagierten sie verspätet auf das plötzliche Zerren des Tieres, so dass dem Bärtigen ein Fluchen entfuhr. Als die Kreatur unter Kontrolle gebracht und der Stall mit einem Mal wieder erwacht war, passierte etwas Neues. Der Arm des Brenner-Sohns begann sich langsam wieder aus dem Leib der Kuh zurückzuziehen. Bis zum Ellbogen glänzte er vor Schleim, doch unterhalb davon war er in dunkles Rot getaucht. Kaum sah man darunter noch die ebenso benetzte Klinge des Messers hervorblinken, das nun ausgestreckt in der Hand lag. Behutsam führte der Mann es aus der Körperöffnung, darauf bedacht, mit den schneidenden Teilen kein empfindliches Gewebe zu berühren. Kaum war das Werkzeug so ganz befreit, schleuderte er es zu Boden, und fast ohne abzusetzen fuhr sein nun unbewehrter Arm wieder hinein in den faltigen Spalt. Jetzt ging alles ungleich schneller. Wo seine Bewegungen vorher zögerlich tastend gewesen waren, als wolle er aus dornigen Nestern Eier klauben, waren sie nun entschlossen wühlend und zupackend, als gelte es, Wurzelknollen aus steiniger Erde zu ziehen. Schon nach kurzem kam seine Hand wieder zum Vorschein. Doch nun hielt sie statt des Messers etwas Krummes, Knochiges, Ädriges umfasst, das sie sogleich auf den Stallboden klatschen ließ, um erneut in dem glitschigen Loch zu verschwinden. Und abermals wühlte der Arm, und abermals zog er etwas Undefinierbares hervor, und abermals tauchte er ein in den Leib. Und so ging es, jedes Mal begleitet von einem Aufstöhnen der umstehenden Männer, wieder und wieder.

Und es sammelte sich auf dem Boden zu Füßen des Brenner-Sohnes ein gut kniehoher Berg blaugräulich schimmernden, dampfenden Fleisches, aus dem man hier einen Kalbsfuß, da ein Organ, dort eine halb durchsichtige Rippe hervorragen sehen konnte. Und auf dem schließlich und letztlich und mit dem letzten grausigen Ein- und Ausgleiten des Armes etwas zu ruhen kam, das Zähne hatte und Augen. Aber grotesk missgestaltet und – wie auch die krüppeligen Hufe in dem Haufen – an ihrer Zahl zu viele, um nur zu einem, jedoch zu wenige, um zu zwei gesunden Lebewesen zu gehören.

Keuchend stand der Bärtige da und betrachtete das Werk, das er verrichtet hatte. Jetzt endlich erlaubte er sich, Ekel zu empfinden und diesen unverhohlen zu zeigen. Man löste die Stricke von der Kuh, die sich erschöpft ins Stroh sinken ließ. Sie atmete jetzt ruhiger und stieß einen tiefen, langgezogenen Laut aus, der manchem der Anwesenden vorgekommen sein mag wie ein trauriges Seufzen, das aber nun frei war von Angst und Schmerz.

Die Menge der Männer drängte und beugte sich nach vorne, um genauer zu begutachten, was da Unheiliges auf dem Stallboden lag. Und wieder war ihnen anzumerken, dass sie, obwohl sie als Bauern vertraut waren mit dem Tod und dem Fleisch und dem, was im Inneren der Kreatur hauste und weste, trotzdem getroffen waren von dem, was sich hier ihren Augen bot. Keiner traute sich, den Haufen zu berühren, mancher wandte sich angeekelt ab. Und alle raunten und tuschelten und murmelten mit Ernst und Besorgnis, als hätte sich der Stall verwandelt in die böse verkehrte Parodie einer Kirche, in welcher sich eben ein Wunder offenbart hatte.

Und endlich gab einer, der weiter hinten stand, laut dem Ausdruck, was alle dachten und wussten, mit einem Tonfall, wie einer ankündigt, dass jetzt das Gras nass wird, nachdem es zu regnen begonnen hat: »Des is kei guads Zeichen. Da kommt's Übel zu uns.«

IX

Greider war froh, dass er in diesen Tagen bei der Rückkehr ins mit anderem beschäftigte Haus der Gaderin nicht einmal aus Höflichkeit mehr gefragt wurde, wo er gewesen war und was er dort erlebt hatte. So blieb es ihm ganz von selbst erspart, von dem Schauspiel im Stall berichten zu müssen. Und so war die freudige Aufregung im Haus auch diesen letzten Abend ungetrübt von unheilvollen Schatten.

Luzis Eifer freilich, dem Liebsten und dessen Vater einen gänzlich makellosen Empfang zu bereiten, ließ es auch am Tag darauf nicht zu, dem Säubern des längst blitzblanken Hauses früher als zwei Stunden vor dem Ereignis selbst Einhalt zu gebieten, um sich schließlich dem Herausputzen der eigenen Person zuzuwenden. Es war recht eigentlich ihr Gewissen, das sie hier rein halten musste: Niemand sollte später behaupten können, sie hätte nicht ihre ganze Zeit und ihre ganze Energie nach bestem Vermögen in die wichtige Aufgabe investiert. Schließlich aber war dann doch auch die letzte Stunde des Wartens noch überstanden, die fast die schlimmste war von allen, weil sie auf einmal zur Untätigkeit verdammte und einen quälte mit dem Gefühl, doch etwas vergessen zu haben. Aber freilich hatte Luzi nichts übersehen, und nach einer schier endlos scheinenden Zeit näherten sich draußen tatsächlich die Geräusche eines kleinen Fuhrwerks, und durch das Fenster wurde schließlich die Bauernkutsche sichtbar, die ihr den Liebsten brachte.

Luzi musste merklich an sich halten, um nicht sofort hinauszustürzen und den Ankommenden entgegenzustürmen, aber das wäre freilich höchst unziemlich gewesen, und so wartete sie mit unterdrückter Aufregung, bis sich ihre Mutter erhoben hatte, und folgte ihr dann zur Haustür. Greider saß einstweilen auf seinem Zimmer. Man war übereingekommen, dass zunächst den Gästen einige Stunden der alleinigen Aufmerksamkeit zustanden und man den Fremden erst zum Abendbrot herunterbitten würde. Hätte ihn die Neugier dazu verleitet, aus seiner Tür herauszulugen, dann hätte er beobachten können, wie die offiziellen Vorstellungen der Alten und ihrer Kinder vonstattengingen, wie der Besuch um seine Wintermäntel erleichtert und schließlich in die Stube gebeten und dort auf die vorgesehenen Plätze gewiesen wurde. Und vielleicht hätte er dabei auch sehen können, wie sich in einem unbeachteten Moment – als man, wie es sich gehörte, den Eltern den Vortritt ließ – einmal nicht ganz zufällig die Hände der beiden Jungen suchten und fanden und drückten und wieder lösten.

Als draußen der Tag und sein Licht aus der Welt wichen und drinnen die Lampe aufgedreht, das Kaffeegeschirr weggeräumt wurde und man begann, für den Abend Deftigeres aufzutischen, waren dann die wichtigsten Dinge zur allgemeinen Zufriedenheit besprochen und geklärt: dass nämlich die Gaderin den Lukas einen feinen Burschen und dessen Vater an der Luzi auch nichts auszusetzen fand – und dass der Lukas als jüngster Sohn schon nach einem Anwesen schauen sollte, das er übernehmen könnt', und dass im männerlosen Haushalt der Gaderin Platz wär' für einen wie ihn und man, wenn man jung und fleißig wär', was machen könnt' aus dem Hof und dem freien Land drum herum. Und dass man also zwar nichts übereilen wollte, und freilich jetzt noch nichts spruchreif wäre, dass aber zumindest von den Alten nichts dagegen sprechen tät', wenn die Jungen sich mögen würden. Wonach es ja sehr den Anschein hatte.

So empfand man Greiders Erscheinen nicht als allzu große Störung, da das Gespräch ohnehin wieder zu weniger intimen Themen fand. Nur Lukas blickte hin und wieder etwas finster auf Greider. Es konnte ihm einfach nicht geheuer sein, dass dieser Unbekannte unter einem Dach lebte mit seiner Angebeteten. Ein lediger, viriler Kerl in ständiger Nähe zu Luzi, das war mehr als verdächtig und beunruhigend – auch wenn es keinerlei Anzeichen gab, dass da irgendetwas stattgefunden hätte, das nicht sittsam gewesen sei.

Womöglich hatte Greider diese ebenso nachvollziehbare wie unbegründete unterschwellige Feindseligkeit vorausgesehen. Jedenfalls hatte er für ein Mittel vorgesorgt, mit dem er Lukas freundlich stimmen konnte. Noch am Abend zuvor hatte er Luzi mühsam einige Minuten der Ruhe abgetrotzt und sie dazu gebracht, sich still neben die Lampe an den Stubentisch zu setzen. Dann hatte er Block und Stift zur Hand genommen und seine Kunstfertigkeit spielen lassen. Dass Luzi dabei die Unruhe anzumerken war, sie hin und her rutschte auf ihrem Sitz, sie sich immer wieder entwischte Strähnen ihres nur notdürftig durch ein Stoffband gebändigten Haars aus dem Gesicht strich und sich hin und wieder in Gedanken an die noch zu tuende Arbeit verlor, was ihre Mundwinkel sinken und sie die Stirn in Falten legen ließ: Dies alles verlieh Luzis Gesicht jene Lebendigkeit, die sonst auch ihrem Wesen eignete. Und Greider gelang es tatsächlich, diese Lebendigkeit mit seiner Zeichenkohle einzufangen. Auch jene Luzi, die da Strich für Strich auf dem Papier entstand, schien einen unverwandt anzublicken und herauszufordern, neugierig auf alles, eingeschüchtert von nichts.

Und nachdem nun etwa eine halbe Stunde verstrichen war, in der Greider von Lukas eine Reihe misstrauischer, mal fragender, mal drohender Blicke empfangen hatte, sagte er endlich zu Luzis frisch Verlobtem: »Ich hab' da was für dich, könnt' dir g'fallen.« Dabei schlug er seinen Zeichenblock auf und überreichte dem erstaunten Bauernsohn das Porträt Luzis.

Für eine Sekunde schien Lukas überhaupt nicht zu wissen, was ihn da ereilte, und sein erster Gedanke schien zu sein, dass dies eine besonders seltsame und perfide Art des Fremden sei, ihm anzukündigen, dass dieser ihm die Luzi abspenstig machen wolle. Dann aber fing er sich, und der erste, vernunftlose Zorn wich einer bloß skeptischen Verunsichertheit.

»Für mi?«, fragte er Greider nach ein paar schnellen, prüfenden Blicken auf die Zeichnung und ins Gesicht seines Gegenübers.

»Ja, dass d' dei Liab immer bei dir hast, auch wenn s' ned da is«, antwortete ihm der Fremde freundlich und auffordernd, das gutgemeinte Geschenk als solches anzuerkennen.

Lukas zögerte erst, aber dann schien ihm der Gedanke immer besser zu schmecken. Und bald konnte er kaum noch genug davon bekommen, das Bild seiner Lieben mit dem neben ihm sitzenden Original zu vergleichen und zu bemerken, wie gut dieses, wie verblüffend jenes Detail der Wiedergabe getroffen sei und wie ähnlich überhaupt das Ganze. Und schnell war die versammelte Gesellschaft ebenso damit beschäftigt, Porträt und Modell zu studieren und die Kunstfertigkeit des einen, den Liebreiz des anderen und die Übereinstimmung zwischen beiden zu preisen. Und wie groß war erst die allgemeine Verblüffung und Begeisterung, als Greider nicht nur das Blatt mit Luzis Abbild vorsichtig vom Block getrennt und Lukas überreicht hatte, sondern er daraufhin den Block erneut zur Hand nahm, einen Kohlestift hervorholte und erklärte, dass es kaum gerecht sei, wenn Lukas nun jeden Tag seine verehrte Luzi anschauen könne, wann immer er wolle – das Mädchen aber nach wie vor bloß auf das innere Auge der liebenden Sehnsucht und Erinnerung angewiesen sei.

Und wenn eine Weile später der Abschied zweier Menschen, die am liebsten nicht mehr voneinander gewichen wären, vielleicht ein bisschen weniger süßen Schmerz hatte als sonst, dann mag das darin gelegen haben, dass jeder von ihnen nun in der Hand so fest wie im Herzen das Bild des anderen trug.

X

Es gab aber auch ein Mittel, das gegen die Sehnsucht besser half als jeder papierene Ersatz, nämlich das baldige Wiedersehen. Und auf das konnten sich Luzi und Lukas schon eine Woche später freuen. Denn nachdem die Vorstellung des Bauern bei der Gaderin so aussichtsreich verlaufen war, nahm man sich nicht lange Zeit damit, den Gegenbesuch anzusetzen.

Der war zwar vor allem eine einzuhaltende Formalität, die auf den weiteren Fortgang der Sache wenig Einfluss hatte. Er diente aber auch dem Zweck, Luzi der Bäuerin und Lukas' Geschwistern zu präsentieren. Und da wollten die Gaderin und ihre Tochter doch noch einmal einen guten Eindruck machen. Doch weil sich alle nötigen Vorbereitungen nur mehr auf die eigene Person zu richten hatten und das Haus unberührt ließen und weil außerdem die entscheidende Schlacht schon gewonnen, das Mädchen weniger von der Angst besessen schien, durch irgendeine übersehene Kleinigkeit ihr ganzes Glück aufs Spiel zu setzen, war diese Woche für den Hausgast deutlich weniger anstrengend als die vorangegangene.

Auch musste er sich diesmal keine Gedanken machen um weitere Geschenke für das Paar oder deren Leute, denn man war übereingekommen, dass er an diesem Treffen nicht teilnehmen würde. Im Haus eines anderen, so fand er selbst, hätte er bei einer derartigen Familienangelegenheit gestört wie ein Kiebitz bei einer Kartler-Runde. Und so begnügte sich Greider damit, Luzi und ihrer Mutter ein wenig Geleitschutz zu geben, als Lukas am noch jungen Morgen seine – so durfte er inzwischen hoffen – zukünftige Braut und deren Mutter mit dem Gespann abholte. Auf diese Weise konnte der Wintergast ein willkommenes Publikum abgeben für das junge Paar. Denn oft lachten Lukas und Luzi über etwas nur ihnen Bekanntes, und dann hob einer von ihnen an: »Ihr müsst nämlich wissen …« Und es folgte eine Erzählung, deren Antrieb vor allem die Freude war, die Lukas und Luzi selbst daran empfanden, eine Anekdote aus der jungen Geschichte ihrer Liebe zum Besten zu geben und sie dabei innerlich noch einmal zu durchleben.

Das machte die Zeit kurz, und schon bald kam man am Hof von Lukas' Eltern an. Diese erschienen kurz darauf auch beide an der Tür, die kranke Mutter mit einem Kopftuch, in einen Umhang gemummt und von ihrem Mann und einer Magd gestützt, aber trotz der sichtlichen Mühe und Schwäche mit einem Ausdruck gütig-neugierigen Willkommens auf dem bleichen, blinden Gesicht. Und auch der Vater hatte offenbar inzwischen seine Skepsis ganz abgelegt und blickte freudig seinem Sohn und dessen Begleitung entgegen. Greider, der auf dem Weg vor dem Anwesen geblieben war, beobachtete noch, wie Luzi und die Gaderin empfangen wurden und wie sich die Tür hinter der Gesellschaft schloss. Dann ließ er sein Maultier weiter ins Tal traben.

Es war ein Tag, der hell und mit klarem Himmel begonnen hatte. Ein kaltes, reines Blau hatte sich über das Hochtal gewölbt, schon Stunden bevor die Sonne den Rand der Berge überstiegen hatte. Und so hatten sich einige Männer aufgemacht zur hochgelegenen Holzstelle, um die geschlagenen

Stämme ins Tal zu befördern. Dazu zogen sich Riesen am Hang entlang, in denen ein gefällter, entasteter Baum wie auf einer Rutsche abwärts sausen konnte. Wobei die Kunst beim Bau dieser teils in den Boden gegrabenen und verschalten, teils aus Stempen und Brettern gezimmerten Kanäle darin bestand, die Unregelmäßigkeiten des Bergs auszugleichen und das Gefälle nie so eben werden zu lassen, dass die Stämme liegen zu bleiben drohten, aber auch nie so steil, dass sie außer Kontrolle geraten würden.

Ein Teil der Männer hatte die Bergflanke bestiegen, um oben die gelagerten Stämme mit Sapien und Seilen von ihren Stapeln an den Anfang der Transportbahn zu schleifen und sie auf ihren Weg zu schicken. Der andere Teil nahm das Holz unten, gute zweihundert Meter tiefer, in Empfang und wuchtete es auf Kutschen, mit denen es anschließend ins Dorf und zu den Höfen gefahren wurde.

Das Tal hallte wider von den Geräuschen ihrer Arbeit, vom Rumpeln, wenn ein Baum von seinem Lager geholt wurde, von den Rufen der Männer oben, wenn sie wieder einen Stamm in die Bahn schickten, vom Schlagen und Schleifen der Fahrt des Holzes, vom wie ein hart gespannter Bogen trocken nachvibrierenden Aufprallen auf dem mächtigen Klotz am Ende der Riese.

Diese Geräusche verstummten für eine Weile, als ihnen vom Dorf her das Mittagsläuten entgegentönte. Da stand noch immer die Sonne in einem unverhüllten Himmel, doch während die Männer ihre mitgebrachte Jause verzehrten, witterten einige unter ihnen in die eisige Luft und suchten mit ihren Blicken sorgenvoll die Ränder der umstehenden Berge ab. Und tatsächlich verstrichen nur zwei Stunden, da schob sich über den westlichen Kamm eine dicke Wolkenfront, die hinter den Höhen brodelnd hervorstieg wie aus dem Topf überkochende Milch. Binnen einer weiteren halben Stunde hatte sie den halben Himmel bedeckt und auch die Sonne verschluckt, so dass der Schatten, den sie über den Berghang hatte fluten lassen, jetzt über dem ganzen Tal lag.

Es war den Wolken anzusehen, dass sie schwer waren mit Schnee, und die Männer trieben sich zur Arbeit an, denn viele Stämme waren nicht mehr hinabzubefördern, und alle hofften, dass sie ihr Werk noch vollenden könnten, bevor das dräuende Gestöber losbrach. Mit Eifer und Hast zerrten die Oberen einen Baum nach dem anderen zum Rieseneinlass, dass ihnen trotz der Kälte und des Winterschattens der Schweiß auf den Gesichtern stand, und die Unteren schoben und rollten und zogen die angelangten Stämme so schnell sie konnten aus der Rinne, um das Signal den Hang hinaufzurufen, dass das nächste Holz auf den Weg geschickt werden konnte. In immer kürzeren Abständen rasten so die toten Bäume einer nach dem anderen den Berg hinab – doch bei aller Eile war das Unwetter schneller. Es lag oben noch ein halbes Dutzend Stämme bereit, da fielen die ersten Flocken aus dem Grau des Himmels. Aber noch war der Schnee nicht so dicht, dass er die Arbeit unmöglich gemacht hätte, und so beschleunigte man noch einmal das Tempo.

Ein Stamm, zwei wurden in die Riese geschleppt und unten nach polternder Fahrt in Empfang genommen. Einmal, zweimal hörte man das Aufschlagen, das ›Hau-ruck‹ der Arbeiter, die den Kanal frei machten, und das Kommando nach oben, den nächsten Baum in die Rinne zu lassen. Einmal, zweimal wurde dieses Kommando befolgt, und ein schlitternder Donner fuhr den Hang hinab. Und noch einmal gab es unten Aufschlagen und Signal, die jetzt schon gedämpft ins Tal klangen durch den Licht und Schall schluckenden, immer stärkeren Schnee.

Und dann war es still. Zwei Stämme hätten sich noch auf der Reise befinden müssen, doch nichts war von ihnen zu hören. Es hob ein verunsichertes, verärgertes Rufen an von beiden Gruppen, bis man sich so weit verständigt hatte, dass die Bäume oben in die Riese gegangen und unten nicht angekommen waren. Da das Schneetreiben jetzt schon so dicht war, dass man keine zehn Meter weit sehen konnte, verlangten einige, die Arbeit abzubrechen und an einem anderen Tag nachzuforschen, wo die vermissten Stämme abgeblieben waren. Aber das Ziel so dicht vor Augen – und in Sorge, möglicherweise zwei gute Stück Holz zu verlieren, falls diese später von selbst unkontrolliert ins Tal herabrasen würden –, forderten die anderen, der Sache gleich nachzugehen und, wenn irgend möglich, das Werk noch zum Abschluss zu bringen.

Schließlich entschied sich die Angelegenheit dadurch, dass die obere Gruppe beschloss, einen Mann entlang der Riese hinabzuschicken, um zu sehen, was die Ursache für das Ausbleiben der beiden Stämme war. Die anderen waren nicht glücklich darüber, denn dies bedeutete, dass sie nun, erhitzt von der Arbeit, untätig und frierend in der Kälte warten mussten. Aber die Aussicht, sich dadurch vielleicht einen weiteren Tag dieser Arbeit ersparen zu können, besänftigte ihren Unmut.

Der Abstieg war nicht ungefährlich. Zwar wurde er weniger vom Schneefall behindert, da die Rinne sich weitgehend wettergeschützt durch den Wald wand. Aber im Lauf des Winters hatte sich auch hier genug Schnee angesammelt, um über größere Flächen eine Decke zu bilden und somit den Untergrund vor dem Blick des Kletterers zu verbergen. Es war ein unsicheres Spiel, zu erraten, wie weit man sich den Hang entlang hinabrutschen lassen durfte, wie steil der Boden tatsächlich war, wo sich Steine oder Wurzeln dicht genug unter der Oberfläche verbergen mochten, um dem Fuß eine Falle zu bilden. Insofern erwartete man nicht, dass der Mann bei gebotener Vorsicht sein Ziel allzu schnell erreichen würde, auch wenn er bald über der ersten Kuppe und damit aus dem Blickfeld verschwunden war. Eine gute Viertelstunde hörte man aus dem Hang nur hin und wieder das scharfe Krachen brechender Äste und das Abgehen kleiner Schneebretter. Gespannt starrten die Männer an beiden Enden der Transportstrecke auf den Holzkanal, auch wenn sie von diesem nur wenige Meter wirklich einsehen konnten, und nur selten traute sich einer, das Lauschen durch ein paar Worte zu stören.

Schließlich wurde ihr Ausharren belohnt. Von irgendwo aus der Mitte der Strecke erscholl ein Ruf, dessen genauer Laut unverständlich blieb, der aber offenbar anzeigte, dass die Stelle gefunden war, an der die Stämme stecken geblieben waren. Dann herrschte wieder Stille. Dann der gedämpfte Lärm irgendeiner undefinierbaren Geschäftigkeit. Dann ein erneuter Ruf, der etwas Überraschtes zu haben schien und fast wie ein Schrei anmutete. Dann noch einmal kurze Stille. Schließlich hörte man ein Knarzen, Krachen und Rattern, das unzweideutig anzeigte, dass die Stämme sich wieder in Bewegung gesetzt hatten. Die Männer oben hörten sie sich geschwind entfernen, die unten sie rasch näher rauschen. Und nur ein paar lange Augenblicke dauerte es, da kamen sie, dicht an dicht, unten aus dem Wald, sausten langsamer werdend in das letzte, sich abflachende Talstück der Rinne und krachten gegen deren massives Endstück.

Doch noch bevor sie den Klotz erreicht hatten, da hatte schon ein Aufschreien eingesetzt unter den Männern dort. Denn sobald die Stämme über die letzte Kuppe gekommen waren, hatten die Arbeiter erkannt, dass die noch andere Fracht mit sich führten. Und schon brüllten einige, das Aufprallen der mit doppelter Wucht heranrasenden Bäume am Riesenabschluss zu verhindern. Doch wer hätte sich dieser Masse an Holz in den Weg stellen können? Und so mussten sie hilflos mit ansehen, wie die Stämme ihre Reise bis zum bitteren Ende vollführten und, was sie vor sich hergetrieben hatten, dabei mit einem ekelerregenden Geräusch an das Endstück donnerten. Denn am vorderen Anschnitt des ersten Stamms hing der Körper eines Mannes, dessen Mantel und Hose zu Fetzen zerschlissen war, dessen einer Stiefel fehlte, dessen Haut an vielen Stellen auf-, an anderen gar abgeschmirgelt war, dessen Glieder in grotesker Verrenkung dahingen, dessen Brustkorb vom letzten Aufprall eingedrückt war. Und sein Gesicht, das auf einem unnatürlich locker herumrollenden Kopf saß, als wolle es endlich einmal den eigenen Rücken in Augenschein nehmen, dies Gesicht war so zerschunden und verfärbt und zu solch einer Grimasse verzerrt, dass es unter anderen Umständen nicht einmal ein Bruder hätte wiedererkennen können.

Aber hier wussten alle, dass die Gruppe oben am Berg aus den Söhnen des Brenner bestanden hatte. Und weil der Tote, der da so zerbrochen zwischen Klotz und Stamm klemmte und der noch warm genug war, dass die Flocken des Schneegestöbers auf seinen Wangen schmolzen, noch erkennen ließ, dass er auf diesen Wangen keinen Bart hatte, begriffen es alle gleich: Was ihnen die Bäume da mit ins Tal gebracht hatten, das war der Jüngste vom Brenner.

Kurz darauf hallte ein neuer Klang durchs Tal. Klar und hell und doch so gefürchtet: das Läuten der kleinen Totenglocke. Aus allen Häusern und Höfen lief man zusammen, denn das musste ein unerwartetes Unglück bedeuten. Es gab Zeiten, da nahm man diesen Schall gelassener. Da wusste man, dass ein Alter, eine Alte schon seit Tagen im Sterben lag oder dass einen eine schwere Krankheit mit ungewissem Ausgang aufs Lager geworfen hatte, und da konnte dieses Bimmeln die Erlösung einer Seele vom irdischen Leid bedeuten – und so oder so kam es nicht ganz überraschend. Aber jetzt stand vorher keiner an der Schwelle des Todes, und man war nur gewahr, dass viele der Männer im Wald bei den Riesen waren, dass ein Schneetreiben eingesetzt hatte und dass – auch wenn das gewöhnlich keine wirklich gefährliche Arbeit war – am wahrscheinlichsten dort etwas passiert sein konnte.

So strömten sie auf dem Dorfplatz zusammen, wo man nicht lange warten musste. Denn die Männer von der Holzstelle hatten sich, nachdem sie den Pfarrer geholt und zum Läuten der Totenglocke veranlasst hatten, ebenfalls hier eingefunden. Und so erzählten sie den Eintreffenden wieder und wieder, wie die zwei Stämme irgendwo auf der Riese hängengeblieben waren, wie der junge Brenner erkunden wollte, wo und weshalb dies geschehen war, wie er versucht haben muss, die Bäume freizubekommen, und wie diese sich dabei unvorhergesehen gelöst und ihn mit sich talabwärts gerissen haben mussten, in den Tod.

Nach einer Weile, als sich der Platz schon gefüllt hatte mit Menschen und deren Entsetzen, kam auf einer der Straßen aus dem unvermindert stark herabwehenden Schnee ein Schlitten daher, begleitet von dreien der Brenner-Söhne auf ihren Rössern, und auf ihm lag deren toter Bruder. Sie hatten versucht, ihn so zu betten und sein Gesicht durch Schließen der Augen und des Mundes so zu richten, dass man ihm nicht mehr ansah, wie übel seine letzte Fahrt ihn zugerichtet hatte. Doch obwohl zudem eine Felldecke die schlimmsten Wunden des Körpers verdecken sollte, ahnte man darunter nur zu deutlich die unnatürliche Stellung der Glieder, wo es eine gar zu grausige Aufgabe gewesen wäre, die gebrochenen Knochen wieder zusammenzufügen, die ausgekugelten Gelenke wieder einzurenken. Und auch wenn ein zusammengelegter Mantel die Aufgabe hatte, dem Kopf ein nicht nur weiches, sondern möglichst stabiles Lager zu geben, erkannte man bei jeder Erschütterung des Schlittens, dass der Hals diesen Kopf nicht mehr fest mit dem Rumpf verband. Und nichts hätte schließlich vermocht, dem schiefen, von zunehmend eindunkelnden Schürfungen und Prellungen in kreidweißer Haut übersäten Gesicht einen Anschein von Frieden zu geben.

So hatte diese Erscheinung eine Wirkung auf die Versammelten, auf die sie keine Erzählung des Geschehenen hatte vorbereiten können. Ein allgemeines Stöhnen ging durch die Menge, Frauen schrien auf und wendeten sich von dem Anblick ab, Männer hielten sich mit entsetztem Ausdruck die Hand an den Mund, und viele bekreuzigten sich. Nur die Begleiter des Schlittens hatten versteinerte Mienen, waren schon jenseits jeder äußeren Gefühlsregung. Sie blieben auf ihren schnaubenden Pferden sitzen, als würde sie ihre Trauer erheben über die anderen, und umstanden den Toten wie eine Ehrengarde. Zugleich aber wirkten sie wie eine Denkmal gewordene Anklage, die das Schicksal aufforderte herzuschauen, aus wessen Mitte es sein Opfer gerissen hatte, und Rechenschaft abzulegen für seine Grausamkeit.

Aus der Menschenmenge löste sich der Pfarrer, schritt zu dem Leblosen auf dem Schlitten und machte auf seiner Stirn das Zeichen des Kreuzes. Man merkte Breiser an, dass selbst ihm, dem harten, groben Kerl, der in seinen Predigten oft genug die Schrecklichkeiten biblischer Geschichten, das Martyrium der Heiligen oder die in der Hölle zu erwartenden Qualen in aller Deutlichkeit ausmalte, beim Anblick des geschundenen Leibs unwohl wurde. Bald drehte er sich weg und führte die Gemeinde in einem Vaterunser für die auf solch grausige Weise heimgeholte Seele an.

In das Murmeln der Betenden mischte sich jedoch nach einer Weile von fern der Klang schwerer Hufe. Ein weiterer Schlitten näherte sich dem Platz. In dem saß ein Lebender, doch sein Antlitz war so weiß und steinern, wie es auf der hiesigen Seite zum Jenseits nur sein konnte. Es war der Brenner Bauer. Während die drei anderen sich um die Leiche ihres Bruders kümmerten, hatten die zwei ältesten seiner Söhne es auf sich genommen, zum Hof heimzukehren und die schlimme Nachricht zu überbringen. Und war ihnen zuvor schon das Entsetzen und die Trauer über das Geschehene in die Gesichter geschrieben gewesen, so hatte, was immer sich hinter der Tür des Brenner-Hauses abgespielt hatte, noch einmal neue Spuren der Erschütterung und Sorge hinzugefügt. Offenbar war es ihnen nicht gelungen, den Vater dazu zu bewegen, daheim in seinem Schmerz auf die Rückkehr der sterblichen Hülle des Jüngsten zu warten. So schwach er ohnehin auf den Beinen war und so schwer ihn dieser Schlag getroffen hatte: Hier saß er, wie eine Statue seiner selbst, gegen Kälte und Schnee in Felle gehüllt wie damals zur Mitternachtsmette, aber ohne festliche Fackeln, ohne einen großen Zug seiner Leute als Geleit.

Dennoch gebot er Ehrfurcht. Sobald die Ersten erkannt hatten, wer da ankünftig wurde, bildete sich eine Gasse in der Menge, dass die beiden Reiter und der Schlitten ungehindert bis zu der Stelle vordringen konnten, an der der Tote auf seiner improvisierten Bahre lag, und die Leute verstummten, nahmen ihre Hüte von den Köpfen vor die Brust und senkten die Häupter – aus Respekt vor dem Verlust, den der Brenner zu tragen hatte, aber auch um nicht direkt in das knochenweiße Gesicht und die mit Trauer und Hass brennenden Augen sehen zu müssen.

Als er an seinem unersehnten Ziel angekommen war, zerrte er ungeduldig die Felldecken von seinem Leib und schwang die Füße auf den Boden, noch ehe seine Söhne Zeit gehabt hatten, abzusteigen und ihm zu Hilfe zu kommen. Als sie bei ihm anlangten und ihn zu stützen versuchten, ließ er sich von ihnen auf die Beine helfen, doch dann scheuchte er sie mit einer zornigen Geste weg und wankte, den Blick schon starr auf den Körper im anderen Schlitten gerichtet, Schritt für schweren Schritt den kurzen Weg voran. Seine beiden Ältesten sahen sich ratlos an und blieben an seiner Seite, um ihm nötigenfalls beistehen zu können. Der Gang des Brenner wirkte, als hätte er ein Joch auf den sich vom alterskurzen Atem hebenden und senkenden Schultern. Aber da war auch ein Wille, der sich aufrichtete und ankämpfte gegen das ihn zurückhaltende Gewicht, der wusste, was getan werden musste, und entschlossen war, es zu tun. Sein Blick heftete sich unverwandt nach vorn auf den Toten, und auch wenn der Bauer mit jedem Stück, das er diesem näher kam, ein grausiges Detail ums andere mehr erkennen musste, so zuckte er nicht zurück, ja, blinzelte kaum. Sein Ausdruck wurde dabei nicht etwa verzweifelter, sondern starrer, erfrierend von einem inneren Zorn. Als sammle er mit jedem neuen Eindruck von der Leiche ein weiteres Beweisstück gegen einen ungerechten Gott, mit dem er später Gericht halten würde.

Schließlich erreichte Brenner den Schlitten und ließ sich auf dessen Kante nieder. Es war grabesstill auf dem Marktplatz. Der Alte fasste, ohne Ekel und Scheu, ein wenig tatternd nur von seinen Lebensjahren, das Gesicht seines Jüngsten und wendete es zu sich. Und nur als er spürte, dass der Hals keinen Widerstand bot, konnte man ein kurzes, erschrockenes Aufzucken beobachten. Aber das dauerte nur einen Augenblick, und dann gab der Brenner einen trockenen Kuss auf die tote Stirn, bettete den Kopf wieder auf dem inzwischen froststarren Mantel, strich dem Heimgeholten über die Haare und erhob sich.

Er sah die Umstehenden an, als bemerkte er sie jetzt zum ersten Mal. Aber nun war es vollends ein entschlossener und herausfordernder Blick, einer, vor dem die Leute zurückwichen, weil er sie provozieren zu wollen schien, durch irgendeine unachtsame Geste, ein falsches Wort nur, ein Ziel zu bieten für die unheilige Wut, die in dem Alten gärte. Man hätte ihn in seinem dunklen, schweren Pelzmantel für einen verwundeten Bären halten mögen, angeschlagen, aber dadurch umso unberechenbarer. Er musterte finster die in seiner Nähe stehenden Leute, als wolle er sich jeden Einzelnen einprägen.

Dann gab er seinen versammelten Söhnen in barschen, knappen Worten den Befehl, ihn wieder zum Hof zu fahren, und dorthin auch den Jüngsten zu bringen, um ihn aufzubahren. Sein Gang zurück zu seinem Schlitten, bei dem er sich nun auch von den Älteren helfen ließ, war geschwinder, und als er darauf Platz genommen, sich in die Felldecken gehüllt hatte und das Gefährt sich schließlich in Bewegung setzte, da kam auch Bewegung in die Menge.

Die einen zog es jetzt wieder nach Hause oder zurück an ihre Arbeit, in den anderen, besonders jenen, die in den hinteren Reihen gestanden hatten, erwachte nun doch die Schaulust. Sie drängten nach vorne, um die letzte Gelegenheit zu nutzen, die Leiche in Augenschein zu nehmen. Der Schlitten, auf dem sie lag, ließ dem später Angekommenen einen respektvollen Abstand, und er musste zudem wenden, um ihm auf demselben Weg folgen zu können. So erhaschten viele noch einen Blick auf seine grausige Fracht, bevor diese aus dem Dorf gebracht wurde.

Unter denen, die sich bemühten, noch einmal besonders nah an den Leblosen zu kommen – und unter diesen derjenige, der das von Blessuren übersäte Gesicht am ausführlichsten studierte –, war Greider.

Als der Platz sich schließlich geleert hatte, ging er zu seinem Maultier, das vor dem Wirtshaus angebunden war, holte seinen Zeichenblock und Kohle aus der Satteltasche und vertraute dem Papier zügig die Eindrücke von dem toten Antlitz an, solange sie in seinem Gedächtnis noch frisch und lebendig waren.

Als Greider ins Haus der Gaderin zurückgekehrt war, musste er sogleich von den schlimmen Ereignissen berichten. Die Witwe und ihre Tochter hatten sich gerade auf dem Heimweg von dem Besuch bei Lukas' Eltern befunden, als sie die Totenglocke durch das Tal hatten läuten hören. Man hatte kurz überlegt, ob man die Kutsche wenden und ins Dorf fahren sollte, um sich zu erkundigen, was geschehen war. Doch angesichts der Kälte und des Schnees war ihnen dieser Weg zu weit und beschwerlich erschienen. Und da sie Greider ohnehin im Tal unterwegs wussten, hatten sie darauf vertraut, dass er ihnen die Neuigkeiten berichten würde, und Lukas hatte die Pferde wieder angetrieben, seine Liebste und deren Mutter schnell in ihr Heim zu bringen.

Greider erzählte sowohl, was man auf dem Marktplatz von dem Unglück erfahren konnte, als auch, was sich dortselbst abgespielt hatte. Sein Bericht war nüchtern, ohne große Anteilnahme, und die grausigen Einzelheiten über den Zustand der Leiche deutete er gerade genug an, um eine Vorstellung davon zu geben, wie erschütternd sie gewirkt hatten, ohne sich einem Reiz des Schaurigen hinzugeben.

Vor allem die alte Gaderin war voller Entsetzen und Mitleid über die Schilderungen, und auch Luzi merkte man an, dass sie davon mitgenommen war. Doch die besondere Grausamkeit des Todes beschäftigte die beiden dabei mehr als die Tatsache an sich, dass ein junges Leben genommen worden war, und als Greider auf das Erscheinen des alten Brenner zu sprechen kam, da schien das Mitgefühl aus ihren Gesichtern zu weichen. »Ja, so kann's gehen«, sagte die Gaderin nur, mit einem seltsamen Unterton.

Greider ließ sich davon nicht verwundern, er wirkte eher froh, das ganze Thema ohne langes Nachfragen hinter sich zu bringen. Aber auch wenn an diesem Abend nach einer Weile wieder über anderes gesprochen wurde, so hatte der Vorfall dennoch nach dem so glücklich und sonnig begonnenen Tag einen Schatten der Bedrücktheit auch über dieses Haus gelegt. Jedes Wort, das nicht über den Toten geredet wurde, hatte einen Beiklang des Ungesagten, jedes Lachen, das sich zu erschallen traute, einen Nachhall des bewussten Trotzes. So wurde den dreien das Nachtmahl so bald wie ihre Unterhaltung schal im Mund. Und man löschte ungewohnt früh das Licht in der Stube und begab sich auf die Kammern.

Doch Greider bettete sich nicht zur Nachtruhe. Er rückte die Staffelei mit der leeren Leinwand in die Mitte des Raumes, stellte den Stuhl davor und auf den Tisch daneben die Lampe, deren Schein er so weit aufdrehte, wie der Docht erlaubte. Dann teilte er mit einer Zeichenkohle das weiße Rechteck zügig in eine Anzahl kleinerer Flächen und begann, in eine davon nahe dem linken Bildrand die Umrisse einer menschlichen Figur zu skizzieren. Als dies geschehen war, holte er aus einem seiner Koffer eine Palette und einen Kasten mit Farbtuben und Pinseln hervor. Schnell war um die Figur ein schwarzer Hintergrund gemalt, und in kaum einer Viertelstunde mehr hatte die stehende Gestalt ein dunkles Gewand angezogen bekommen, das ohne feine Einzelheiten flächig durch nur wenige Farben, Schatten und Konturen ausgeführt war.

Dann aber wurden die Töne auf der Palette zahlreicher, die Pinsel feiner und ihre Striche sorgfältiger, die Pausen länger, in denen diese Striche kritisch begutachtet und die nächsten geplant wurden. Denn nun ging es daran, der Gestalt ein Gesicht zu geben. Mit seinem Zeichenblock als Vorlage, ließ Greider in dem Kreis von weißer Leinwand, den er in dem schwarzen Hintergrund frei gelassen hatte, den jüngsten Brenner wiederauferstehen.

Es war eine liebevoll genaue Arbeit, doch ihr Ergebnis schaurig. Denn der Bursche, der da wie ein sich langsam materialisierendes Gespenst im Erscheinen begriffen war, war nicht ganz jener, der der echte Brenner-Sohn im Leben gewesen war, aber er trug auch nicht die Wundenmaske, die ihm der Tod aufgesetzt hatte. Auf den ersten Blick musste es ein Porträt des gesunden, lebendigen Mannes sein. Das Gesicht hatte wieder ebenmäßige Form, wache Augen und ein leichtes, halb ernstes Lächeln, wie es einem geziemte, der Modell stand. Aber bei längerem Hinsehen wirkte es, als hätte sich über dieses Gesicht eine Vorahnung davon gelegt, wie es im Tod erscheinen würde. Was nur ein etwas ungewöhnlicher Schattenwurf hätte sein können, sah mit anderen Augen betrachtet aus wie eine deformierende Beule. Was man als expressive Farbwahl erkennen mochte – jene roten, weißen, violetten Pinselstriche, die aus der Entfernung zu einem Hautton verschmolzen –, erinnerte aus der Nähe an Schürfwunden und Blutergüsse. Und wenn man sich auf den Übergang vom Kopf zum Rumpf konzentrierte, dann waren es womöglich nicht nur die Perspektive und der Lichteinfall, die es scheinen ließen, als hätte der Porträtierte sein Haupt seltsam schief gelegt. Doch all diese Effekte waren so subtil, dass man sich keinem von ihnen je ganz sicher sein konnte, dass man nie hätte schwören können, dass einem da das Wissen um den Vorfall des Tages und die Einbildung nicht ebenso ins Bild hineinmalten wie der Künstler. In ihrer Gesamtheit aber machten sie es genauso unmöglich, das Werk ohne ein tiefes Unbehagen zu schauen.

Gute zwei Stunden arbeitete Greider an dieser unheimlichen Figur, bis er fürs Erste zufrieden schien damit. Er räumte seine Malutensilien auf, rückte Stuhl und Tisch wieder an ihren gewohnten Platz, drehte die Lampe herunter und stellte sie neben das Bett, das er zum Schlafengehen herrichtete – und schließlich trug er die Staffelei in die Zimmerecke und deckte ein dünnes weißes Baumwolltuch über die angefangene Leinwand.

Es gab noch viel Fläche zu füllen auf diesem Bild. Betrachtete man – jetzt, da am linken Rand die eine menschliche Figur Position eingenommen hatte – die anfangs skizzierten Einteilungslinien und die Felder, die sie noch klar umrissen, dann drängte sich einem die Ahnung auf, dass es ein Gruppenbild werden sollte.

XI

Der Unglücksfall lastete schwer auf dem Tal wie der unerwartete Tod des Thronfolgers auf einem Königreich. Zwei Tage später hatte sich die Gemeinde in der Kirche versammelt, um den Trauergottesdienst und das Begräbnis zu begehen. Und wieder war der Brenner unter ihnen erschienen wie einer, der nicht recht zu ihrer Welt gehört und nur gelegentlich in diese herabstieg.

Er ging, saß und stand an diesem Tag stets umringt von seinen fünf übrigen Söhnen, und er ließ sich kein äußeres Zeichen von Schwäche oder Rührung anmerken. Keinen der anderen Talbewohner würdigte er auch nur eines Blickes. Nur wenn Pfarrer Breisers Worte zu einfach nach Trost oder Sinn in dem Geschehenen suchten, dann funkelten Brenners Augen auf, und sein Mund verzog sich, als wolle er gleich ausspucken. Doch Breiser schien schon gewusst zu haben, wo in einem solchen Fall die Grenzen seines Auftrags und seiner Befähigung lagen, und seine Predigt war kurz und versuchte nicht, die Bitternis gleich aufzulösen im Kelch des

Glaubens, sondern wies nur, dass dies vielleicht dereinst möglich sein würde – und dass es des Menschen Los war, egal wie herb es schmeckte, zu schlucken, was Gott ihm eingeschenkt hatte.

Dies war eine Erkenntnis, nach der man hier oben schon lang zu leben verstand, und was immer im verborgenen Brenner-Hof vor sich gehen mochte, so kehrte das übrige Tal zu seinem Alltag zurück, auch wenn die Stimmung noch gedrückter, die Seufzer noch ein wenig häufiger waren als sonst.

Und eins gab es darüber hinaus auch hier, das sich noch nirgends lang von den Tragödien anderer Leute hatte ablenken lassen: die junge Liebe. Mag sein, dass Lukas und Luzi sich bemühten, in diesen Tagen ihr Glück weniger zur Schau zu stellen, sich in Gesellschaft der allgemein auferlegten Trauer anzupassen. Aber keiner, der sie kannte, konnte glauben, dass dies irgendetwas anderes war als Höflichkeit der Gemeinschaft gegenüber und dass darunter nicht dieselbe überquellende Freude lag wie zuvor. Zu offensichtlich wollte die sich zwischen den beiden in unzähligen kleinen Gesten und Worten ihre Bahn brechen – und tat dies auch, wann immer sie sich unbeobachtet fühlten.

Da auch der Besuch Luzis und der Gaderin auf dem Hof von Lukas' Eltern mit bestem Erfolg verlaufen war, da die kranke Bäuerin, die durch die Anwesenheit der Jugend und Freude eine Weile ihre eigenen Leiden vergessen hatte, nicht nur keine Einwände gegen die Wahl ihres Sohnes hatte, sondern auch sie den Bauern jetzt bedrängte, der Verbindung bald und rückhaltlos seinen Segen zu geben, und der Bauer sich durch das zweite Treffen in seinem Beschluss nur bestätigt fand – nun, da wurde also die Verlobung von Lukas und Luzi zwei Wochen später endlich offiziell. Und die Verliebtheit der beiden nur noch größer.

Für übertriebene Anstands-Gepflogenheiten gab es hier im Hochtal weder Grund noch Geduld, und so legte man keinen Wert darauf, die Verlobungszeit unnötig auszudehnen. Dass zwei einander versprochen wurden, das hieß schon, dass sie einen baldigen Termin zur Hochzeit ansetzen konnten. Worauf hätten sie auch warten sollen? Für ausladende Feiern, die viel Vorbereitung benötigt hätten, war ohnehin keiner reich genug; die wenigen Einladungen waren angesichts der geringen Zahl an Bewohnern des Tals schnell ausgesprochen, und dieser Mangel an Menschen brachte es auch mit sich, dass, wenn zwei sich gefunden hatten, selten jemand Interesse hatte, sie lange von ihrem Glück – oder zumindest vom Eheleben – abzuhalten. So wurde für Lukas und Luzi ein Sonntag im späten Februar zur Vermählung ausgewählt, und fortan konnten sie die Tage zählen, die noch blieben bis zu dem freudigen Ereignis.

Aber da geschah allmählich eine seltsame Verwandlung mit Luzi und mit Lukas, der jetzt mindestens zweimal in der Woche im Haus erschien, um den Abend mit seiner Verlobten und der Gaderin dort in der Stube zu verbringen. Freilich, eines war so, wie es Greider erwarten durfte: Die Aufregung des Mädchens wurde, je näher der vorbestimmte Tag rückte, größer und größer. Und bald stellte sich auch wieder die Geschäftigkeit ein, mit der sie begann, alle nötigen – und mehr als nur ein paar unnötige – Vorbereitungen zu treffen. Doch die Vorfreude schien nicht im gleichen und steten Maße mitwachsen zu wollen.

Nicht, dass sie ganz verschwunden wäre. Wann immer Luzi mit Lukas zusammen war, spürte man sie, und dann konnten es beide sichtlich kaum erwarten, dass sie endlich als Frau und Mann zusammenleben konnten. Dann gab es keine Zweifel, dass die beiden sich liebten wie eh und je, und dass diese Liebe keine Einschränkungen, keine Bedingungen kannte. Doch manchmal, wenn das Gespräch auf die Hochzeit selbst kam, und öfter noch, wenn Luzi nur mit ihrer Mutter zusammen oder gar allein war, dann kam etwas wie ein Schatten über die Stimmung, dann wurden die Mienen plötzlich nachdenklich und trüb, und etwas Unausgesprochenes ging durch den Raum.

Greider hatte genug Gelegenheit, das mitzuerleben. Seit auch Lukas ihm freundlich gesonnen war, war er bei den Treffen der beiden im Haus der Gaderin, die ohnehin des Anstands halber von der Mutter beaufsichtigt werden mussten, ein gern gelittener Gast. Und er beobachtete diese Momente genau, die meist so schnell wieder verschwanden, wie sie gekommen waren – aber er vermied es, sich das anmerken zu lassen, und nie sprach er einen der drei darauf an.

Er selbst hatte seine regelmäßigen Streifzüge durchs Tal wiederaufgenommen, aber seltener als früher führte er dabei seine Zeichenutensilien mit sich, und noch seltener brachte er sie wirklich zum Einsatz. Zugleich aber blieb das Gemälde in seiner Kammer verhüllt und unfertig in der Ecke stehen, und über Wochen tat er keinen einzigen Pinselstrich daran.

Es war eine seltsame Zeit des Wartens, der ereignislosen Unruhe. Nichts tat sich im Tal außer den täglichen Verrichtungen, die das Überleben von Mensch und Vieh in guter Ordnung sicherten. Aber auch sie waren, solang der Schnee schwer und farblos über allem lag, reduziert, waren weniger Arbeit im wahren Sinne – denn sie brachten kaum etwas hervor –, sondern mehr ein geschäftiges Ausharren. Zwei Wochen ließ sich die Sonne nicht blicken, tagsüber wurde der Himmel lediglich milchig, und die Zeit geriet noch unwirklicher. Eine bewegte Starre schien das Tal erfasst zu haben, in der sich jeder Tag im Kreis drehte.

Und doch trieb alles auf irgendein Ziel zu. Luzi und Lukas hatten ihre Hochzeit, die einen klaren und zählbaren Tag setzte. Die Bauern hatten den Einbruch des Frühlings, der fern und ungenau, aber doch sicher vor ihnen stand. Und auch Greider schien etwas zu haben, auf das er wartete. Ein Zeichen, ein Ereignis, für alle obskur außer für ihn. Er schien es nicht mehr auf seinen Wegen durch das Tal zu suchen, die nun bloßer Zeitvertreib waren. Greiders Warten hatte nichts Nervöses oder Gespanntes. Es war nicht das Warten auf etwas, das plötzlich und unvorbereitet kommen würde, und nicht das Warten auf etwas, dessen Erscheinen ungewiss war. Es war das Warten auf etwas, das so unausweichlich und so unbeeinflussbar war wie der Sonnenuntergang. Das Warten eines Jägers, der am einzigen Zugang eines Weidegrunds wilde Herdentiere abpasst.

Es war ein Lauern. Und sowenig man vermocht hätte zu sagen, auf was er lauerte, sosehr mochte man doch spüren, dass nicht das Warten der Brautleute, nicht das Warten der Bauern, sondern das Warten Greiders das eigentliche, das verborgene, das große Warten des Tals selbst war.

Als Greider eines Nachmittags von einem seiner ziellosen Ausritte zurückkehrte – an einem Tag, da sich die Wolken für eine Weile verzogen hatten und das Blau des Himmels zum Vorschein kommen ließen wie ein Taschenspieler, der zum Beweis ihres Vorhandenseins noch einmal das Tuch·von einer Rose zieht, bevor er sie endgültig verschwinden lässt –, da begegnete ihm Luzi auf dem Weg, ein gutes Stück entfernt vom Haus, von dem nur in der Entfernung die Rauchsäule des Kamins zu sehen war. Auch sie hatte offenbar Zerstreuung im Freien gesucht, war ohne Ziel und praktische Notwendigkeit umhergestreift. Als sie Greider bemerkte, empfing sie ihn mit einem Lächeln, doch er hatte zuvor die tiefe Nachdenklichkeit in ihrem Gesicht gesehen. Da sie beide den Rest ihrer Wegstrecke gemeinsam hatten, stieg Greider von seinem Maultier ab und ging zu Fuß an Luzis Seite weiter. Nach kurzer Begrüßung sprachen sie eine Weile nichts.

Dann sagte Greider: »Ist bald dei Hochzeit ...«

»Ja«, antwortete Luzi, und sie blickte ihn, verlegen lächelnd und nickend, an mit einem Gesicht, auf dem die echte Freude auf das Ereignis genauso zu lesen war wie die Ahnung, dass ebendieses Ereignis der Grund für ihre Nachdenklichkeit war.

»Freust' dich?«, fragte Greider, und fast klang es tatsächlich nur wie eine Frage, die man in sicherer Erwartung der Antwort stellt, um das Gespräch am Laufen zu halten und seinem Gegenüber die Gelegenheit zu geben, sie ausführlich zu bejahen.

»Ja, freilich«, antwortete Luzi – und daran, dass diese Antwort ehrlich war, gab es keinen Zweifel. Aber ihre Kürze und die Weise, wie Luzi sie sich selbst mindestens so wie Greider durch ein erneutes Nicken zu bestätigen schien, sagten auch, dass sie nicht die ganze Antwort waren. Dass es zu dem Ja auch noch ein Aber gab.

Wieder gingen die beiden eine Weile schweigend nebeneinanderher. Als das Haus der Gaderin schon in Sichtweite war, setzte Greider erneut an: »Wennsd' verheiratet bist, werd' ich wohl aus dem Haus müssen?«

Denn dass Lukas die Wirtschaft der Gaderin übernehmen sollte, das galt als abgemacht, und es war mehr als fraglich, ob da noch Platz für einen zweiten Mann war.

Luzi schaute Greider von der Seite an und schien eine Weile zu überlegen, wie sie diese Frage am besten beantworten sollte. Dann sagte sie, in einem Tonfall, der unbeschwert und freundlich klingen sollte: »Ach, des hat mehr Zeit, als du glaubst ...«

Greider sah das Mädchen fragend an, aber sie wandte ihr Gesicht ab und starrte geradeaus auf den Weg. Etwas arbeitete in ihr. Sie schien zu überlegen, das Für und Wider von etwas abzuwägen. Dann blieb sie, es waren nur noch ein-, zweihundert Meter bis zum Haus, stehen, drehte sich zu Greider, legte ihm die Hand auf den Arm, blickte ihm ernst und tief in die Augen und sagte: »Nach der Hochzeit ist hier heroben leicht alles a bisserl anders, als du meinst. Tu dich net wundern. Und frag nimmer.«

Bevor Greider darauf etwas sagen konnte, hatte Luzi sich wieder weggedreht und setzte das letzte Stück des Weges mit einer Entschlossenheit fort, die jeden Ein- und Widerspruch zwecklos machte.

Sie hatte so viel – und wohl sogar mehr – gesagt, wie sie konnte und wollte. Sie wusste, dass es für sie alles war und für den anderen noch nichts, aber sie war jetzt nicht in der Lage, sich auch noch mit der Verblüffung und der Neugier und den Fragen auseinanderzusetzen, die ihre rätselhaften Sätze bei Greider gewiss auslösen mussten.

Hätte sie einen Moment länger gewartet, bevor sie sich abwandte, oder hätte sie noch einmal zurückgeschaut, bevor sie ins Haus stürmte, dann hätte sie möglicherweise bemerkt, dass Greider sie ziehen ließ mit einer Miene, die vielleicht etwas Erstaunen zeigte über ihren plötzlichen Ausbruch. Die aber nicht die war von einem, der nun mehr Fragen hatte als zuvor.

XII

Als an diesem Abend alle zu Bett gegangen waren, schob Greider den Riegel vor die Tür seiner Kammer und dämpfte das Licht zu einem schwachen Schein. Dann beugte er sich unter den Tisch, wo sein Gepäck gestapelt war. Er musste Koffer und Reisetasche zur Seite schieben und das Futteral mit seinem Vorrat an Leinwand hervorziehen und zur Seite legen, um an die zweite lederne Röhre zu gelangen, die dort ganz hinten gelagert war. Er holte sie hervor und verräumte das übrige Gepäck wieder an seinem Platz. Dieses Futteral war merklich schwerer als das mit dem Malgrund. Greider erhob sich damit und setzte sich auf den Stuhl, den er neben die Lampe stellte. Dann löste er behutsam die Riemen, die den Deckel des Behältnisses verschlossen hielten.

Sobald der Deckel geöffnet war, drang ein Geruch von Öl in den Raum. Es war nicht der gleiche Geruch, wie er von dem Lösungsmittel der Farben ausging, die vor einigen Tagen auf der verhüllten Leinwand und der benutzten Palette getrocknet waren; er hatte eine schärfere Note, einen hart metallischen Ton.

Greider griff in die Röhre und zog vorsichtig etwas hervor. Zunächst waren nur baumwollene Tücher zu erkennen, die offenbar einen Gegenstand umhüllten und zugleich den leeren Raum in dem Futteral ausstopfen sollten. Der Gegenstand war fast so lang wie die Lederröhre selbst, aber deutlich schlanker, und starr. Greider schlug die Tücher zurück, ließ sie auf den Boden gleiten. Was er schließlich in den Händen hielt, worüber er halb ehrfurchtsvoll, halb zärtlich strich und was er mit einem unergründbaren Ausdruck betrachtete, das hatte ein vierfaches Glänzen. Dunkel reflektierte der schwarze Kolben den Lampenschein, matt schimmerte der grau metallene Lauf, wie Bronze gloste der Verschluss, und silbrig hell leuchteten die Beschläge. Es war ein Gewehr, das Greider da umfasste.

Regungslos saß er da und schaute auf das Frauenporträt an der Wand. Er schien tief versunken.

Draußen war ein Vollmond aufgegangen, und sein kaltes Licht brachte die Kristalle der weißbedeckten Flächen vor dem Fenster zum Glitzern.

Das gemalte Gesicht. Der Geruch, das Gewicht der un-
benutzten Waffe. Das Gleißen des Mondes auf dem Schnee.
Das alles war schwacher Widerhall von etwas, das ein halbes
Menschenleben und einen Ozean entfernt war von diesem
Tal.

Das Gesicht. Der Geruch, das Gewicht. Das Gleißen.
Das Gleißen.

Der Junge musste seine Augen zusammenkneifen. Die Mittagssonne brach sich zu tausendfachen Dolchen aus Licht, die
mit schmerzhafter Helle in die Pupillen fuhren – an dieser
Stelle, wo der große Fluss breit war und höchstens knietief
und wo die Kiesel seines Bettes als winzige Inseln aus seinem
zu unzähligen Rinnsalen aufgefächerten Lauf ragten.

Das Wasser war eisig an seinen Füßen, die aus den hoch-
gekrempelten Leinenhosen hervorschauten, aber das war
ihm gerade recht angesichts der brütenden Hitze des Tages.
Und angesichts des Wissens, dass es jetzt lange dauern
würde, bis man wieder einem solch frischen, kühlen Wasser
begegnete. Er tauchte seinen breitkrempigen Hut in eine der
Kuhlen, wo das Wasser etwas tiefer floss, füllte ihn, nahm ein
paar kräftige Schlucke daraus und goss sich dann den Rest
über den Kopf, was ihn prusten und sein Baumwollhemd
durchnässt am Körper kleben ließ. Er wandte sich um, zu seiner Mutter, die am Ufer geblieben war, in der Nähe der Post-
kutsche, und winkte ihr zu. Sie winkte zurück: eine beider-
seitige Geste, dass er mit seinen dreizehn Jahren alt genug
war, ein Stück weit eigene Wege zu gehen, sie sich aber noch
ein wenig Sorge machen durfte um ihn.

Noch immer die Augen zu Schlitzen kneifend, blickte der
Junge sich um: Nur noch eine Silhouette waren die fernen
Berge, aus denen der Fluss entsprang, und von den Städten
im Osten dahinter war hier, wo alles Landschaft war, nicht

einmal eine Ahnung geblieben. Gegen Westen – wohin ihre Reise führte – waren nur noch selten Bäume auszumachen, und auch das Grasland wurde spärlicher. Eine halbe Tagesreise später würde die sandige Ödnis beginnen.

In der Mitte des Flusses hatte sich auf einer Kieselbank angeschwemmtes Treibholz und Gestrüpp zu einer kleinen Insel aus totem Dickicht verhakt. Auf den verdörrten Zweigen saß ein Schwarm von Vögeln. Ab und zu flog einer auf, stieß in den vorbeifließenden Strom hinab und tauchte mit einem in der Sonne schillernden Fisch wieder auf.

Der Junge beobachtete fasziniert dieses Schauspiel. Eben hatte wieder einer der Vögel Beute gemacht und auf einem der Äste Platz genommen, um diese zu verschlingen. Da ließ ein gewaltiges Krachen den Jungen erschreckt zusammenfahren, seinen Atem verschlucken, und das Tier löste sich im selben Augenblick in eine Explosion von Federn und rotem Sprühnebel auf, bevor sein kopfloser Rumpf ins Wasser stürzte und daneben wie eine zynische Pointe der Fisch herabklatschte. Gellend kreischend stob der übrige Schwarm auf und floh mit knatterndem Flügelschlag ans gegenüberliegende Ufer.

Hinter dem Jungen ertönte ein entzücktes Lachen. Er drehte sich mit entgeistertem Blick um.

Dort saß der dicke Mann auf einem ausgebleichten, angeschwemmten Baumstamm, hielt mit der rechten Hand ein auf seinem Bein ruhendes Gewehr, dessen rauchender Lauf schnurstracks in den Himmel zielte, und schlug sich mit der Linken fröhlich auf den Schenkel. Seine Glatze glänzte im Mittagslicht, aber sonst schluckte seine ganz in Schwarz gewandete, enorme Gestalt alle Sonnenstrahlen.

»Did you see that?«, rief er dem Jungen lachend zu, und in einem etwas fremd klingenden Deutsch: »Der Fisch schwamm fort!«

Der Junge rief ihm eine bejahende, aber keineswegs ähnlich amüsierte Antwort zu und watete zu der Stelle, wo die Überreste des Vogels trieben. Halb angewidert, halb fasziniert spähte er aus ein paar Schritt Entfernung auf den blutigen Klumpen aus Fleisch und Federn, der vor wenigen Augenblicken noch ein lebendiges Wesen war. Eine rote Wolke breitete sich im Wasser aus und ließ schlierige Ausläufer auf die Beine des Jungen zutreiben, der sich beeilte, aus ihrer Reichweite zu gelangen.

Wieder ertönte ein Rufen vom Ufer: »Komm her! Ich zeige dir etwas!« Der schwarzgewandete dicke Mann winkte ihn mit ausholender Geste zu sich, deutete auf sein Gewehr, wies ihm den freien Platz auf dem Stamm neben sich. Der Junge blickte noch einmal zurück auf den zerfetzten Vogel – und stapfte dann auf dessen wohlgelaunten Mörder zu.

Die Reise hatte für den Jungen gerade gedroht langweilig zu werden, als der seltsame Mann auftauchte. Anfangs hatte dem Jungen noch die schiere Neuigkeit des Reisens die Zeit kurz gemacht; da war er voller Aufregung gewesen allein ob der Tatsache, dass die Stadt, in der er sein ganzes bisheriges Leben zubrachte, ein Ende kannte und jenseits von ihr sich eine ganze, unerforschte Welt öffnete. Da klebte er geradezu am Kutschfenster und konnte kaum aufhören zu staunen über die sich entrollende, immer frische Folge von Feldern, Wäldern, Wasserläufen, Seen und dichtgesäten Ansiedlungen, Städtchen und Städten. Aber je weiter sie die einstige Heimat hinter sich ließen, desto abgenutzter wurde nicht nur dieser Reiz des Neuen, sondern umso monotoner auch die Landschaft. Und langsam gewann der Überdruss Oberhand, Tag um Tag, Stunde um Stunde in dieser Kutsche zu verbringen: einem Gefährt, dessen fadenscheinig gepolsterte Holzbänke einem durch die harte Federung ebenso beharrlich wie unregelmäßig gegen Gesäß und Rücken schlugen. Einem Gefährt, dessen kleine Kabine man mit mürrischen Geschäftsmännern, unablässig schnatternden alten Damen oder in die Geheimnisse der Körperpflege nicht eingeweihten Streunern teilen musste und die schnell stickig wurde – sich aber mit dem von den Pferdehufen aufgewirbelten Staub füllte, wollte man durch Öffnen der zugigen Fenster für ein wenig Belüftung sorgen.

Und auch die Abende waren dem Jungen bald zuwider: Da tauschte man das Rattern und Schütteln der schweißstinkenden Kutsche gegen die Bänke und Betten der Hotels, Saloons, Absteigen, gegen fragwürdige Kost in Mief und Lärm, gegen das Piken von Flöhen in durchgelegenen Matratzen.

Einer dieser Abende fand den Jungen und seine Mutter fast allein in der dämmrigen Wirtsstube der Kaschemme eines kleinen Orts. Ihr alleiniger Mitreisender auf dieser Kutschetappe war bereits im Hinterzimmer zu Bett gegangen. Die Frau und ihr Sohn saßen am einzigen Ecktisch unter der einzigen entzündeten Lampe und löffelten die letzten Bissen ihres Abendessens fein säuberlich aus – was nichts über dessen Geschmack und alles über ihren Hunger sagte. Sie waren gerade dabei, ihr Besteck zur Seite zu legen, da wankte der Wirt zu ihnen herüber, der sich in Ermangelung sonstiger Gäste den ganzen Abend über selbst großzügig eingeschenkt hatte. Die Frau glaubte, er wolle das Geschirr abräumen, und schob ihm schon die Schüsseln entgegen, doch er ließ sich schnaufend neben sie auf die Bank plumpsen. Er war ein aufgedunsener Mann von schwer bestimmbarem Alter – der ungepflegte Bart, die grobporige, ädrige Haut mochten ihm täuschende Jahre aufbürden –, und es war nicht nur der Fusel der letzten Stunden, nach dem er stank.

Ob es denn geschmeckt habe, erkundigte er sich mit schwerer Zunge. Die Frau antwortete mit einem unverbind-

125

lichen Laut – denn solch eine Lügnerin, wie pure Höflichkeit sie hier verlangt hätte, war sie dann doch nicht. Er habe nämlich selbst gekocht, lallte der Wirt und ließ sich sein beifallheischendes Grinsen auch vom Ausbleiben einer Anerkennung seiner Künste nicht verderben. Viel schien er eh nicht zu geben auf die Reaktionen der Frau; man merkte ihm an, dass er sich seinen Text schon länger zurechtgelegt hatte und ihn nun unbeirrt aufsagen wollte. Freilich, verkündete er als Nächstes, müsse er selbst eingestehen, dass sein Eintopf nicht das Leckerste hier in der Stube sei – und dabei rückte er unbeholfen näher an die Frau, bis sich ihre Beine berührten. Die Frau rutschte ohne Hast ein Stück weiter in die Ecke, um den ursprünglichen Abstand wiederzuerlangen. Das Grinsen des Mannes war breiter geworden und anzüglich, doch die Frau begegnete ihm nur mit einem distanzierenden Lächeln und meinte, dass es doch an der Zeit sei, sich zum Schlafen zurückzuziehen. Sie stupste ihren Jungen an, der ihr an der Stirnseite des Tisches den Ausweg versperrte, und wollte sich gerade erheben. Da legte der Mann seine feiste Pranke auf ihre Hand. Sie solle doch nicht so ungesellig sein – ein gemeinsames Glas könne sie ihm nicht verwehren. Und sein stierer Blick unternahm einen gründlich misslingenden Versuch, freundlich anziehend zu wirken. Nein, man müsse morgen früh wieder weiterreisen, lehnte die Frau bestimmt ab. Doch als sie ihre Hand unter der seinen hervorziehen wollte, wurde sein Griff härter.

Nun merkte auch der Junge, dass etwas nicht in Ordnung war, und stand auf. Seine Mutter wandte sich ihm zu, schüttelte kurz den Kopf, bedeutend, dass sie die Situation unter Kontrolle habe. Sie bat den Mann mit entschiedenen, aber ruhigen Worten, sie loszulassen. Und einen Moment schien er kurz davor, ihr zu gehorchen. Aber dann gewann der Alkohol die Oberhand – oder die Einsicht, dass er selbst im Suff der körperlich Überlegene war. Und er packte noch fester zu und zog die Frau zu sich heran. Seine feuchten Lippen schürzten sich zu einem keuchenden Kuss, sein linker Arm fasste die Frau um die Schulter und zerrte sie näher; sie stieß sich mit ihrer freien Hand von seiner Brust ab und holte zu einer Ohrfeige aus; der Junge sprang auf.

Und da tönte eine Stimme: »My dear soul!«

Die Zudringlichkeiten des Wirts mussten die Aufmerksamkeit der Frau derart in Beschlag genommen haben, dass sie weder das Öffnen der Tür noch die Schritte durch den Raum mitbekommen hatte.

Eine weiße, haarlose Hand fiel auf die Schulter des Wirts.

Der wirbelte, nicht minder überrascht, herum. Die Dunkelheit der Stube ließ es scheinen, als schwebe dort ein bleicher, kahler Kopf, der ihn mit der Miene eines strengen und enttäuschten, aber geduldigen Lehrers musterte. Der Wirt wollte auffahren, doch die Hand drückte ihn nieder, und sein plötzlich schmerzverzerrter Ausdruck ließ ahnen, dass das Dickliche des Fremden täuschte, dass sich dahinter Muskeln und stählerne Kraft verbargen.

Das fahle Gesicht beugte sich zu dem Wirt hinunter und flüsterte ihm ein paar Worte ins Ohr. Er wurde fast so bleich wie der Neuankömmling und beeilte sich, die Sitzbank zu verlassen und sich hinter seinen Tresen zu trollen.

Der Fremde aber trat einen Schritt vor, dass seine gesamte, in nachtschwarzem Anzug gekleidete Gestalt sichtbar wurde, und deutete eine kleine Verbeugung vor der Frau und dem Jungen an. Sein Gesicht war so haarlos wie seine Hand, keine Strähne, keine Stoppel, keine Augenbraue, nicht einmal eine Wimper zierte es. Und er hatte von draußen einen Geruch nach kaltem Ruß mitgebracht.

Er fragte höflich, ob es gestattet sei, Platz zu nehmen, hatte sich aber noch vor jeder Antwort schon niedergelassen, wo zuvor der Wirt gesessen war – allerdings in geziemlichem Abstand. »The name's Holden«, stellte er sich vor. Mit keiner Miene, keinem Wort ging er darauf ein, in welche Situation er eben eingegriffen, was er eben womöglich verhindert hatte. Sein freundliches Lächeln war das eines Mannes, der sich eben zu einer beschwingten Abendrunde gesellt hatte. Und in ebensolchem Tonfall erkundigte er sich nach Reiseziel und -grund der Frau. Die schien nur zu bereit, ebenfalls das gerade Durchlebte zumindest scheinbar ungeschehen zu machen.

In korrektem, aber gerade dadurch steifem, von einem schwer bestimmbaren Akzent angehauchtem Englisch berichtete sie, dass sie vor dreizehn Jahren schwanger mit dem Schiff aus Europa angekommen sei, sich in einer der Ostküstenstädte niedergelassen und dort ihren Sohn zur Welt gebracht habe. Sie hätte sich, dank der anfänglichen Hilfe entfernter Verwandter, eine bescheidene, aber redliche Existenz aufgebaut – zunächst als Näherin, dann, nachdem sie sich eingelebt und mit viel Fleiß ihre Sprachkenntnisse perfektioniert habe, als Privatlehrerin. Und eben als Lehrerin sei sie nun unterwegs in eine der neuen, aufstrebenden Städte im Westen, wo das Leben zwar wohl noch nicht so kultiviert sei, die eben sesshaft Gewordenen aber einen umso größeren Bedarf an gebildeten Leuten hatten zur Unterrichtung der Kinder. Sie habe auf eine Annonce geantwortet und sei vom Bürgermeister der Stadt zunächst mit Versprechungen auf allerlei Vergünstigungen gelockt worden und einer Wohngelegenheit, gegen die sich das Zimmer, das sie sich bisher leisten konnte, beschämend ausnahm. Außerdem aber sei sie, berichtete sie leicht errötend, auch in Korrespondenz mit einigen Leuten vom zuständigen Bürgerkomitee getreten, und darunter sei ein Herr gewesen, ledig, zu dem sie bald aufgrund seiner einfühlsamen Worte eine besondere Sympathie gefasst habe, welche offenbar auf Gegenseitigkeit beruhte – und die auch durch den postalischen Austausch von Porträtfotografien nicht gelitten habe, im Gegenteil. Und von dieser Sympathie, müsse sie gestehen, würde sie nach ihrer Ankunft in der Stadt tatsächlich noch mehr erwarten.

Holden hörte mit freundlicher Aufmerksamkeit zu und fragte dann, aus welchem Teil Europas sie denn stamme. Über die Antwort verfiel er sogleich in Begeisterung: »Germany! Wie schön! Ein wenig spreche ich Deutsch.« Und bewies dies gleich, indem er vom Anlass seiner Reise in just dieser Sprache zu erzählen begann.

Holdens schwarze Kleidung, seine feinen Stoffhosen, der lange Gehrock, das weiße Hemd mit dem Rundkragen und die Schleifenkrawatte, der runde Hut, den er auf der Bank abgelegt hatte, das alles verlieh ihm etwas Priesterhaftes. Doch in Wahrheit war sein Beruf der eines Richters. Und als solcher war auch er auf dem Weg nach Westen, um eine neue Stellung anzutreten. Wo genau, das vermochte er jedoch noch nicht zu sagen. Nein, ein festes Angebot hatte er noch keines. Aber das schien ihn nicht im Geringsten in Sorge um seine Zukunft zu versetzen. Mit einem dröhnenden Lachen verkündete er vielmehr: »Für mich ist überall Werk.«

Und dann fragte er die Frau, ob er sich für eine Weile ihrer Reise anschließen dürfe, und sie – mehr höflich als begeistert – bejahte.

Holden hatte mit seinem Erscheinen zum rechten Zeitpunkt eine für sie unangenehme Situation beendet, und er gab sich auch danach ihr gegenüber nie anders als korrekt. Dennoch war er der Frau unheimlich. Unter seiner Höflichkeit meinte sie etwas Mokierendes zu spüren, etwas amüsiert Lauerndes. Und so nahm sie mit gemischten Gefühlen wahr, wie unverzüglich ihr Sohn offenbar von einer blinden Begeisterung für den Fremden ergriffen wurde. Ja, sie war froh, dass ihm jetzt die Reise auf einmal wieder kurzweilig geworden war. Aber sie beobachtete mit Unwohlsein, dass dieser Mann in ihm ein gar so staunendes, begieriges Publikum fand.

Holden berichtete von seinen zahlreichen bisherigen Wirkungsstätten, von seinen bizarrsten Fällen, er konnte bei jeder Gelegenheit farbenreiche Parallelen ziehen zu berühmten wie obskuren Ereignissen aus Geschichte und Literatur, als hätte er die selbst miterlebt. Ohne dass man je das Gefühl hatte, er würde sie im Geringsten anheben, drang seine Stimme mühelos über das Schlagen der Hufe, das Rattern und Ächzen der Kutsche auf den unebenen Wegen. Zusammen mit dem unentrinnbaren Blick von Holdens dunklen Augen hatte diese Stimme die Fähigkeit, die Zuhörer wie in Hypnose zu bannen und sie oft erst wie aus einem Traum erwachend bemerken zu lassen, wie sehr sich über die Dauer der Erzählungen draußen die Landschaft, der Himmel, der Stand der Sonne verändert hatten. Und vermochten Holdens Geschichten einmal nicht mehr zu fesseln, verlegte er sich auf Zauberkunststücke. Karten und Münzen tauchten an den unerwartetsten Orten auf, schienen aus Nase und Ohren des Jungen zu purzeln oder im Gewand der Reisenden zu erscheinen und verschwanden kurz darauf ebenso überraschend wieder bei der kleinsten Berührung durch Holdens Hände.

Abends aber, wenn man in einem mit weiterer Gesellschaft gefüllten Hotel oder Gasthaus Station machte, wurde Holden zu einem Impresario seiner selbst – zu einem Unterhalter mit großen Gesten, keinen Widerspruch duldender Stimme, scharf gesetzten Pointen, der den anderen nach Belieben das Wort erteilen und entziehen konnte, der in der Hand hatte, worauf am Tisch sich das Interesse lenkte, und sicherstellte, dass es zuerst und zuletzt ihm selbst galt. Seine

Erzählungen waren voll scharfsinniger Beobachtungen, haarsträubender Wendungen, wunderbarer Pointen, sie waren gelegentlich frivol, ohne schlüpfrig zu sein, erzeugten den wohligen Schauer des Gewagten, des beinahe Verbotenen. Und wo die anderen Gäste selbst das Gespräch bestritten, da verstand Holden es meisterhaft, ihnen interessante Details ihrer Erzählung zu entlocken, die sie sonst vergessen hätten, sie umständliche oder unnütze Passagen abkürzen zu lassen oder, wo er den Sprecher, dessen Art oder Ansichten nicht mochte, ihn zielsicher mit zwei, drei Bemerkungen zum großen Amüsement der anderen geistreich bloßzustellen. Diese Tischrunden waren wie kleine, lebendige Kunstwerke, die der Richter formte, lenkte, stutzte – kleine Aufführungen, in denen alle Darsteller und Publikum zugleich waren und Holden der Regisseur.

Die Frau aber wurde nie das Gefühl los, dass diese flüchtigen Inszenierungen nicht dem Vergnügen der Anwesenden dienten, sondern in Wahrheit der Befriedigung obskurer Launen Holdens. Holden war ein begnadeter Argumentator und Rhetoriker, nicht ein Mal erlebten die Deutsche und ihr Sohn, dass er die Richtigkeit einer anderen Meinung als der seinen hätte anerkennen müssen. Es bereitete ihm merklich diebische Freude, gegnerische Positionen zu unterminieren, zu durchlöchern und schließlich einstürzen zu lassen. Besonders wenn es ihm – und das war nicht selten – gelang, den Vertreter der Gegenmeinung durch geschickt gelegte Fallen die entscheidenden Schritte der Demontagearbeit selbst vornehmen zu lassen. Je tiefer, lebensbestimmender die Überzeugung beim anderen zu sitzen schien, je mehr der darauf all seine Hoffnungen gebaut hatte, umso mehr hatte Holden Genuss daran, sie ihm zu nehmen – wogegen Holdens Reisegefährten ihn mehr als einmal am einen Abend jene, am anderen Abend in einer anderen Stadt genau die entgegengesetzte

Meinung vertreten hörten, und jedes Mal mit zwingender Logik und als geschehe es aus vollster Überzeugung. Oft aber schien zum Einsturz der gegnerischen Position nur noch der letzte, offensichtliche Schritt in der Argumentation zu fehlen – und Holden verzichtete auf ihn, erklärte den Disput für unentscheidbar. Mancher wirkte in dieser Situation, als habe er bereits einen Angelhaken geschluckt, warte aber aus einer Laune des Fischers heraus vergeblich darauf, dass sich nun auch die Leine spanne. Und da war ein Blitzen in Holdens schwarzen Augen, ein Kräuseln um seine Mundwinkel wie von kaum zurückhaltbarem Lachen, die verrieten, dass es ihm noch mehr als ein offener Sieg insgeheime Freude bereitete, zu wissen, dass nun der Stachel saß und bohrte.

Da war etwa der reisende Geschäftsmann, der zu fortgeschrittener Stunde und nach mehreren Gläsern Bier von seiner neuen Geschäftsidee erzählte, die umzusetzen er mit all seinen Ersparnissen auf dem Weg nach Westen war. Er musste minutenlang Fragen beantworten, die Holden unter dem Tarnmantel begeisterter Neugier stellte, bei denen aber einem in Geschäftsdingen beschlagenen Zuhörer bald klar werden musste, dass sie letztlich nur einen Schluss zulassen konnten: nämlich, dass die Kalkulation des Geschäftsmannes auf tönernen Füßen stand und ihn im Westen nichts erwartete als der sichere Ruin. Oder da war eine ältere, mächtig herausgeputzte Dame, die im jüngst beendeten Bürgerkrieg Mann und Sohn verloren hatte. Zunächst untröstlich, hatte sie ein Medium aufgesucht, einen der Unzähligen, deren Zeitungsinserate eine Möglichkeit versprachen, noch einmal Kontakt aufzunehmen mit den Dahingegangenen. Und nachdem sie diesem sehr netten und seriösen jungen Mann einen Besuch abgestattet hatte – der zwar nicht gerade im besten Viertel der Stadt wohnte, aber mit zahlreichen Komplimenten gegenüber der Witwe bewies, dass er offensichtlich Geschmack und Verstand hatte –, war sie nun völlig überzeugt, dass ihr Mann und ihr Sohn nicht nur eines ehrenhaften Todes gestorben waren, sondern dass die beiden glücklich in einem gütigen Jenseits nichts sehnlicher erwarteten als dereinst ihre, der geliebten Frau und Mutter Ankunft.

Holden gab sich ganz angetan von diesem wunderbaren Bericht, konnte gar nicht genug davon bekommen, die ältere Frau, deren selbstgefälliges Gesicht inmitten der sich aufplusternden Stoffmengen ihres Kleids und Huts ein glückliches Glänzen annahm, darum zu bitten, jenen oder welchen Teil ihrer Erzählung auch immer zu wiederholen. Wobei er sie jedes Mal um weitere Details bat. Die dann, sie möge vielmals entschuldigen, die ein oder andere Verwirrung bei ihm hervorriefen. Diese Schlacht, in der ihre heldenhaften Männer fielen, das war …? Aber sei bei der nicht, die Dame solle verzeihen, aber er glaube darüber gelesen zu haben …? Ach, wie, nein, da liege dann bestimmt ein Missverständnis vor, aber kein Problem, man habe ja hier am Tisch einen ehemaligen Offizier, der bestimmt … Worauf der bedauernswerte Angesprochene sich genötigt sah, genau die Version Holdens zu bestätigen, dabei aber etwas zu murmeln von einem vermutlichen Versehen, die Dame habe da womöglich den falschen Namen erinnert … Mit dem Resultat, dass die Frau schließlich vor den Trümmern ihrer trostreichen Geschichte stand und noch nicht einmal Gelegenheit hatte, darüber zu verzweifeln, ohne dass sie selbst ausgesprochen und eingestanden hätte, was keiner am Tisch zu sagen gewagt hätte.

Das alles aber machte Holden der Deutschen nur unsympathisch. Der Abend, an dem er ihr vollends unheimlich wurde, folgte nur wenige Tage später. Da fanden Holden und seine Reisegefährten sich in einem deutlich weniger komfortablen Hotel wieder, wo der Richter abends einmal mehr eine Runde begieriger Zuhörer um sich geschart hatte. Am Tisch befanden sich unter anderem zwei auf gänzlich unraffinierte Art hübsche Damen von fragwürdigem, aber nicht eindeutig inakzeptablem Ruf, ein junger Priester mit großen, weichen Händen, dessen Gesicht beinahe aufreizend gutaussehend gewesen wäre, hätte er nicht einen Hang zur Dicklichkeit gehabt und einen Mund, in dem die Zähne wie hingewürfelt schief standen, und schließlich gesellte sich später auch noch der Wirt zu ihnen, als der übrige Gastraum sich geleert hatte und er bemerkte, dass hier offenbar gute Unterhaltung zu finden war.

Hier berichtete Holden von der unglücklichen Dame und ihrem falschen Trost, worauf sich erwartungsgemäß mit dem Priester ein Gespräch über das Leben nach dem Tod entspann. Der Richter neckte den jungen Mann immer wieder mit der rosigen Vision vom Jenseits, die das angebliche Medium der Witwe aufgetischt hatte. Nicht ein Mal versündigte Holden sich gegen das, was alle am Tisch für göttliche Wahrheit hielten. Stets malte er nur den Scharlatan, der die ältere Dame betrogen hatte, und dessen offensichtliche Lügen in lächerlichsten Farben aus. Aber der Priester fand sich in unerwarteter Verlegenheit wieder beim Versuch, seine Überzeugungen davon unwiderlegbar abzusetzen, und bald beschränkte auch er sich darauf, gegen das grassierende Übel der Wahrsagerei, Hell- und Geisterseherei zu sticheln. Es zieme sich nicht für den Menschen, offenzulegen, was der HERR ihm nicht zu wissen auferlegt hat. Nur vor dem großen Vater sei alles offenbar, und so möge es auch bleiben.

Der Richter hörte dieser großen Rede aufmerksam zu, und mit leicht schief gelegtem Kopf betrachtete er den Priester danach noch ein, zwei Sekunden aus durchdringenden Augen. Dann lächelte Holden und meinte, das klinge ja ganz so, als ob der Reverend selbst gern Geheimnisse wahrte. Worauf alle lachten, der Geistliche am lautesten.

Ob es denn nicht doch großartig wäre, wenn man den Leuten in Vergangenheit und Zukunft blicken könnte, wie es einem beliebte, fuhr Holden fort. Ob denn nicht alle hier am Tisch dies für eine sehr natürliche menschliche Neugier hielten? Und dieses Medium, das der Witwe von Mann und Sohn erzählt hatte, habe doch bewiesen, wie einfach das sei, wenn man keine überzogenen Ansprüche an die Wahrheit des Ganzen stellte. Alles, was es dann brauche, sei ein bisschen Fantasie. Jawoll, er, Holden, werde das gleich demonstrieren! Er werde den Versammelten hier und jetzt ihr bevorstehendes Schicksal, ihre verborgene Vergangenheit enthüllen! Das wurde, die beiden Frauen voran, mit allgemeinem Jubel und Gelächter begrüßt: Ja, das wolle man erleben, wie der Richter hier zum Wahrsager würde!

Holden griff sich den Leuchter, der in der Mitte des Tischs stand, pustete bis auf eine alle Kerzen darin aus und hielt sich das Licht dicht unters Gesicht, so dass es in der plötzlich deutlich dunkler gewordenen, niedrigen Gaststube einen dämonischen Schattenglanz annahm und durch Holdens wie immer schwarze Kleidung körperlos schien. Sich dieser Wirkung wohl bewusst, lehnte er sich zu der jungen Dame, die zu seiner Rechten saß, und schnitt einige groteske Fratzen, die sie mit einem Kreischen beantwortete, dessen Ängstlichkeit nur halb gespielt war.

Dann begann Holden, in deutlichst überzogener Parodie eines raunenden, bedeutungsschwangeren Tonfalls, mit seinen Weissagungen: Er blickte die junge Frau lang und tief an und beschied dann, sie, die reizende Dame, werde einen Millionär heiraten. Mit einem halb entzückten, halb belustigten Auflachen empfing sie diese Botschaft und quittierte sie mit einem ebenfalls parodistischen Schwall gerührter Dankesworte. Dann war ihre Freundin an der Reihe. Lang und tief blickte Holdens kerzenscheinumflackertes Gesicht auch sie an und verkündete schließlich in übertrieben bedauerndem Trauerton: Sie werde, leider, leider, jung und verarmt sterben. Wieder lachten alle, wenngleich vielleicht nicht ganz so herzlich, und die junge Frau befleißigte sich, mit angemessen gespielter Bestürzung auf diese Nachricht zu reagieren – wobei ihr der Humor nicht ganz so leicht fiel wie ihrer Vorgängerin.

Aber schon wandte sich das frischgebackene Medium dem Wirt zu, der jedoch das bisherige Ritual abwehrte und meinte, er habe eine Frage. Nur zu, ermunterte ihn Holden, er wisse alles, sehe alles! »Where is my mother?«, verlangte der Wirt. Es wundere ihn zwar, dass er das nicht wisse, ob er denn oft seine Eltern verlege, erwiderte Holden zum Amüsement der Übrigen, aber gut, er müsse sich nur einen Moment konzentrieren … Und wenige Sekunden später blickte er wieder auf, sah dem Wirt gerade in die Augen und erklärte: Die Mutter weile, wenngleich verwitwet, lebendig und wohlauf in Dublin, in Irland.

Einen Moment schaute der Wirt verdutzt, während ihn die anderen gespannt anstarrten. Dann zog er einen imaginären Hut und bestätigte, dass dies zu seiner großen Verblüffung tatsächlich die Wahrheit sei. Er müsse eingestehen, dass er Holdens Wahrsagerei für einen Witz gehalten habe – er nun aber nicht umhinkönne, ihm wirklich hellseherische Fähigkeiten zu bescheinigen. Holden genoss kurz das Raunen der Runde. Dann aber erklärte er, dass er zu seiner und wohl der allgemeinen Enttäuschung beichten müsse, lediglich Beobachtungs- und Kombinationsgabe sei hier am Werk gewesen. Und er wies alle auf die Wand hinter der Theke hin, wo zwei Fotografien, eine kleine Fahne, ein Druck und ein Stickbild hingen. Die eine Fotografie zeigte einen älteren Herrn, der im Sonntagsgewand vor einem gemalten Hintergrund posierte, und ihre oberen Ecken waren quer von zwei breiten, schwarzen Bändern traurig geschmückt. Auf der anderen, die solcher Verzierung entbehrte, war eine ältere Frau zu sehen, die in keinem edlen, aber dennoch spürbar ihrem besten Kleid vor nämlichem Hintergrund abgelichtet war. Die Fahne war die Irlands, der Druck zeigte – wie Holden erklärte, aufgrund seiner Reisen unschwer erkennen zu können – eine Ansicht der stolzesten Stadt dieser noblen Nation. Und das Stickbild war ein Herz, in dem der Spruch prangte: »My son. Though oceans apart, near and dear in my heart.« Und so müsse jeder der Anwesenden zugeben, dass es, einmal auf all dies aufmerksam geworden, keine große Kunst mehr war, seine »Weissagung« mit einigem Vertrauen zu wagen und damit das Richtige zu treffen. Der respektvolle Applaus, den die Gesellschaft ihm nun zollte, war dennoch nicht viel geringer, als er wohl angesichts veritabler Hellseherei ausgefallen wäre.

Schon aber richtete Holden seine Aufmerksamkeit auf den jungen Priester. Der schien nun, durch den Wirt inspiriert, auch selbst eine Frage stellen zu wollen. Aber der Richter gebot ihm mit einer Geste Einhalt. Er hielt sich wiederum die eine Kerze unters gesenkte Kinn und ließ lange die unsteten Schatten bedrohlich über sein glattes Gesicht tanzen, aus dem die Augen lauernd unter den Brauenwölbungen nach oben blickten. Ah, er habe es doch geahnt! Der Gentleman habe tatsächlich ein Geheimnis. Dabei hob er den Kopf wieder, so dass er den Priester geradewegs anschaute. Und dann spielte er einen großen Schrecken, mit aufgerissenem Mund, an die Stirn gelegtem Handrücken. Oh nein, wie schockierend! Die arme, kleine Margaret! Vergewaltigt und ermordet! Und die Leiche des missbrauchten Kindes habe er bei den Bahngleisen nahe seiner Kirche verscharrt, wo sie heute noch liege und für immer unentdeckt liegen werde.

Es herrschte ein Moment allgemeiner Verunsicherung, da löste Holden seine Pose, blickte sich breit grinsend um und brach in schallendes Gelächter aus. »Ein Scherz, es war ein Scherz!«, donnerte er in die Runde, und nur für einen Sekundenbruchteil blieb sein Blick, als er von Gesicht zu Gesicht schaute, länger an dem des Geistlichen hängen. Das Gelächter fand mit etwas Verzögerung Widerhall – weniger, weil die anderen den Witz besonders gelungen oder angebracht fanden, sondern schlicht, weil alle froh waren, diesen verstörend geschmacklosen Misston schnell wieder zu verbannen. Am längsten brauchte der Priester selbst, bis er in das Gelächter einfiel, aber dann war er derjenige, der es lautstark anführte, ja, sogar der Einzige, der Holden mit sich überschlagender Stimme zu seinem etwas makabren, aber doch gekonnt vorgebrachten Witz gratulierte. Das laute Lachen trieb rote Flecken auf seine bleich gewordenen Wangen. Und den Rest des Abends sagte er keinen Satz mehr – doch das schien niemand besonders aufzufallen.

Nachdem das Gelächter wieder abgeklungen war, verkündete Holden, jetzt sei aber genug mit diesem albernen Spiel, entzündete wieder die Kerzen des Leuchters, den er zurück in die Tischmitte stellte, und man konnte eine gewisse allgemeine Erleichterung spüren, dass man zu normaler Konversation zurückkehren durfte.

Aber bevor der Richter die Hellseherei für beendet erklärte, gab es noch einen unbeachteten Moment, da er den Sohn der Deutschen betrachtete, der den ganzen Spuk mit großen Augen verfolgt hatte. Holden schien zu überlegen. Schien für eine Sekunde zu erwägen, noch eine weitere Prophezeiung auszusprechen. Und entschied sich dann dagegen.

So verging die lange Reise, Tag um Tag, und die Landschaft, durch die sie führte, wurde immer karger und menschenärmer. Und eines Mittags also stand der Junge in den flach aufgefächerten, kühlenden Fluten des Flusses, hatte eben erlebt, wie von einem Lidschlag auf den anderen eine Kugel aus dem Lauf von Holdens Gewehr einen Vogel in einen blutigen Klumpen verwandelt hatte, und der schwarz gewandete Mann auf dem bleichen Stamm am Ufer betrachtete, in der Hand das noch rauchende Gewehr, lachend den entgeisterten Gesichtsausdruck des Jungen und winkte ihn zu sich. Und der Junge watete gegen die Strömung des gleißenden Wassers flink trotz des unebenen, kieseligen Untergrunds auf den Baumstamm mit dem Schützen zu.

»Weißt du zu schießen?«, wurde er, als er bis zum Bauch von frischem Wasser triefend ankam, empfangen. Der Junge schüttelte, etwas außer Atem, den Kopf. Dann solle er sich zu ihm setzen, bedeutete ihm der Richter, etwas zur Seite rückend und auf den Baum neben sich tätschelnd. Der Junge gehorchte.

Er musste sich nah an Holden pressen, um neben dessen massigem Körper noch Platz zu finden. So aus der Nähe bemerkte der Junge, dass der kahle Mann überhaupt nicht zu schwitzen schien, obwohl er in seiner schwarzen Kleidung in der prallen Mittagssonne saß. »Hold the gun«, gebot ihm der Richter sanft und drückte ihm mit einem Lächeln das Gewehr in die Hände.

Der Junge nahm es zunächst in Empfang wie ein vollbeladenes Tablett, mit Vorsicht und Respekt, nicht recht wissend, wie er es halten sollte, um es nicht fallen zu lassen – oder, noch schlimmer, einen ungewollten Schuss auszulösen.

Das Gewicht überraschte ihn – bei aller Angespanntheit ließ es ihm doch einen Moment die Arme herabsacken. Aber dann lag es in seinen Griff geschmiegt wie ein schönes, unberechenbares Tier. Der Lauf war noch erwärmt von der jüngst abgefeuerten Kugel. Der Kolben war aus einem fast schwarzen Holz mit einem rotbraun glosenden Schimmer, glatt und leicht speckig, wie nur ein Zusammenwirken aus meisterhaftem Handwerk und langem, pfleglichem Gebrauch es bewirken konnten. Lauf, Schloss, Abzug und Hahn waren aus einer unbestimmten dunklen Legierung, deren Aussehen der kühlen Härte von poliertem Stahl das dumpfere Grau von Blei und das warme Leuchten von Bronze beimischte. Und an den Seiten des Schafts, oberhalb des Abzugs, da, wo man auf der rechten Seite durch einen Einlass die Patronen zuladen konnte – die dann, fünfzehn an der Zahl, in dem dünneren Magazinrohr an der Unterseite des Laufs darauf harrten, in die Kammer befördert zu werden –, da war die Waffe verstärkt und verziert mit silbernen Beschlägen. Auf diesen schlangen sich, kunstvoll und fein ziseliert wie auf einer französischen Zuckerdose, fantastische Ranken und exotische Blüten: Auf dem rechten Beschlag wanden sie sich um den Patronen-Einlass, auf dem linken Beschlag um eine ebenfalls ins Silber gravierte antike Szene, Gestalten in lakenartigen Gewändern vor einer idealisierten Landschaft, wie sie der Junge von Gemälden aus einem Museum kannte, in das ihn seine Mutter einmal geführt hatte. Und darunter standen Worte, die er sich zwar zusammenbuchstabieren konnte, die aber keinen ihm durchdringbaren Sinn ergaben: »Et in arcadia«.

Holden beäugte mit geduldigem Wohlwollen, wie der Junge das Gewehr studierte, wie er es von oben bis unten genau in Augenschein nahm, es drehte und wendete, zaghaft seine einzelnen Bestandteile betastete, und wie er dabei immer sicherer wurde in seinem Umgang mit der Waffe. Wie sie ihm gleichsam in die Hände zu wachsen schien, er binnen kürzester Zeit ein Gefühl dafür entwickelte, wo er sie anzufassen hatte, wie ihr Gewicht auszubalancieren. Und als der Richter schließlich zufrieden schien, dass der Junge in seinen Erkundungen keine großen selbständigen Fortschritte mehr machen könne, legte er lächelnd und sacht seine eigenen Hände um die des Adepten und führte ihm so den Kolben an die Schulter, bedeutete ihm, dass er diesen fest dagegenzupressen hatte, schob die Linke in eine Lage am Holz unter dem Lauf, dass sie unangestrengt sichere Lenkung und Halt geben konnte, führte die Finger der Rechten so, dass der Daumen seitlich am Schaft Stütze fand, Mittel-, Ring und kleiner Finger in die Repetiervorrichtung glitten und schließlich der Zeigefinger sich krümmend um den Abzug schmiegte.

Der Junge blickte den Glatzköpfigen an, halb mit Stolz und Vorfreude, dass dieser ihm tatsächlich gleich einen richtigen Schuss zutrauen würde, halb fragend, ob dies nicht nur bloße Demonstration der Schusshaltung sei, ob er es wirklich wagen dürfe – ja, ob er selbst es schon wagen wollte und konnte.

»Du schaust hier und hier«, erklärte Holden ihm die Funktion von Kimme und Korn und hielt dann Ausschau nach einem geeigneten ersten Ziel. »That rock over there«, deutete er auf einen koffergroßen, markanten Felsbrocken inmitten des Flusslaufs. Der Junge gab nickend zu verstehen, dass er wusste, welcher Stein gemeint sei.

Dann presste er den Gewehrkolben noch fester an seine Schulter, bis es ihn fast schmerzte, und versuchte, seinen linken Arm trotz der Aufregung so unter Kontrolle zu bringen, dass der Strich der Zielvorrichtung auf der Mündung aufhörte, wie trunken um die Metallkerbe vor seinen Augen zu tanzen. Er solle den Abzug nicht ziehen, sondern vorsichtig bis zum Punkt des größten Widerstands Druck auf ihn ausüben und dann zum Auslösen nur noch leicht, ohne Ruck den Finger weiterbiegen, ermahnte ihn Holden. Der Junge war derweil damit beschäftigt, seinen Atem im Zaum zu halten, denn plötzlich schienen Herz und Lunge, die sonst stets so unbemerkt beflissen ihren Dienst taten, in seinem Inneren ein ungeahntes Toben aufzuführen. Zum Anpressen des Kolbens, dem Anvisieren des Ziels, dem Anhalten des Atems versuchte er jetzt auch noch, den Abzug bis kurz vor den Auslösepunkt zu drücken, und das überforderte seine Konzentration. Der Druck seines Zeigefingers wurde zu stark, der Abzug gab den gespannten Hahn frei, noch bevor der Junge darauf gefasst war, es tat einen Schlag gegen seine Schulter, ein entsetzlicher Krach betäubte seine Ohren, das Beißen verbrannten Pulvers drängte in seine Nase, und die Kugel platschte Meter vom Ziel höhnisch ins Wasser. Fast hätte der Junge vor Schreck das Gewehr fallen lassen – und wäre das geschehen, hätte seine Schmach keine Grenzen mehr gekannt.

Hinter sich hörte er seine Mutter rufen. Sie war sichtlich entsetzt, ihn mit dem Gewehr zu sehen, und eilte heran. Mit entschuldigender Miene wollte der Sohn dem Richter sein Gewehr wiedergeben, der von diesem missratenen Versuch wohl nicht minder enttäuscht sein musste als der Junge selbst. Doch Holden machte zunächst eine abwehrende Geste in Richtung der Mutter, vergewisserte sie, dass alles in bester Ordnung und unter Kontrolle sei – was sie nicht anhalten ließ, aber genug verlangsamte, um den beiden Zeit für einen weiteren Schuss zu geben. Und dann schloss er erneut die Hände des Jungen um die Waffe, zeigte ihm, wie er mittels der Repetiervorrichtung die leere Patronenhülse auswerfen konnte, die plinkend auf den Kieselboden sprang, und wie eine neue Patrone in die Kammer laden; er führte ihm das Gewehr in den Anschlag, erklärte noch einmal beruhigend, worauf alles zu achten sei, wies ihm zum zweiten Mal das Ziel und überließ ihn dann seinem neuen Versuch mit den Worten: »Sorge dich nicht, ich werde dich beibringen.«

Für einen Moment war der Junge sicher, dass ihm auch dieser Schuss nur misslingen konnte: Noch verkrampfter wurde er bei dem Bemühen, all die Dinge gleichzeitig zu bedenken, auf die es ankam, selbst das Atmen allein schien ihm plötzlich eine unmöglich schwierige Prozedur, seinen Puls spürte er bis ins Ohreninnere hämmern, zudem hatte er wie ein lästiges Jucken das Wissen im Hinterkopf, dass der Blick seiner Mutter auf ihn geheftet war und sie kein zweites Mal einen Anschein von mangelnder Kontrolle bei diesem gefährlichen Sport durchgehen lassen würde. Und dann kam plötzlich, er wusste nicht, woher, eine große Ruhe über ihn. Er dachte nicht mehr an Atem und Puls, an Schulter, Arm und Finger, an Gewehr, Kugel, Abzug und Stein, sondern überließ dies alles sich selbst, beobachtete es wie von außen, und als es sich in einer Linie einfand, als Kimme und Korn für einen Sekundenbruchteil einrasteten, da verstärkte er die Krümmung seines Zeigefingers blitzschnell und doch mit völliger Gelassenheit um einige Millimeter, und Rückstoß, Lärm und Pulverqualm trafen auf einen vorbereiteten Geist, der sich von ihnen nicht den Blick beirren ließ. Und das Geschoss traf sein Ziel, schlug dem Stein unter Aufstieben von Felsstaub genau in der Mitte eine hellweiße Kerbe und prallte dann pfeifend ab, um sich ein paar Meter weiter ins nachgiebige Wasser zu bohren.

»Bravo!« Holden klatschte entzückt in die Hände, und der Junge brauchte ein paar Augenblicke, um wieder aus der tiefen Ruhe zu finden, die ihn vor dem Schuss erfasst hatte, und selbst begeistert aufzulachen über seinen Erfolg. Erst grinste er stolz den Richter an, dann wandte er sich nach seiner Mutter um – auch von ihr auf Beifall hoffend. Doch ihre Miene der Besorgnis hatte sich keineswegs verflüchtigt. Sie hatte sich nur gewandelt.

In den folgenden anderthalb Wochen – stickigen, staubigen, totentrockenen Wochen – vertrieb sich Holden noch manche Rast mit seinen Schießkünsten. Als wolle er vollenden, was die Landschaft schon so gründlich begonnen hatte, und auch das letzte Leben auslöschen, das sich an der versengten Oberfläche blicken ließ, legte er auf Eidechsen an und Nagetiere, nahm aber, wo selbst die ausblieben, notfalls auch mit Gestrüpp oder Gestein vorlieb. Und stets grinste er nach jedem Treffer zu dem Jungen herüber, wie um ihm zu zeigen, welch Spaß dieses spielerische Männerhandwerk doch mache. Aber die Mutter hatte nun ein strengeres Auge auf ihren Sohn, und sie verwehrte ihm stur jeden weiteren Schuss – egal wie beleidigt er sie danach anschauen mochte. Und wenn er ihr versicherte, dass es doch nicht gefährlich sei, dass er doch gezeigt habe, dass er mit dieser Waffe umzugehen verstand, dann schüttelte sie erst recht den Kopf. Und ihr Gesicht verriet – auch wenn der Junge es nicht verstand –, dass sie offenbar genau dies für das Problem hielt.

So wurden es ungewohnt angespannte Wochen, schweigsam nicht nur, weil der einzige Mitreisende inzwischen ein wortkarger Marshal war und die Gluthitze selbst den Speichel zum Sprechen auszutrocknen schien. Doch schließlich kehrte langsam wieder Leben in die Landschaft zurück, das sich nicht genügsam eine Nische im Unwirtlichen abtrotzen musste, und man erreichte die Ausläufer der Gebirge des Westens. Das Schlimmste war nun überstanden, und wenn auch die Zivilisation – oder was sich an diesem Ende des Kontinents dafür ausgab – noch ein gutes Stück entfernt war, fühlte man sich doch schon, als könne man bereits gleichsam ihren Geruch wittern. Das hob die Stimmung unter den Reisenden wieder, obwohl die Strapazen der Passstraßen noch bevorstanden – denn man sah nun nicht mehr die Dauer der Anstrengung, sondern um wie viel näher sie einen dem Ziel gebracht hatte.

Die Sonne hatte an einem dieser Tage schon länger den herabsinkenden Teil ihrer Bahn erreicht, als man eine Kutschenstation ansteuerte. Das Gebäude lag im Schatten eines Felshügels, der nach langem die erste Abwechslung zu der steinigen Ebene darstellte, aber nur Vorbote war für einige Erhebungen, die sich auf der Fortsetzung des Kutschpfads an ihn anschlossen. An Hotels war hier noch nicht zu denken, man musste froh sein, nicht unter freiem Himmel nächtigen zu müssen. Doch immerhin waren die Wände dieser Rastklause weißgrau verputzt und nicht aus rohen Baumstämmen gezimmert, und ihre an sich bescheidene Größe versprach doch wenigstens, dass sie unter ihrem flachen, mit Stroh und Teer gedeckten Dach Küche, Gaststube und Schlafsaal in getrennten Räumen beherbergen würde.

Mit einer großen Staubwolke kam die Kutsche vor der Station zum Stehen. Erleichtert stiegen die Gäste aus dem Wagen, streckten und massierten ihre gebeutelten Glieder, gewöhnten ihre Ohren an die Stille, die ihnen nach Stunden der Fahrt plötzlich lauter vorkam als das schon gar nicht mehr wahrgenommene Donnern der Hufe und Rattern der Räder. Der Kutscher sprang vom Bock, um die erhitzten Pferde abzuspannen und zu tränken, sie abzureiben und ihnen dann in dem halboffenen Stall Futter und Ruheplatz zu verschaffen.

Doch er stutzte: Er war es gewohnt, dass der Wirt und Wächter der Station ihn dazu helfend empfing. Die lärmende Ankunft des Gefährts musste der längst gehört haben – doch die Tür zur Klause rührte sich nicht, kein Geräusch, keine Bewegung ließ sich aus deren Innerem vernehmen.

»Hey!«, gellte der Kutscher und wiederholte den Ruf noch einmal, auf den Anbau neben dem Haus gerichtet – falls der Wirt dort gerade seine Notdurft verrichten und deshalb verhindert sein sollte. Doch die einsame Antwort war das Klappern eines Fensterladens im aufkommenden Abendwind. Die Fahrgäste bemerkten die besorgte Miene des Kut-

schers und gesellten sich zu ihm, fragten ihn, was los sei. Er
wiegelte ab: Der Wirt sei wohl wieder selbst sein bester Kunde gewesen und schlafe einen besonders schweren Rausch
aus. Doch ganz überzeugt war er von seinen Worten selber
nicht. Gemeinsam begab sich deshalb die Gruppe zum Eingang des flachen Baus, lauschte noch einmal kurz auf Lebenszeichen, und dann klopfte der Kutscher mit dem Knauf seiner Peitsche dreimal schwer gegen die Holztür. Deren Riegel
war nicht im Schloss eingeschnappt gewesen, und sie öffnete
sich beim letzten Streich knarzend von selbst.

Die Ankömmlinge wichen zurück wie von einer unsichtbaren Hand gestoßen, und der Kutscher, der als Vorderster
eine halbe Lunge voll des ihnen aus dem Raum entgegenquel-
lenden Gestanks eingeatmet hatte, drehte sich würgend zur
Seite. Nun endlich war ein Geräusch zu hören aus dem Haus:
ein zorniges, urplötzlich aufbrandendes Summen. Es waren
die Fliegen, die von dem eindringenden Licht aufgeschreckt
wurden. Wie ein verrottendes Wolltuch, das sich durch einen
Lufthauch in staubige Wölkchen auflöst, stiegen sie auf und
gaben den Blick frei auf das, was sie bedeckt hatten.

Der Marshal – sobald er begriff, was er sah – versuchte,
die Frau und ihren Sohn zur Seite zu drängen, dass ihnen der
Anblick erspart bliebe. Doch der Frau hatte der Geruch bereits alles gesagt, und sie war keine, die die Augen verschlie-
ßen musste vor den grausamen Seiten des Lebens. Der Junge
aber war zu alt, um nicht genau auf jene Dinge am neugie-
rigsten zu sein, die man ihm vorenthalten wollte.

So betraten sie dann – Tücher vor die Nasen gepresst –
alle zusammen die Stube, der Kutscher und der Marshal
stießen die Fenster auf, und sie betrachteten das Grauen. Vier
Leichen lagen verteilt in dem Schankraum. Ein Mann war
über dem einzigen Tisch zusammengesackt, auf dem sich
eine schwarz gewordene Blutlache ausgebreitet hatte. Einen

anderen musste die Wucht einer Kugel mitsamt seines Stuhls umgeworfen haben, denn er lag, noch in sitzender Position, neben dem Tisch auf dem Rücken. Einen Mann hatte es gegen die Wand links von der Eingangstür geschleudert, er war daran hinabgeglitten und saß nun wie ein bewusstlos Besoffener dort am Boden. In der hintersten Ecke jedoch, neben dem Kamin, lag eine Frau, deren Unterleib entblößt war, die Röcke hoch bis über das Gesicht geschoben. Seit sie alle aus dem Leben gerissen wurden, musste schon eine Weile vergangen sein: Das verrieten nicht nur der bestialische Gestank, sondern auch ihre aufgeblähten Bäuche und die Schwärme von Fliegen, die sich an den Leibern gütlich taten und an den schimmligen Überresten ihres Abendmahls und die darin ihre krabbelnde, weiße Brut gelegt hatten.

Der Junge presste sich nun doch an seine Mutter, und sie strich ihm über den Kopf. Kutscher und Marshal stießen Flüche aus – so sehr, um die Unmenschlichkeiten zu verwünschen, die wer auch immer hier angerichtet hatte, wie um ihrem Entsetzen ein Ventil zu geben. Nur Holden schien völlig ruhig, und hätte die Situation so einen Gedanken nicht unmöglich gemacht, man hätte meinen können, dass gar ein Glanz in seinen Augen lag. Die meisten der Fliegen hatten sich wieder beruhigt und zum buchstäblichen Leichenschmaus niedergelassen. Nur kleine Wolken summten noch aufgeregt um die Neuankömmlinge oder entwischten ins Freie.

Die Frau und der Junge hatten nun wirklich genug gesehen und machten sich auch wieder hinaus, ließen Luft und Strahlen der Frühabendsonne die schlimmste, erste Schärfe des Schocks vertreiben. Die Männer sahen es als ihre Pflicht, ihnen erst zu folgen, nachdem sie das Geschehene genauer erkundet hatten. Doch diese Pflicht erledigten sie so hastig wie möglich.

Schließlich stand die Gruppe wieder vor der Kutsche versammelt, und die Männer erstatteten Bericht: Banditen mussten die Station überfallen haben. Männer, wie sie noch oft umherstrichen, vom Krieg geformt und danach fallen gelassen, Männer, denen man beigebracht hatte zu töten, denen man Grausamkeit als Heldenmut verkauft hatte und Unmenschlichkeit als Pflicht. Und die keinen Weg zurück aus der Zügellosigkeit gefunden hatten – oder Gefallen an ihr. Der Tote neben der Eingangstür war offenbar einer von ihnen gewesen, das zeigten seine Rebellen-Bluse und das um den Hals gehängte Lederband, an dem grausige Trophäen aufgereiht waren. Der Marshal wollte diese nicht näher beschreiben – Holden aber zupfte sich mit der einen Hand am Ohrläppchen und machte mit der anderen sägende Bewegungen dort, wo das Ohr am Kopf ansetzte. Die sich verteidigenden Gäste mussten diesen Banditen erschossen haben; seine Kumpane hatten ihn einfach zurückgelassen, nachdem sie alles an Wertsachen und Waffen zusammengerafft hatten, was sie in die Hände bekommen konnten. Dem Mann im Stuhl hatten sie offenbar sogar die Goldzähne herausgebrochen.

Alle in der Gruppe waren bleich geworden – und nur zum geringeren Teil wegen der schrecklichen Vorstellung, was den Menschen in der Station widerfahren war. Was sie noch mehr entsetzte, war das Wissen, dass nur ein paar Tage Unterschied in der Reiseplanung, die ein oder andere schneller zurückgelegte Etappe gefehlt hatten, und sie wären jetzt an deren Stelle.

Eine Zigarettenlänge zeterten der Marshal und der Kutscher über die Barbarei, dann aber musste man sich wohl oder übel einem unmittelbaren Problem stellen: Man wusste von den letzten Tagen hier an den Rändern der Wüste, dass mit der sternklaren Dunkelheit auch eine markdurchdringende Kälte aus dem Osten heranrauschte. Wenn man die Nacht nicht im Freien verbringen, wenn man essen und auf

Matratzen ruhen wollte, dann blieb dazu keine andere Möglichkeit als die Station – ganz gleich, welches Grauen sie im Moment beherbergte.

Letztlich gab es nichts zu diskutieren: Die Erwachsenen banden sich Tücher vor die Nase und kehrten in das Haus zurück. Die Männer hatten versucht, die Frau davon abzuhalten, doch die hatte sie nur abschätzig angeschaut. Während jeder der drei einen der Toten zur Tür schleifte, um sie dann gemeinsam ins Freie zu heben, ging sie zu der Frauenleiche, richtete ihr, so gut es ging, die zerrissenen Kleider, schloss ihr die Lider über den im Schmerz starr gefrorenen Augen und säuberte mit einem durch Spucke befeuchteten Tuch das Gesicht von Blutspuren.

Am Horizont begannen die Ränder ferner Berge an der Sonne zu nagen, als alle Leichen aus dem Haus gebracht waren, die Fliegen verscheucht, die Möbel wieder aufgestellt, die schlimmsten Spuren des Kampfes beseitigt, die Blutflecken aus den Dielen gescheuert oder unter Sägespänen verborgen waren. In der Küche hatte man noch die übel zugerichtete Leiche des Wirts gefunden, und da hatte selbst der sonst so zähe Kutscher kurz aufgeschluchzt, denn er hatte den Mann seit Jahren gekannt. Ein mit Absicht qualmendes Feuer im Kamin sollte nach Möglichkeit vertreiben, was durch die weit aufgerissenen Fenster und Türen von dem süßlichen Verwesungsgeruch noch nicht entkommen war.

Vor dem Kamin kauerte der Junge und fütterte das Lodern sorgfältig mit halbfeuchtem Holz. Die Frau und Holden saßen neben einem der Fenster am Tisch; draußen konnten sie sehen, wie der Marshal und der Kutscher provisorische Gräber aushoben für die daneben auf dem Wüstenboden liegenden Toten. Holden hatte sein silberbeschlagenes Gewehr in Griffweite neben der Bank an die Wand gelehnt – denn auch wenn eine Rückkehr der Banditen an den Ort ihrer Schreckenstat unwahrscheinlich war, wollte man sie nicht ganz ausschließen.

Beide hatten eine Weile geschwiegen, zu groß stand das, was sie gesehen hatten, noch zwischen ihnen. Dann aber blinzelten die immer wachen, dunklen Augen im weißen Schädel des Richters die Frau an, und mit seinem gestelzten Deutsch fragte er: »Noch immer wünschen Sie keine Waffe für Ihren Sohn?«

Die Frau erwiderte mit gerunzelter Stirn seinen Blick, als verstünde sie nicht, warum sich an ihrer Meinung zu diesem Thema irgendetwas geändert haben sollte. Holden nickte in Richtung auf die Leichen, die draußen vor dem Fenster im Staub ausgestreckt waren, und sagte: »Und wenn sein Ende ist wie ihres, weil er nicht sich verteidigen konnte?«

Die Frau wies ihrerseits auf die Stelle, wo zuvor der tote Bandit gelegen hatte, und meinte: »Sie hatten Waffen. Sie haben sich verteidigt. Viel geholfen hat es ihnen nicht.«

»Ah, aber vielleicht hatten sie nicht genug? Oder ihr Schießen war nicht gut genug?« Holden wirkte nicht, als würde er das wirklich glauben, aber ganz offensichtlich wollte er die Frau herausfordern.

»Aber vielleicht hätte man sie bloß ausgeraubt und nicht umgebracht, wenn sie nicht geschossen hätten«, erwiderte sie – doch sie schien von ihrem eigenen Gegenargument nicht wirklich überzeugt. Holden merkte genau, dass der Kern ihrer Haltung noch nicht getroffen war.

»Sie wollen nicht, dass er vorbereitet ist, im Fall des Zweifels?«, bohrte er nach.

Die Frau überlegte eine Weile. Diesmal rang sie um eine ernstgemeinte Antwort. »Es ist nicht das Vorbereiten. Es ist das Suchen danach, wo man das Vorbereitete anbringen könnte.«

»Sie glauben, das Gewehr ist eine Krankheit? Es gibt einem das Fieber?«, fragte der Richter höhnisch.

Noch einmal überlegte die Frau – und nickte dann. Es war eine seltsame Art, es auszudrücken, aber eine bessere mochte sie auch nicht finden.

»Sie sind ängstlich – Sie wollen das Leben nicht kennen, wie es ist?«, probierte Holden es noch einmal anders, gab sich aber sogleich selbst die Antwort: »Nein, nein.« Er blickte ihr tief in die Augen, und es fröstelte die Frau. »Sie kennen es. Ihr Sohn, *er* soll es nicht kennen!«

Einen Moment herrschte Schweigen zwischen ihnen.

»Und wenn einer der Toten Ihrer wäre, Sie wollten keine Rache?«, setzte der Richter erneut an.

Die Frau dachte einmal mehr nach, suchte nach Worten, wie sie erklären konnte, dass sie der Gewalt misstraute und den Männern, die glaubten, sie beherrschen zu können. Aber sie fand die rechten Worte nicht, und sie hatte auch nicht das Gefühl, dass Holden daran wirklich interessiert war. Er würde sie ohnehin nur wieder zum Ziel seines Spotts machen.

»Ich will nicht, dass mein Sohn ein Gewehr hat«, wollte sie mit einem erklärungslosen Machtwort die Diskussion beenden und straffte ihren Körper.

Da ertönte von draußen ein Krachen, dann ein Kreischen.

Erschreckt schaute sie auf, sich um, hinaus. Ihr Junge war, offensichtlich gelangweilt, von dem Kamin und aus der Stube verschwunden – und mit ihm Holdens Büchse. Draußen waren Geier vom Himmel herabgetaucht und hatten sich auf den Leichen niedergelassen. Vom Schaufelfuchteln des Marshals und des Kutschers hatten sie sich nicht lang vertreiben lassen, waren schnell wieder zurückgehüpft zu dem, was ihr fauliges Nachtmahl werden sollte. In ein paar Schritt Entfernung aber stand nun der Junge, das Gewehr im Anschlag.

Rauch ringelte aus der Mündung. Der erste Schuss war offenbar danebengegangen. Die Aasvögel schlugen mit den Flügeln, krächzten auf, pumpten ihre nackten Hälse, wollten sich dann aber wieder über ihre blutige Beute hermachen.

Der Junge legte erneut an, diesmal ruhiger, langsamer, und drückte ab. Der Kopf eines der Geier explodierte, und eine Fontäne schoss aus dem Halsstumpf, vom selben Rot wie der letzte Sonnenstreif am Rand der Berge. Die anderen Vögel schrien auf. Beißender Pulverdampf qualmte aus dem heißen Lauf.

Holden grinste die Frau an, und in seinem Blick lag geheischtes Bedauern, unter dem sein Triumph hervorgrinste. Er sagte: »Ich fürchte, er hat schon eines.«

Greider hielt das Gewehr in den Händen. Die Waffe war kalt und roch in der kühlen Luft der Kammer nach nichts als feinem Öl. Als würde sie schlafen – aber bereitwillig auf ihre Verwendung warten, wie ein Tier, das nur alle paar Jahre jagt und tötet und dann geduldig auf die nächste Beute lauert. Greiders Heranwachsen zum Mann hatte das gefühlte Gewicht des Gewehrs geringer gemacht. Nur das silberne Blitzen und Schimmern der Beschläge im Schein der Lampe war so hell wie eh und je.

Vor Greiders Augen blickte das Gesicht seiner Mutter milde lächelnd auf ihn. Er lächelte zurück, und sein Lächeln hatte etwas Entschuldigendes, aber auch eine unumstößliche Entschlossenheit.

Dann schlug er das Gewehr wieder in die Tücher, ließ es behutsam in das Lederfutteral gleiten und verschloss dies. Aber er verstaute es unter dem Tisch nicht mehr hinter, sondern vor all seinem anderen Gepäck.

Dann löschte er die Lampe.

XIII

War das Warten auf die offizielle Brautwerbung und Verlobung im Gader'schen Haushalt von einer ungeheuren Geschäftigkeit geprägt, so wirkte dagegen die Zeit bis zum Tag der Hochzeit geradezu lähmend leer. Denn viel gab es nicht zu tun für die zukünftige Braut und ihre Mutter. Da waren die wöchentlichen Besuche des Verlobten, meist in Begleitung seines Vaters oder anderer Mitglieder der Familie – aber auch wenn man da jedes Mal aufs Neue bemüht war, nur den besten Eindruck zu machen, und Luzi ohnehin nichts Schöneres wusste, als ihrem Lukas einen möglichst vollkommenen Empfang zu bereiten, löste keine dieser Visiten noch einmal einen solchen Wirbel aus wie damals der Antrittsbesuch. Dann galt es, die Aussteuer in beste Ordnung zu bringen. Aber zum einen bestand deren bedeutendster Teil ja aus dem Grund und Haus selbst, und was daran über die gewöhnliche Haushaltung hinaus getan werden konnte, war entweder bereits geschehen oder würde der neue Herr des Hofs nach seinem Einzug selbst besorgen. Zum anderen war die Gaderin mit dem, was an übriger Aussteuer in einer Truhe verwahrt war, zeitlebens so sorgsam und pfleglich umgegangen, wie es in den meisten Dingen ihre Art war, und so gab es da jetzt, wo dieser überschaubare Schatz seiner Bestimmung zugeführt werden sollte, nicht viel auszubessern, aufzufrischen. Nur das Gewand, in dem schon die Gaderin geheiratet hatte, und vor ihr ihre Mutter, und das, wie es gute Tradition war, nun auch Luzi kleiden würde am Tag ihrer Ehre, musste umgenäht werden. Doch auch das war selbst bei größter Sorgfalt und mehrmaligem Anprobieren und Ändern eine Arbeit von nicht mehr als zwei, drei Tagen.

Greider hätte nicht zu sagen vermocht, was er letztlich

vorzog: den Trubel, der geherrscht hatte, bevor Lukas und sein Vater zum ersten Mal auf Besuch kamen – wo keine Minute der Ruhe und des Durchschnaufens mehr war, wo alles erfüllt war von einer nutzlosen Hektik und man ständig das Gefühl bekam, nur im Weg umzugehen –, oder die zur Tatenlosigkeit verurteilte Aufregung jetzt, die über alles ein seltsames Gefühl einer keinen Auslass findenden Anspannung legte, welches die Tage quälend und unzufrieden werden ließ.

Nur einmal wurde diese gelähmte Spannung unterbrochen, durch einen Zwischenfall, der ganz unverbunden mit ihr war – und der doch schien, als hätte etwas, das in diesem Tal gärte, ein vorläufiges Ventil gefunden für den sich aufstauenden Druck.

Greider saß an jenem Tag um die Mittagszeit in der Stube und spaltete mit einem großen Messer Holzscheite in dünne Späne für das Ofenfeuer, als die Gaderin, die nach den Hühnern geschaut hatte, hereineilte.

»Hörst du's?«, fragte sie ihn aufgeregt.

Greider unterbrach seine Tätigkeit, und das Ächzen und Splittern des Holzes wich der Stille – in die nun von draußen tatsächlich ein anderes Geräusch drang. Ein fernes, schrilles Bimmeln, die insistierende Stimme der kleinsten Glocke im Kirchturmgestühl.

»'s Totenglöckerl«, stellte die Gaderin mit bang ehrfürchtigem Ton fest und bekreuzigte sich. »Wieder.«

Und Greider wurde ins Dorf geschickt, herauszufinden, was die traurige Ursache dieses zweiten unerwarteten Läutens innerhalb so kurzer Zeit sei.

Er kehrte in der Abenddämmerung zurück, und der Bericht, den er zu erstatten hatte, glich auf grausige Weise dem, den er erst unlängst ins Haus getragen hatte. Denn wieder war es einer der Söhne des Brenner, den der Herr in einem

154

seiner unergründlichen Ratschlüsse so scheinbar lang vor seiner Zeit zu sich gerufen hatte. Und wieder war es offenbar ein schauerlicher Unglücksfall, mittels dessen der Mann ins ewige Leben geholt wurde – ohne dass man genau hätte sagen können, was ihm zugestoßen war. Es handelte sich um den Zweitältesten, jenen der beiden Vollbärtigen, der nicht die Anführerrolle unter den Brüdern spielte. Er war zwei Tage zuvor in der Früh aufgebrochen, um im Bergwald Wild zu schießen, und war weder wie verabredet am Abend des selbigen Tags noch am darauffolgenden heimgekehrt. Auf dem Hof hatte man begonnen, sich Sorgen zu machen – aber nicht übermäßig, denn es konnte vorkommen, dass einer beim Jagen unerwartet auf eine besondere Fährte stieß und sie zu verfolgen beschloss, und in der Anhöhe der das Tal einkesselnden Bergwand gab es eine kleine Jagdhütte – einen Unterstand fast eher –, die dem abgehärteten Gast selbst im tiefen Winter hinreichend Schutz bot. Der Brenner-Sohn war ein erfahrener Hubertusmann, und wenn man sich nicht täuschte, dann hatten am zweiten Tag auch einmal Schüsse aus der Höhe gehallt. Dennoch hatte man am dritten Tage beschlossen, drei der anderen Söhne loszuschicken, ein bisschen Ausschau zu halten und die Leute im Dorf zu bitten, ebenfalls die Augen offen zu halten.

Doch als sie sich dem Dorf näherten, kam man ihnen bereits mit schrecklicher Kunde entgegen: Der Bruder war gefunden. An diesem Morgen hatte ihn der Gebirgsbach ins Rad der Mühle getragen und dieses krachend zum Halt gebracht. Was Frost und Wasser der Leiche nicht schon an Entstellungen beigebracht hatten, das hatte das Mühlrad an übrigem Übel getan, und so war unmöglich zu entscheiden, was sich zugetragen hatte: Ob der Mann lebend in den Bach gestürzt und dort ertrunken war, ob etwas ihn davor verletzt hatte oder getötet, und wenn dies der Fall war, ob Tier,

Wetter oder Gefahren des Bergs ihm das Unheil zugefügt hatten.

Gewiss war nur, dass wieder ein Sohn des Brenner tot und schlimm zugerichtet auf einem Schlitten inmitten des Dorfplatzes lag. Diesmal allerdings nahmen die drei Brüder, sobald sie sich in ihrer ersten Bestürzung gefangen hatten, diese finstere Fracht gleich mit auf den unseligen Heimweg, so dass den Bewohnern des Dorfs erspart und verborgen blieb zu erleben, wie der alte Brenner diesen Schlag aufnahm, der ihm so kurz nach dem vorangegangenen versetzt wurde.

Seinen Bericht hielt Greider, der das meiste davon auch nur aus zweiter Hand empfangen und aus verschiedenen Quellen zusammenfügen konnte, kurz und nüchtern. Er verzichtete darauf, der Gaderin und Luzi Einzelheiten vom Zustand des toten Körpers zu erzählen, dessen er tatsächlich selbst noch ansichtig geworden war. Und insbesondere enthielt er ihnen die Skizzen vor, die er auf seinem Zeichenblock gemacht hatte.

Diese holte er erst später auf seiner Stube hervor, und er nahm das Tuch von der Leinwand auf der Staffelei, packte Pinsel, Farben und Palette aus, und in den nächsten Stunden gesellte sich zu der einsamen Gestalt auf dem Bild eine zweite.

Vielleicht war es die Sachlichkeit des Berichts, vielleicht war es die unvermeidliche Abstumpfung auch des schlimmsten Schreckens durch Wiederholung, vielleicht war es das diesmalige Ausbleiben des tragödienhaften Auftritts des Brenners – jedenfalls nahmen die Gaderin und Luzi die Mitteilungen Greiders erstaunlich ungerührt auf. Freilich, man fand schlimm, was geschehen war, schüttelte den Kopf über das Unglück, bekreuzigte sich um der armen Seele willen und dass man selber von solchen Schicksalen verschont bleibe. Aber konnte bei gutem Willen von Anteilnahme gerade noch die Rede sein, so war von Trauer keine Spur zu fühlen.

Mochte sein, dass das auch mit der baldigen Hochzeit zusammenhing. Diese ließ, je näher sie rückte, immer geringeren Raum in Kopf und Herzen der beiden Frauen für anderes. Ja, das mochte sein – dass wenig Platz war für Mitleid mit dem Brenner, beim Gedanken an die bevorstehende Hochzeit.

Nach Totenfeier und Begräbnis des zweiten Brenner-Sohnes – einer bedrückenden Abwechslung, die weder willkommen noch angenehm geheißen werden konnte – kehrte die Gleichförmigkeit der Tage zurück. Das Warten wäre schwer erträglich gewesen, hätte es nicht einem derart freudigen Ziel und Anlass gegolten. Jede Ungeduld, jede Unleidlichkeit wurde gemildert, wenn Luzi sich vor Augen rief, was nach dieser kurzen Endlosigkeit auf sie wartete. »Nimmer lang, dann hast dei Glück«, sagte die Gaderin oft zu ihr, und Luzi nickte. Aber es schien, als mische sich mit Heranrücken des festgesetzten Tages unter die Vorfreude zunehmend etwas anderes, das mehr war als die verständliche Aufgeregtheit. Hätte man Luzi und Lukas nicht gekannt, man hätte es auf die so üblichen Zweifel schieben mögen, die viele vor der Eheschließung befielen. Doch das war gewiss: Die Liebe dieser beiden kannte keine Zweifel. Die mochten kommen mit den Jahren, wenn Jugend und der Glaube an wahres Glück aufgerieben waren an Alltag und Vergänglichkeit, aber jetzt meinte sich diese Liebe noch bedingungslos und war die größte und schönste Liebe aller Zeiten – so wie es die meisten jungen Lieben überzeugtermaßen sind.

Nein, es wirkte eher, als wäre die Schließung der Ehe noch nicht Vollendung und sicherer Garant der Liebe und Erfüllung – sondern deren letzte, schwerste Prüfung. Gesprochen wurde darüber freilich nicht, es blieb eine Sache der plötzlich eintretenden Stille, der Blicke und Seufzer; der Momente, wo die lebensfrohe junge Frau auf einmal von einer Mutlosigkeit ergriffen schien und ihre Mutter sie in den Arm nahm, an sich drückte und ihr übers Haar streichelnd zuredete: »Ich hab's ja auch g'schafft, ham ja alle g'schafft.«

So waren alle erleichtert, als er endlich da war, der bewusste Sonntag, der Tag des freudigen Ereignisses. Da gab es dann freilich doch wieder mehr zu tun, als die zur Verfügung stehenden Stunden erlaubten, obwohl man lang vor Sonnenaufgang aufgestanden war – was zumindest für Luzi ohnehin nur hieß, endlich dem schlaflosen Hin-und-her-Wenden im Bett ein Ende zu machen. Es galt, die Braut herauszuputzen, sie zu baden und ihr unbändiges Haar zu einer kunstvollen Frisur zu flechten und zu stecken, sie in ihr Festtags-Mieder zu schnüren und die Lagen aus Röcken und Schürzen anzuziehen. Und als es der Gaderin schließlich gelungen war, in all diesen Dingen Luzis ständig Verbesserung suchendem, aber nur Unordnung stiftendem Zweifeln, Zupfen und Zerren lang genug Einhalt zu gebieten, dass alles zur Zufriedenheit abgeschlossen werden konnte, da musste sich selbstverständlich auch noch die Brautmutter fesch machen, auf strengere, weniger prunkende Art, aber doch mit Bedacht und Gründlichkeit.

So war man kaum fertig mit den zierenden Verrichtungen, als draußen das Gespann vorfuhr, die Braut abzuholen. Seine zwei schönsten Pferde hatte Lukas' Vater ins Geschirr genommen, und der offene Kutschwagen war mit Tannreisern geschmückt. Drin saßen die weiblichen Mitglieder der Bräutigamsfamilie versammelt, und in ihrer herzlichen Mitte nahmen Luzi und die Gaderin Platz, nachdem der Brautvater sie feierlich von der Schwelle ihres Hauses abgeholt und geleitet hatte.

In einem zweiten, etwas weniger prächtigen Wagen dahinter saß Lukas inmitten seiner Brüder, Schwäger und Vettern, und er reckte den Hals, um Blicke auf seine Braut zu erhaschen, die ebenso nach ihm spähte. Doch schon knallten die Peitschen, und die Gespanne ratterten los.

Hinter ihnen schloss sich Greider auf seinem Maultier an. Sosehr er als Gast der Zeremonie willkommen war – ihn wie ein Mitglied der Familie zu behandeln ging, vor allem gegenüber Lukas' Leuten, nicht an. Sein Platz war und blieb der eines Fremden, der nur für manche insgeheim auch schon so etwas war wie ein Freund.

Inzwischen goss auch die Sonne langsam Helle in das Becken des Tals – noch milchig und diffus, denn gegen Kälte und Schnee würde das Gestirn einige Wochen weiter machtlos bleiben, aber die Dunstschleier versprachen, sich bis Mittag zu verflüchtigen und ein blaues Firmament freizugeben. Wenn die Leute in den Wägen miteinander sprachen, kamen ihre Worte wie greifbar in Wölkchen gehüllt aus ihren Mündern – doch allzu viel wurde nicht geredet. Es herrschte eine Mischung aus heiligem Ernst und lichter Freude, die besser Ausdruck fand in schweigendem Lächeln, das das Knirschen des Schnees unter den Kufen, das Huftrappen, das Ächzen und Klirren des Geschirrs, das gelegentliche Knallen der Peitsche ungestört ließ.

Wie bei allem hielt man es hier im Tal auch bei Hochzeiten: Alles zu Schmuckvolle, alle gottversuchend zur Schau gestellte Freude war verdächtig und verachtet. Man hatte den Reichtum nicht, nicht die Notwendigkeit und besonders nicht den Willen, großes Aufhebens zu machen. Wohl war die Entbehrung einst schlichtes Schicksalsdiktat gewesen und später selbst auferlegte Vorsicht – aber längst war sie auch Gewohnheit geworden und ihr eigener Zweck. Die Selbstkasteiung hatte sich tief ins Wesen dieser Menschen geschrieben, und nicht einmal sie selbst hätten sagen können, ob sie ihnen insgeheim selbstquälerische Befriedigung gab oder ob sie ein Preis war, den man gern zahlte um der neidigen Freude willen, auch allen anderen jeden Genuss untersagen zu können. So war es auch alte Sitte, dass Hochzeiten als Teil einer gewöhnlichen Sonntagsmesse gefeiert wurden und des anschließend üblichen Wirtshausbesuchs – der bei solchen Anlässen lediglich ein wenig länger und rauschiger ausfallen durfte als sonst. Und freilich suchte man an so einem Tag nicht gleich bei der Ankunft das wenige an Wärme und Bequemlichkeit, was die Bänke im Kircheninneren zu bieten hatten, sondern versammelte sich draußen, um dem Paar den Empfang zu bereiten.

Als die Wägen mit Braut und Bräutigam über der letzten Wegkuppe sichtbar wurden, lösten sich die schwatzenden Gruppen vor dem Gotteshaus auf und formierten sich neu zu einem schaulustigen Spalier, das den Pfad zur Pforte säumte. Ein großes Getuschel hob an, als das Gespann mit der Braut in diese Gasse aus Leibern einbog und schellend anhielt, um seine wertvolle Fracht abzuladen. Es lag nicht in der Natur dieser Menschen, ohne Not etwas Gutes über andere zu sprechen oder an der Freude anderer Leute teilzuhaben. Dennoch mussten viele eingestehen, noch selten eine solch fesche, geradezu trotzig strahlende Braut gesehen zu haben – auch wenn sich die ein oder andere Bemerkung anschloss, dass ihr das irgendwann schon, wie allen, noch vergehen würde.

Am Ende des Spaliers standen, als würden sie den Kircheneingang bewachen, die vier Söhne des Brenner. Sie alle trugen Trauerflor, und ihr Vater hatte es offensichtlich vorgezogen, seinen Hader mit Gott unter seinem eigenen Dach auszumachen und auf die freudigen Feste anderer Leute zu verzichten. Beim Anblick der vier schwarzen Männer sah man tatsächlich gleich etwas von dem Strahlen aus Luzis Gesicht weichen. Es hellte sich freilich augenblicklich wieder auf, als sie sich umwandte und die Ankunft ihres künftigen Gemahls verfolgte. Dessen Kumpane begleiteten ihre Einfahrt mit Juchzen, Klatschen und Gelächter, das zumindest einen bescheidenen Widerhall aus der versammelten Menge erfuhr, um dann Lukas unter großem Hallo und mit manch auf den Weg gegebenem derbem Ratschlag vom Wagen herunterzureichen.

Braut und Bräutigam schauten sich an diesem Tag zum ersten Mal aus einiger Nähe an, und man spürte regelrecht, wie jedem das Bild des anderen ins Herzen sank und sich dort in den Grund grub wie ein Bollwerk gegen alles, was dieser Tag oder alle folgenden bringen mochten an Zweifeln, Proben und Widrigkeiten.

Mit diesem inneren Glühen der Entschlossenheit kehrte sich Luzi, von den Frauen ihres Brautgefolges gedrängt, schließlich wieder um und ließ sich zu den Brenner-Söhnen geleiten. Sie trug den Kopf hoch, überlegen war ihr Lächeln und der Blick unbeugsam. Mit vollendet hasserfüllter Höflichkeit ließ sie sich von dem Ältesten der Brennerschen in Empfang nehmen. Denn er sollte es sein, der sie zum Altar führte. Greider, darauf schon vorbereitet, hatte nicht nachgefragt, ob das nur dem Umstand geschuldet war, dass Luzi weder Vater noch Bruder mehr hatte, oder ob es sich um einen allgemeinen Brauch hier im Tal handelte.

Luzi ließ sich von dem Bärtigen – unter dessen Förmlichkeit nicht minder Stolz und Verachtung schwelten – an den Arm nehmen, und jeder der beiden schien bei dem Nicken, mit dem sich Luzi an der starr dargebotenen Armbeuge unterhakte, erfolglos den anderen als Ersten zum Abwenden des Blicks herauszufordern. Erst als der Moment zu lang zu werden drohte, schauten beide zugleich wieder nach vorn, um als anführendes Paar die Kirche zu betreten.

Ihnen folgten nach und nach die Übrigen und füllten die Bänke gemäß Rang und Geschlecht. Unter sie hatte sich auch Greider gemischt. Er setzte sich in eine der hintersten Reihen, wo die anderen seine Anwesenheit geflissentlich nicht beachteten – aber bevor er Platz nahm, versicherte er die Gaderin und Luzi, die sich nach ihm umgeschaut hatten, durch einen aufmunternden Blick seiner Gegenwart.

Schließlich war die Gemeinde in der Kirche verteilt und die Pforte geschlossen, um die klamme Kälte hier herinnen gegen die beißende draußen zu schützen. Das Gemurmel verklang, und alles wartete darauf, dass sich die Tür zur Sakristei auftun und Pfarrer Breiser den Altarraum betreten würde. Schön, aufrecht und fiebernd saßen Luzi und Lukas ganz vorn, die Augen geradeaus, aber den wahren Blick nach innen gerichtet, und nur dann aus den eigenen Gedanken auftauchend, wenn ein kleines, seitliches Lugen über den Mittelgang hinweg ein liebendes Lächeln des anderen auffing.

Breiser ließ sich Zeit – mehr Zeit noch als üblich, wo er stets nach dem Verstummen der Gemeinde einige Augenblicke verstreichen ließ, um ein erneutes Tuscheln herauszufordern, auf dass er just in dem Moment wie ein zorniger Schatten erscheinen und die Frevler gegen die gebotene Andacht mit finsteren Blickesblitzen strafen konnte. Heute aber sollte das Warten demonstrieren, für wie wenig besonders Breiser einen solchen Tag der ehelichen Verbindung zweier Erdenmenschen befand. Und gerade dadurch verriet es insgeheim, dass dies für den freudenfeindlichen Geistlichen doch kein völlig gewöhnlicher Sonntag war.

Freilich, als er dann endlich hereinkam, da wich er von üblichem Ablauf und Anmutung seines Rituals keinen Deut weiter ab, als es die Liturgie zwingend vorschrieb. Da mäßigte er um kein Jota die Strenge seiner Worte, da suchte er kein bisschen nach Milde, Liebe, Güte in den Seiten der

Schrift und deren Auslegung. Da gab es in der Predigt wieder nur von der Pflicht zu hören: Pflicht der Eheleute füreinander, Pflicht des Ehepaares in der Gemeinschaft, Pflicht des Menschen vor Gott. Und da wurde auch nicht ein feierlicher Gesang mehr, nicht einer von den unverzichtbaren Gesängen in freudigerem Ton zugelassen. Als die Gemeinde sich durch ihre Choräle schleppte, fiel es Greider zum ersten Mal auf: Es gab keine Musik hier oben im Tal. Noch nie hatte er außerhalb der Messe jemanden singen gehört, und nirgends, nicht einmal als Begleitung hier in der Kirche, hatte er je ein Instrument erblickt. Er fragte sich insgeheim, ob wenigstens nachher bei der Feier im Wirtshaus zum Tanz aufgespielt werden würde. Und es schien ihm, dass nichts die Menschen und die Stimmung in diesem Tal so gut zusammenfasste wie diese Musiklosigkeit – diese Weigerung, mit der Stimme etwas anderes zu tun als sprechen, und das selten genug, die Weigerung, mit dem Körper etwas anderes zu verrichten als Arbeit und das eigene Gehör sowie die Welt um sich zu füllen mit etwas anderem als den Klängen und Geräuschen des Naturgegebenen und Zweckdienlichen. Es war in tiefster Hinsicht ein Leben ohne Musik.

Und doch war es offensichtlich keine Welt ohne Hoffnung. Auch wenn diese Hoffnung wohl aus nichts anderem keimte als der ewig neuen, blinden Zuversicht der Jugend – welcher die trostlosesten Erfahrungen nichts gelten, wenn sie sie bloß beobachtet und noch nicht selbst gemacht hat. Eine Zuversicht, die übersprudelnd und ziellos ist wie das grenzenlose Vertrauen junger Hunde; eine Zuversicht, deren schiere Kraft und Ungebrochenheit die Alten als Unerfahrenheit und Narretei kleinreden mochten – doch mindestens ebenso sehr aus besserem Wissen wie aus blanker Angst vor der Macht, die diese paradiesische Naivität besaß.

So mochte der Brauch hier der Hochzeitszeremonie jeden

Prunk und Schmuck nehmen, so mochte Breiser mit sturer Ausschließlichkeit Strenge und Pflicht beschwören: Der Liebe zwischen Luzi und Lukas tat das keinen Abbruch. Die nährte sich an dem Mangel an äußerem Widerhall nur, um innerlich umso gefestigter zu werden. Nicht, dass sie nicht freudig bereit gewesen wäre, ihr Glück zu teilen, und nicht, dass eine Bekräftigung von außen ihr nicht genauso gut Halt und Wachstum verliehen hätte. Sie war keine Liebe aus bloßem Trotz – aber wo ihr nichts anderes blieb, da war sie frisch, selbstgenügsam und stark genug, um zu trotzen, zur Not gegen die ganze übrige Welt.

Und als Braut und Bräutigam endlich zum Altar gerufen und geleitet waren, als sie dort standen – die neidvolle Kälte der Gemeinde im Rücken, die höhnische Überlegenheit des ältesten Brenner-Sohns zu Luzis Seite und Breisers fleischige Lippen und knochigen Worte zu Angesicht –, da schüchterte sie all dies nicht ein, berührte sie nicht, ja, drang kaum in ihre Wahrnehmung vor.

Denn da gab es für die beiden nur eines, und das war der jeweils andere, das waren sie, das war das »Ja«. Wenn ihr Atem schneller ging, während Breiser sie von seiner erhöhten Position herab strengen Blicks mit Ermahnungen und Belehrungen überzog, dann nur, weil sie an nichts dachten als das Nahen des Moments, wo sie jenes Wort sprechen durften, das sie endlich auch vor den Menschen und ihrem Gott zu dem machen würde, was sie in ihrem eigenen Gefühl schon längst waren. Breisers ganze einschüchternde Erscheinung nutzte ihm da nichts, er hätte genauso gut an einen Fels hinreden können. Denn wo er die beiden ermahnte, sich zu lieben, zu ehren, einander treu zu sein, da hatte das so viel Notwendigkeit, als hätte er einem Stein befohlen, sich nicht aus eigener Kraft vom Fleck zu bewegen. Und wo er ihrer Liebe Grenzen setzen wollte, da tat das so viel Wirkung, als hätte er von einem Granit verlangt, er möge einem Fingerdruck nachgeben.

Und als dann auch diese letzte Verzögerung vorbei war und sie sich einander zuwenden und an den Händen fassen durften, da verschwand ihnen vollends die Welt um und neben dem geliebten Gesicht, das wahrhaft zum Ein und Alles wurde. Und das »Ja, ich will« Lukas' und sein Lautzwilling und Seelenspiegel aus Luzis Mund waren sämtliche Worte, die sie an diesem Tag, oder – das war ihr fester Glaube – für den Rest ihrer Tage zu hören und zu sagen brauchten. In ihnen steckte, was es zu wissen gab und galt.

Und alles, was an Feindlichem versammelt war in diesem Gotteshaus, in diesem kalten, finsteren, einsamen Tal, das spürte in diesem Moment, dass es klein wurde dagegen. Dass es – egal was Zeit und Menschennatur, egal mit welchem Erfolg, vorbringen und unternehmen würden gegen dieses Glück – sich im bloßen Zerstören und Zernichten erschöpfen musste; darin, das Große ebenfalls klein zu machen, weil es ihm anders nie gewachsen sein konnte.

Und so war es still in der Kirche, als die Lippen von Lukas und Luzi sich schließlich berührten und liebkosten – in einem Kuss, der sich all der Zuschauer bewusst war und sich deshalb mit einer Kürze und Züchtigkeit beschied, die gewiss nicht dem wahren Wunsch der Küssenden entsprach. Einem Kuss aber auch, der wusste, wie viele andere ihm noch folgen sollten, und dessen auferlegte Zurückhaltung auch etwas Herausforderndes hatte, weil sie den Anwesenden zeigte, wie viel Zärtlichkeit und Leidenschaft schon in diesen engen Rahmen passten und er das Versprechen all der späteren, zeugenlosen Küsse gleichsam zur Schau stellte.

So fand dann auch manch einer, es sei Hochmut in Luzis Blick, als ihr Lukas, ihr *Mann*, sie schließlich den Mittelgang entlang zur Kirche hinausgeleitete, an all den Mitgliedern der

Gemeinde vorbei. Aber was sie da zur Schau trug, war nur das Wissen ums eigene Glück und dass die meisten der Anwesenden es ihr nicht gönnten – wie alle, die dem Glück abgeschworen haben, seine Gegenwart nicht ertragen mögen. Einmal mehr hätte sie es bereitwillig mit anderen geteilt, wie sich jedes Mal zeigte, wenn ihr Blick einem wohlgesinnten anderen begegnete und sein Strahlen wärmer und liebevoller wurde: Am meisten freilich gleich zu Beginn, als sie ihrer Mutter zulächelte, die in der vordersten Reihe mit der Rührung rang. Aber auch zuletzt noch einmal, als ihr Blick Greider in den letzten Bänken suchte und fand. Nur hatte sich da schon etwas in dieses Lächeln geschlichen, das sich gestählt zu haben schien gegen eine Anfeindung, die sich nicht im Neid der anderen erschöpfte. Lukas, im seitlichen Anblick seiner Angetrauten selig versunken, war ebenfalls immer nüchterner und beschwerter geworden mit jedem Schritt, der das Paar näher an die Kirchenschwelle brachte; das Aufrechte in Luzis Gang bekam etwas zunehmend Gewolltes.

So traten sie dann zuletzt ins Freie, und ihnen folgten zuerst die Trauzeugen nach und dann die sich geräuschvoll erhebende Gemeinde. Draußen wartete schon das mit Tannreisern geschmückte Gespann, das jetzt das Brautpaar gemeinsam zur Feier befördern sollte. Während noch die Leute aus der Kirche strömten und in der frischen Helle des Mittags und dem abklingenden Einfluss Breisers ihre Stimmen wiederfanden, führte Lukas seine Luzi, seine *Frau*, zu der Kutsche und hielt stützend ihre eine Hand, während sie ihre Röcke raffte und den Tritt zum Einstieg erklomm. Sie war nicht die Frau, die diese Hilfe nötig gehabt hätte – solche Frauen gab es hier im Tal nicht. Aber sie ließ sich diesen kleinen Liebesdienst sichtlich gern gefallen.

Sobald sie saß, stieg Lukas ihr mühelos flink nach, und der Kutscher, einer von Lukas' Brüdern, zügelte die ungeduldig aufstapfenden Pferde, die mitbekommen hatten, dass es bald losgehen sollte. Das Paar hüllte sich in die bereitliegenden Felldecken – nicht aber, ohne jeweils einer Hand Durchschlupf zu lassen, mit der sie die des anderen fassen konnte. Noch immer umgab das Gefühl ihrer Liebe die beiden wie ein Glimmen, das in jeder Berührung, jedem Wort zwischen ihnen einen auflohenden Glutherd fand. Aber jetzt, wo sie aus dem Schutz der Kirche getreten waren – so beklemmend dieser auch gewesen sein mochte –, wo sie nicht mehr durch das Ritual wie Darsteller auf einer Bühne waren, da schien dieses Glimmen mehr und mehr durchflackert von einer bangen, trübenden Erwartung. Und es schien gerade so, als spürten das die Leute und würden – davon befriedigt und angespornt – ihrerseits nun immer lauter und lustiger. Nur die Eltern des Brautpaars, die jetzt in der zweiten Kutsche Platz nahmen, wurden stiller, nachdenklicher. Ja, im Gesicht der Gaderin schien sich ein Schmerz auszubreiten, der nicht verwandt war mit den süßherben Tränen der Rührung und des Loslassens, die sie als Brautmutter zuvor so eifrig wie erfolglos mit ihrem Taschentuch einzudämmen versucht hatte.

Als die Kutschen sich in Bewegung setzten, hielten Luzi und Lukas, Stirn an Stirn gelehnt, ihre Blicke fest ineinander versunken. Aber die Gaderin schaute sich noch einmal nach der sich langsam auflösenden Menge um und schien dort nach etwas zu forschen – und dies zu entdecken, als ihr Blick auf Greider fiel. Da war etwas wie ein Flehen in ihrer Miene, das Flehen von jemandem, der etwas erbitten möchte, aber weiß, dass dazu Dinge gesagt und erklärt werden müssten, die auszusprechen ihm nicht möglich sind.

Greider nickte ihr zu.

Er verharrte beobachtend am Rande des Tumults von Dörflern, die sich nach dem Gottesdienst teils begrüßten, teils verabschiedeten. Die ihre Kutschen und Pferde herbeiholten, bestiegen und in diese und jene Richtung lenkten. Oder Grüppchen bildeten, um zu Fuß den Weg ins Wirtshaus anzutreten, und dabei ein großes Aufhebens veranstalteten.

Erst als sich dieser Auflauf gelichtet hatte, holte Greider in aller Ruhe sein Maultier von dessen Rastplatz, als wolle er sich, wie schon beim Herweg, gegen Ende der Prozession einreihen. Doch er ließ sich weiterhin Zeit, bis auch die letzten Talbewohner den Platz geräumt hatten. Und anstatt dann endlich in den Sattel zu steigen, machte er sich an der Lederröhre zu schaffen, die unauffällig an dessen eine Seite geschnallt war.

Er löste ihre Klappe und zog einen schlanken, stumpf glänzenden Gegenstand hervor, den er unter seinem knöchellangen Mantel sogleich wieder verschwinden ließ.

Dann band er das Maultier am Friedhofszaun an und trat durch die ächzende Pforte zurück in die Kirche.

XIV

Drinnen war Breiser noch damit beschäftigt, das Gotteshaus wieder in einen Zustand zu versetzen, in dem es bis zum nächsten Hochamt ausharren konnte. Er hatte die Gesangbücher eingesammelt und bereitgelegt, hatte seine letzten Utensilien vom Altar in die Sakristei gebracht und löschte eben die Kerzen, so dass sich unter den Weihrauchduft das stechende Kokeln ersterbender Dochte mischte.

Als er hörte, dass die Tür sich öffnete und wieder ins Schloss fiel, hielt er inne und blickte auf, um zu sehen, wessen Schritte da kalt hallend den Mittelgang entlangkamen.

Als er Greiders Gestalt erkannte, rangen auf seiner Miene Überraschung und Verachtung miteinander. Doch statt die

168

Frage über seine Lippen zu lassen, warum ausgerechnet der Fremde ihn jetzt noch einmal in seinen Verrichtungen störte, blickte er diesen nur hochmütig herausfordernd an.

Greider ließ dem Schweigen zwischen ihnen Zeit, den Raum zu füllen.

Jetzt, da die Menschen diesen wieder verlassen hatten, war er kälter, aber auch heller geworden. Kahle Sonnenstrahlen schnitten scharfe Lichtquadrate in das gedrungene Kirchenschiff.

Schließlich, als Breiser eben zu überlegen schien, ob er den Fremden doch ansprechen oder einfach achselzuckend zu seiner Arbeit zurückkehren sollte, erhob Greider die Stimme:

»Ich möcht' beichten.«

»Beichten?«, entfuhr es Breiser derart spöttisch ungläubig, als hätte man von so einem Wunsch in einer Kirche so wenig gehört wie in einem Wirtshaus davon, dass einer vom Wirt bitte einen Handstand sehen möchte.

Greider nickte nur.

Dem Pfarrer kam dieses Ansinnen fraglos ungelegen, aber nicht nur war er seinem Amt verpflichtet – man sah ihm förmlich an, dass Greider seine Neugier geweckt hatte. Das Achselzucken, das der stämmige Mann als Antwort gab, sagte so viel wie: ›Nun, ich will durchaus einmal hören, was du an Sünden zu erzählen hast! Wer weiß, wozu mir dies Wissen vielleicht einmal dient?‹

»Gut«, meinte der Priester, »ich lösch' nur schnell die Kerzen.« Er wies Greider schon einmal in Richtung des engen Beichtstuhls aus dunkel lasiertem Holz, der sich neben der Tür zur Sakristei an die Kirchenwand duckte. Greider kam der Aufforderung nach und schritt zu dem Beichtstuhl, während Breiser die letzten paar Kerzen erstickte. Er schob den schwarzen Vorhang auf der Büßerseite des Gestühls zurück, zwängte sich hinein und zog den Stoff wieder zu. Kurz darauf hörte er den Pfarrer auf der gegenüberliegenden Seite Platz nehmen, was das alte Holz mit einem gequälten Ächzen quittierte. Dann tat sich die Klappe hinter dem Holzgitter in der Trennwand auf.

»Im Namen des Vaters und des Sohnes und des Heiligen Geistes. Amen«, eröffnete Greider mit nüchterner, aber nicht respektloser Stimme.

»Gott, der unser Herz erleuchtet, schenke dir wahre Erkenntnis deiner Sünden und Seine Barmherzigkeit«, erwiderte Breiser mit einem Ton, dem die Routine ungezählter Wiederholungen noch nicht das Gespür für das Gewicht der Worte und ihres Sinns geraubt hatte.

»Amen«, antwortete Greider. Und dann, nach einer kleinen Pause: »Es sind zwei Jahre seit meiner letzten Beichte.«

Wieder ließ er einen Moment des Schweigens folgen, als überlege er, was vorab noch zu erklären, welche Umschweife zu machen wären. Dann sagte er einfach: »Ich habe übertreten das fünfte Gebot.«

Breiser, das war selbst durch das Gitter zu merken, stutzte. »Das fünfte Gebot?«, fragte er nach – sicher, der Fremde müsse sich in der Nummerierung vertan haben.

»Ich habe getötet«, räumte der jedoch jede Möglichkeit des Missverständnisses aus.

Breisers Gesicht drängte sich mit einem Mal ganz nah an das Gitter heran, so dass er mit einem stechend aus dem Dunkel des stickigen Kabuffs hervorglänzenden Auge den Fremden mustern konnte, der ruhig an der Rückwand lehnte. In Breisers Blick wandelte sich der Unglaube binnen zwei Wimpernschlägen in einen schlimmen Verdacht. »Die Brenner-Buben«, stieß er, halb fragend, halb feststellend hervor, und seine Stimme hatte alles abgestreift, was sie mit dem Amt des Priesters verband.

Greider – wohl wissend, dass alle vom Beichtstuhl insze-

nierte Unsichtbarkeit, Diskretion nur noch eine Farce war –
nickte einfach.

Breisers Gesicht verschwand von dem Gitter, und die Geräusche aus seinem Abteil verrieten, dass der Gottesmann
drauf und dran war, hervorzustürzen und den Fremden ans
Licht zu zerren, um ihn von Angesicht zu Angesicht ohne
Achtung irgendeines Sakraments zur Rede zu stellen.

Greider griff unter seinen Mantel. Ein hartes, metallisches
Klacken ließ die Bewegungen des Pfarrers schlagartig erstarren. Jetzt war es an Greider, sein Gesicht nah an das Gitter zu
führen und daneben den Lauf des Gewehrs sehen zu lassen,
dessen Hahn er soeben gespannt hatte.

»Setz dich«, befahl er Breiser.

Der bullige Mann war bleich geworden, ein Zittern durch-
lief seinen Körper, aber beides war zuvorderst weder Schreck
noch Angst geschuldet, sondern einer ohnmächtigen, schäu-
menden Wut.

»Wer bist du?«, stieß er zwischen seinen Zähnen hervor.

Greider lächelte den Priester eine Weile durch das Gitter
bloß an und wandte dabei ganz leicht sein Gesicht hin und
her, als wolle er dem anderen Gelegenheit geben, es in dem
verschattet hereindringenden Licht besser zu begutachten.

»Wer bist du?«, wiederholte Breiser, bebend vor Zorn, aber
nun doch auch mit einem unheimlich berührten Unterton.

»Du hast meine Mutter gekannt«, gab ihm Greider endlich zur Antwort.

*

Tief gruben sich die Finger des Priesters in die Wangen der
jungen Frau, die vor Schmerz ihre fest zusammengekniffenen
Augen aufriss. »Schau hin, was wir mit solchen wie euch
machen«, herrschte er sie an. Er hatte sich heruntergebeugt

zu ihr, wo sie hilflos am Boden gehalten wurde von einem an ihren Rücken gepressten Burschen, der seine Arme fest wie ein Schraubstock um sie verschränkt hatte. Das Gesicht Breisers – fleischig, aber schon die spätere erbarmungslose Härte des Alters ahnen lassend, umkränzt von kurzen schwarzen Locken, die bereits die knochige Stirn freigaben –, dies Gesicht war so nah vor dem der jungen Frau, als wolle er sie küssen mit seinen sinnlich-brutalen Lippen. In der Kühle der Frühlingsnacht war sein Keuchen heiß und feucht auf ihrer Haut, auf den salzigen Spuren ihrer Tränen.

Mit einem Griff, der ihren Unterkiefer zu brechen drohte, riss er ihren Kopf herum, den sie vergeblich versucht hatte abzuwenden.

»Schau hin!«, brüllte er sie an und zeigte mit dem freien Arm hinüber, wo die anderen um den am Boden liegenden Mann herumstanden.

Tief in ihrem Gedächtnis, noch bevor die ersten verschwommenen, halb geträumten Bilder sich habhaft machen ließen, fand sich im Urgrund ihrer Erinnerung ein Gefühl.

Es war klar und stechend, war ihr unvergessbar in den Leib geschrieben. Es war das Gefühl des Hungers. Es war dieses ständige, beißende Loch in der Leibesmitte, es war das vergebliche Zehren an den Wurzeln, Stoffstücken, Kieseln, die man dem Säugling in den Mund schob, um das dauernde Schreien zu unterbrechen, es war das gierige Saugen an einer schlaffen Brust, die einem ausgelaugten Körper kaum noch Nährendes für diesen geliebten Parasiten zu entziehen vermochte.

Im Dorf ihrer Familie war schon im dritten Jahr die Getreideernte himmelschreiend schlecht ausgefallen, und nun kamen auch noch die Kartoffeln faulig und ungenießbar aus der Erde. Bald hatten auch die letzten Bauern ihr gesamtes

Vieh geschlachtet – einschließlich jener Arbeits- und Zucht-
tiere, ohne die ein Neuanfang in besseren Zeiten fast unmöglich werden würde: Nicht nur, weil der Gedanke an die
Zukunft verblasste vor dem gegenwärtigen Leid und man
nicht warten wollte, bis die Tiere noch abgemagerter von
selbst zugrunde gingen. Nein, viele griffen zum Beil, weil sie
das unablässige, heisere Gebrüll der Kreaturen nicht mehr
aushielten, die halb wahnsinnig vor Hunger in ihren Ställen
standen.

Und weil sie so tief – so vor jedem Begreifen, jeder Sprache – das Wissen in sich trug, wie diese Tiere, wie diese Menschen sich gefühlt hatten, vermochte sie später nie, ihren Eltern Vorwürfe zu machen, dass sie bereit gewesen waren,
jeden sich bietenden Ausweg zu nehmen.

Sie hätte gern wieder die Augen verschlossen, hätte den Priester gern gezwungen, ihr zur Not auch noch die Lider mit Gewalt aufzuhalten. Aber der Mann am Boden drei, vier Meter
vor ihr, *ihr* Mann, hatte in dem Moment wieder das Auge geöffnet, welches nicht zugeschwollen war, und sie angeblickt.
Und auch wenn dies eigentlich das Unerträglichste war für
sie, konnte sie ihn jetzt nicht allein lassen, konnte sie ihm
nicht den Verrat antun, sich abzuwenden. Sie waren beide
hilflos, und das Einzige, was sie dem barbarischen Triumph
der anderen entgegenzusetzen hatte, war, ihm durch ihren
Blick zu bedeuten: ›Sie können uns umbringen, aber sie können uns nicht trennen. Was du getan hast, war aus Liebe.
Und deshalb war es richtig, was du getan hast.‹

Vier Gestalten standen um den am Boden Liegenden und
warfen, im Licht von drei im Staub des Weges abgestellten
Petroleumlaternen, ihre zittrigen Schatten auf ihn. Zwei waren
gestandene Männer, der eine ein sehniger Typ mit einem dichten schwarzen Vollbart, der andere ein kahlköpfiger Hüne mit

Unterarmen so stämmig wie die Oberschenkel eines gewöhnlichen Kerls. Die dritte Gestalt war ein junger Bursche, an der Schwelle zum Mannesalter, den die Ähnlichkeit der Gesichtszüge als Bruder des Bärtigen auswies.

Die vierte Figur war ein Kind von nicht einmal zehn Jahren. Als Einziges hatte es nicht drohend seine Fäuste geballt, scharrte nicht um den Gefällten herum.

Es lachte.

Als es sah, dass der Mann, dessen Kleidung voller Dreck und Risse war, ein Auge aufgetan hatte und versuchte, sich auf kraftlosen, von blauen Flecken übersäten Armen aufzurappeln, hob es einen faustgroßen Stein vom Weg auf und warf ihn, so fest es eben konnte, dem Mann gegen die Stirn. Die drei Älteren johlten Anerkennung. Der Mann sackte wieder zu Boden, verlor aber nicht das Bewusstsein.

Das Kind stellte sich vor ihn, beäugte interessiert das geschwollene Antlitz. Dann trat es – was weniger wie eine Geste purer Bosheit aussah denn wie entdeckerische Neugier – eine Staubwolke los, die genau im Gesicht des Mannes landete. Der bekam einen Hustenanfall, der ihn sich vor Schmerzen zusammenkrümmen ließ.

Der Bärtige trat ihm ins Kreuz, uninteressiert, als würde er einen Hund von einem als Liegeplatz verbotenen Fleck fortjagen.

Und immer noch konnte die Frau nicht die Augen schließen.

Die wenigen verbliebenen Habseligkeiten in zusammengenähten Betttüchern auf dem Rücken, hatten die Eltern ihre geschwächten Körper schwer keuchend über die letzte steile Kehre und Kuppe und durch die schmale Pforte im Fels geschleppt. Und nun, da sich vor ihnen ein ebener Pfad erstreckte und mit den Kraftreserven nicht mehr aufs Äußerste gehaushaltet werden musste, hatte ihr Vater das vor Erschöpfung und nutzlosem Heulen fast bewusstlose Mädchen auf seine Schultern gehoben.

Sie waren in eine Welt getreten, deren überwältigendes Grün alles zu halten schien, was die Gerüchte unten in der Ebene versprochen hatten. Dabei hatte der Vater an die Geschichten von diesem Ort kaum mehr Glauben gehabt als ans Märchen vom Schlaraffenland – doch wem sonst nur das sichere Verhungern blieb, dem war das genug. Beim Anblick des auf den Äckern des Hochtals stehenden Getreides hatten sich die Eltern an den Händen gefasst, und keiner von beiden hatte sich der Tränen der Erleichterung geschämt, die ihnen die Wangen herabströmten.

Doch das so ewig nicht mehr gekannte Gefühl aufkeimender Hoffnung war ihnen nicht lange vergönnt gewesen: Ein Bauer, der auf einem der Felder gearbeitet hatte, stellte die drei armseligen Neuankömmlinge, und er ließ keine Zweifel, dass sie nicht willkommen waren. Nach einer kurzen Diskussion führte er sie ins Dorf, wo er alle erreichbaren Bewohner zusammentrommelte. So standen sie dann da, umringt von einer Menschenmenge, wie Angeklagte eines Prozesses gegen Verrat oder Hexerei. Nur das Kind schlief selig auf den Schultern seines Vaters, der nicht wagte, es herunterzuheben, weil er es nicht wecken wollte.

Statt mit Mitleid sahen die Leute die Familie mit Feindseligkeit an, als wären deren Armut und Hunger ansteckende Dinge. Man war nicht begierig auf Neuankömmlinge, mit denen man das, was da war, teilen musste, bis es vielleicht auch hier zu wenig wurde. Das Betteln des einstigen Schusters, dass er bereit sei, jeden Dienst zu tun, gleich wie niedrig oder schwer, war vergebens: Eine Mahlzeit, die wollte man der ausgemergelten Familie sehr wohl spendieren, und womöglich noch etwas Zehrung für den Weg. Letzterer aber sollte gefälligst schleunigst wieder aus dem Hochtal führen.

Da erwachte plötzlich das Kind aus seinem Schlaf, schaute sich mit traumverkrusteten Augen um und begann lauthals zu plärren.

Zwei, drei Frauen in der Menge schien das ein ungutes Gewissen zu machen. Aber an der Notwendigkeit und Richtigkeit der Entscheidung änderte das auch für sie sichtlich nichts, als dass sie diese etwas schwereren Herzens fällten.

Doch ein Mann am Rand des Menschenauflaufs, ein kräftiger, junger Bärtiger, betrachtete das Mädchen und begann offensichtlich zu überlegen.

»Wartet's hier«, befahl er schließlich der Familie. »Könnt' sein, dass sich was machen ließ.«

Nach dem Tritt des Bärtigen standen die drei Männer unentschlossen um den sich vor Schmerz Krümmenden und Wimmernden herum, während das Kind sie erwartungsvoll anblickte. Auch der junge Bursche trat einmal zu, aber er tat es halbherzig. Sie hatten schon so viele Schläge und Tritte verabreicht, dass deren Wirkung für sie jede Besonderheit verloren hatte, ineinanderfloss wie jeder starke Reiz, der zu lange ohne Unterbrechung und Abwechslung anhält.

Sie schauten auf die Frau, die schwach und hilflos strampelnd in den Armen des zweitältesten Bruders im Staub gefangen saß, als wäre von ihr eine Idee zu erwarten, was man ihrem Mann noch antun könne.

Als sie die Blicke sah, schrie sie die Männer an, beschimpfte sie, Rotz und Tränen sprühend, bis all die Bezeichnungen für Bestien, Viecher, Tiere in ein wortlos überschnappendes, krampfhaftes Schluchzen und Heulen übergingen.

Die Männer beobachteten das teilnahmslos, verloren auch an diesem sie scheinbar gar nicht betreffenden Schauspiel schnell das Interesse. Da entfuhr dem jungen Burschen ein Laut, ein unartikuliertes Zeichen, dass ihm ein Einfall gekommen sei.

In lässigem Trott lief er zu der Scheune, die am Wegrand stand, und verschwand darin. Eine Weile drang ein hölzernes Klappern und Räumen heraus, dann erschien der Bursche wieder im Scheunentor, einen Armvoll unhandlicher Gerätschaften mehr hervorschleifend als -schleppend. Es waren drei Dreschflegel.

Es gab etliches aus ihren ersten Jahren im Tal, was sie sich nur später aus wenig Erzähltem und einigem Belauschten zurechtreimen konnte. Doch eins stand ihr unmittelbar vor Augen, wann immer sie sich in diese Vergangenheit zurückwagte: Es war das Gesicht eines Mannes und die Berührung durch seine Hand.

Wären die Kanten des Gesichts nicht derart scharf und nahezu viereckig gezogen gewesen, hätte daraus nicht ebenso die spitze Raubvogelschärfe einer knochigen Nase geragt, dann wäre in ihrem Gedächtnis alles an diesem Antlitz so ins Ungefähre verlaufen wie der Rest des Körpers, wie die nur von wenigen weißen Strähnen durchzogenen Haare, die streng nach hinten aus der rechtwinkligen Stirn gekämmt waren. Dann hätte da, wie in einem gekrümmten Spiegel, nur ein Fokus übergroß vor allem gestanden: die zwei schwarzen Perlen der Augen, die das Mädchen prüfend anblickten, als könnten sie ihm bis ins Mark schauen.

Eine sehr eigene Freundlichkeit sprach aus diesen Augen: die Sympathie von einem, dem gefällt, was er begutachtet – von einem Einkäufer, der gute Ware wittert. Es war eine Milde, welcher selbst das kleine Mädchen anspürte, dass sie keinerlei Interesse kannte für die Gefühle des begutachteten Menschleins – dass sie sofort und vollständig entzogen würde, sollte dieses Menschlein die Unverschämtheit besitzen, irgendeinen Mangel aufzuweisen.

Aber das Mädchen hatte der ersten, oberflächlichen Prüfung standgehalten, anstatt sich weinend abzuwenden und ihr Gesichtlein in der Schulter ihres Vaters zu vergraben. Weil sie instinktiv das Wesen dieser prekären Sympathie begriffen hatte und es ihr insgeheimer Wunsch war, diese nicht zu verlieren. Weil sie gefallen wollte und bestehen. Weil irgendein dunkler Teil ihres kaum halb geformten Geistes mehr nach dieser erbarmungslosen, absolutistischen Anerkennung gierte als nach der nur als bedingungslos bekannten Liebe der Eltern.

So schreckte und weinte das Kind auch nicht, als die Hand des Mannes es berührte. Knorrig und behaart, von ledriger Haut, fasste diese es an, ohne Zimperlichkeit, aber genauso ohne jede Grobheit. Mit einem ganz genauen, geübten Gefühl dafür, wie fest sie nun einmal greifen und kneifen musste, um zu ertasten, was ihr wichtig war, jede unnütze Härte meidend.

Die erste Berührung war wie ein Streicheln über den Kopf, aber schon sie erkundete vor allem, von welcher Beschaffenheit der helle Schopf des Kindes war. Dann drehte sie das Köpfchen in derselben Bewegung leicht zur Seite, um in die Öffnung der Ohren lugen zu können. Ein Kniff in die Backen, ein Aufspreizen der kleinen Lippen, Hineintasten prüfte, wie es um Festigkeit und Temperatur des Fleischs, wie um den Wuchs der ersten Zähne bestellt war. Die Muskeln der nun ihrerseits nach dieser komischen, großen, fremden Hand haschenden Ärmchen wurden begutachtet, Brust und Bauch leicht abgeklopft.

Nach alldem hatten die schwarzen Augen ihr Wohlwollen noch immer nicht verloren. Was er gesehen und gefühlt hatte, schien dem Mann zu gefallen. Schüchtern, mit tastender Mi-

mik probierte das kleine Mädchen, ob dieses Gesicht wohl ein Lächeln erwidern würde.

Die Männer wogen das Gewicht ihrer neuerlangten Marterwerkzeuge federnd in den Händen. Sie umtänzelten regelrecht den am Boden Liegenden, der durch die vorangegangenen Misshandlungen noch zu tief in Benommenheit steckte, um schon begriffen zu haben, was ihm da drohte. Nur der Bub hatte beleidigt einsehen müssen, dass er so einen großen Dreschflegel noch nicht bedienen konnte – und so begnügte er sich, immerhin halb zufrieden, mit dem Posten des eifrigen Zuschauers.

Die Dreschflegel waren eine wirklich ernste Sache, das wussten und spürten auch die Peiniger, und eine Weile lang zögerten sie, weil keiner sich traute, den ersten, verheerenden Streich zu tun.

Aber dass sie ihrer barbarischen Allmacht plötzlich eine mögliche Grenze, eine innere, gesetzt sahen, das erzürnte sie. Hatten sie doch bisher bewiesen, dass sie dem am Boden antun konnten, was immer sie wollten. Und nun hatte der – vielleicht gerade, weil er sie nicht durch Flehen und Bitten herausfordern konnte – trotzdem etwas an sich, das ihnen Hemmungen auferlegte. Das sie ihn als Menschen, als verwandtes Wesen erkennen ließ, welches nicht einfach fühllos vernichtet werden konnte. Etwas, dessen Leiden ihnen plötzlich teilbar und heilig erschien und das damit drohte, sie selbst ihre bisherigen Taten als viehisch sehen zu lassen.

Es kochte in ihnen der Hass hoch auf dieses Moment der Nähe. Es musste ausgelöscht, aus der Welt geschafft werden – nur die Gewalt würde ihnen die Gewalt wieder reinwaschen. Es gab keinen besseren Beweis, dass der nicht wie ein echter Mensch zu behandeln war, als dass man ihn nicht wie einen Menschen behandelte.

Der junge Bursche, in dem es so brodelte, dass sein Gesicht rot geworden war und er keuchte, fand schließlich das Ventil, das ihrem Hass den Ausstrom öffnete.

Er spuckte dem am Boden Liegenden auf den Kopf.

Eine Sekunde lang sahen alle dem zähen Speichel zu, wie er – sich mit einem Blutrinnsal vereinigend, in der frischen Frühlingsnachtluft sanft dampfend – von der Schläfe über den Wangenknochen hinab zum Nasenflügel seinen Weg bahnte.

Dann hob der Bärtige als Erster den Dreschflegel und holte aus.

»So eine könnten mir schon brauchen.«

Dieses Urteil ließ die Frau des Schusters – nach fast sicher geglaubter Enttäuschung und atemlosem Bangen – ihren Mann vor neu aufkeimender Hoffnung so heftig am Arm packen, dass das kleine Mädchen von dem Ruck erschreckt fast wieder zu weinen begonnen hätte.

Der Mann, welcher das Kind in Augenschein genommen hatte, wandte sich ihr mit einem Gesichtsausdruck zu, der bedeutete: ›Nicht so voreilig.‹

»Mir sind net viele hier oben«, begann er zu erklären. »Und so soll's auch bleiben. Ich hab's Tal hier gefunden. Ich hab's erste Haus 'baut, mit meine eigene Händ. Und ich hab die ausg'sucht, die als Erste mit mir hier 'nauf ham dürfen. Tüchtige Leut, grade Leut. Leut, die horchen auf des, was i sag. Kurz g'sagt: Des is mei Tal.«

Die Umstehenden bestätigten die Worte des Mannes mit jenem Kopfnicken, mit dem man die unabänderlichen und nicht immer freudigen Wahrheiten anerkennt: ein stummes ›Wohl wahr‹, wie es auf Feststellungen wie ›Alle müssen einmal sterben‹ antwortet.

Der Mann ließ seinen Worten Zeit zu wirken, bis er sicher war, dass der Schuster und seine Familie ihr Gewicht spürten.

»Ich bin der Brenner Bauer«, fuhr er schließlich fort.

»Wer hier oben lebt, g'hört mir. Dafür hat er reich's Land, und er hat Schutz vor dene da unten. Den Schutz garantier' i.«

Der Brenner schien zu überlegen, wie er das Folgende am besten sagen sollte.

»Ihr könntets bleiben, wenn ihr wollt's«, sprach er ins vor Hoffnung aufleuchtende Gesicht des Schusters. »Mir brauchat'n wieder a bisserl frisch's Blut.«

Die Frau umarmte den Schuster.

Der Brenner hob Einhalt gebietend die Hand.

»Aber mir ham Regeln hier. Wer die net einhalt, der geht.«

Der Schuster setzte an zu versichern, dass keine Regel der Welt ihm unerträglicher scheinen könne als der Hungertod.

Wieder gebot ihm der Brenner Schweigen. Aber auch selbst legte er sich erst noch einmal die folgenden Worte zurecht. Er kam offenbar zu einem entscheidenden Punkt.

Er zeigte auf das kleine Mädchen.

Und dann erklärte er den Eltern, wie das hier im Tal war mit den jungen Frauen. Und er verlangte von ihnen – wollten sie bleiben – ein Versprechen.

Und sie waren stumm, und dann diskutierten sie und haderten, und strichen ihrem Kind, das nicht verstand, wovon da geredet wurde, immer wieder übers Haar und herzten es.

Und sie überlegten lang, was es hieße, wenn sie blieben. Und sie überlegten lang, was es hieße, wenn sie wieder gingen. Und was dies hieße, das kannten sie besser.

Und dann weinten sie und herzten aufs Neue das Kind.

Und gaben das Versprechen.

Und blieben.

Drei Mal war ein Dreschflegel auf den am Boden liegenden Mann herabgefahren, drei Mal hatte das harte Holz seine krachende Verwüstung angerichtet. Eine Rippe hatte man splittern hören, der rechte Unterschenkel hing in unnatürlichem Winkel an einem zertrümmerten Knie, nur der Streich des jungen Burschen war misslungen und hatte lediglich einen Oberarm gestreift, was einen Schrei des Gemarterten hervorgerufen, aber anscheinend keine Knochen gebrochen hatte.

Der Bärtige hob gerade seinen Dreschflegel, um die zweite Runde der Hiebe einzuleiten.

»Halt«, rief da Breiser mit keinen Widerspruch duldender Stimme und hob die Hand.

Die Frau, die sich innerlich schon auf das Unausweichliche vorbereitet hatte, schaute ihn entgeistert an.

»Ihr bringt's ihn um!«, mahnte der Priester die Männer, die tatsächlich innegehalten hatten und ihn ebenfalls fragend musterten.

Die Frau wie die Männer verstanden, dass Breisers Worten eigentlich der Zusatz ›zu schnell‹ fehlte.

Der Gottesmann sann nicht auf ein Ende der Strafe. Er sann auf deren Ausdehnung.

Es herrschte im Tal nie ein Mangel an anderen Kindern, und so fehlte es dem Mädchen auch nie an willigen Spielgefährten. Wann immer nicht Wind und Wetter sie in den Häusern hielten, fand sich auf den Wiesen an den Rändern des Dorfs fast täglich eine Gruppe von Kindern allen Alters ein. Schule gab es keine, alles, was man hier oben zum Leben wissen musste, lernte man in der Praxis. Die Spiele, die man spielte, waren einfach und oft rauh, denn als Spielzeug gab es nichts als die eigenen, von Bewegungsdrang und Erfahrungshunger vollen Körper und was immer ihnen die Natur darbot. Die Trophäen eines gelungenen Tages waren Schrammen und Schorf, zerschundene Knie und blaue Flecken.

182

Es gab auch Kinder, die waren unbeholfen in ihren Bewegungen, schwer von Begriff, und sie lachten viel und ohne Grund, mit weit offenem Mund und den Atem ein- und aussaugend, dass das Lachen eher klang wie ein heiseres Hecheln. Man behandelte sie wie die ganz Kleinen, gab ihnen Rollen im Spiel, die sie auszufüllen in der Lage waren. Wenn sie die Regeln verletzten oder das Spiel störten, dann verjagte man sie manchmal mit einer Tracht Prügel. Aber kurze Zeit später kamen sie wieder lachend und polternd angelaufen, als wäre nichts gewesen. Auch stellten die anderen Kinder fest, dass man mit ihnen allerlei erkundende Dinge anstellen konnte, die man selbst als demütigend oder böswillig empfunden hätte – die diese seltsamen Geschöpfe aber, begeistert über die Aufmerksamkeit aller, welche sie dabei auf sich zogen, nur mit weiterem Hechellachen quittierten.

Es war bei einem dieser Spiele, dass das Mädchen zum ersten Mal erfuhr, dass Jungen von Gott anders geformt waren als sie selbst. Sie dachte sich nicht viel dabei.

Nachdem Breiser sich mit einem Blick vergewissert hatte, dass die Frau noch immer sicher im eisernen Griff des einen Burschen gefangen saß, verließ er seinen Posten neben ihr und begab sich zu den anderen Männern in die Kuppel des Laternenscheins, in deren Mitte sich das blutige Bündel Mensch in seinen Schmerzen wand.

Er sprach auf den Jungen ein, der die Dreschflegel geholt hatte, und zeigte dabei mehrmals fragend in Richtung auf die Scheune, aus der jene Werkzeuge stammten. Dann wandte er sich an den Hünen, der das Anliegen des Priesters mit einem knappen Nicken beschied.

Als die anderen das Vorhaben begriffen, machte sich ein teuflisches Grinsen auf allen Gesichtern breit.

Der Junge lief zurück in die Scheune, um seinen Auftrag auszuführen.

Die Frau weinte stumm.

Es kam für das Mädchen die Zeit, da es sich an der Schwelle zu etwas Ungreifbarem, Unnennbarem spürte. Und eines Spätsommers ahnte es, dass es im nächsten Frühjahr – wenn die vielen Tage vorüber waren, an denen Regen, Schnee und Dunkelheit die Treffen der Gruppe selten und kurz machten – nicht als dieselbe, nicht mehr ganz als eine von ihnen zu der Gemeinschaft der Kinder zurückkehren würde.

In der Tat wachte sie – sie war kaum dreizehn – eines sonnenverborgenen Wintermorgens auf und fühlte etwas Feuchtes auf ihren Schenkeln und ihrem Nachthemd und fürchtete zunächst, wie seit Jahren nicht mehr ins Bett gemacht zu haben. Und spürte aber, dass das Feuchte klebriger war, und als sie ängstlich die Daunendecke zurückschlug, da traf sie nicht nur die eisige Luft wie ein Schlag – da sah sie im dämmrigen Licht, dass der Fleck auf ihrem Nachthemd ganz dunkel war, und sie schob in hastiger Furcht das Nachthemd nach oben und entdeckte das Blut auf ihren Schenkeln. Für den Bruchteil einer Sekunde hielt ein Gefühl von Scham, hielt der Gedanke, die Strafe für ein unbekanntes Vergehen zu erleben, sie zurück und ließ ihre Wangen heiß werden auf dem bleichen Gesicht. Doch dann gewann die Angst sterben zu müssen die Oberhand, und das Mädchen schrie nach seiner Mutter, die am anderen Ende der Kammer noch im Schlaf lag.

Die Mutter schreckte auf, ihr nächtlicher Nebel der Benommenheit wurde von den Hilferufen des Kindes augenblicklich fortgeblasen, und sie eilte zum Bett der Tochter. Schnell hatte sie erfasst, was geschehen war, und sie nahm das Kind in den Arm, drückte es fest an sich und versicherte ihm wieder und wieder, dass es nicht sterben müsse – dass das, was da vor sich ging, ganz natürlich und der Fluch jeder Frau für viele, viele ihrer Lebensjahre sei. Und so versuchte sie, das Mädchen so weit zu beruhigen, dass sie ihm helfen konnte, sich zu säubern, und ihm einige nötige Dinge zeigen und erklären.

Und dieses Beruhigen wurde bald zu einem kräftigen, gleichmäßigen Streichen über die Haare des sie umklammernden Kinds und der mit sanfter Stimme wieder und wieder vorgebrachten Beteuerung, dass es bestimmt nicht sterben müsse an dieser rätselhaften Verwundung – und im Wechsel mit dieser Beteuerung wieder und wieder die Verkündigung, dass das Mädchen nun zur Frau geworden sei.

Und die Mutter versuchte, dieser Botschaft einen freudigen Ton zu geben. Doch presste sie ihr Kind an sich, als wolle sie es vor mehr schützen als nur seiner unwissenden Angst. Und hätte die Tochter ihren Kopf nicht in der Schulter der Mutter vergraben gehabt, dann hätte sie vielleicht Grund zu neuer, anderer Sorge gefunden. Denn dann hätte sie sehen können, dass mehr als nur die Aufregung des Moments und die Freude die Stimme der Mutter zittern ließ bei der stetig wiederholten Bekundung, das Mädchen sei jetzt eine Frau. Nämlich dass im Gesicht der Mutter bei diesem Satz ein schmerzhafter Blick war, wie von einem Wissen, dass dies kaum weniger schlimm sein möge, als sterben zu müssen.

Durch den Schleier ihrer Tränen sah die Frau den Jungen aus der Scheune zurückkehren, und auch diesmal schleppte er etwas Unhandliches. Aber was er da herbeischleifte, waren keine Werkzeuge, sondern ein klobig-kantiger, grau verwitterter Balken, etwas über mannslang und so dick wie ein kräftiger Oberschenkel.

Er wuchtete ihn inmitten des Kreises, den die Laternen mit ihrem Schein zogen, und ließ ihn mit dem knochigen

Hallen trockenen Holzes neben dem Körper des dort liegenden Mannes auf den Boden fallen.

Der Mann öffnete mit Anstrengung sein nur halb verschwollenes Auge und versuchte mit der trunkenen Konzentration eines eben aus dem Schlaf Geschreckten zu ergründen, was da neben ihm plötzlich aufgetaucht und bis in sein tief in Schmerz und Benommenheit versunkenes Bewusstsein vorgedrungen war. Aber sein Geist schien von dieser Aufgabe überfordert.

Zumal da schon wieder neue Phänomene in seinen Gesichtskreis traten, die er nicht recht zu begreifen wusste. Es waren die Stiefel des Bärtigen und die bloßen Füße des kleinen Buben.

Die beiden packten den Mann an den Schultern und drehten ihn – was ihm einen dumpfen Schmerzensschrei entlockte – auf den Rücken.

In ihrem fünfzehnten Jahr saß sie, als sie an den ersten Sonnentagen zur vereinbarten Wiese zurückkehrte, meist nur noch abseits und schaute mit ihrer ersten Ahnung von Wehmut dem Tollen der anderen zu. Und merkte mit Erschrecken, dass inzwischen die meisten der dort versammelten Kinder noch gar nicht geboren waren, als sie zum ersten Mal ihre tapsigen Schritte hier gemacht hatte. Und als sie eines Tages so in den wärmenden Nachmittagsstrahlen auf einem Baumstamm saß und gedankenverloren einen Grashalm zwischen den Fingern zerrebelte, da stand plötzlich einer vor ihr und fragte, ob man sich neben sie setzen dürfe. Sie schaute hinauf, wer ihr da wohl in der Sonne stehe, und musste etwas blinzeln, weil selbige immer wieder hinter seinem ungebändigten Haar hervor in ihre Augen stach. Sie hob die rechte Hand an die Braue, um das fremde Gesicht aus dem Schatten des Gegenlichts zu lösen. Und da erkannte sie, dass dieses Gesicht, dieses geduldig auf

Antwort wartende, spöttisch höfliche Grinsen, diese grünen Augen ihr gar nicht fremd waren, sondern dass sie sie nur zuletzt, vor langer Zeit, nicht an einem so stattlich aufgeschossenen Burschen mit solch netten Manieren – mögen die vielleicht auch nur als Flachserei gemeint sein – wahrgenommen hatte. Sondern an einem Bengel mit zerrissenen Hosen und von einer heftigen, aber siegreichen Balgerei zerkratzten Wangen.

Es war der Bruder einer Spielkameradin, die drei, vier Jahre jünger war als das Mädchen auf dem Baumstamm. Der Bruder aber war um etwa ebenso viel älter, und so hatte sie ihn nur am Rande kennengelernt, als einen aus jener Horde lärmender, ruppiger Gesellen, die sich mit kleinen Gören wie ihr nicht abgaben. Und da er älter und ein Mann war, hatten ihn die heimischen Pflichten schon länger aus dem Kreis der Spielenden entführt. An diesem Sonntagnachmittag aber hatte er offenbar einmal freie Zeit und nutzte diese, um nach seiner kleinen Schwester zu schauen, die auf der Wiese tollte. Und stand nun also – schon längst zu reif und alt, um an den Spielen selbst noch teilzunehmen – vor der jungen Frau und wartete auf Antwort.

Und diese fühlte zum ersten Mal wirklich, dass aus ihr inzwischen etwas anderes geworden war als ein Mädchen, und erschrocken darüber hätte sie den Burschen fast fortgescheucht. Aber dieses neue Gefühl – dass so ein männliches Wesen ja gar nicht so unangenehm sei und zwar durchaus fremd, aber auf eine aufregende und neugierig machende Art –, dieses Gefühl verbot ihr gerade noch rechtzeitig den schnippischen Mund. Und sie blickte hoch in das sonnenumkränzte Gesicht, das da schon langsam ungeduldig zu werden drohte, und sie überlegte noch einen Moment. Und dann lächelte sie, ließ den Grashalm fallen und gebot mit einem leichten Tätscheln des Baumstamms, dass, ja, er sich neben sie setzen dürfe.

Er ließ es mit sich geschehen, dass der Bärtige ihn an den schlaffen Armen hochzerrte und der kleine Junge ihm den Holzbalken unter die Schultern schob. Er war schon so weit weg, sein Hirn von den vielen Schlägen und Erschütterungen so betäubt und verwirrt, dass er die neuen, scharfen Schmerzen, die der plötzliche Wechsel der Lage mit sich brachte, mit überraschtem Interesse wahrnahm – als gehörten sie einem anderen, als würde er nur teilnahmslos anerkennend beobachten, dass es nach dem langen Martyrium doch noch neue Formen und Qualitäten des Schmerzes gab. Und als sie seine Arme auf dem Balken ausbreiteten, da fuhr ihm zwar neben dem Leid der Glieder und der Wunden auch die neue Schutzlosigkeit seiner Position ins Mark, aber seine Lungen sogen so auch einen stechend frischen Schwall der Nachtluft ein, und für einen Moment war er alles vergessend erfüllt von der überraschten Feststellung, dass diese Luft zwar kühl war, aber ihr Duft warm – dass ihr noch die Temperatur des Winters in den Knochen steckte, aber sie schon kündete von aufgetauter Erde, vom Treiben der ungeduldigen Pflanzen.

Und sein Verstand fand von da nicht den Weg zurück zu den Dingen, die mit seinem Körper geschahen. Für ein paar Sekunden tastete er verzweifelt danach, wie man vergebens nach etwas Vergessenem greift, von dem man einzig noch weiß, dass es sehr wichtig gewesen wäre. Aber als Breiser nun den Hünen in die Scheune schickte, da war das Auge des Mannes schon verschwimmend versunken in dem klaren Sternenhimmel, der sich jetzt über ihm ausbreitete, und sein Bewusstsein dämmerte fort, als es sich gerade über die Kälte und Ferne dieser schönen Lichter zu wundern begann.

Sie saßen von jenem Tag an oft gemeinsam auf dem Baumstamm, und jedes Mal ein wenig enger beisammen. Was sie dabei miteinander sprachen, wusste keiner von beiden nachher mehr so genau zu erinnern: Zu sehr lauschte man dem Klang der Stimme statt ihrer Worte, zu sehr war man allein versunken in das Wunder der Lippen, über die diese Worte kamen. Und wie war das erst, als man sich bei der allmählichen Annäherung der Sitzplätze auf dem Baumstamm so weit vorgetastet hatte, dass man den Atem des anderen dabei spürte, seine Wärme und Süße roch und die gelegentlichen, den Kopf leicht und wirr machenden Dünste der Haut, die aufstiegen, wenn sich der andere bewegte und der Sommerwind mit einem zutragenden Windstoß gnädig war! Da plapperte man irgendwas und hoffte, dass der andere dem ebenso wenig zuhörte wie man selbst dem, was jener sprach. Weil das alles übertönt wurde vom Pochen des Herzens, das einem den Atem kurz machte und die Ohren dicht und einem Angst einflößte, das Herz könnte bersten, wenn die Hand des anderen auf dem Baumstamm der eigenen noch auch nur einen Zentimeter näher rückte. Obwohl man zugleich nichts mehr ersehnte als ebendas.

Und eines Tages konnte es nicht länger ausbleiben, dass die Finger – keiner wusste, war es Absicht oder nur ein glückliches Zuviel des berührungslosen Herantastens – sich dann doch streiften. Und man merkte überrascht: Das tat dem Herzen gut, denn es überflutete es mit Glück. Und als auf diese Weise die Gefahr ausgeschlossen war, dass man an so einer Berührung durch einen Hammerschlag des Pulses dahinscheiden könnte, da gab es dann auch keinen Grund mehr, die Berührung nicht zu wiederholen. Und nachdem man sich mehrfach und unbestreitbar von der jedes Mal – und jedes Mal noch mehr – wohltuenden Wirkung dieses Treffens der Finger überzeugt hatte, welches man still und lang, ohne es zu erwähnen, genoss, da war es dann doch irgendwann an der Zeit, zu erkunden, was wohl geschähe, wenn nicht nur hautdünn Hand an Hand lag oder die einen Finger leicht und zärtlich die anderen bedeckten. Sondern wenn sich die Hände, die Finger verschränkten und griffen, wenn sie sich streichelten und drückten. Und auch das tat gut, wenngleich es die Sinne ins Taumeln bringen konnte.

Wer möchte aber sagen, ob es einer weiteren, vernünftig methodischen Steigerung der Berührungen zu verdanken war oder jenem ohnmachtsnahen Schwindel, dass die junge Frau und der junge Mann sich schließlich eines Tages in den Armen lagen? Und wer hätte geahnt, wie wenig das erste Treffen der Hände, dieser vielgliedrigen, klugen, tastgewohnten Werkzeuge des Menschen, war gegen die erste Berührung der selbstvergessenen, weichen, halb bewussten Lippen?

Es muss das Schreien der Frau gewesen sein, das ihn doch noch einmal aus seinem schmerzverklebten Dämmer weckte. Es muss darin eine Dringlichkeit gelegen haben, die sich durchgebohrt hatte bis zum letzten Kern seines Selbst, der sich noch nicht dem Unvermeidlichen gefügt hatte. Dieses Schreien hatte etwas, das ihr ganzes Weinen, Flehen, Fluchen, welche ohnmächtig seine bisherige Pein begleiteten, nicht hatten. Es war ein letztes Aufbäumen, ein nochmaliges Auflehnen nach der Kapitulation – erst jetzt voll verstehend, welch unmenschlich grausame und totale Bedingungen des Siegs da eben diktiert wurden. Es war ein Anschreien gegen die Vernichtung.

Als der Mann seine Sinne weit genug beisammenhatte, dass er dies verstand und auch begriff, dass diese Schreie seiner Person galten, da kehrte er zurück in seinen zerschundenen Körper. Alle Glieder schienen zu dröhnen, seine schweren Beine, die ausgestreckt vor ihm im Staub lagen, vermochte er nur so wenig und unbeholfen zu bewegen, als würden sie an langen, dünnen Strohhalmen stecken. Auf seinen Armen aber schien ein anderes Gewicht zu lasten – und als er den Kopf nach links und rechts wandte, da sah er, dass dies tatsächlich der Fall war: Den linken hielt, sich mit beiden Händen auf seinen Unterarm stützend, der kleine Bursch auf den Holzbalken gepresst; den rechten mit der selbstbewussten Nachlässigkeit der größeren Kraft dessen etwas älterer Bruder.

Der Mann aber verstand, dass die Schreie der Frau – *seiner* Frau – etwas galten, das hinter ihm vor sich ging. Mit Mühen versuchte er, seinen Kopf so weit zu drehen, dass er davon etwas erkennen konnte. Merkte dann aber, dass es aussichtsreicher war, ihn schlicht nach unten über die Kante des Balkens hängen zu lassen, die sich in sein Genick drückte.

So musste sein benommener Verstand erst einmal das sich derart bietende, im Laternenlicht schummrige Bild umdrehen, um es begreifen zu können. Und so dauerte es noch einmal eine Weile – dauerte, bis die schlurfenden Schritte ohnehin schon fast neben seinem Kopf angekommen waren –, bis er erkannte, dass das, was da über dem bestirnten Himmelsabgrund am niederen Erdfirmament hängend ihm entgegenwankte, der aus der Scheune zurückkehrende Hüne war. Und dass er in seinen Händen einige Hufnägel und einen Hammer trug.

Es gab einen Lauf, den die Dinge nach den ersten Küssen zu gehen hatten, und es war nicht der Lauf, den die Natur den beiden jungen Menschen so gerne pflichtvergessen und unverantwortlich nahegelegt hätte. Als das Mädchen den Eltern von seiner Liebe gebeichtet hatte, da hatte die Mutter sie umarmt und fest an sich gedrückt, wobei der Kopf der Mutter nun sich in die Brust des Kindes presste, das größer geworden war als sie. Und ihre Augen waren feucht geworden: von Tränen der Freude, wie das Mädchen glaubte, weil das

Kind nun jemanden gefunden hatte und es bald erleben durfte, was die Eltern schon lange kannten – nämlich was es hieß, einen Menschen an seiner Seite zu haben, der einem half, das Schwere zu tragen, und der einem als Spiegel der eigenen Begeisterung alles Schöne verdoppelte.

Aber einige Tage später erfuhr das Mädchen, dass diese Tränen – nur oder noch? – einen anderen Grund gehabt hatten. Da klopfte es, als die Familie eben das Abendbrot beendet hatte und am Tisch beisammensaß, an der Tür. Es war ein trockenes, dreimaliges Klopfen, das nicht fragte, ob jemand daheim sei, sondern das ohne Duldung von Ausflüchten oder Widerspruch Einlass verlangte.

Vater und Mutter sahen sich an, überrascht und ein wenig eingeschüchtert. Aber da das Klopfen sich so herrisch begehrlich gab, blieb wohl nichts anderes übrig, als ihm schleunigst die Tür zu öffnen. Draußen standen drei Männer. Der Älteste von ihnen, wohl in der zweiten Hälfte seines dritten Lebensjahrzehnts, dessen halbes Gesicht von einem schwarzen, kurz gestutzten Bart bedeckt war, begrüßte die Mutter. Die hatte die Tür nur einen guten Spalt weit geöffnet, doch alle Hoffnungen, sie womöglich vor unerwünschtem Besuch schnell wieder zu schließen, waren gleich vergessen. Noch während er mit höflichen Worten fragte, ob es gestattet sei, einen Moment das Haus zu betreten, drückte der Bärtige die Tür so weit auf, dass der Frau nichts blieb, als zur Seite zu treten und mit einer verlegenen Geste bereitwillige Gastfreundschaft zu bedeuten. Die Männer stapften herein und stellten sich breitbeinig inmitten der Stube auf.

Doch wenn die Frau ihnen schon nicht den Eintritt hatte verweigern können, ließ sie sich ihrerseits wenigstens eins nicht verwehren – und das war, die Tochter hinauszuschicken in die Schlafkammer und deren Tür abzuschließen. Freilich presste das Mädchen dennoch sein Ohr an das Holz, um zu hören, was im angrenzenden Raum gesprochen wurde. Aber es vernahm nur ein lautes, unverständliches Gemurmel.

Erst eine gute Weile später – als die Männer das Haus verlassen hatten und die von der Unterredung sichtlich mitgenommene Mutter ihre Fassung wiedergefunden hatte – nahm sie die Tochter beiseite, wo der blass und einsilbig gewordene Vater sie nicht störte, und brachte ihr so behutsam wie möglich und in ihren eigenen Worten bei, an welches Versprechen man sie da eben erinnert hatte.

Als der Mann begriff, was er sah und was das bedeutete, und als er seinen geschundenen Körper noch einmal zur Gegenwehr aufraffen wollte, war es zu spät. Der Bub und der jüngste der Männer hatten seine Arme fest gegen den Balken gedrückt, und der Bärtige hatte dem Hünen geholfen, die Hufnägel anzusetzen. Die stumpfe Spitze des ersten presste sich in die weiche Fläche der linken Hand des Mannes. Aber gerade als der Schmied zum ersten Schlag des Hammers ausholen wollte, wurde er von Breiser scharf zurückgehalten.

Die Männer hatten den Nagel so platziert, wie sie es ihr Lebtag gemalt und geschnitzt, auf Bildern, Altar und Marterln gesehen hatten. Aber Breiser war ein studierter Mann und wusste über die wahren Gebräuche der Römer Bescheid. »So reißt's aus!« herrschte er sie an und bohrte zur Demonstration seinen rechten Zeigefinger in seine linke Handmitte, um ihn dann zwischen Ring- und Mittelfinger nach außen wischen zu lassen, so wie das Eisen bei Belastung durch das dünne, bloße Fleisch gleiten würde.

Er ergriff den Nagel und setzte ihn inmitten der Handwurzel neu an, zwischen Sehnen und Knochen, die ihm belastbaren Widerstand gewähren würden.

»So hält's«, verkündete er zufrieden.

Die junge Frau blickte mit so viel Hass in das Gesicht des Pfarrers, wie die Zeremonie nur erlaubte. Sie stand vor ihm am Altar, um vermählt zu werden mit dem von ihr geliebten Burschen. Und wäre die Achtung vor der Heiligkeit des Sakraments und vor der Würde des Amtes des Geistlichen allein nicht ausreichend gewesen, um dem Mädchen Zurückhaltung aufzuerlegen, so war doch die Freude echt und unauslöschbar, dass sie – was immer auch davor zu überstehen und überwinden war – doch hier der Erfüllung ihrer größten Träume und Wünsche endlich nahe kam.

Aber sie konnte nur mit Mühe dulden und mitnichten verzeihen, dass Breiser wusste, was sie erwartete, und dass er es im wahrsten Sinne absegnete. Dass er seine heiligen Worte und kirchlichen Gesten in den Dienst dieser Sache stellte und sie damit für eine gottgewollte Ordnung erklärte. Auch in ihrem baldigen Mann gärte es sichtlich, doch nur sie war es, die ihren Zorn nach außen kehrte, die ihn nicht mit niedergeschlagenem Blick und unmerklich zitternd in sich hineinlenkte, sondern die ihn wenigstens aus ihren Augen blitzen ließ.

Freilich kümmerte das Breiser wenig. Wenn, dann wunderte es ihn höchstens ein bisschen. Denn denen, die hier im Hochtal vor seinen Altar traten, denen war selten das Aufbegehren – wie bescheiden auch immer – gegeben. Die gehorchten und kuschten; selten freudsam, aber stets mit der Ergebenheit in das vermeintlich unverrückbare Schicksal, welche die Herde von den Hirten schied. Deshalb schien ihm auch so ein fruchtlos zorniger Blick schon das Denkbarste an Widersetzung. Und so witterte er nicht, dass es mit diesen beiden vor ihm noch mehr, noch andere Schwierigkeiten geben könnte.

Es geht ein Hufnagel – stumpf, dick und kantig, wie er ist – nicht leicht durch Haut und Fleisch. Aber der Schmied war kräftig, geschickt, und er hatte Geduld.

Die Abendluft war lau und duftend, als wäre sie eigens über die dichten Wiesen, durch die kühlen Waldwege gestreift, um sich fein zu parfümieren für den Empfang der frischgebackenen Braut. Diese Luft tat wohl nach dem von Rauch, Schweiß und Bier getränkten Dunst des Wirtshauses, das langsam mitsamt dem Lärm der dort noch immer Feiernden im Rücken des Pferdewagens in der Ferne verschwand. Aber vor dem Wirtshaus stand – kaum noch zu erkennen – machtlos eine einsame Gestalt. Es war der Mann, der in einer gerechteren Welt jetzt neben seiner Braut auf dem Wagen gesessen und sie auf dem Weg in ihr Heim im Arm gehalten hätte.

Es kostete die Frau all ihre Entschlossenheit, sich nicht nach ihm umzuschauen. Still rannen ihr Tränen des Schmerzes und der Wut über die Wangen, aber sie wusste, dass noch ein einziger Blick auf ihren Liebsten für sie beide vollends unmöglich machen würde, zu ertragen, was zu ertragen ihr vorgeschrieben war. Sie bewahrte ihn stattdessen in ihrem Herzen und Geist und wollte sein Bild vor sich behalten, bis alles vorüber war und sie ihn wieder wahrhaftig in die Arme schließen konnte.

Der Wagen rollte durch die laue Nacht in die Tiefe des Talkessels.

Die Männer hatten zwei ihrer Pferde geholt, nebeneinander aufgestellt, und während der kleine Junge sie an den Zügeln festhielt, banden der Bärtige und der mittlere Bruder an die Sättel zwei Seile, deren andere Enden an dem Holzbalken vertäut waren.

Der Pfarrer und der Schmied hatten unterdessen die übrigen drei Gäule herbeigeführt und waren aufgesessen. Der Bursche, der die Frau noch immer im Klammergriff hielt, stand aus der Hocke auf und zwang sie, sich mit aufzurichten, wollte sie sich nicht die Schultern ausrenken lassen. Der Schmied ritt ein Stück heran, und der Bursche, der ihr nun den rechten Arm auf den Rücken gedreht hatte, führte sie zu ihm. Sie kam dabei ihrem bewusstlos im Staub liegenden, geschundenen Mann so nahe, dass es nur drei, vier Schritte gewesen wären, sich zu ihm zu stürzen, ihn in die Arme zu nehmen, Liebkosung, Tränen und Trost zu spenden – die nichts mehr geändert hätten, außer dass sie ein Zeichen gewesen wären, dass die Welt noch immer andere Dinge kannte als Grausamkeit und Schmerz. Aber der Bursche spürte schon das geringste, ihr selbst erst halb bewusste Zucken ihres Körpers in diese Richtung und trieb es ihr mit einem teilnahmslos brutalen Ruck an ihrem Arm aus, der sie in die Knie sinken und aufschreien ließ.

Es blieb ihr nichts, außer sich von ihm neben das Pferd des Schmieds dirigieren und in den Sattel heben zu lassen, so dass sie in der Umklammerung des Hünen saß. Er hielt sie umfangen wie ein Liebhaber die Braut, die er des Nachts aus dem Elternhaus entführt hat. Lachend beäugte das der Pfarrer, der selbst schon zum Abritt bereitsaß und sein ungeduldig tänzelndes Pferd nur mühsam auf der Stelle halten konnte.

Auch die anderen schwangen sich in die Sättel, der Zweitälteste reichte seine Hand dem kleinen Buben, der sich daran äffchengleich behände hinaufzog und Platz fand hinter dem Mann, den er seinerseits fast zärtlich umklammerte. Dann gaben alle ihren Tieren die Sporen, und der kleine Tross setzte sich in Bewegung.

Das Gespann rollte ächzend über eine letzte Kuppe, und das Ziel der Fahrt wurde vor ihnen sichtbar. Es war der Ort, von dem sie viel gehört hatte und sich noch mehr ausgemalt. Und sie erschrak, wie sehr der Hof des Brenner – auch wenn er kleiner und von anderem Aussehen war als geträumt, auch wenn er eben doch nur ein Gebäude war – doch die gleiche Essenz des Lauernden und Bösen, die Anmutung von Falle und Finsternis verströmte wie ihre Angstträume.

»Bist noch wach?«, rief ihr einer der Brenner-Söhne frech lachend zu, der neben dem Wagen herritt.

Sie blickte zu ihm hinüber, würdigte ihn aber keiner Antwort. Dann richtete sie ihre Augen wieder geradeaus und versuchte, sie nichts sehen zu lassen als das Gedankenbild ihres Liebsten.

Als Wagen und Pferde aber dem Hof nahe genug gekommen waren, damit dort unten schon ihre Ankunft hörbar wurde, da tat sich die schwere, enge Tür des Anwesens auf. Und es trat einer heraus, der schon darauf wartete, die Frau in seine starken Arme zu nehmen. So wie er jeder Braut hier im Tal die Hochzeitsnacht bereitete.

Sosehr sie es sich auch verbat – sosehr sie gehofft hatte, dass sie in der von ihr verlangten, unabwendbaren Unterwerfung nur eins zeigen würde, nämlich ihre grenzenlose Verachtung, und sie sich nicht durch Angst und wimmernde Abscheu kleinmachen würde –, sie konnte sich, als sie schließlich vor dem Mann stand, das Zittern nicht versagen. Als der Brenner ihre Wange betätschelte und ihr mit seinen rauhen, aber erstaunlich fein tastenden Fingern durch das Haar fuhr, da hielt sie – auch wenn sie die Fäuste ballte, dass sich ihre Fingernägel in die Handflächen bohrten – seinem Blick nicht stand, da bebte ihr im Ekel herabgezogener Mund, ihre Lider flatterten, die Augen versuchten zur Seite wegzublicken und drohten, sich mit Tränen zu füllen.

Den Brenner störte das nicht. Er hatte schon zu viele Frauen so vor sich stehen gehabt. Denn es war sein Tal hier oben. Und eine, die zur Braut wurde, die schuldete ihm die erste Freude und Pflicht ihres Frauseins. Die hatte bei ihm zu liegen. Bis sie mit Kind war. Und erst wenn das Kind auf der Welt war und lebte, dann durfte sie mitsamt diesem Kind zu ihrem angetrauten Mann und diesem gehören für den Rest ihrer Tage.

Das war so ohne Ausnahme, und es war seit Jahren so gewesen. Er kannte die, die dieser Herrschaft mit schicksalsergebener, tierhafter Gleichgültigkeit gehorchten, so gut wie jene, die flehten und bettelten und sich sträubten. Und er nahm sie alle, ohne dass dies für ihn einen Unterschied machte.

Der Brauch, er war für ihn selbst eine Notwendigkeit und Pflicht, die er unabhängig und oft frei von Leidenschaft durchführte. Er selbst gehorchte den Verpflichtungen seiner Macht, ohne an Lust und Gefallen viele Gedanken zu verschwenden. Und dennoch freute es ihn, wenn ihm eine der Frauen gefiel. Nicht, weil es seine Aufgabe leichter machte – die er ohne jede Rücksicht zu erfüllen verstand. Sondern weil er seine Macht stärker spürte, sie ihn mehr kitzelte und erhob, wenn er sie ausüben konnte über einen Menschen, der ihm schön, rein und begehrenswert erschien. Das Hässliche oder Gemeine zu unterwerfen war ihm weniger Bestätigung. Das, was über ihm stand, was eigentlich außerhalb seiner Reichweite hätte sein sollen, zu sich herabzuziehen, das erst erfüllte ihn ganz.

Und hier gab es keinen Zweifel: Die Frau, die er da vor sich hatte, sie war stark und edel und schön.

Mit ihr würde er sich Zeit lassen.

Die Männer ritten nicht zu schnell. Offenbar wollten sie nicht riskieren, dass die Seile rissen oder ihr Opfer bereits den Weg nicht überleben würde. Oder dass sie es hinter sich verlieren würden, weil die Nägel und deren Halt in Fleisch und Knochen den Beanspruchungen nicht mehr standhielten. Doch hatte dies nichts mit Mitleid oder Schonung gemein. Es war eine zu gänzlich erbarmungslosem Zweck auferlegte Zurückhaltung.

Die Dunkelheit und der Staub, den der Holzbalken aufwirbelte, machten es der Frau schwer, viel von ihrem Liebsten zu erkennen, obwohl der Schmied direkt hinter der grausigen Fracht ritt. Doch was ihr sich an Anblick bot, war auch so schon unerträglich: Von Hemd und Hose des Gemarterten waren nur Fetzen übrig; die schon vorher mit blauen Flecken bedeckten Glieder waren nun fast lückenlos übersät von Schürfungen und Prellungen. Sein Kopf rollte zwischen den unter Spannung gehaltenen Schultern scheinbar ohne Willen und Widerstand hin und her, und nur selten, wenn eine Unebenheit ihm einen besonderen Schlag versetzte, verrieten ein Aufzucken, ein schmerzhaftes Schnappen nach Luft, dass er das Bewusstsein noch nicht gänzlich verloren hatte.

Schließlich näherte sich die Gruppe der fünf Pferde der kleinen Brücke, die über den Mühlbach führte. Ihr Trott wurde langsamer. Der Führende konnte sein Tier noch ohne Schwierigkeiten den Wasserlauf queren lassen. Doch die beiden folgenden Gäule mussten vorsichtig den schmalen Pfad entlanggelenkt werden – denn Seite an Seite fanden sie nur mühsam Platz nebeneinander, es durfte aber auch nicht der eine zu weit vor den anderen geraten, dass sich der Holzbalken nicht längs stellte und sich die Seile verhedderten.

Da geschah es: Das Pferd des Bärtigen wurde nervös, wie es da mit seinem Hals am Hinterteil seines Artverwandten reibend vorwärtsdirigiert wurde, es wollte sich mehr Raum, wollte sich Fluchtmöglichkeit verschaffen. Und preschte mit einem kurzen, entschiedenen Ruck vor. Sein Reiter hatte es zwei Herzschläge später mit einem scharfen Riss am Zügel schon wieder unter Kontrolle, aber der eine Moment hatte gereicht, dass der Holzbalken mit seiner grausigen Last schräg über die Brücke gerissen wurde und sich seine eine Seite in dem Geländer verkeilte.

Zunächst bemerkten die Männer auf den Pferden es nicht, doch zwei, drei Schrittlängen weiter spannten sich auf einmal die Leinen, die Gäule wieherten auf, und hinter sich hörten sie ein Knirschen und Knacken, das sie sofort ihre Tiere zum Stillstand bringen ließ.

Sie riefen dem Vorausreitenden zu, dass auch er anhalten solle, und wandten sich in ihren Sätteln um.

Der Schmied konnte sein Pferd gerade noch schnaubend zum Beidrehen bewegen, bevor es den ersten Huf auf die blockierte Brücke gesetzt hatte. Er drehte sich ebenfalls im Sattel seitwärts, um zu begutachten, was da vor ihm geschehen war.

Dazu lockerte er seinen Griff um die Frau.

Sie war schließlich, nach vielen Tränen und nutzlos in ihr kochendem Hass, doch in einen halben Dämmer gefallen, in dem schmalen Bett in der kleinen Seitenkammer, die man ihr zugewiesen hatte. Und für eine Weile dachte sie, dass die Geräusche aus einem Traum emporklangen, der sie lockend empfangen wollte. Es war ein leises, vorsichtiges Knirschen, und dazu in Abständen von drei, vier Herzschlägen etwas anderes, etwas wie das ferne Raunen eines kurz aufbödenden Winds im Getreide, wie der Ruf eines klagenden Tiers im Wald. Was immer es war, bald war sie sicher, dass es wie das knochenweiße Mondlicht von draußen durch ihr Fenster drang. Und dann bekam das Raunen, Rufen Gestalt, wurde vom Laut zur Stimme und zum Wort. Und wie ein Schlag durchfuhr es sie, dass es ihr Name war.

In einer Bewegung hatte die Frau die Decke zurückgeschlagen, sich aus dem Bett geschwungen und war flink, aber leise die zwei kurzen Schritte zum Fenster geeilt. Sie presste sich daneben an die Wand, so dass sie durch die Scheiben spähen konnte, ohne von draußen leicht gesehen zu werden. Das Knirschen kam näher, und obwohl es kaum lauter war als ein Flüstern, dröhnte es ihr fast unerträglich in den Ohren. Und dann kam wieder das andere Flüstern, das Raunen, das ihr Name war, und sie glaubte, die Stimme zu erkennen.

Und als sie, bestürmt von Hoffnung und Angst und Unglauben, kaum fähig, einen klaren Gedanken zu fassen, dastand und schließlich nichts Besseres wusste, als zum Verschluss des Fensters zu greifen, da tauchte im selben Moment in der Scheibe ein Geist auf, und sie musste sich in den Handrücken beißen, um nicht laut aufzuschreien: Denn weiß vom Mondlicht und wohl auch von der Furcht war da auf einmal das Gesicht ihres Mannes vor ihren Augen.

Und fast im selben Augenblick fand sein gehetzt suchender Blick ihre Gestalt, und auch er hätte beinahe laut ausgerufen.

»Ich hab's net ausg'halten«, flüsterte ihr Mann, als sie die Fensterflügel aufgestoßen hatte und in seine Arme gefallen war, sie sich geküsst und geküsst und ihre auf einmal tränenfeuchten Wangen aneinandergepresst hatten.

Es war nicht die Vernunft, die die Frau nach einer endlosen Sekunde diese Umklammerung wieder lösen ließ, um in die Kammer zurückzuhuschen, Kleid und Schuhe überzustreifen und dann wieder in die Arme des Mannes zurückzukehren, um sich diesmal von ihnen hinausheben zu lassen in eine zweifelhafte Freiheit. Ihr Kopf wollte ihr durchaus Einhalt gebieten, so wie er ihr zuvor jeden eigenen Gedanken an Flucht untersagt hatte. Weil es nirgends gab, wohin man hier vor dem Einfluss des Brenner hätte fliehen können. Weil der Brenner sich diese Welt nach seinem Bilde geschaffen hatte und schon immer sich fügte, wer in dieser Welt leben wollte.

Ihr Kopf wollte ihr befehlen, dem Mann noch einen Kuss zu geben, das Fenster wieder zwischen ihnen zu schließen, sich zurück ins Bett zu legen, die Ohren taub zu machen gegen seine Proteste und zu dulden, wie viele Tage hier zu dulden waren – um dann frei von Gefahr heimzukehren, alles Geschehene tief in ihrem Inneren zu vergraben und ihren Mann auf ewig noch umso mehr zu lieben für das, was er offensichtlich zu tun bereit gewesen wäre.

Aber dass er da stand, wider alle Gesetze dieser Welt, das hatte ihr mit einem Schlag für immer die Möglichkeit des Duldens zerstört. Das hatte ihre Wut entfacht – auf ihn und seine Unvernunft, auf sich selbst und ihre lämmergleiche Fügsamkeit, auf den Brenner und seine Gebote. Und es hatte ihr nur eine Entscheidung gelassen: aufzubegehren um ihrer Liebe willen, sie so absolut zu setzen, wie ihr Geliebter es tat, und ihren Platz in ihren Armen einzunehmen und um ihn zu kämpfen, auf Gedeih oder Verderb.

Sie weinte, als ihr Mann sie über den Fenstersims hievte und neben sich in die taufeuchte Wiese stellte, und er hielt dies allein für Tränen der Wiedersehensfreude und der Dankbarkeit. Aber es waren in Wahrheit auch Tränen der Trauer um eine vernünftige Liebe, um ein Leben in sicherer, überschaubarer Knechtschaft und Demütigung. Es waren Tränen einer großen, absurden Befreitheit: der Freiheit, alles auf eine einzige Karte gesetzt zu haben und keinen Rückweg mehr offen zu haben.

Das Pferd des Schmieds war keine drei Schritte von dem Balken zum Stehen gekommen, der sich im Geländer der Brücke verkeilt hatte. Das gab der Frau Gelegenheit, noch einmal einen genauen Blick auf den Mann – *ihren Mann* – zu werfen, dessen Handgelenke an das Holz genagelt waren. Es fiel ihr schwer, den gemarterten, zerbrochenen und wundenübersäten Leib in Einklang zu bringen mit dem starken, schönen, zärtlichen Burschen, als der er sie nur wenige Stunden zuvor noch in den Armen gehalten hatte. Für einen Moment wollte sie es versuchen, und dann scheute sie davor zurück, weil sie wusste, dass darüber ihr Herz zerbrechen müsste. Es war, als rief ihr eine innere Stimme scharf den Befehl zu, dass dies nicht geschehen dürfe. Als stünde sie einen Blitzschlag lang außer sich und habe die freie Entscheidung, die Trauer, den Schmerz, den Wahn jetzt in ihren Kopf einzulassen – oder sie abzuweisen.

Und sie versagte sie sich, wurde kalt. Sie ließ den los, der dalag und für den keine Hoffnung mehr war. Um dessen Willen, der er einmal gewesen war und dessen Opfer nicht umsonst sein sollte.

Später bildete sie sich ein, sein Auge, so leuchtend grün wie am ersten Tag ihrer Liebe, habe sich noch einmal geöffnet und die ihren gefunden. Und es wäre noch einmal etwas aus seinem blutigen, ruinenhaften Mund gedrungen, was mehr sein wollte als ein unartikuliertes Stöhnen, auch wenn es nicht zu mehr geriet. Aber insgeheim glaubte sie nie wirklich, dass das mehr war als ein Versuch ihres Gewissens, einen kleinen Teil ihrer Entscheidung abzuwälzen, absegnen zu lassen, die in Wahrheit allein in ihrer Verantwortung lag.

Sie spürte, wie die eisernen Arme des Schmieds um ihren Leib lockerließen, wie der Hüne sich im Sattel drehte und dadurch sein Gleichgewicht verschob.

Sie warf einen allerletzten Blick auf den Mann am Boden.

Dann schloss sie die Augen, sog einen tiefen Atemzug von der waldfeuchten Nachtluft ein. Klammerte ihre Beine fest um den Leib des Pferds.

Und dann sammelte sie alle Verzweiflung und allen Hass in einem einzigen, hell glühenden Punkt und rammte mit aller Kraft, die sie besaß, ihren rechten Ellenbogen in die Magengrube des Schmieds und riss gleichzeitig mit ihrer linken Hand so fest sie nur konnte an den Zügeln.

Dem Schmied entfuhr ein halb überraschtes, halb schmerzvolles Keuchen, das Pferd stieg wiehernd auf und begann, sich auf den Hinterbeinen zu drehen. Und da verlor der Hüne den Halt, versuchte rudernd, sein Gleichgewicht wiederzufinden – aber ein zweiter, mit einem wuterfüllten Schrei herausgeschleuderter Stoß der Frau ließ ihn von dem bäumenden Tier rutschen. Nur sein linker Fuß blieb noch im Steigbügel hängen, als er krachend auf dem Boden landete. Die Frau raffte die Zügel in ihre Hände, zwang das Pferd dazu, wenn auch schäumend und schnaubend und mit bis zum Weißen aufgerissenen Augen, sich ihrem Willen zu fügen, wieder auf alle vier Beine zu gehen und sich umzuwenden. Der Schmied versuchte verzweifelt, sich vor den tänzelnden Hufen zu schützen, die plötzlich um ihn herum auf die Erde prasselten, brauchte seine Arme aber zugleich dazu, seinen Fuß aus der lebensgefährlichen Falle zu lösen. Er entschied sich schließlich, lieber einen Tritt zu riskieren, als mitgeschleift zu werden, und es gelang ihm auch, den Stiefel vom Fuß zu streifen. Doch kaum saß er befreit auf dem Weg und wollte sich zur Seite rollen, da galoppierte das Pferd schon los und traf ihn noch mit der Hinterhand an der Schulter. Er heulte auf und blieb, schmerzverkrümmt, im Staub liegen.

So schnell war das alles vor sich gegangen, dass die Männer auf der Brücke – vertieft in das Problem des quergestellten Balkens – kaum Gelegenheit gehabt hatten mitzubekommen, was da eigentlich geschah. Jetzt schauten sie auf und sahen die Frau allein im Sattel davonpreschen, den Schmied dahinter am Boden, offensichtlich außer Gefecht. Sie brüllten vor Wut, aber viel mehr konnten sie zunächst nicht machen. Die beiden Pferde, die das Holzstück hinter sich herschleiften, standen noch dicht an dicht auf der Brücke, die zu eng war, um zu wenden, und zudem waren sie noch an dem blockierten Balken vertäut.

Der anführende Bruder auf der anderen Seite der Brücke wendete seinen Gaul, aber wusste auch nicht mehr, als ihn ohnmächtig und unschlüssig vor dem versperrten Überweg auf der Stelle tänzeln zu lassen, bis er sich entschloss, sein Glück mit einer Durchquerung des Mühlbachs zu versuchen. Aber im Dunkeln stolperte sein widerwilliges Pferd auf der feuchten, steilen Grasböschung, und Ross und Reiter landeten mit einem Überschlag platschend im eisigen Nass.

So schnell war aber auch alles vor sich gegangen, dass Breiser davon völlig überrascht worden war. Er war in geringem Abstand hinter dem Schmied geritten, hatte die Gedanken schweifen lassen, und kaum hatte er mitbekommen, dass vor ihm etwas Unvorhergesehenes geschah, da sah er auch schon die Frau, allein, auf dem Pferd des Schmieds in rasendem Galopp auf sich zukommen. Sein eigenes Pferd – wohl nicht minder überrumpelt – begann zu scheuen, und wie blockiert standen in seinem Kopf untätig die Gedanken nebeneinander: dass er schleunigst aus der Bahn der Herannahenden weichen sollte, dass er die Fliehende aufhalten müsse, dass er sich bereitmachen sollte, sie zu verfolgen. Stattdessen saß er nur starr im Sattel und beobachtete, wie die Frau sich hinabbeugte und an der Seite ihres Sattels nestelte. Als sie sich wieder aufrichtete, hatte sie etwas in der Hand.

Vielleicht hätte die folgende Sekunde dem Priester noch

gereicht, sich für eine Handlung zu entscheiden, wäre sein fest-
gefahrener Verstand jetzt nicht auch noch mit der verblüfften
Frage gefordert gewesen, was die Frau denn da plötzlich Un-
förmiges in der Hand halte. Und womit sie nun eine Aushol-
bewegung mache.

So aber verstrich diese Sekunde allein damit, dass das
andere Pferd auch die letzten Meter zwischen ihnen in don-
nerndem Lauf überwunden hatte. Es schien direkt auf ihn
zuzureiten, erst im letzten Moment, als Breisers Ross schon
dabei war, zur Seite auszubrechen, zog die Frau ein wenig
nach rechts, so dass sie haarscharf an ihm vorbeigaloppieren
würde.

In diesem Moment erkannte Breisers verblüfftes Bewusstsein auch endlich, was sie da in der linken Hand schwang. Es
war der Stiefel des Schmieds.

Bevor er aber verstand, wie das zuging und was es damit
auf sich hatte, traf ihn das Schuhwerk schon mit voller Wucht
im Gesicht. Und es wurde schwarz um ihn.

Gebückt und leise huschten sie – Hand fast schmerzhaft fest
in Hand – bis an den Waldrand und schlichen dann durchs
Unterholz zu jener Stelle, wo der Mann sein Pferd außer
Hörweite des Hofs an einen Baum gebunden hatte.

Es mussten noch etwa zwei, drei Stunden bis zum Morgengrauen sein, und sie hofften, dass diese Zeit reichen
würde, um zu entkommen. Wohin die Flucht gehen sollte,
darüber sprachen sie nicht. Aber was für einen Weg gab es
schon, außer dem ganz hinaus aus dem Hochtal? Was dann
aus ihnen werden sollte, wo und wie sie sich ein neues Leben aufbauen konnten, das waren Fragen für später. Jetzt
war nur eines gewiss: Wenn sie blieben, wäre es bald aus mit
jeder Zukunft.

Und so ritten sie fort von der Gewissheit der Schrecken,

hinein in eine schreckliche Ungewissheit, aber sie hatten einander wieder, und sie glaubten, dass dies genug sei.

Sie redeten kaum etwas auf ihrem Weg, als wollten sie die Stille der Nacht nicht stören. Für all das, was zu sagen gewesen wäre, gab es ohnehin keine Worte. Nur ab und zu fanden sich ihre Hände und drückten sich. Aber dieser Verzicht auf Worte machte es auch leichter, die eine Frage niederzuschweigen, die der Mann ihr kein einziges Mal, nicht jetzt und nicht später, stellte: was bis zu seiner Ankunft auf dem Hof des Brenner geschehen war.

Dann hörten sie hinter sich die Pferde. Von weitem zunächst nur, so dass sie eine Weile beide so taten, als würden sie nichts davon mitbekommen. Aber irgendwann bemerkten sie die sorgenvoll lauschende Miene des jeweils anderen, und sie schauten einander an und erkannten, dass sie beide wussten, dass die Flucht doch entdeckt war. Von hinten näherte sich ihnen eine Gruppe in vollem Ritt. Und es war fraglich, ob sie – zumal auf einem jetzt schon von der doppelten Last erschöpften Pferd – dieser Verfolgung noch die ganze weite Strecke bis zum Ausgang des Tals entkommen würden.

Noch aber hatten sie den Vorteil, dass der kurven- und kuppenreiche Waldweg sie schützte; dass die Hufschläge ihres Pferds mit Sicherheit zu leise waren, als dass die herandonnernden Verfolger sie wahrnehmen würden. Als sich vor ihnen ein massiver Umriss aus der mondbeschienenen Dunkelheit schälte, war deshalb schnell, mit ein paar wortlosen Gesten, ein Plan gefasst: Sie würden sich in der Mühle verstecken, bis ihre Jäger ahnungslos vorbeigeprescht waren, und dann versuchen, sich auf entlegeneren Wegen irgendwie aus dem Tal zu schleichen.

Zum Glück fanden sie das Tor unversperrt. Sie führten ihr Pferd in den kahlen, kühlen Raum, in dessen Mitte der steinerne Rundlauf des Mühlsteins ruhte, und es schien ihnen, dass sie kaum die großen Flügel des Einlasses wieder hinter sich geschlossen hatten, als sie schon draußen die Reiter ankommen hörten. Sie wagten es nicht einmal, durch die Ritzen der unebenen Türbretter zu lugen. Sie drängten sich an die Wand, klammerten sich aneinander und versuchten, das Tier ruhig zu halten, indem sie ihm von der überall verstreuten Spreu zu fressen gaben.

Ihnen war, als trauten sie sich erst Minuten nachdem draußen die Hufschläge verklungen waren, wieder zu atmen. Dann aber wurden sie gewahr, wie eng aneinandergeschlungen sie dastanden. Und wie schwer ihr Atem ging. Und es war, als würde die ganze Situation, als würde alles, was sie hinter sich gebracht hatten und was vor ihnen lag, sie auf einmal überfallen.

Der Kuss, in dem sich ihre Lippen fanden, hatte nichts Zärtliches. Er war wie das hungrige Schnappen von Raubtieren, war ein lebensgieriges Beißen und Saugen, das bald ihre Münder an die Kehlen, an die Schultern und Brust des anderen führte. Sie zerrten und rissen an ihrer Kleidung, der Mann packte die Handgelenke der Frau und rang sie nieder auf die getreideübersäte Erde, sie wand sich frei und grub ihre Nägel in seine Haut. Es war ein Keuchen, Stöhnen und eifriges Wimmern zwischen ihnen, und dann endlich fanden sie sich, fanden sie die Vereinigung, auf die sie so lange gewartet, die sie sich so lange versagt hatten.

Aber wie sie da erhitzt und schwellend ineinanderstießen, das war kein Akt der Liebe. Das war ein verzweifeltes, zorniges, animalisches Besitzergreifen – eine Rückeroberung.

Es war ein verstandesloses Auslöschen der nicht gestellten Frage und der möglichen gefürchteten Antwort. Es war ein Ausrotten der bösen Saat des Zweifels.

Sie hatte gehört, wie der Huf ihres Pferdes den Schmied getroffen hatte, und sie hatte – selbst überrascht vom unerwartet vollen Erfolg ihres überstürzt improvisierten Plans – erlebt, wie der Stiefel den Priester so schwer mitten ins Gesicht getroffen hatte, dass es ihr den Schuh aus der Hand und sie fast selbst vom Pferd riss. Und sie hatte im Vorbeireiten noch gesehen, wie es Breiser daraufhin in einem derart perfekten Bogen aus dem Sattel hob, dass es unter anderen Umständen hochgradig komisch gewesen wäre, und wie er reglos wurde, noch bevor er auf dem Boden aufschlug.

Zudem war sie sich sicher, dass es Minuten dauern würde, bis die beiden Reiter auf der Brücke ihre Pferde gewendet, vom Balken losgebunden und den Weg für sie frei gemacht hatten, selbst wenn sie sich nicht um ihre verletzten und gestürzten Brüder und Kumpane kümmern würden.

Dies waren die Minuten, die ihr blieben.

Sie klammerte sich fest an den Hals des Pferdes und schlug ihm ihre Hacken in die Flanken. Und sie brüllte ihm zusammenhanglose Worte des Ansporns in die Ohren. Der Pfad war kaum zu sehen in der Dunkelheit, jede Unebenheit konnte den Tod bedeuten. Sie trieb und trieb wie eine Wahnsinnige das Ross an und hoffte blindlings, dass die schiere Angst sie beide über alle Fallen tragen würde.

Die Zärtlichkeit kam später, nachdem sie sich keuchend, erschöpft und halbnackt aufeinanderliegend wiederfanden und ihre Sinne zu ihnen zurückkehrten wie nach einem Rausch, der mit brodelndem Blut in die Köpfe gefahren war. Sie blieben an- und ineinandergeschmiegt liegen, streichelnd, flüsternd, hin und wieder still weinend, bis das silbrig weiße Mondlicht dem nüchternen Grau des sich ankündigenden Sonnenaufgangs wich. Dann wussten sie, dass es an der Zeit war, ihr Lager aufzugeben, bevor der Müller sie finden würde.

Sie brachten ihre Kleidung wieder in Ordnung, fröstelnd in der Morgenkälte. Vorsichtig stieß das Paar das Tor der Mühle auf, spähte nach beiden Seiten den Weg entlang nach Verfolgern. Dann eilten sie über die Brücke des Mühlbachs zum Rand des Waldes. Sie schlugen sich tief genug zwischen die Bäume, dass man sie von den Wiesen und Feldern aus nicht mehr leicht entdecken konnte, dass sie selbst aber noch in den Talkessel hineinspähen konnten. Anfangs geleiteten sie noch das Pferd an den Zügeln mit sich, doch in dem dichten Gehölz behinderte es ihr Vorankommen, und nach einer Weile beschlossen sie, bräuchten sie noch einmal ein Ross, dass sie es anderweitig finden würden, und sie gaben dem Tier die Freiheit. Sie hätten es eigentlich tiefer in den Wald führen und dort anbinden müssen, aber das brachte der Mann nicht übers Herz. Und so hofften sie einfach, dass, bis die Brennerschen das Pferd fanden, es keinen Aufschluss über ihren Aufenthalt mehr erlauben würde.

Das matte Grau der Morgenahnung wich langsam den glühenderen Farben der heraufkriechenden Sonne, und zwischen den Bäumen kamen nach und nach die ersten Anwesen an den Ausläufern des Dorfs in den Blick. Es wäre das Naheliegendste gewesen, sich zu einer der Familien des Paars zu schleichen, dort eine Weile Versteck und Verpflegung zu finden und sich dann in einem günstigen Moment vollends aus dem Tal zu stehlen. Aber gerade weil es so naheliegend war, wäre man dabei mit Sicherheit in die Arme der Verfolger gelaufen.

Doch an wen sollte man sich sonst wenden? Im Freien konnte man auf Dauer nicht bleiben, da es den Brennerschen ein Leichtes sein würde, die Wegschneise aus dem Hochtal über Tage hinweg ununterbrochen zu bewachen. Wem aber hier oben war sein Platz in der Gemeinschaft nicht wichtiger als das Schicksal zweier, die sich meinten auflehnen zu müssen gegen die altgewohnte Ordnung? Wer, in dessen eigener Familie man – sei's klaglos, sei's zähneknirschend – das vom Brenner geforderte Opfer einst gebracht hatte, würde seine Zukunft aufs Spiel setzen für zwei, die ihr Glück über das Gesetz erhoben?

Der Mann zog aus seiner Tasche einen Lederbeutel, dessen Inhalt er einmal leise aufscheppern ließ. Es war jener kleine, vorausschauend mitgeführte Schatz, der ihnen erlauben sollte, nach gelungener Flucht unten in der Ebene eine Existenz aufzubauen.

»I weiß, wer uns helfen werd«, sagte der Mann. Und er nahm seine Frau bei der Hand und führte sie, verborgen am Rand des Waldes, weiter in Richtung auf das Dorf zu.

Sie war über die Wiesen und Felder geprescht, wo sich das Tal in seiner Mitte bauchig weitete und ebener wurde, und sie war immerhin ein wenig zu Atem gekommen, da sie hier nicht jeden unsicheren Tritt mit einer Wurzel, einem tiefhängenden Ast, mit einer unvorhergesehenen Wendung des Wegs rechnen musste.

Ihr Blick reichte nun schon bis zu den ersten, einsamen Höfen, die als Außenposten des Dorfs erschienen. Sie zwang sich, diese vagen Vorboten der Hoffnung zu fixieren, und gestattete sich nur etwa jede Minute – ein Abstand, der ihr wie Stunden erschien – ein angstvolles Umschauen. Doch noch war von den Verfolgern nichts auszumachen, obwohl sie glaubte, hinter sich Hufdonner heraufziehen zu hören. Aber ob das wahrhaft so war oder ein Angsttraum ihrer Einbildung, das war schwer zu sagen angesichts des in den Ohren dröhnenden Hämmerns ihres Pulses.

Sie würde – das hatte sie so kühl beschlossen, wie ihr panischer Verstand zuließ – links am Dorf vorbeireiten. Sie war sich sicher, dass dies der kürzere Weg zum Durchlass in die

Ebene sein musste. Und sie redete sich ein, dass diese Entscheidung wirklich nichts damit zu tun hatte, dass sie so auch noch einmal einen Blick würde werfen können auf ihr Elternhaus.

Aber je näher sie dem Dorf kam, desto stärker wurde die Versuchung, die Zügel doch nach rechts zu reißen. Weil es der Frau schien, es könnte leichter sein, das Haus der Eltern gar nicht mehr zu sehen, als seiner ansichtig zu werden und es doch verboten und unerreichbar zu wissen. Je näher dieser Moment rückte, desto unsicherer war sie, ob sie wirklich den Galopp würde durchhalten können, ohne die Eltern noch einmal zu umarmen, ohne ihnen Wiedersehen zu sagen – und vor allem sie zu warnen.

Aber jeder Meter, jede Minute konnte darüber entscheiden, ob diese wahnsinnige Flucht gegen jede Wahrscheinlichkeit doch gelingen würde. Und so lenkte sie das Pferd, aus dessen Nüstern der Schaum flog, nach links, hieb ihm weiter die Hacken in die Flanken. Und machte ihr Herz hart gegen den bevorstehenden Anblick des Abschieds.

Von Anfang an fühlte sie sich in dem Laden wie in einer Falle. Für einen Moment hatte sie erleichtert aufgeatmet, als sie gebückt hastend die freie Wiese zwischen Wald- und Dorfrand hinter sich gelassen hatten. Als sie unentdeckt um die drei, vier Hausecken geschlichen waren und – nachdem sie eine ewig lange, bange Weile geklopft hatten, verzweifelnd zwischen der Notwendigkeit einerseits, dies laut genug zu tun, um die Bewohner des Hauses zu wecken, aber andererseits der Angst, es könnte sie dabei auch von den Umliegenden jemand hören – sich dann endlich, endlich die Hintertür aufgetan hatte und sie der Krämer, im Nachthemd und mit schlafumnebelten Augen, erstaunt angestarrt, aber dann doch eingelassen hatte.

Eindringlich und gleichzeitig auf ihn einflüsternd hatten sie ihn beschworen, Ruhe zu bewahren. Was bei ihm leichter gelang als bei seiner Frau, die – ebenfalls im Nachtgewand, nur mit einem gehäkelten Umhang schicklicher gemacht – die Treppe herabkam und wissen wollte, was denn da los sei, dass man sie so früh am Morgen aus dem Schlaf zu reißen wagte.

Der Bursche und die junge Frau schilderten nicht zu ausführlich ihre Lage. Und auch wenn das Ladenbesitzer-Ehepaar sich gewiss selbst gut genug zusammenreimen konnte, was das Auftauchen der beiden unter diesen Umständen bedeutete, war es offenbar bereit, seinerseits die Dinge unbenannt zu lassen.

Die dickliche Frau jedoch hatte auch ohne ausgesprochene Gründe merklich wenig Lust, die Flüchtigen unter ihrem Dach zu beherbergen. Ihr Mann wirkte wenigstens zögerlich und unentschlossen, er strich sich über seinen Schnurrbart, durch sein schütteres Haar und murmelte vor sich hin von Christenpflicht einerseits, von Komplizenschaft in unrechten Dingen andererseits. Sie aber drängte ihn, dem jungen Paar lieber sofort als in wenigen Minuten die Tür zu weisen, und wirkte zornig, dass man sie und ihr Geschäft überhaupt in diese ungute Sache mit hineinzuziehen gewagt hatte.

Der junge Mann aber kramte seinen Lederbeutel hervor, und ihr Gesichtsausdruck änderte sich. Es müsse kein Dienst reiner Nächstenliebe sein, erklärte er. Da blitzten – in einer Weise, die der jungen Frau weniger gefiel als die abweisende Miene zuvor – die Augen der Ladeninhaberin auf. Wie viel genau einem denn ein Versteck wert sei, erkundigte sie sich. Und in ihrem Hinterkopf schien man sie schon das Geld zählen zu hören.

Kurz, man einigte sich, und der Ladenbesitzer, der in der Verhandlung wenig zu sagen gehabt hatte, wurde von seiner

Frau losgescheucht, im Lagerraum eine Ecke frei zu machen, wo das junge Paar zwischen Wand und Regalen, hinter ein paar Fässern, zwei verborgene Quadratmeter Boden haben sollte. Eine Wolldecke, ein Krug Wasser und ein halber Laib Brot wurden ihnen dazu gereicht, auf eine Weise, als handele es sich um einen Akt erstaunlichster Gastfreundschaft.

Und dann begann die zermürbende Zeit des Wartens, die fast schlimmer war als die wilde Jagd, bei der man wenigstens nicht zur Untätigkeit verdammt war. Nur am Wandel des Lichts, das durch das schmale Fenster am anderen Ende des Raums einfiel, konnte man überhaupt wahrnehmen, dass die Zeit verging und die Welt sich weiterbewegte. Als das Paar sich in dem Versteck eingerichtet hatte, war bereits die milchige Fahlheit des Vormorgens dem wärmenden Gold des Sonnenaufgangs gewichen. Im Lauf der Stunden hatte sich das vom Licht in die Kammer gezeichnete Rechteck zu seiner gewöhnlichen Tageshelle abgekühlt und war Zentimeter für Zentimeter über Wände und Boden gekrochen.

Der Mann und die Frau redeten nicht viel, denn Belangloses schien die Situation zu verbieten – und all das andere war zu groß und einschüchternd, als dass sie ihm durch Worte zusätzliche Kraft schenken wollten. Zudem fühlten die beiden sich belauscht und beobachtet. Sie zweifelten jedenfalls daran, dass an jedem anderen Tag ebenso regelmäßige Besorgungsgänge den Ladenbesitzer und seine Frau fast stündlich in die Vorratskammer führten.

So war dem Paar in seinem Versteck auch jede größere Nähe zueinander peinlich verleidet. Nur so viel nahmen sie sich selbst vor den Augen der Kaufleute heraus, dass sie aneinandergelehnt in ihrer Nische saßen, der Arm des Mannes um die Schulter der Frau gelegt, und dass sich immer wieder ihre Köpfe in Müdigkeit und Trostsuche zueinanderneigten. Es trug sie durch die Stunden, dieses kleine Zeichen ihrer

Liebe. Nach einer langen Weile flüsterte die Frau ihrem Mann etwas zu, und er nickte, zuckte mit den Schultern. Als das nächste Mal der Ladenbesitzer in die Kammer kam, nahm er ihn beiseite, sprach auf ihn ein, und kurz darauf kam der Krämer mit einem Nachttopf zurück, den er stumm mit einem Gesichtsausdruck überreichte, als wolle er den ungebetenen Gästen Vorwürfe machen, dass sie ihn nicht nur aus dem Schlaf gerissen und in eine gewisse Gefahr gebracht hatten, sondern auch noch mit solch kreatürlichen Bedürfnissen geschlagen waren. Aber was hätte es gebracht, ihn zu fragen, ob denn er und seine Frau als einzige Menschen auf Gottes grüner Erde über diesen Dingen stünden, und ihn damit gewiss nur noch mehr zu verärgern?

Und so warteten sie dem Abend entgegen, der den kleinen, vom Glas beschmutzten und vom Fensterkreuz geviertelten Flecken Sonne in ihrem selbstgewählten Gefängnis zuerst die Wand hochtrieb, dann erglühen und ersterben ließ wie den Docht einer ausgeblasenen Kerze. Es wurde kühler in der Kammer, und das Paar schmiegte sich enger aneinander. Sie schauten einander in die Augen und gaben sich einen aufmunternden Kuss. Es war ein zärtlicher, liebevoller, warmer und wunderbarer Kuss – aber einer, der sich in Genügsamkeit gefiel, weil er sich nur als einer in einer fortdauernden Reihe von Küssen glaubte. Wie unzureichend hätten sie ihn gefunden, wie anders hätten sie ihn ausgekostet, hätten sie gewusst, dass es ihr letzter sein würde.

Es waren nicht nur die Dunkelheit und der wildbewegte Ritt, die das Elternhaus vor ihrem Blick verbargen. Es war auch der Schleier von Tränen, den sie mit allem Blinzeln und Zähnezusammenbeißen nicht ganz zum Vertrocknen brachte, der die Konturen verwischte und die Welt um sie verfließen ließ. Ein Stück erhaschte sie dennoch von der weißgetünchten Wand des Gebäudes, das sich nahe dem Dorfrand zwischen die anderen Häuser drückte. Dessen war sie sicher.

Aber schließlich erlaubte sie bloß noch einem stoßartigen, die Kehle bis tief hinab aufreibenden Schluchzer zu entkommen, und dann wischte sie sich das Nass aus den Augen und richtete den Blick mit aller Willenskraft nur noch nach vorne auf ihren Weg. Denn sie hatte Angst davor, dass Gewissheit wurde, was ihre Ohren jetzt wirklich mehr hörten als ahnten: dass man ihr auf den Fersen war.

Ihre eine, große Hoffnung war, dass ihre Jäger noch nicht sehen würden, dass sie am Dorf vorbeipreschte. Sie betete, dass man den Ort nach ihr absuchen würde, überprüfen, ob sie ein Versteck gefunden hatte. Das könnte ihr die entscheidenden Minuten bringen.

Immer schwerer wurde es, ihr Pferd noch zum Durchhalten des Galopps anzutreiben. In großen Flocken blies ihm der Schaum aus den Nüstern, die Frau glaubte durch Fell und Muskeln zu hören, wie der Atem keuchend durch seinen muskulösen Hals pumpte.

Wenigstens schien der dunkelste Tiefgrund der Nacht überwunden, nach und nach erwachten, noch farblos, die Dinge der Welt wieder von der Formlosigkeit zum Sein. Und es war nicht mehr weit bis zum Schlund des Tals. Die Häuser hatte sie jetzt alle hinter sich gelassen, sie war auf dem letzten Stück des Weges. Durchhalten, durchhalten, nur nach vorne schauen, so hämmerte es durch ihren Kopf, und sie beugte sich noch tiefer über den Hals des Pferdes und schlug dem Tier erbarmungslos ihre Füße in die Flanken.

Da hörte sie aufgeregte Rufe hinter sich.

Sie trauten sich kaum atmen, still aneinandergepresst kauerten sie in der Ecke der dunklen Vorratskammer und hielten sich gegenseitig die Hand vor den Mund. Aber der Atem ging so laut, dass man ihn draußen gewiss hören musste! Draußen, wo Hufgeräusche vor dem für die Nacht versperrten Laden zum Stehen gekommen waren und jemand hart und entschlossen gegen die Tür geklopft hatte. Und bestimmt, bestimmt würde man losschreien müssen oder wie irr auflachen, weil man sonst die Anspannung nicht aushielt.

Aber sie blieben beide stumm, und sie hörten, wie draußen das Krämerpaar die Treppe herabkam und nach einem »Wer ist da?«, auf das sie die Antwort nicht verstehen konnten, die Ladentür aufriegelte. Eine große Menge schwerer Schritte stapfte daraufhin in den Verkaufsraum – es mussten mindestens drei, vier Männer sein, die da Einlass gefunden hatten.

»Mir suchen wen«, ertönte, jetzt auch für die Flüchtigen vernehmbar, die Stimme von einem von ihnen. Und die Frau wurde todblass, denn sie erkannte die Stimme nur zu gut.

Sie begann zu zittern, und ihr Mann nahm sie fester in den Arm, führte seinen Zeigefinger an den Mund und hauchte ein »Pssst!«.

Noch war nichts verloren.

Draußen leugnete der Krämer, das Paar gesehen zu haben, das ihm die Männer beschrieben. Nein, auch vorbeigekommen waren sie hier nicht, gewiss nicht. Aber seine Stimme hatte keinen sicheren Stand.

Noch einmal wurde er gefragt, und nun sprang ihm auch seine Frau bei. Vehement bekräftigte sie seine Angabe.

Für einen Moment herrschte darauf Ruhe.

Aber es schien gerade diese Vehemenz mehr Verdacht geweckt zu haben als die Verschüchtertheit des Krämers.

»Soso«, hörte man den ältesten der Brenner-Söhne – denn um niemand anderes handelte es sich – nachdenklich brummen. Und dann tat er ein paar Schritte, wohl auf die Frau zu.

Wieder herrschte Stille, und das junge Paar konnte sich nur zu gut vorstellen, wie der Bärtige aus nächster Nähe das Gesicht der Krämersfrau musterte. Sie hielten den Atem an.

Dann aber kehrten die Schritte um, die der anderen Männer gesellten sich dazu, und es war schon zu hören, wie die Ladentür geöffnet wurde.

Die Versteckten sahen sich mit großen Augen an, drückten sich, wagten die Vorahnung eines Lächelns, trauten sich aber noch nicht, ganz an ihr Glück zu glauben.

Da hielten die Schritte ein.

»Wennsd' doch was siehst«, erklang – als hätte sie sich eben noch an etwas erinnert – die Stimme des Bärtigen, und man vernahm, wie er etwas hervornestelte, das in seiner Hand ein pralles, metallenes Klingen ertönen ließ. »Wennsd' doch was siehst ... 's soll net zu dei'm Schaden sein«, versprach er.

Die Anflüge von Lächeln verließen die Gesichter des Paares.

Wieder gab es eine Pause.

Und dann fiel die Ladentür ins Schloss.

Aber es waren zuvor keine Schritte erklungen, die hinausgeführt hätten.

Der Mann und die Frau wurden bleich. Sie hatten nicht gehört, dass die Krämerin dem Brenner-Sohn geantwortet hätte. Aber einen Atemzug später wurde ihnen klar, dass der Verrat wortlos erfolgt sein musste, durch wohlweislich stumme, ihrerseits zum Stillsein auffordernde Blicke und Gesten. Denn auf einmal polterten die Schritte einer ganzen Gruppe durch den Laden.

Der Mann war aufgesprungen in seinem Versteck, um einen Fluchtweg zu suchen oder wenigstens eine Möglichkeit, sich zu verteidigen.

Es war zu spät. Einen Herzschlag später flog krachend die Tür zum Lagerraum auf.

Ihre letzten Minuten in dem finsteren, engen, höllischen Hochtal waren wie ein Rausch von Huf- und Herzschlag, keuchendem Atem, ausgelöst von der fast körperlich ihr Inneres zerreißenden Angst, dass sie es nicht schaffen würde.

Ihre Ohren verstärkten jeden Laut, der von hinten an sie drang, ins Riesenhafte. Die Frau meinte geradezu zu spüren, wie sich die Arme der Verfolger schon nach ihr ausstreckten und nur knapp an ihr vorbeihaschten. Bis ein Blick nach hinten – zwischen Achsel und Körper hindurch, um ihre fast liegende Haltung auf dem Pferd nicht aufgeben zu müssen – sie versicherte, dass in Wahrheit ihre Jäger erst noch kleine Punkte am Rande zur Sichtbarkeit waren.

Allein, verloren in den Ausläufern der Nacht, inmitten der undeutlichen Felder reitend, rasend, die Todesgefahr hinter ihr grade an der Grenze zum Greifbaren: Dieser Moment schien sich auf einmal ins Unendliche auszudehnen, er fraß alle Vergangenheit und Zukunft. Für einige fatale Sekunden war die Fliehende überzeugt, dass der hastende Rhythmus der Körper sich nur noch endlos wiederholend durch die Zeit erstrecken könnte, aber keine Bewegung vorwärts im Raum möglich war. Es fehlte nicht viel, dass sie über dieser Illusion tatsächlich den Verstand verloren hätte.

Da aber wurde buchstäblich ein Ende, wurde die Hoffnung auf Rettung sichtbar. Vor ihr wurde die Fläche schmal und dunkel, es schälte sich die Stelle aus Vormorgengrau und Frühmärzdunst, an der die Wände des Talkessels sich schlossen und der Hochebene ihre Grenze setzten. Es war eigentlich ein Anblick der Beklemmung und des Eingeschlossenseins, aber der Fliehenden gab er noch einmal Kraft. Denn er war für sie Zeichen, dass diese abgeschlossene Welt, die ihr so Unge-

219

heures angetan hatte, antun wollte, ein Ende kannte. Dass in Wahrheit ihre Verfolger selbst schon immer Gefangene waren in dem engen Kosmos, den sie sich selber schufen.

Sie riss sich zurück von der Klippe zur Verzweiflung, und ihre Entschlossenheit kehrte wieder. Sie würde nicht aufgeben, jetzt nicht mehr, solange noch ein Funken Leben in ihrem Leib war.

Sie raste auf die felsige Wand zu, schwarzgrau, starr und gleichgültig, die ihr Heil bedeutete.

Drei Männer drangen in die Vorratskammer, und der Kampf war entschieden, bevor er recht begonnen hatte. Ein umgeworfenes Regal, geschleuderte Töpfe und Krüge, ein herausgerissenes Brett als improvisierte Waffe genügten nur für Sekunden, das Unausweichliche hinauszuzögern. Ein Hieb des Schmieds gegen die Schläfe ließ den Gestellten auf den Boden sacken, als hätte man ihn dort hingeschüttet wie einen Eimer Kohle. Und dass die Frau den Bärtigen, als der sie packte und hochriss, in die Hand biss, das entlockte dem nach einem kurzen Schrei mehr der Überraschung als des Schmerzes nur ein kräftiges Lachen.

So wurde das Paar aus dem Laden geführt, geschleift, und die Frau erhaschte einen letzten Blick auf die Krämersleute. Der Mann hatte sich hinter den Tresen verdrückt und mied ihre Augen, blickte verschämt auf seine Schuhe. Die Krämersfrau aber, einen prallen Lederbeutel in einer Hand, erwiderte stumm herausfordernd den Blick und schien mit ihren zusammengepressten, an den Mundwinkeln selbstgefällig sich nach oben beugenden Lippen zu sagen: ›So ergeht es Leuten, die sich dem Gewohnten widersetzen. Die anderen Leuten unwillkommene Scherereien machen. Und vor allem die nicht genug zahlen. Und es geschieht ihnen recht.‹

Bald waren sie, aus sicherem Abstand, aber mitleidlos beobachtet von manchem Talbewohner, unter ersten, noch zurückhaltenden Schlägen und verachtenden Worten an den Rand des Dorfs gebracht, in die Nähe einer Scheune. Und der eine Brenner-Sohn hatte die Frau gepackt und im Staub in die Knie gezwungen, und die anderen hatten sich – nun ernsthaft und methodisch in ihrer Gewalt – über den Mann hergemacht. Und Breiser, der Pfarrer, hatte das Gesicht der Frau gepackt und gebrüllt: »Schau hin!«

Wie sie es geschafft hatte, vermochte sie später selbst nicht mehr wirklich zu sagen. Geordnetes Bewusstsein und Erinnerung setzten erst wieder viel später ein, als sie in Sicherheit war. Als ein Bauer sie auf dem Weg zu seinen Feldern aufgelesen hatte, ohnmächtig, mit zerrissenem Gewand, zerschundenen Knien und Händen, und sie in die nächste Ortschaft am Fuß der Berge gebracht hatte. Wo sie in einem frisch bezogenen Bett in einer hellen Schlafstube die Augen auftat und sich für einen Moment im seligen Jenseits wähnte.

In ihren Träumen aber waren die Bilder von ihren letzten Minuten im Hochtal noch lebendig: wie in der Wand die Spalte erkennbar geworden war, durch die der einzige Weg in die Freiheit führte, sie ihn erreicht, mit einem Zügelriss das schaumspeiende, augenrollende Pferd zum Stehen gebracht hatte, das unter ihr, restlos entkräftet, halb zusammenbrach, so dass sie mehr aus dem Sattel flog und rollte als sprang. Und plötzlich war sie *draußen* gestanden, hatte zum ersten Mal in ihrem bewussten Leben einen anderen Horizont vor Augen als den Steinkessel des Hochtals, hatte weit unter sich schier endlos scheinende Wiesen, Felder, Wälder und Orte gesehen, die in der unsichtbaren Ferne erst dort endeten, wo der Himmel begann, und an diesem Saum sog sich ein erstes, zaghaftes Blau in den schwarzen Samtvorhang der Nacht.

Es war wohl gut, dass sie in ihrer Panik außer sich war, dass ihr Bewusstsein keine Mitsprache hatte, sondern nur Instinkt und blinde Muskelweisheit sie trugen, dass kein Gedanke ihr die Unmöglichkeit und Lebensgefährlichkeit dessen vorführen konnte, was sie tat. Sie flog gleichsam den Berg hinab, ihr rasender Schritt fand, schien es, manchmal den Kontakt mit dem Boden nur noch, wie große Vögel beim Aufschwingen ein-, zweimal mit den Füßen die Erde berühren, bevor ihre Flügel sie endlich vollends tragen. Und ein-, zweimal verlor die Frau tatsächlich den Halt, stürzte kopfüber die Steile hinunter. Aber immer fing sie sich im Fallen, fand noch im Sichüberschlagen wieder auf die Beine, nahm den rasenden Lauf auf, als hätte es keine Unterbrechung gegeben. Und sie hörte keine Verfolger mehr hinter sich.

Sie fand nie heraus, ob man sie verloren und freigegeben hatte, sobald sie das Hochtal verlassen hatte, oder ob nur die Jäger – den Wahnsinn mangelnd, den ihre Angst ihr verlieh – keine Chance fanden, den Abstieg annähernd halsbrecherisch schnell anzugehen, und deshalb schließlich zu weit zurückblieben.

Sie jedenfalls hörte nicht auf zu rennen, bis der Boden unter ihren Füßen eben geworden war, die Bergwand ein gutes Stück hinter ihr lag und sie sich, während die ersten Sonnenstrahlen an den Wolken nah dem Horizont leckten, auf einem Feldweg wiederfand, umringt von Äckern mit zart grünenden Keimen. Wo sie für einen Augenblick ihren Verstand zurückerlangte und begriff, dass sie am Leben war und in Freiheit. Um im nächsten Moment, übermannt, überflutet von Erleichterung, Erschöpfung und Trauer um jenen, der oben geblieben war, ins Schwarz der Ohnmacht zu tauchen, so schnell und tief, dass sie schon nicht mehr mitbekam, wie ihr Körper auf dem Feldweg niedersank.

Der Ort, in den der überraschte Bauer sie gebracht hatte, war groß genug, dass dort ein Arzt wohnte. Und zu jenem hatte der einfache, aber gutherzige Mann sie transportiert, besorgt und verschüchtert, als wäre er als Finder dieser Unglücklichen für ihren Zustand verantwortlich. Er kehrte nicht zu seinem unterbrochenen Tagwerk zurück, bis nicht der Doktor ihm hoch und heilig versichert hatte, dass keine akute Gefahr bestünde – dass es sich offensichtlich lediglich um einen Fall völliger Entkräftung handelte. Und in den folgenden Wochen stattete er dem Herrn Medicus immer wieder Besuche ab, um sich über das Wohlergehen der Patientin zu erkundigen.

Von Mal zu Mal durfte er Erfreulicheres hören. Die Frau kam schnell wieder zu Kräften. Körperlich fehlte ihr wenig, die Erschöpfung und die Schürfwunden waren durch die Pflege sehr bald Vergangenheit. Und nur nachts, wenn die Frau in Alpträumen gefangen brüllte und rief, dass es bis in die Kammer des Doktors hallte, ließ sie sich unfreiwillig anmerken, dass sie keineswegs allem entkommen war, was sie hierhergeführt hatte.

Aber sie weigerte sich beharrlich, auch nur mit einem Wort darüber zu sprechen, was ihr widerfahren, wovor sie geflohen war. Minuten nachdem sie sich das erste Mal bei Bewusstsein allein gelassen in dem barmherzigen Bett fand, hatte sie die Schatten des Hochtals gefühlt, wie sie sich in ihrem Kopf ausbreiten wollten. Und da hatte sie entschieden – erstaunlich bewusst und sachlich, so wie man entscheidet, welche Beeren man von einem Strauch brockt und welche noch nicht reif sind –, eine Wand zu errichten zwischen sich und allem Vergangenen. Weil sie spürte, dass sie dessen Macht anders nicht gewachsen war, dass es ihren Geist und ihre Tage sonst auffressen, dass es ihr alles vergiften und schal machen würde. So beschloss sie, dass sie ihr Ich abschotten, dass sie jedes aufsteigende Bild jäh und gnadenlos niederkämpfen und fortsperren würde. Und dass sie also auch auf alle gut meinenden und mitfühlenden Fragen des Doktors nichts sagen durfte und konnte.

Da sie aber auch keine Angaben machte über Heim und Familie, behielten der Arzt und seine Frau, die ihren unerwarteten Gast bald liebgewonnen hatten, sie als Haushälterin bei sich. Sie dankte ihnen dies fleißig und redlich und ließ das Paar, das langsam in die Jahre kam, bald vergessen, dass es eigentlich nie wirklich Arbeit genug für eine Haushälterin gegeben hatte.

Sie mochte die Arbeit im Haus. Hier konnte ihr Blick nie weiter als ein paar Schritt wandern, bis er auf eine Wand traf, weiß, fest und undurchdringlich. Wenn sie draußen war, dann schweiften ihre Augen. Dann wollten sie immer hin zum Berg, dann kletterten sie unweigerlich den Hang hinauf.

Und blieben schließlich an dem fernen Gipfelkreuz hängen, das von hier unten nicht mehr war als zwei winzige Striche. Aber an klaren Tagen, da war sie überzeugt, dass dort noch etwas zu sehen war. Dass die Striche dicker und unregelmäßiger waren, als sie hätten sein dürfen, wenn es sich nur um nackte Holzbalken gehandelt hätte.

Und da blieb sie oft stehen und schaute, und es fiel ihr schwer, sich loszureißen. An diesen Tagen war sie froh, wenn sie zurück war in ihrer engen Kammer und in jeder Himmelsrichtung nichts um sich hatte als Wände, Mauern.

Sie war zwei Monate in jenem Dienst, der mehr wirkte wie eine Adoption, da nahm der Doktor sie zur Seite. Er stellte ihr ein paar Fragen, dann bat er, sie in ihrer Kammer näher sehen zu dürfen. Und so wurde ihr Gewissheit, was sie schon längst geahnt hatte: dass sie ein Kind unter ihrem Herzen trug.

Ein seltsames, tiefes, nachdenkliches Lächeln kam über

ihr Gesicht. Und wenige Tage darauf verkündete sie dem Doktor sichtlich schweren Gemüts, aber mit unbeirrbarer Entschlossenheit, dass sie den Ort verlassen müsse. Seine überraschten und besorgten Einwände musste sie zwar alle anerkennen, und sie vermochte als Grund für ihr Fortgehen nichts anderes zu nennen, als dass sie nicht wollte, dass ihr Kind hier, im Schatten dieses Berges zur Welt kommen und aufwachsen, dass ihr Kind diesen Berg je sehen würde. Stur weigerte sie sich, dazu mehr zu sagen. So konnte der Doktor den Grund für ihre Entscheidung nie verstehen. Aber er war Menschenkenner genug, um zu begreifen, dass es für die Frau tatsächlich notwendig und unabwendbar war zu gehen. Und sosehr ihm und seiner Frau die Fremde so etwas geworden war wie das Kind, das sie selbst nie hatten, so beschloss er doch, ihr nicht auch noch das offenbar unausweichlich Bevorstehende schwerer zu machen, als es ohnehin war.

Und so verließ sie das Dorf und die Ebene, und das Einzige, was sie davon mitnahm, waren ihre Albträume.

Jahrzehnte später fanden die Frau eine halbe Welt entfernt, auf einem anderen Kontinent – inzwischen ergraut, aber noch immer mit dem wiedergefundenen Lächeln ihrer Jugend, und glücklich. Sie lebte in einem erblühenden Städtchen an der langsam sich der Zivilisation ergebenden Westküste. Bis vor kurzem hatte sie dort als Lehrerin gearbeitet, hatte einigen Generationen von Schülern das Rüstzeug gegeben, als in den wesentlichsten Dingen gebildete Menschen zu leben und ihren Geist zu gebrauchen. Ihr Mann, der sie noch immer glühend liebte, hatte es zum Bürgermeister des Städtchens gebracht, und sie hatte ihn nicht ein einziges Mal merken lassen, dass es Tiefen ihres Herzens gab, in denen er nie ruhen würde, weil der Zugang dorthin mit Narben verwachsen war. Er war ihrem Buben so gut Vater gewesen, wie das eben ging, wenn der Sohn schon kein Kind mehr war, als er den neuen – und für ihn ersten – Mann im Leben der Mutter kennenlernte.

Und inzwischen war ihr Sohn selbst ein junger Mann geworden, gesund, kräftig, ihr gegenüber liebevoll. Und mit einem Talent gesegnet: dem des Künstlers.

Der aufregendste Moment dieser ruhigen Jahre – dieser Jahre, in denen ihr Leben endlich einen Ankerplatz fand – war, als ihr Junge sie bat, ihm Modell zu sitzen. Das war kurz nachdem sie Ausstand in ihrer Schule gefeiert hatte, weil ihr Mann sie mehr für sich haben wollte. Und vielleicht hatte ihr Sohn gespürt, wie seltsam ihr diese ersten ungewohnt leeren, aufgabenlosen Tage waren.

Er hatte sich Zeit genommen – viel mehr als für seine Landschaftsbilder, mehr auch als für die wenigen anderen Porträts, die alle eine aufkeimende Meisterschaft erkennen ließen. Zwei Tage hatte er sie zunächst nur skizziert, hatte mit seinem Kohlestift wieder und wieder versucht, etwas auf der Leinwand einzufangen, das mehr war als bloße äußere Ähnlichkeit und das sich seinem Zugriff nicht so leicht fügen wollte. Und fast eine Woche hatte er sich danach genommen, dieses Flüchtige bei der gleichsamen Fleischwerdung des Gesichts in Ölfarben nicht wieder zu verscheuchen. Gelegentlich verlor er über die Unzufriedenheit mit den eigenen Fähigkeiten die Geduld mit dem Vorbild, dem Modell. Und herrschte sie geradezu an, ihren Gesichtsausdruck nicht zu verändern oder den Kopf in genau diesem oder jenem Winkel zum Licht zu halten. Und erschrak dann über sich selbst, wurde rot, bat sie vielmals um Verzeihung, verließ manchmal die Leinwand, um ihr mit einer kleinen Zärtlichkeit zu zeigen, wie leid ihm diese Harschheit tat. Dabei verstand sie ohnehin, dass es just die Liebe zu ihr war, die ihn überhaupt dazu getrieben hatte: Nicht ihr Porträt sollte auf diese Leinwand, sondern die Gefühle des Malers für sie, seine Mutter. Und jedes Scheitern an diesem Anspruch war für ihn ein Verrat an ihr, drohte für ihn zum Zeichen zu werden, dass nicht sein künstlerisches Vermögen, sondern dass seine Liebe der schwache Faktor in der Gleichung sein könnte.

Nie hatte sie mit einer Menschenseele über das gesprochen, was sie erlebt hatte, bevor sie einst im Haus des Arztes aufgewacht war. Und eigentlich war es ihr fester Wille gewesen, all das unausgesprochen mit ins Grab zu nehmen. Die Mauer war dick und stark geworden mit den Jahren. Und wenn in diesem oder jenem Monat doch einmal wieder ein Albtraum den Weg durch eine Ritze gefunden hatte, wenn er ihr Nachtbewusstsein packte und mit sich zurückriss in die Welt hinter der Wand, dann schrie sie immerhin schon lange nicht mehr im Schlaf. Dann warf sie sich schlimmstenfalls zwei-, dreimal unruhig hin und her, und wenn ihr Mann es überhaupt bemerkte, dann gab er die Schuld dem Vollmond.

Wirklich erklären konnte sie sich selbst nie, was sie dazu brachte, ihren Vorsatz zu ändern. Aber in der Woche, die sie starr und zumeist stumm inmitten ihres Zimmers auf einem Stuhl saß – leicht geblendet vom durchs Fenster auf ihr Gesicht fallenden Sonnenlicht, den Blick auf ihren Sohn gerichtet, so wie der Blick ihres Abbilds später auf den Betrachter zu fallen scheinen sollte –, da geschah etwas in ihr, mit ihr. Es hatte etwas zu tun mit dieser Liebe, die sie spürte. Die sie selbst für ihr Kind spürte und die sie an ihm für sich fühlte. Aber es hatte auch etwas zu tun mit den herrischen Momenten, die ihn anfielen, mit der Ungeduld, dem Zorn, dem Willen, die daraus sprachen. Vielleicht aber hatte es am meisten schlicht damit zu tun, dass es der erste Moment seit ihrem damaligen Erwachen war, an dem sie zu fliehen aufgehört hatte.

An dem sie einfach dasaß und sich – halb durch die Augen ihres Sohns – selbst betrachtete.

Am Tag bevor das Porträt vollendet werden sollte, am Ende der vorletzten Sitzung, sagte sie jedenfalls plötzlich zu ihrem Jungen: »Ich muss dir etwas erzählen.« Sie sagte es auf Deutsch, einer Sprache, die ihr seit Jahren nicht mehr über die Lippen gekommen war. Sie war selbst fast überrascht, dass sie gesprochen hatte und was dabei ihre Worte gewesen waren. Doch in dem Augenblick war ihr auch klar, dass sie sie nicht zurücknehmen würde. Dass sie keine Ausflüchte machen oder eine belanglose Geschichte zum Besten geben würde. Sie war ganz ruhig vor dem, was sie nun tun würde, tun musste.

Sie winkte ihren Sohn zu sich und bedeutete ihm, vor ihrem Stuhl auf dem Boden Platz zu nehmen. Er schaute sie etwas verdutzt an, aber mit einem bloßen Nicken sagte sie ihm, dass dies seine Ordnung habe, dass dies nun so sein müsse. Und er spürte, dass dieser Moment ihm nichts anderes gestattete, als widerspruchslos zu gehorchen.

Und dann hob sie an zu erzählen.

Sie berichtete ruhig und nüchtern, fast flüsternd, aber mit lebendigster Erinnerung. Es war, als betrete sie ihr Gedächtnis wie eine lang verschüttete Schatzkammer und schildere einfach, staunend und genau, was sie dort, von Raum zu Raum ziehend, vor Augen hatte.

Ihr Sohn hörte schweigend zu und gebannt, und nach einer Weile legte er seine rechte Hand auf ihr Knie. Sie lächelte und bedeckte sie mit ihren beiden Händen.

Sie sprach und sprach, und auch als die Sonne längst hinter dem Fenster verschwunden war und das Zimmer nach und nach völlig von den Schatten bekrochen wurde, erhob sich keiner von den beiden, ein Licht anzuzünden.

Manchmal liefen ihre Augen mit Tränen über, aber sie ließ diese einfach die Wangen hinabrinnen, schluchzte nicht, ließ in ihrer Stimme davon nichts merken außer dem allerleichtesten Beben.

Als die Zeit zum Abendessen unbeachtet gekommen und verstrichen war, klopfte es kurz, und ihr Mann schaute besorgt zur Tür herein. Sie versicherte ihm mit einem Lächeln, dass alles in Ordnung sei, und bat ihn mit einem zärtlichen Wink, sie alleine zu lassen. Er schaute noch eine Sekunde prüfend in ihr Gesicht und folgte ihrer Aufforderung dann willig und wortlos – ließ sie lediglich durch eine Geste wissen, dass er zu ihrer Verfügung stünde, aber ihr alle Zeit gab, die sie glaubte zu benötigen. Nie kamen ihre Gefühle für ihn großer Liebe näher als in diesem Moment.

Sie sprach und sprach, und sie beschönte, sie verschwieg nichts. An manchen Stellen ihrer Erzählung wollte sich die Hand auf ihrem Knie ballen, verkrampfen, aber sie hielt sie fest, streichelte sie mit zärtlicher Kraft. Sie drückte ihrem Sohn sanft, aber unnachgiebig auf die Schulter, wenn er aufspringen wollte. Sie legte einen Finger an die Lippen, wenn er etwas ausrufen, einwenden wollte.

Sie sprach und sprach, und sie beschönte, sie verschwieg nichts.

Sie erzählte bis zum bitteren Ende.

Und das Gesicht ihres Sohnes wurde finster vor Zorn.

✻

»Du hast meine Mutter gekannt«, sagte Greider zu Breiser. Und er wartete ein, zwei Augenblicke, bis er durch das Gitter des Beichtstuhls erkennen konnte, wie sich auf dem Gesicht des Priesters Erkenntnis breitmachte.

»*Sie?*«, stieß Breiser nach einem scharfen Luftschnappen hervor.

Und wie er das fragte, das verriet Greider, dass alles weitere Reden überflüssig war, dass beide – auch ohne einen Namen genannt zu haben – von derselben Frau sprachen.

Breiser musste im selben Moment gemerkt haben, dass dieses eine einzige Wort *seine* Beichte gewesen war. Und dass das Einzige, was ihn bisher am Leben gehalten hatte, seine Unwissenheit war. Weil der Fremde nicht wollte, dass der Priester starb, ohne einen Grund dafür zu kennen.

Breiser riss seine Hände hoch vors Gesicht, und es entfuhr ihm ein unartikulierter Laut, ein Bitten, das in seiner Überraschung und Dringlichkeit noch keine Sprache gefunden hatte.

Es kam alles zu spät.

Der Lauf des Gewehres krachte durch das zersplitternde Holzgitter, und in derselben Bewegung explodierte aus ihm ein Schuss, ohrenbetäubend in der abgeschlossenen Enge des Beichtstuhls. Die Kugel riss eine halbe schützende Hand weg und schlug, davon kaum gebremst, mitten in das Gesicht dahinter. Dieses nahm seinen Ausdruck von Erstaunen, Augen und Mund weit aufgerissen, in die Ewigkeit mit. Aus der Rückseite seines Schädels aber spritzten Breisers Erinnerungen, seine Schuld und sein Glauben an die Wand des Beichtstuhls.

Greider dröhnte der Donner des Gewehrs in den Ohren als klingelndes Pfeifen nach. Für eine Weile war er taub für die Welt. Er trat in einer Wolke aus beißendem Pulverdampf aus dem Beichtstuhl hervor und zog den Vorhang auf der Seite des Pfarrers zurück. Er betrachtete das grausige Ergebnis seiner Tat, und wenn dabei auf seinem Gesicht irgendetwas zu sehen war außer Teilnahmslosigkeit, dann war es eine nüchterne Konzentration wie die eines Mannes, der sich etwas einprägen, etwas für späteren beliebigen Gebrauch auswendig lernen möchte. Und der Hauch eines zufriedenen Lächelns.

Nachdem Greider den unheiligen Anblick ausgiebig studiert hatte, schien er einen Moment zu überlegen. Dann ließ er die Leiche einfach sitzen, wo sie saß, und schloss lediglich wieder den schwarzen Vorhang. Heute würde niemand mehr zurück in die Kirche kommen.

Greider blickte zu den Fenstern und schätzte den Stand der Sonne. Er hatte noch Zeit. Er schritt zur vordersten Kirchenbank, streckte sich darauf der Länge nach aus, schob sich zwei Gesangbücher statt eines Kissens unter den Kopf und zog den Hut ins Gesicht. Dann schlummerte er seelenruhig ein.

XV

Als Greider die Kirche verließ, neigte sich die Sonne schon wieder dem Horizont zu. Und dort lauerten bereits Wolken auf sie, die dunkel und fett am Schnee schwanger trugen. Das Wetter wollte umschlagen.

Greider ging zu seinem Maultier, das klaglos an der Stelle wartete, wo er es an den Zaun des Friedhofs gebunden hatte. Er machte es los, und das Tier ließ mit einem kurzen Tänzeln, einem nachdrücklichen Senken und Heben des Halses seine Freude auf die bevorstehende Bewegung erkennen.

Greider streichelte ihm über die Stirn. Doch bevor er aufsaß, schaute er auf den Gottesacker jenseits der Metallstäbe. Sein Blick suchte jene inzwischen auch bereits fast vom Weiß gleichgemachte Stelle, an der vor kurzem zwei neue Gräber geschaufelt waren. Und es wirkte, als wollten seine Augen messen, wie viel Platz um diese beiden Totenstätten noch frei sei.

Der Kutschwagen ratterte in den frühen Abend hinein. Zwei Männer saßen auf dem Bock, zwei begleiteten ihn zu Pferde.

Und auf den Sitzbänken seiner Ladefläche thronte eine junge Frau. Sie kamen von der Hochzeitsfeier, deren Lärm und Licht sie seit bald einer halben Stunde hinter sich gelassen hatten. Die Männer waren die Söhne des Brenner, die Frau war Luzi – aber die Szene war nur die Wiederholung eines alten Schauspiels, das allein in der weiblichen Hauptrolle einen ständigen Wechsel kannte.

Wie so viele Bräute zuvor war Luzi aus dem Wirtshaus geführt worden, während die übrigen Dorfbewohner noch feierten, und wie bei so vielen Bräuten zuvor hatten manche so getan, als bemerkten sie das gar nicht, und manche hatten sie mit Blicken des Mitleids, der kalten Neugier oder auch des Hohns verfolgt. Wie so viele Bräute zuvor hatte Luzi versucht, den Kopf trotzig hoch- und die Tränen zurückzuhalten, und wie so vielen war es ihr schwer geworden. Und wie so viele Männer zuvor hatte Lukas hilflos danebengestanden, mit geballten Fäusten und zitternd vor nutzloser Wut. Er hatte sie mit hinaus vor das Wirtshaus begleitet, hatte dort noch einmal ihren Arm gefasst und sie an sich gezogen, einen Kuss auf ihre Lippen gedrückt, bevor ein Brenner-Sohn ihn fortschob und ein anderer Luzi um die Hüften nahm und auf den bereitstehenden Wagen hob.

Und wie am Ende so vieler Hochzeitstage zuvor waren sie dann losgefahren, in das Innere des Tals hinein, auf den Hof des wartenden Brenner zu. Während hinter ihnen die in starrer Verzweiflung stehende Figur Lukas' kleiner und kleiner wurde.

Es war wieder kühl geworden, vor allem für ihre von der überfüllten Wirtsstube erhitzten Körper. Die Sonne, obwohl noch ein gutes Stück von ihrer Abendruhe entfernt, war bereits hinter den Kuppen des Bergkessels verschwunden, und es roch nach Schnee. Anfangs hatte noch der ein oder andere der Männer Frotzeleien von sich gegeben. Doch Luzi hatte beharrlich auf keine davon reagiert – was eine Verteidigung eines Rests von Würde sein mochte, vielleicht aber auch ein Fügen in ihre Rolle in diesem alten Schauspiel, von dem sie spürte, dass es eigentlich keinen Text kannte, dass auch die schlüpfrigen Kommentare nur halbherzige, unangebrachte Improvisationen waren. Und als hätte Luzis Schweigen die Männer an die grimmige Ehrwürdigkeit des Rituals gemahnt, das sie hier aufführten, war bald ein schweigender Ernst eingekehrt.

Gut die Hälfte des Wegs war schließlich so zurückgelegt. Die letzten Höfe hatte man längst hinter sich gelassen, hatte die Verlassenheit der Talmitte durchquert. Man näherte sich der Mühle. Es war alles wie immer, es war alles wie jedes Mal. Diese Fahrt war keine wirkliche Handlung mehr, sie war nur mehr Vollzug. Sie war wie ein in Bewegung übersetztes Herunterbeten einer urvertrauten Litanei. Ein waches Schlafwandeln – aus dem die Männer nicht weniger verstörend gerissen wurden, als hätte jemand die Verse des Vaterunsers vertauscht.

Es war der Jüngste unter ihnen, der als Erster bemerkte, dass in ihr altes Mysterienspiel klammheimlich eine neue Szene, eine neue Figur eingefügt worden war, ohne dass man die Brennerschen davon unterrichtet hätte. Der kleine Tross hatte noch nicht lange die letzte, weitläufige Biegung vor der Mühlbachpassage genommen, da rief der junge Reiter aus und deutete nach vorne.

Dort, am Geländer der Brücke, lehnte eine Gestalt.

Es hob ein Gemurmel an unter den Brüdern, bis jeder begriffen hatte, was die Ursache war für die plötzliche Aufregung. Der grausige Brautzug verlangsamte seine Geschwindigkeit. Nur die beiden Reiter richteten sich aufmerksam in ihren Sätteln auf und spornten ihre Pferde ein paar Schrittlängen an, um eine Vorhut vor dem Gespann zu bilden.

Die Gestalt auf der Brücke schien mit nichts anderem be-schäftigt als mit Warten. Sie lehnte an dem Geländer trotz der Kälte gemütlich und scheinbar gedankenverloren wie einer, der in der Mittagspause die erste kräftige Frühlingssonne ge-nießt. Aufsteigender, sich zugweise zu Wölkchen verdichten-der Qualm verriet, dass er dabei eine Zigarette rauchte.

Der Mann trug einen knöchellangen Mantel und einen breitkrempigen Hut.

Luzis Eskorte tauschte sich kurz aus, die Brüder – nun ge-zwungen, das Schauspiel selbst und neu zu erfinden – wuss-ten aber auch nichts Besseres, als einfach weiter voranzurei-ten, achtsam lauernd, bis sie mehr über die Bedeutung dieser fragwürdigen Figur erfuhren.

Die Gestalt auf der Brücke schien nun ihrerseits auf das Herannahen des Wagens aufmerksam geworden. Bedächtig wandte sie sich um, so dass sie die Ankömmlinge im Blick behalten konnte, blieb aber lässig an die Brückenabgrenzung gelehnt.

Man wäre nun schon in Rufweite gewesen, aber niemand schien allzu offensichtlichen Eifer zur Kontaktaufnahme an den Tag legen zu wollen. Die Brennerschen raunzten sich nur untereinander ein paar Sätze zu. Aber es dauerte ohnehin nur mehr ein paar Radlängen, bis zur deutlich sichtbaren Gewiss-heit wurde, was sie schon als Ahnung ausgetauscht hatten: Der Mann auf der Brücke war der Fremde, war Greider.

Nun endlich löste er sich von dem Geländer und schlen-derte zum Brückeneinlass. Dort postierte er sich erneut, mit-ten auf dem Weg, mit der selbstverständlichen Lässigkeit von einem, der vor seiner Hütte auf Passanten wartet, mit denen er ein wenig plauschen könnte. Er warf seine auf einen Stum-mel heruntergerauchte Zigarette vor sich in den nieder-getrampelten Schnee und löschte sie mit seinem Stiefelab-satz.

Der Lenker der Kutsche, der Bärtige, zügelte die Pferde noch stärker. Luzi saß kerzengrade, mit weiten Augen und sich beschleunigendem Atem, seit sie ihren Wintergast erkannt hatte. Im Schritttempo bewegten die Männer sich misstrauischen Blicks auf Greider zu.

Der hieß sie mit einem ironischen Heben zweier Finger an die Hutkrempe willkommen.

Die Brennerschen näherten sich bis auf etwa dreißig Schritte, dann brachten sie die Pferde zum Stehen.

»Was willst du?«, herrschte der Bärtige den Fremden vom Kutschbock aus an, unwirsch, aber mit einem Unterton von angespannter Wachsamkeit.

»Ich nehm' die Frau mit«, antwortete Greider mit selbstverständlichem Ernst – nicht eigentlich einmal eine Ankündigung mehr, sondern die bloße Feststellung einer Tatsache. Aber dazu lächelte er herausfordernd, und seine Augen blickten fragend wie bei einem, der einen subtilen Witz macht und sich nicht sicher ist, ob seine Zuhörer das mitbekommen haben.

In der Tat schauten sich die Brüder untereinander mit ungläubiger Überraschung an und brachen dann in schallendes Gelächter aus. Nur der Älteste blieb ernst.

Er fixierte Greider und befahl, die Zügel bereitmachend, mit drohender Ruhe: »Aus dem Weg.«

Als hätte sein Publikum die Pointe nicht begriffen, wiederholte Greider: »Ich nehm' die Frau mit.« Und dabei lächelte er noch breiter, als wäre ihm selbst eben erst aufgefallen, wie amüsant sein Satz wirklich war.

Der Bärtige gab seinem jüngsten Bruder mit dem Kopf ein Zeichen. Der ließ sein Pferd die Sporen spüren, um den ihnen den Weg versperrenden Fremden niederzureiten.

Doch das Ross war noch kaum mit einem Aufstauben des tiefen Schnees in Gang gekommen, da hatte sich Greiders

Mantel geöffnet, er einen Griff hineingetan – und plötzlich blinkte dünn, lang und gefährlich Metall in seinen Händen.

Der Reiter riss so ruckartig an den Zügeln, dass sein Pferd aufwieherte, es beide Vorderläufe aufsteigen und in den Schnee donnern ließ.

Greider schüttelte seinen Kopf, als wolle er einem kleinen Kind sagen: ›Das tut man aber nicht.‹

»Die Frau«, insistierte er, und jetzt war alles Spöttische aus seiner Stimme gewichen.

Er winkte Luzi zu, sie solle vom Wagen steigen und zu ihm kommen. Sie blickte unsicher, erhob sich ein Stück von der Bank, wagte aber nicht, ganz aufzustehen.

Prompt drehte sich auch der Bärtige um und befahl ihr barsch, sitzen zu bleiben. Doch wie er mehr als diesen Widerstand leisten sollte, das wusste er für den Moment sichtlich auch nicht recht.

Denn es war ausgerechnet der geradezu angeborene Glaube der Brennerschen an ihre vermeintlich unerschütterliche Überlegenheit, der nun Greider ihnen überlegen machte. Es gab im Tal keine Schusswaffe, die nicht dem dunklen Hof an seinem Ende gehörte: Die Leute des Brenner waren die Einzigen, die das Recht und das Werkzeug zur Jagd hatten. Und so war ihnen das Gefühl der Bedrohung fremd geworden, sie kannten keinen Grund, ihre Gewehre an einem Tag wie dem heutigen mit sich zu führen. Denn es gab seit Jahrzehnten keine Widersacher mehr, die das nötig gemacht hätten; es hatte – mit einer schwachen, schnell bestraften Ausnahme – nie welche gegeben. Dass der Fremde den Versuch wagen könnte, daran etwas zu ändern, damit hatten sie nicht gerechnet.

Der einzige Vorteil, den sie in der jetzigen Situation hatten, war ihre Überzahl.

Der Bärtige überlegte einen Moment, dann befahl er mit

knappen Worten und entschlossenen Gesten seinen beiden berittenen Brüdern, sich in einem Bogen von zwei Seiten dem Fremden zu nähern.

Der ließ keine der Bewegungen aus dem Auge, sein Körper spannte sich, schien sein Zentrum zu finden, sich gleichsam an seinem Standort zu verankern. Seine Hände suchten sich den besten Griff an dem schlanken Leib des Gewehrs, schmiegten sich um dessen lauernde Masse, den Zeigefinger um den Abzug schmeichelnd, den Daumen am gespannten Hahn.

Die Reiter näherten sich skeptisch, unfroh über den Auftrag ihres Bruders. Sie ließen ihre an straffen Zügeln schnaubenden Pferde weit ausholen, nur langsam vorwärtstänzeln.

Als sie auf ein gutes Dutzend Meter herangekommen waren, nahm Greider seine Waffe hoch in den Anschlag und ließ die Mündung gelassen zwischen den beiden Zielen pendeln. Sein Kopf aber blieb unverwandt auf den Ältesten auf dem Kutschbock gerichtet.

»Welcher soll's sein?«, rief Greider dem Bärtigen zu, in einem Ton, als wäre er ein Schlachter, der das nächste Tier aus dem Pferch holen muss.

Der Kutscher warf ihm einen zornglühenden Blick zu, aber eine Sekunde später stieß er einen scharfen Pfiff aus und hob seinen Arm mit der Kutschpeitsche, zum Zeichen, dass seine Brüder einhalten sollten.

Er musste einsehen, dass man den Fremden zwar vielleicht überwältigen könnte – dies aber auf jeden Fall einen hohen Preis hätte. Einen zu hohen.

»Die Frau«, verlangte Greider erneut und richtete seine Waffe nun geradewegs auf den Bärtigen.

Der schien innerlich zu beben vor Hass und Ohnmacht, aber es blieb ihm nichts übrig, als mit der Peitsche nun – ohne sich umzuwenden und Greider aus den Augen zu lassen –

seinem unfreiwilligen Fahrgast zuzuwinken, sie solle sich vom Wagen scheren und zu dem Fremden laufen.

Einen Augenblick schien Luzi zu zweifeln, ob das nicht eine Falle sein mochte. Einen Augenblick schaute sie fragend auf den breiten Rücken in seiner Felljacke, auf den schwarzen Hut, als könnten die ihr etwas verraten über das Gesicht des Kommandierenden, das sie nicht sehen, nicht lesen konnte. Dann aber begriff sie wohl, dass dies auf jeden Fall die beste, die einzige Chance sein würde, jenem Schicksal zu entgehen, mit dem sie sich beinahe schon abgefunden hatte. Und sie sprang auf, machte einen Satz von der Kutsche hinab in den Schnee und rannte, ihre Röcke raffend, so schnell sie konnte auf Greider zu. Der hatte das Gewehr wieder aus dem An-schlag genommen, hielt es aber – den Kolben auf den rechten Beckenknochen gestützt, den Finger noch immer am Abzug – jederzeit schussbereit, während er seine Linke der keuchen-den Luzi entgegenstreckte und ihr zuversichtlich zulächelte, damit sie sich nicht so oft angstvoll nach den Brenner-Söhnen umschaute.

Die mussten tatenlos zusehen, wie ihre noch vor wenigen Minuten sicher geglaubte Beute schließlich den Fremden er-reichte. Sie warf sich ihm entgegen, umarmte ihn, klammerte sich an ihn wie an einen totgeglaubten Bruder, und Greider hatte regelrecht Mühe, seinen Stand nicht zu verlieren, seinen Blick nicht von den anderen abzulassen. Er legte den linken Arm um die junge Frau, drückte sie tröstend, versichernd an sich und gebot ihr schließlich, sich hinter ihn, in seinen Schutz zu stellen.

Nun aber war wieder ein Patt erreicht. Greider hatte zwar die Frau aus den unmittelbaren Fängen der Brennerschen be-freit. Aber die standen zwischen ihm und dem vorderen Teil des Tals.

Dies war ihnen offenbar auch bewusst, und ihre Gesich-

ter wurden plötzlich hämisch, überkrochen vom plötzlich
zurückgewonnenen Glauben an einen Sieg.

Doch Greider gab ihnen das vorfreudige Grinsen nicht
minder breit zurück. Wie ein spielendes Kind mit dem Finger,
zählte er die vier Männer mit dem Gewehrlauf ab und befahl
ihnen dabei: »Runter vom Pferd, runter von der Kutsche!«

Die Brüder blickten alle auf den Bärtigen, in der Erwartung, er würde ihnen anzeigen, was zu tun sei – er würde nun
endlich diesen unverschämten Eindringling und Einmischer
in seine Schranken weisen. Aber der Bärtige überlegte.

Er und Greider schauten sich lange an, herausfordernd,
abschätzend, sich behauptend. Es war ein Disput ohne Worte, ein Kampf ohne Hiebe, es war, in vielerlei Sinn des Wor-
tes, eine Auseinandersetzung. Und sie schienen einander dabei so sehr zu verstehen wie zu hassen.

Seine Brüder waren verblüfft, wenn nicht gar entsetzt, als
der Bärtige nach einer kleinen Ewigkeit sie aufforderte, Greiders Befehl zu gehorchen, und er selbst als Erster seine Peitsche und die Zügel auf den Kutschbock legte und von dem
Gefährt herabstieg. Aber dies, und alles, was dem folgte,
war – auch wenn es so schien – keine Aufgabe und keine Unterwerfung. Es war nur ein notwendiges Schauspiel nach der
stummen Übereinkunft, die der Fremde und der Einheimi-
sche erlangt hatten.

Es war nicht mehr als das Zugeständnis, dass dies nicht
der Ort und nicht der Zeitpunkt waren für die wahre Konfrontation zwischen ihnen – noch nicht. Ein Schauspiel war
unterbrochen, vorzeitig beendet worden, doch ein anderes,
nicht minder altes, großes kündigte sich an. Aber dem wollte
erst die Bühne bereitet sein. Es war, als hätten Priester einer
verschollenen Kultur die Omen gelesen, dass ihr Ritual noch
eines kleinen Aufschubs bedurfte. Bis der Himmel auch die
letzten Achsen in Konjunktion gebracht hatte.

Und weil dem so war, weil auch der Älteste des Brenner davon überzeugt war, hätte Greider in Wirklichkeit sein Gewehr nicht mehr gebraucht, hätte ein Wort der Verständigung, vielleicht sogar – absurde Vorstellung! – ein Handschlag gereicht. Aber was sich da in seiner vollen Wahrheit zwischen ihnen abgespielt hatte, das hätten diese beiden Männer kaum sich selbst bewusst einzugestehen vermocht. Es den anderen zu erklären wäre vollends ausgeschlossen gewesen.

Und so drohte Greider den Brüdern weiterhin mit seinem Gewehr, ließ sie die Kutschpferde abspannen und den Jüngsten alle Rösser zusammenführen. Er zwang die anderen, eines der Wagenräder zu zertrümmern. Und er dirigierte die Männer an eine Stelle am Flussufer, ein gutes Stück von der Brücke entfernt. Drei von ihnen murrten dabei unablässig, schienen nur auf eine Gelegenheit zu warten, Greider doch anzugreifen. Und hätte ihr ältester Bruder nicht alles ruhig und widerspruchslos über sich ergehen lassen, hätte er die anderen nicht immer wieder beschwichtigend angehalten, keine Dummheit angesichts des Bewaffneten zu begehen, dann hätte wohl früher oder später bei einem von ihnen die Wut die Oberhand über die Vernunft gewonnen.

So aber konnten schließlich Greider und Luzi unbehelligt zu den herrenlosen Pferden schreiten, zwar die Brennerschen ständig in Schach haltend, aber ohne dass wirkliche Gefahr von ihnen drohte. Greider wollte Luzi behilflich sein beim Besteigen eines der Pferde, doch sie schwang sich behände in den Sattel, noch bevor er ihr auch nur den Steigbügel halten konnte. Als kurz darauf auch Greider auf einem der Gäule saß, begannen die Brenner-Brüder endlich Anstalten zu machen, sich ihnen zu nähern, zumindest ihnen zu folgen, sobald sie losreiten würden.

Greider drehte sein Pferd herum, so dass er das Gewehr,

über die Beuge des linken, den Sattelknauf haltenden Arms gelegt, genau auf die Männer richten konnte.

»Eure Stiefel!«, befahl er ihnen mit herrischem Humor.

Die Männer verstanden zuerst nicht richtig – aber als sie begriffen, was er von ihnen verlangte, gifteten sie ihn zornig an. Greider ließ ihren Schimpf an sich abperlen und spannte mit einem laut vernehmbaren Klacken den Hahn. Noch immer weigerten sich die Männer. Greider legte das Gewehr an die Schulter und nahm Ziel für einen Warnschuss. Doch bevor er abdrücken musste, gab wieder der Bärtige scheinbar klein bei. Freilich fehlte nicht viel, und auch er hätte sein Einverständnis gekündigt, hätte alles Gefühl von höherer Richtigkeit in den Wind geschrieben und sich dem befriedigend dummen Rausch der aufbegehrenden Tat hingegeben. Doch einmal mehr zwang er sich zur Räson und ging mit gehorchendem Beispiel voran. Und so zogen die Männer fluchend ihre Stiefel und Strümpfe aus und standen, von einem Bein aufs andere tretend, barfuß im Schnee.

Der Himmel war dunkler geworden – dunkler, als allein die Dämmerung zu verantworten hatte. Die Schneewolken waren von den Himmelsrändern übergekocht, erste Flocken konnten sich schon nicht mehr in ihnen halten, taumelten durch die frostig gewordene Luft.

»In den Bach!«, kommandierte Greider und zeigte mit dem Gewehrlauf den Bogen an, in dem sie ihr Schuhwerk in das Gewässer schleudern sollten. Das Schimpfen der Männer wurde lauter, doch es hatte an Überzeugung verloren. Mit der Durchsetzung seines vorigen Befehls hatte der Fremde ihren wahren Willen zum Widerstand gebrochen. Da hatte sich endgültig entschieden, ob sie ihm gehorchen oder sich widersetzen würden. Alles, was jetzt noch an Widerworten kam, diente nur dazu, die Niederlage nicht so demütigend aussehen zu lassen. Bald platschte Leder in eisiges Wasser, und

Greider konnte sicher sein, dass er und Luzi so schnell nicht verfolgt würden.

Er griff nach den Zügeln der zwei Kutschpferde und vertäute sie an seinem Sattel. Bevor er und Luzi durch den aufkommenden Schnee zurück in Richtung Dorf ritten, wandte er sich noch einmal um.

Er hielt sein Gewehr vor sich und rief dem Bärtigen zu: »Vor euerm Hof. Morgen. Bei Sonnenaufgang.«

Dann preschten sie los.

Erst als sie die Männer weit hinter sich gelassen hatten, verlangsamten Greider und Luzi den Lauf der Pferde. Zwar konnten sie sicher sein, dass die Brennerschen – ohne Gäule, ohne Kutsche und barfuß im mit scharfer Eiskruste überfrorenen Schnee – sie nicht verfolgen würden. Aber das Wissen und das Gefühl waren zweierlei, und Luzi wurde erst etwas ruhiger, als auch Augen und Ohren der anderen sie gewiss längst nicht mehr erreichen konnten.

Der Ritt im Galopp war noch wie eins gewesen mit der Spannung zuvor, stand noch ganz unter derselben Sorge, ob die Rettung gelingen würde. Aber als sie nun in den Trab übergingen, war diese erste Szene abgeschlossen, und sie traten in das große Danach ein, das jedem Drama folgt und das der so viel schwierigere Teil ist.

Das Schlagen der Hufe, das kehlige Stoßen des Atems von Mensch und Tier, das dröhnende Rauschen des Bluts in den Ohren machte einer verhältnismäßigen Stille und Ruhe Platz, ließ das abendliche Winterschweigen der Außenwelt wieder herantreten – und das erlaubte auch den Gedanken, aus ihrem manischen Kreisen auszubrechen und zum ersten Mal wirklich zu betrachten, was eben geschehen war.

Greider und Luzi hatten noch nichts miteinander gesprochen außer ein paar zugerufenen Verständigungen über den

242

Weg, den ihre Flucht nehmen sollte. Auch jetzt blieben sie stumm. Ein Blick hatte Greider hinreichend gezeigt, dass die Frau erst einige Augenblicke für sich brauchte. Er zügelte sein Pferd und ließ sie ein kleines Stück voranreiten. Und er sah, wie ihr Kopf sich beugte, wie eine Hand zu den Augen fuhr, wie ihr Rücken in Schluchzern erbebte. Er ließ es still und einsam geschehen. Ein feiner Vorhang aus Schneeflocken webte sich zwischen die beiden und erstickte gütig alle Geräusche.

Doch es dauerte nur ein, zwei Minuten – und es war, als hätte Greider das gewusst und darauf gewartet. Dann legten sich die stoßartigen Erschütterungen von Luzis Rücken, dann wurde dieser wieder gerade, aufrecht. Man sah, wie der Körper zweimal tief Luft einsog, um schließlich zu normalem Atmen zurückzukehren. Der Kopf hob sich trotzig. Die Hand schien noch etwas fortzuwischen aus dem Gesicht und griff dann wieder an die Zügel.

War es Erleichterung und Freude über die unverhoffte Rettung gewesen, die Luzi übermannt hatte, war es Angst vor dem, was diese nach sich ziehen würde, oder vielleicht sogar etwas Ähnliches wie Wut, dass die Dinge nicht einfach ihren gewohnten, klaren Gang gehen durften, sie nicht einfach ihr Opfer brachte, um danach in Frieden ihr wahres Leben zu führen, sondern dass nun alles unsicherer, verwirrend geworden war? Was immer davon sie gepackt hatte: Es war nun anerkannt und abgewogen und überwunden. Und es war an seine Stelle eine reine Entschlossenheit getreten. Eine Entschlossenheit, dieses unerwartete Geschenk anzunehmen, mit allem, was es bringen würde, und um es zu kämpfen, sich nicht noch einmal zum bereitwillig duldenden Lamm zu machen.

Luzi zügelte ihr vor sich hin trottendes Pferd, bis Greider sie eingeholt hatte und wieder an ihrer Seite ritt.

243

Sie lächelte ihn an, und ihrer beiden Augenpaare sagten einander alles, was zu sagen war.

Doch dann durchbrach Luzi das Schweigen zwischen ihnen, weil es eine Sache gab, die so nicht geklärt war, geklärt werden konnte.

»Warum hast du's g'macht?«, fragte sie ihn.

Aber er gab ihr keine Antwort. Er zuckte nur beinahe verlegen mit den Schultern.

Sie lächelte ihn bittersüß an. Nicht weil sie dieses ›Das will ich nicht sagen‹ akzeptierte. Sondern weil sie begriff, dass es auch eine Antwort beinhaltete. Die hieß: ›Nicht für dich.‹

Als Greider und Luzi in Sichtweite der ersten Höfe gelangten, war der halbe Himmel über ihnen schon in die dunkle Tinte der Nacht getaucht. Sie hatten unterwegs Greiders Maultier aufgelesen, das er eine halbe Fußstunde von der Mühlbrücke entfernt auf einer Lichtung angebunden hatte. Eine gute Weile später hatten sie dann den beiden Kutschpferden die Freiheit gegeben, in der Gewissheit, dass die Brennerschen sich längst aufgemacht haben mussten zu ihrem heimischen Hof und dass die zu ihnen zurücklaufenden Pferde nun auch keine zusätzliche Gefahr der Verfolgung mehr bringen konnten.

So waren es die Huf- und Geschirrgeräusche von drei Tieren, die sich schließlich dem Haus der Gaderin näherten. In der Stube brannte Licht, Luzis Mutter musste noch wach sein und allein, nach der mit solch zwei auseinanderstrebenden Gefühlen verbundenen Feier. Allein mit den Gedanken an das, was ihrer einzigen Tochter zu diesem Zeitpunkt vermeintlich bereits widerfuhr.

Die Gaderin musste gehört haben, dass sich jemand näherte in der abendlichen Stille, auf diesem Weg, den zu diesem Zeitpunkt gewöhnlich niemand mehr zu nehmen Grund

244

hatte. Und erst recht musste sie dann vernommen haben, dass das schneegedämpfte Hufklappern vor ihrem Grund haltmachte, jemand abstieg.

Kaum hatte sich Luzi aus dem Sattel geschwungen, flog schon die Haustür auf. In dem schwachen Rechteck aus Licht erschien die Witwe mit wutentbrannt erhobenem Arm, bereit zu zetern. Denn sie hatte glauben müssen, dass es niemand anders als Männer von Brenners Hof sein konnten, die jetzt noch Möglichkeit und Anlass hatten, sie aus dem hinteren Winkel des Tals kommend aufzusuchen. Und sie konnte nur erwarten, dass es irgendein Hohn sein musste, den sie ihr brachten, angesichts dessen, was sie mit ihrer Tochter geschehen glaubte.

»Was wollt ihr noch?«, schrie sie die Ankömmlinge zornig an, kaum dass sie die Tür aufgerissen hatte. Und erstarrte dann.

Sie brauchte einige Atemzüge, bis ihr Verstand begriff, was ihre Augen ihr zeigten, und bis dahin war Luzi schon zu ihr gerannt und hatte sie so heftig umarmt, dass es sie fast von den Füßen riss.

Was die Tochter ihrer Mutter ins Ohr sprach, das war nicht zu verstehen, so fest hielt sie ihren Kopf an den der Gaderin gepresst, die Arme um Schultern und Hals geklammert. Und vielleicht waren es sowieso keine wirklichen Worte, keine Sätze, die ein anderer hätte verstehen können.

Die genaue Aufklärung über die Ereignisse folgte, unter Greiders Mithilfe, etliche Tränen und Fragen, Seufzer und Beteuerungen später. Aber das Wichtige hatte die Witwe schon in diesen ersten Sekunden völlig begriffen.

Und ähnlich ihrer Tochter hatten sich Freude und Sorge gemischt, hatte eine Welle der Überraschung und der Gefühle die Frau erfasst und für eine Weile mit sich getragen. Aber dann hatte sie sich zusammengenommen und war zum sel-

245

ben resoluten Resultat gekommen wie Luzi: Es war endlich an der Zeit zu kämpfen für das eigene Glück. Egal, welcher Erfolg diesem Kampf am Ende beschieden sein würde. Nur nicht länger mehr schon aufgeben, ehe er überhaupt begonnen hatte. Bevor noch einmal jemand ihre Luzi in die Hände bekommen sollte, der sie nicht verdiente, würde er es zuallererst mit der Gaderin aufnehmen müssen.

Freilich hatte sie sich dann von Greider dennoch überreden lassen, dass es unsinnig und unnötig war, sich vermeidbarer Gefahr auszusetzen – und dass es in dieser Nacht einen Ort gab, an dem sie und Luzi besser aufgehoben sein würden als in ihrem Haus. Vor allem aber sah sie ein, dass es noch einen Menschen gab, dem möglichst bald von der unerwarteten Rettung Luzis berichtet werden sollte – und der lebende Beweis der Erzählung in die liebenden Arme gelegt.

Die Gaderin brauchte nicht lange, um das Licht in der Stube zu löschen und das Haus zu versperren, und wenn das trotzdem nicht ganz so schnell ging wie eigentlich möglich, dann nur, weil die Frau es nicht seinlassen konnte, zwischendurch immer wieder Luzi zu streicheln, an sich zu drücken, ihr Zärtliches ins Ohr zu wispern, als wolle sie noch immer nicht ganz glauben, dass sie sich nicht jeden Augenblick wie ein Phantom in Luft auflösen würde.

Als Greider erwog, wie man die Mutter wohl am besten befördern mochte, lachte diese, wies auf die drei Reittiere für drei Personen und erklärte, dass sie so greise und gebrechlich nun auch nicht sei, wie Greider zu glauben schien. Luzi und Greider – der bereit blieb, herbeizuspringen und die Zügel zu greifen – blickten anfangs etwas besorgt über die ersten Versuche der Gaderin, das Ross unter ihren Willen zu zwingen. Aber bald stand dies brav neben jenem, auf dem die Tochter saß, und wartete auf den Abritt.

Greider schwang sich auf sein Maultier, das ihn mit einem

freudigen Kopfschütteln begrüßte. Dann gab er ein Zeichen zum Aufbruch. Er ließ die Frauen voranreiten, die aufrecht auf ihren Tieren saßen, entschlossen und stolz.

Auch beim Hof von Lukas' Eltern drang Licht aus der Stube, ein bronzener Schein im Blauschwarz der Winternacht, dessen Wärme verleugnete, welch kalte Verzweiflung er in diesen Stunden beleuchtete. Aber anders als die einsame Gaderin hörten die Leute dieses Hofs, die zusammensaßen in ihrem Gram und versuchten, ihn sich gegenseitig leichter zu machen, nicht die sich nähernden Pferde.

Greider und die beiden Frauen ritten durch das Tor zum Hof, stiegen ab und banden die Tiere an, schritten bis zur Tür, ohne dass sich etwas regte in dem Haus. Kurz waren sie unentschlossen, wer von ihnen auf ihr Ankommen aufmerksam machen sollte, wer sich als Erster dem Öffnenden präsentieren. Dann klopfte Greider dreimal knöchern dröhnend an und trat dann zusammen mit der Gaderin einen Schritt hinter Luzi, der sie den ersten Platz auf der Schwelle gewährten.

Man hörte drinnen Stimmen sich regen, überraschte Ausrufe. Dann näherten sich Schritte, mehrere, schwere Paar. Man traute offenbar dem späten, unangemeldeten Besuch nicht.

Luzi, die einen Moment zuvor noch strahlte wie ein Kind, das gleich den festlich geschmückten Christbaum sehen darf, begann leicht zu zittern, und ihr Lächeln musste kämpfen, dass es nicht von der Nervosität herabgezogen wurde.

Dann öffnete sich die Tür durch die Hand des Bauern, hinter dem Lukas und ein Knecht standen. Die drei Männer schauten abweisend, bereit, jeden Störer vom Hof zu werfen, und ihre Mienen wurden nur noch unwirscher dadurch, dass sie gezeichnet waren von schweren Stunden zuvor. Als sie aber sahen, wer da auf der Schwelle stand, klappten ihnen die

Münder auf. Dem Vater entkam ein Gestammel, weil offensichtlich der Drang, irgendetwas zu sagen, nicht auf passende Worte warten konnte.

Welche Worte hätten sich aber auch finden lassen? Lukas erstarrte nur für eine Sekunde, dann schob er einfach seinen verdutzten Vater beiseite und riss Luzi in seine Arme, bedeckte sie mit Küssen, vergrub sein Gesicht in ihrem Haar, streichelte und herzte sie – und sie ihn. Es war ein Hunger in ihren Kosungen, als wollten sie einander so fest an sich pressen, so verzehrend küssen, einatmen, dass ihrer beider Leiber eins wurden – damit keiner den einen mehr ohne den anderen besitzen konnte. Für die Momente dieses ersten Rauschs des Einander-neu-geschenkt-Seins verschwanden alle Welt und alle Menschen um sie mitsamt ihren Fragen, Gründen und Folgen. Da gab es nur dieses Wunder, und das war ihnen alles, und es war ihnen genug.

Wie alle solcher Ewigkeiten währte auch diese nicht lang. Aber Luzi und Lukas ließen den ganzen Abend nicht mehr voneinander, hielten sich im Arm oder verschränkten zärtlich ihre Hände ineinander. Und solange sie einander spürten, glomm ein Funke dieses ersten Moments für sie weiter und gab ihnen den Glauben der Unverwundbarkeit.

Die anderen hatten dieses Wiedersehen zuerst mit gerührter Freude mit angesehen, dann hatte sich dazu eine zärtliche Verschämtheit ob seiner Heftigkeit gesellt. So hatten sich diese Ausgeschlossenen schon bald ans erste Erklären und Erzählen gemacht. Als die beiden Jungen endlich wieder aufgetaucht waren aus ihrer Selbstverschlingung, musste freilich auch Lukas noch einmal alles genau auseinandergesetzt werden, und dann war der Rest der Familie von dem Stimmentumult angelockt worden, hatte die drei Ankömmlinge gesehen und mit Ausrufen der Überraschung erkannt, und alle begaben sich schließlich gemeinsam in die Stube – wo bang von dem Lärm die kranke Mutter saß –, um nun auch den Übrigen zu berichten, welche Bewandtnis es mit diesem wundersamen Erscheinen hatte.

Greider blieb so lange, wie man ihn benötigte, um alle Einzelheiten von Luzis Rettung beizusteuern und zu bestätigen. Dann gab er noch Rat für die bevorstehende Nacht. Die Gaderin würde freilich mit hier ausharren, die Männer würden wachsam aufbleiben und sicherheitshalber alles zusammenrotten, was sie als Waffe benutzen konnten. Und ein Knecht würde losziehen, um all jene zusammenzurufen, denen man als Freunde vertraute. Viele würden das nicht sein.

Schließlich aber verkündete Greider, dass er aufbrechen müsse. Die Dankbarkeit für seine unerhörte Tat und eine gewisse Erleichterung bei Lukas' Leuten, den Fremden aus dem Haus zu haben, konnten aber nicht die leicht wutgefärbte Enttäuschung überdecken, dass ausgerechnet derjenige, der durch sein aufrührerisches Handeln die Gefahr erst ausgelöst hatte, sie nun im Stich lassen wollte. Vor allem Lukas' Vater war weniger glücklich und zuversichtlich als sein Sohn. Man spürte ihm an, dass er die Rache der Brennerschen fürchtete – und dass er insgeheim fand, dass Lukas' und Luzis Liebe in seinen Augen nun selbstsüchtig geworden war, weil sie sich nicht mit dem beschied, was bisher allen in diesem Tal genug war. Dass es – sosehr er seinem Sohn das Glück gönnte – ihm lieber gewesen wäre, man hätte nicht seine gesamte Familie zur Geisel seiner Liebe gemacht. Es würde gut für diesen Mann sein, wenn er nie vor die Entscheidung gestellt würde, diese Liebe selbst bis zum Letzten mit zu verteidigen oder sie ihren rächenden Verfolgern auszuliefern.

Der Bauer schaute Greider ins Gesicht und sagte: »Die wer'n zu uns kommen.« Und das war – mehr als die Bekundung einer Furcht – eine Anklage und eine Herausforderung des Fremden.

Greider erwiderte diesen Blick offen. Dann schüttelte er leicht und halb lächelnd den Kopf und erhob sich vom Tisch. »Ich komm' zu denen«, sagte er.

Schließlich hatte Greider sich verabschiedet. Von Lukas' Vater hatte er einen widerwilligen Händedruck bekommen, von Lukas selbst einen kräftigen, innigen Handschlag und einen Blick tiefer Dankbarkeit. Luzi und ihre Mutter hatten ihn beide umarmt, und in beiden Umarmungen hatte nicht nur dasselbe Gefühl gelegen wie in Lukas' Blick, sondern auch eine schützende Besorgtheit. Luzi hatte ihm zudem – vorher Lukas mit ihren Augen versichernd, dass er sich nicht das Falsche dabei zu denken brauchte – ein Busserl auf die Wange gedrückt.

Von allen Verabschiedungen aber die, welche allein wirklich etwas zu rühren schien in Greider, war jene von Lukas' Mutter. Die schwache, kranke Frau, die den ganzen Abend über in Decken gehüllt auf der Bank gesessen und sich mit keinen drei Sätzen am erregten Gespräch beteiligt hatte, winkte den Fremden zu sich, als dieser eben die Stube verlassen wollte. Alle schauten etwas verblüfft, machten aber Greider den Weg zu ihr frei. Sie kramte ihre beiden dünnen Arme unter den Decken hervor und streckte ihm die rechte Hand entgegen. Greider nahm sie, vorsichtig, denn sie sah aus wie mit Pergament überzogene Vogelknochen und fühlte sich tatsächlich klamm an, wie etwas, das kaum mehr lebte. Doch es war eine erstaunlich zähe Kraft in dieser Hand, und Greider erschrak fast, als sie sich krallend um seine drückte. Mit der Linken aber fasste die Frau Greider am Ärmel und zog ihn zu sich herab. Greider beugte sich, bis er ihr direkt ins Gesicht schauen konnte, das gelb ledrig war, nur an manchen Flecken durchzogen von Äderchen mit dem lilanen Schimmer gestockten Blutes. Die Augen waren gallertüberzogene Murmeln, in deren blickloser Beweglichkeit ein letzter Funke von Willen gegen die Erstickung kämpfte. Der Mund öffnete und schloss sich tonlos. Greider glaubte schon, die Frau hätte nicht mehr den Verstand oder die Kraft zu sprechen. Aber er war ihr offenbar nur noch nicht nah genug. Ihre Hand krabbelte sich hoch bis zu seinem Nacken und zog ihn heran, bis sein Ohr direkt an ihrem Mund lag und kein anderer hören konnte, was sie ihm in einem dringlichen, zittrigen Atemstoß hineinsprach.

Es war nur ein einfaches Wort. »Danke.«

Aber nachdem sie es gesagt hatte, ließ ihre Hand Greiders Kopf sich nur ein kleines Stück weit wieder aufrichten. Und ihre blinden Augen ruckten in einer verzweifelten Suche umher nach einem Zeichen in seinem Gesicht, ob er verstanden hatte, was ihr, einer Frau, einer Mutter dieses Tals, dieses eine Wort alles bedeutete.

Wenig später saß Greider auf seinem Maultier und ritt zum Hof hinaus, in dessen Tür Lukas, Luzi und die Gaderin standen und ihm Auf Wiedersehen winkten. Der Schnee wirbelte jetzt in verklumpten Flocken herab, der Himmel war nicht einmal mehr zu erahnen. Greider hatte das Gatter des Guts kaum ein paar Meter hinter sich gelassen, da war das Gebäude schon ganz verschluckt.

So konnten die anderen auch nicht mehr erkennen, in welche Richtung er sein Tier lenkte. Sie mussten annehmen, dass er wieder ins Innere des Tals zurückreiten würde. Denn erklärtermaßen war ja der Hof des Brenner sein Ziel. Doch zuvor hatte er noch eine letzte andere Sache zu erledigen. Er trabte auf das Dorf zu.

Der Krämer und seine Frau waren unter den Letzten, die das Hochzeitsfest verlassen hatten. Sie ließen es sich gerne schmecken, wenn andere die Zeche zahlten, und sie – die bereits als verheiratetes Paar ins Tal gekommen und kinderlos geblieben waren – gehörten auch zu jenen wenigen, für die eine solche Feier keinen unguten Beigeschmack von verdrängten Erinnerungen oder bangen Erwartungen hatte.

Sie hatten kräftig gegessen und getrunken und derb und laut gelacht, und wenn sie den Schmerz des Brautpaars überhaupt wahrgenommen hatten, dann nur als Gegenstand für mitleidlose, anzügliche Witze. Sie waren erhitzt vom Trank und der Geselligkeit heimgekehrt – der Winter hatte es mit all seinem Frost auf dem kurzen Weg kaum geschafft, ihre glühenden Schädel auf ein gesünderes Maß abzukühlen. So waren sie in ihre Schlafkammer getaumelt und hatten ihre Feiertagskleidung – nicht ohne Mühe, denn der Alkohol schien Ärmel und Beine auf wundersame Weise widerspenstig gemacht zu haben – gegen die Nachthemden getauscht. Der Mann schimpfte seine Frau, dass sie nicht wie er noch draußen in den Schnee gebrunzt hatte und man nun mit einem vollen Nachttopf in der Kammer würde schlafen müssen. Aber es war ein scherzhaftes, fast liebevolles Schimpfen. Denn noch war nicht ausgemacht, ob das Bier, das Lachen und die Hitze sie beide wirklich so müde gemacht hatten, dass aus der Angeregtheit nicht noch ein anderer, in ihrer alten Ehe selten gewordener Nutzen zu ziehen war.

Sie hatten sich gerade auf die Bettkante gesetzt, oder vielmehr plumpsen lassen, da hörten sie unten an der Ladentür ein schepperndes Klopfen. Verdutzt schauten sie einander an. Die Vorstellung, dass an diesem Tag, zu dieser Zeit noch jemand etwas von ihnen wollte, erschien ihnen so abwegig, dass sie nur mit den Schultern zuckten und beschlossen, das Klopfen einfach zu ignorieren. Doch nachdem auf die ersten drei Pocher eine Weile keinerlei Antwort gefolgt war, hob es erneut an – noch stärker und länger. Nun wusste das Krämerehepaar immerhin, dass es sich um kein bloßes Versehen oder den Scherz eines Betrunkenen zu handeln schien. Doch für ein ernstes Anliegen waren sie eigentlich noch weniger in Stimmung, und so hofften sie noch einmal, dass die Sache sich von selbst erledigen würde. Doch diese Hoffnung erwies sich bald als vergebens, und nun dröhnte das Klopfen ohne Unterlass so laut durch das Haus, dass dem Krämer nichts übrig blieb, als eine Hose überzuziehen, in seine Filzpantoffeln zu schlüpfen und mit der Petroleumlampe die Treppe hinabzustapfen: nicht nur um seiner Aussicht willen, an diesem Abend noch Nachtruhe – oder vielleicht auch etwas anderes – zu finden, sondern auch aus Sorge um das Glas seiner Ladentür, das diesem Hämmern und Rütteln nicht mehr lange standhalten würde.

Seine Frau hörte, wie er unten ankam, vom Treppenabsatz her dem Einlass Begehrenden irgendetwas Beschwichtigendes zurief und zur Tür schlurfte. Dann sperrte er die Tür auf, und jemand trat aus der Kälte herein. Sie meinte, einen Ruf des Erstaunens zu vernehmen, aber war sich dessen ebenso wenig sicher wie der Worte, die danach murmelnd gewechselt wurden. Dann aber drang klar ihr Name zu ihr hinauf in die Schlafkammer, und die Aufforderung ihres Mannes, zu ihm herunter in den Laden zu kommen. Ihr gefiel der Ton nicht, den seine Stimme dabei hatte – und noch weniger gefiel er ihr, als er ihren Namen kurz darauf halb fragend, halb befehlend wiederholte. Aber gerade weil das beunruhigend Drängende darin noch stärker geworden war, blieb auch ihr wenig übrig, als sich hastig einen Morgenmantel überzuwerfen, in ihre Pantoffeln hinein- und die Treppe hinabzusteigen.

Sie hätte nicht sagen können, dass sie irgendeine Ahnung gehabt hätte, wer hinter dem Klopfen stecken mochte – dass sie den einen überraschenden Besucher wahrscheinlicher gefunden hätte als den anderen. Aber dass es der Fremde sein würde, damit hatte sie so wenig gerechnet, dass ihre Augen

253

sich einen Moment lang wahrhaftig weigerten, überhaupt wahrzunehmen, wer da neben ihrem Mann im schummrigen Lampenschein stand. Der lange Mantel, wie sonst im Tal niemand einen besaß, hätte ihr schon im Umriss verraten müssen, um wen es sich handelte – ein Schatten, den der Dampf zerschmelzender Schneeflocken im Gegenlicht flirren ließ. Aber ihre ohnehin recht benebelten Sinne waren so sehr überrumpelt, dass sie für einen Sekundenbruchteil überhaupt keinen Menschen dort stehen sah. Sondern eine lang gewachsene, grinsende Kreatur mit um den Leib gefalteten, ledrigen Schwingen, von denen Rauch aufstieg. Etwas, das aus Pechtiefen gekommen war, um ihr Haus heimzusuchen. Erst dann kam ihr Hirn damit nach, dem bloßen Bild auch Gestalt, Sinn, Namen hinzuzuliefern, es zu *sehen*. Aber diese Wirklichkeit war einen Atemzug zu spät erkannt, um das andere, erste Bild ganz auszulöschen.

Dass der Fremde in der Hand ein Gewehr hielt, das bemerkte die Frau dabei erst einige Sekunden später. Und dass dieses Gewehr auf sie gerichtet war, begriff sie noch einen Augenblick danach.

Er winkte sie damit den Treppenabsatz herunter, und sie war noch zu verdutzt, um irgendetwas anderes zu tun, als zu gehorchen. Ihr Mann sah sie besorgt und entschuldigend an. Er hatte keine Möglichkeit gesehen, sie besser zu schützen, sagte sein Blick. Ihm war sonst nur die Alternative geblieben, sich über den Haufen schießen und sie ganz allein mit dem Fremden zu lassen. Dass er sich gegenüber der gedrohten Gewalt fügsam gezeigt hatte, hoffte der Krämer, würde ihm nun aber wenigstens das Recht geben, auch von dem anderen ein kleines Entgegenkommen einzufordern.

»Was wollt Ihr von uns?«, verlangte er zu wissen, und es war merklich nicht das erste Mal, dass er diese Frage gestellt hatte.

254

Doch Greider würdigte dem nicht einmal die nachdrückliche Verweigerung einer Antwort – es war einfach, als wären die Worte Luft gewesen.

Stattdessen trat er ein paar Schritte von dem Krämer fort und winkte die Frau zu sich.

»Wir haben Geld«, sagte der Krämer, und es klang wie ein Vorschlag. Mit ängstlichem Blick auf seine Frau und den Fremden wollte er zu der Registrierkasse eilen, in der er die Mittel vermutete, den Eindringling von der Krämerin abzulenken.

Doch Greider zeigte nur kurz mit dem Gewehrlauf auf ihn und hieß ihn anhalten. Wie angewurzelt blieb der Mann stehen und hob die Hände. Das ließ die Lampe zittern, die er hielt, was die Schatten nervös machte und zum zuckenden Tanz bat.

Die Frau war, noch immer halb benommen, dem vorigen stummen Befehl nachgekommen und zu Greider geschritten. Der setzte ihr den kalten Gewehrlauf auf die Brust. Zum ersten Mal drang ein Gefühl der Angst bis in ihren Verstand vor, und sie begann nicht nur vom Auskühlen ihres dünn bekleideten Körpers leicht zu zittern.

»Wir haben Geld«, wiederholte, fast verzweifelt, der Mann, der offenbar nicht verstand, was sonst ein solcher Überfall könnte bezwecken wollen – und der sichtlich nah dran war, trotz der vorherigen Warnung zu seiner Kasse zu laufen, die Lade aufzureißen und alles, was darin an Münze und Papier zu finden war, in den Raum zu schleudern.

Greider aber öffnete seinen Mantel und fasste mit der freien Hand hinein.

Der Krämer schluckte.

Doch was die Hand hervorzog, war keine zweite Waffe. Es war ein lederner Beutel.

»Ich will kein Geld von euch«, sagte Greider. »Ich hab' welches für euch.«

Jetzt wich aller Ausdruck aus dem Gesicht des Krämers, jetzt hatte er so weit jegliches Verständnis verloren für das, was dieser Fremde wollte, der nachts in sein Haus eindrang und ihn und seine Frau bedrohte, dass nicht einmal mehr die üblichen Mienen der Verwirrtheit ihm dafür zur Verfügung standen. Jetzt packte ihn wie eine totenkalte Hand im Nacken die grausige Erkenntnis, dass die Bedrohung, die er da in seinen Laden gelassen hatte, keiner Vernunft, keiner bloßen Habgier gehorchte. Und er hatte ihr seine Frau in die Hände gegeben.

Greider sah seine Fassungslosigkeit mit erkennbarem Genuss. Er schaute vom Krämer zu der Frau und zurück und sagte dann zu beiden: »Ihr redet doch so gern, gegen Geld.«

Die Frau, deren Geist langsam wieder wach genug war, um zu begreifen, was der Gewehrlauf auf ihrer Brust bedeutete, war nur starr vor Angst, hatte jetzt keine Aufmerksamkeit mehr übrig für irgendetwas als die Waffe, die ihr in den Rippenansatz drückte – nicht für Worte, nicht für Gedanken. Aber in ihrem Mann keimte plötzlich ein Funke des Verstehens. Noch war er weit davon entfernt, ihn greifen zu können, aber es dämmerte die Ahnung, dass da eine Erklärung war und er sie schon längst in sich trug.

Greider ließ den Beutel in seiner Hand springen.

Und in diesem Augenblick kamen das wertvolle Klirren, das Gefühl der ohnmächtigen Angst, das Bild eines bewaffneten Mannes, der in seinem Laden stand – und vielleicht auch etwas durch die Generationen Halberinnertes, Weitergegebenes im Gesicht, in den Augen des Fremden –, kam das alles wie die Entladung eines Blitzes zusammen für den Krämer, und er stammelte: »Du ... bist ...«

Greider zog ironisch den Hut.

Und dann hatte auch die Frau verstanden. Sie begann am ganzen Leib zu bibbern.

»Ihr redet doch so gern, gegen Geld«, sagte Greider ein zweites Mal, und jetzt, da er wusste, dass die Bedeutung dieser Worte wirklich verstanden wurde, kostete er sie voll bedrohlichen Spotts aus.

Den Krämerleuten fiel keine andere Antwort ein als ein unwillkürliches, beschämtes Nicken.

»Dann redets. Dann erzählt's dem ganzen Dorf, dass ich zum Brenner geh.«

Sie starrten ihn fassungslos an, jetzt offenbar vollends überzeugt, es mit einem Wahnsinnigen zu tun zu haben.

»Nicht umsonst!«, beeilte Greider sich, als wäre der Grund für ihre Bestürzung die Befürchtung gewesen, diesen Dienst gratis leisten zu müssen.

Er nestelte mit einer Hand an der Kordel, die den Schlund des Beutels verschlossen hielt, und zog schließlich eine Goldmünze hervor.

Er hielt sie der Frau an die Lippen.

Sie schaute verständnislos.

»Du magst doch 's Geld so gern«, herrschte er sie an. Das Spöttische war auf einmal ganz aus seiner Miene gewichen, und aus den tanzenden Schatten auf seinem Gesicht starrte ein Blick, der kälter funkelte als jedes Metall.

»Also. Friss«, befahl er.

Die Frau schüttelte verstört den Kopf, und ihr Mann schickte sich an, etwas einzuwenden, aber noch bevor er die erste Silbe hervorgebracht hatte, war die Mündung des Gewehrs plötzlich auf ihn gerichtet. Kaum hatte er seine Hände wieder halb erhoben, was die Laterne erneut schwanken ließ und den Raum in Schattenseegang versetzte, war die Mündung auf die Brust der Frau zurückgekehrt.

»Friss!«, befahl Greider abermals und presste ihr das Geldstück zwischen die Lippen. Es war etwas in seiner Stimme und in seinen Augen, das die Krämerin mehr als das sich wie ein knöchriger Finger in ihr Fleisch bohrende Gewehr dazu brachte, tatsächlich die Münze zu nehmen und sich in den Mund zu legen, der sich mit dem eisig-süßlichen Geschmack von durch viele Hände gegangenem Metall füllte.

»Friss!!«, kommandierte der Fremde ein drittes Mal, als die Frau es jedoch dabei bewenden ließ, und diesmal schrie er fast, spannte den Hahn der Waffe und drückte ihr deren Lauf so fest gegen den Leib, dass sie mit einem Aufjapsen fast das Geldstück wieder ausgespuckt hätte.

Tränen standen ihr in den Augenwinkeln. Aber sie sah durch den feuchten Schleier das, was von dem Gesicht des Fremden Besitz ergriffen hatte, und sie verstand, dass sie nur eine einzige Möglichkeit hatte, die Situation vielleicht zu überleben. Sie schluckte.

Vielmehr versuchte sie es: Die Münze passierte den Gaumen, aber sie wollte nicht durch die Speiseröhre passen, und die Frau hustete, würgte, spuckte, ohne sie wieder loszuwerden.

Greider aber brüllte sie nur wieder und wieder an, sie solle fressen, fressen, fressen. Sie ging in die Knie, schlug sich auf die Brust, und irgendwie schaffte sie es schließlich, den harten Knoten an ihrem Kehlkopf vorbeizudrücken. Die Frau hustete abwechselnd und schnappte nach Luft, um die aufsteigende Übelkeit zu bekämpfen. Als sie sich halbwegs wieder gefasst hatte, schaute sie zu ihrem Peiniger auf, ob dieser nun zufrieden sei.

Greider fasste bloß in den Beutel, holte das nächste Geldstück heraus und setzte es ihr an die Lippen. Sie presste den Mund zusammen, schüttelte den Kopf, wimmerte, aber der Fremde setzte ihr die Gewehrmündung an die Schläfe. Der Frau rannen die Tränen über das Gesicht, armselig kniete sie da mit ihrem dicken, alten Leib in ihrem Nachthemd, und sie

258

schnappte wie ein Schoßhund nach dem Goldstück, würgte unter ihrem Heulen auch dies herunter.

Wieder griff Greider in den Beutel.

Da hielt es den Krämer, der dem entwürdigenden Schauspiel machtlos bebend zugesehen hatte, einfach nicht mehr. Da brüllte er auf, fast schon bereit, sich auf den Fremden zu stürzen, egal was das für Konsequenzen haben mochte.

Greider blickte hoch, bereit, den Mann mit der Waffe in Schach zu halten.

Hinter der Ladentheke, vor der der Krämer stand, befand sich inmitten der Regale ein großer Spiegel.

Und Greider sah in diesem Spiegel die Erscheinung am Rande des Lampenscheins, die herrisch dastand vor der gedemütigten, wehrlosen Frau, das Gesicht eine Fratze des Hasses. Die Erscheinung, die das Menschenähnliche nur noch wie eine halb verrutschte Larve zu tragen schien. Und er erkannte diese Erscheinung nicht wieder.

Bis er sich darin erkannte.

Es wirkte wie das Fingerschnippen auf einen Hypnotisierten. Greider schleuderte angewidert den Beutel auf den Boden, dass die Goldstücke klirrend, sirrend heraussprangen und -rollten, quer durch den Laden, Ungeziefer gleich, das beim Anmachen des Lichts die nächste finstere Ritze sucht.

Und er drehte sich um, riss die Tür auf, durch die der Schnee hereinstob wie ein schon lange fröstelnd auf der Schwelle wartender Gast, und er lief hinaus, das Krämerpaar so verblüfft zurücklassend, dass es fast eine halbe Minute dauerte, bis der Mann die Lampe abstellte, die Tür schloss und verriegelte, seiner Frau aufhalf, ihr den Morgenmantel und den Arm fest um die Schultern legte und sie, die von Weinkrämpfen geschüttelt wurde, unter einem unablässigen Strom geflüsterter, tröstender Worte hinauf in die Schlafkammer führte.

Greider ritt hinaus aus dem Dorf, das inzwischen gänzlich dunkel, still und schlafend war und dem der Schnee mit zärtlicher Strenge eine Decke überzog.

Greiders Gesicht war hart, es ließ sich auch vom Treiben der Flocken zu keiner Regung verleiten, die es anflogen und sich zum Sterben auf seine Wangen setzten, sich in seinen Augenbrauen zu Eiskristallen verfingen. Das Gesicht verriet nicht, was sich dahinter abspielte. Ob dort Zweifel aufbegehrten, ob dort Selbsthass und Hass miteinander rangen, ob dort Gedanken an Vergangenes oder Kommendes geisterten. Es war ein in Entschlossenheit gefrorenes Gesicht, und es verriet nur: Was immer an Gedanken, an Kämpfen, an Zweifel dahinter sein mochte, es kam zu spät, wenn es nicht dem über allem thronenden Willen zur Rache dienen wollte. Es würde sich nutzlos abmühen, würde höchstens die innere Färbung dessen ändern, was geschehen musste. Was geschehen würde.

Der Weg zurück durchs Tal war lang, zumal Greider gemächlich ritt. Nicht um in dem Schneetreiben das Tier zu schonen. Sondern weil es keinen Grund zur Eile gab, weil alles mit der unabänderlichen Regelmäßigkeit eines Uhrtickens seinem Ende entgegenstrebte.

Es war tiefste Nacht geworden, es waren die toten Stunden, die nach dem Kalender schon einem neuen Tag zugerechnet wurden, die aber in Wahrheit keinem zugehören. In denen schon alles ins Dunkel abgefallen ist, was noch zu dem vorigen zählte, und noch nichts keimt, was am nächsten wartet. Die Stunden, in denen man den Glauben an ein Morgen verlieren kann.

Nur mit Mühe war überhaupt ein Weg zu erahnen, und es war eher die mittlerweile gewonnene Gewohnheit, die Greider und sein Tier leiteten. Nach langer Zeit tauchte schließlich ein seltsames Skelett neben ihnen auf, ein auf der einen

Seite in die Knie gesunkenes, verlassenes Geschöpf, dessen Holzknochen schon halb unter Schneewehen beerdigt waren – und da wusste Greider, dass die Brennerschen den sabotierten Kutschwagen einfach hatten liegenlassen und dass nun die Mühlbrücke erreicht war.

Danach dauerte es nicht mehr allzu lange, bis er in den Wald hineinkam, und hier drang das Flockenwimmeln nur noch ausgedünnt durch, hier war es, als wäre er in einen natürlichen Dom hineingeritten, in dem auch die Geräusche plötzlich wieder Atem bekamen.

Greider verließ den Weg, der zwischen die Bäume gehauen war und auf dem man seine Spuren wiedergefunden hätte. Er stieg ab und führte sein Tier in das Dickicht hinein und hindurch, bis der Wald sich schließlich eine Anhöhe hinaufschwang. Es war die letzte Steigung vor dem kleinen Kessel am Ende des Hochtals, in dem der Hof des Brenner lag.

Greider führte sein Maultier noch ein gutes Stück weiter weg vom Weg, hin zu den Seiten des Tals, wo er es unter Bäumen festmachte, die den Boden weitgehend vom Schnee geschützt hielten, und ihm eine Decke überlegte.

Dann ging er zurück in Richtung des Weges, hielt sich aber am Waldrand zu der Senke hin. Das Schwarz des Brenner'schen Hofes war noch so viel dunkler als das der Nacht, dass Greider seine Umrisse selbst durch die Finsternis und durch das Flockenrauschen hindurch erkennen konnte. Es brannte dort kein Licht mehr.

Greider suchte sich, noch einige Meter weiter vom Weg entfernt, einen großen Baum am Abhang, der am Waldrand direkt im Wetter stand. Der Wind hatte das Weiß so mächtig auf- und um den Baum getrieben, dass dessen riesig ausladende Nadelzweige sich darunter herab-, aufeinanderbeugten und die untersten sich in die mannshohen Schneewehen am Fuß des Holzriesen tauchten. Die Vorderseite des Baumes sah aus wie ein fast nahtloses, spitzes Zelt. Doch die Rückseite war nicht so tief eingeschneit, hier liefen die Schneewehen in der Mitte flach aus und ließen eine muldenartige Öffnung. Dort kroch Greider vorsichtig hinein – bedacht, den Zweig nicht zu berühren, der darüber ein Dach bildete. Und so fand er sich in einer natürlichen Höhle wieder, die von Schneewehen und Zweigen um den Baumstamm herum gebildet worden war. Ihr Boden war fast trocken, völlig bedeckt mit abgestorbenen, braunroten Nadeln. Und Greider blieb bequem Platz, sich sitzend an die rauhe Borke des Stamms zu lehnen. Er klaubte ein paar vertrocknete, herabgefallene Ästchen zusammen, baute daraus um ein Häufchen von Nadeln einen kleinen Scheiterhaufen und zog sein Feuerzeug aus dem Mantel – eine Metalldose mit Zunder und einem Feuerstein. Es brauchte nur wenig Geduld und anfeuernden Hauch, bis das Holz prasselnd brannte und Greider es mit weiteren Stöckchen füttern, er seine Hände an den Flammen wärmen konnte. Das Feuer und seine Körperwärme würden den engen, abgeschlossenen Raum bald auf eine erträgliche Temperatur bringen, und die Zweige und der Schnee würden dafür sorgen, dass von dem verräterischen Licht und Rauch fast nichts hinausdrang.

Greider kramte aus seinem Mantel etwas zum Essen hervor und eine Zigarette, griff in die Schneewehen, um sich einen Eisball zu pressen, der ihm gleichsam als Getränk dienen konnte, und machte sich bereit zu warten.

Wie viele Stunden vergangen waren, hätte er nicht genau sagen können, aber es musste noch immer gut vor Morgengrauen sein, als von draußen Geräusche in sein Lager drangen.

Es waren das Keuchen und Stapfen eines Pferdes, das vom Hof her die Anhöhe heraufkam.

Greider löschte behutsam, allen Qualm erstickend, sein Feuer unter zwei Handvoll Schnee. Und kroch leise zum Ausgang seiner Höhle.

XVI

Am Morgen hatte es zu schneien aufgehört, aber zwischen die Sonne und die Welt hatte sich noch immer ein hoher, milchig durchscheinender Schleier geschoben. Statt eines Sonnenaufgangs gab es nur ein rosiges Aufleuchten über den Gipfelgraten, und dann nahmen Himmel und Schneedecke, wie einander spiegelnd, nach und nach wieder das teilnahmslose Weiß des Tages an.

Kaum war die Stunde um, da an einem klaren Morgen die Sonnenscheibe über den Horizont geglost hätte, da öffnete sich die Tür des Brenner-Gehöfts. Drei Gestalten traten heraus, in dicke Felljacken gehüllt, mit Hüten auf den Köpfen. Sie schritten auf den Hof und blickten sich, die Landschaft sorgfältig absuchend, nach allen Seiten sichernd um.

In ihren Händen trugen sie Gewehre – schwere, doppelläufige Flinten.

Sie entdeckten nicht, worauf sie vorbereitet waren, und gingen, ein kleines Dreieck mit dem ältesten Brenner-Sohn an der Spitze bildend, weiter zum Gatter. Hier hielten sie wieder inne und schauten sich um. Doch immer noch war alles um sie herum menschenleer. Der Bärtige öffnete das Balkengatter und winkte seine beiden Brüder hindurch. Es waren dies der nach ihm Älteste und der Jüngste unter den noch Verbliebenen – die beiden Schnauzbärtigen, die sich auch sonst am ähnlichsten sahen, obwohl fünfzehn Jahre zwischen ihnen lagen.

Sie traten auf den Pfad, der hinaus ins Tal führte. Der Bärtige hatte sichtlich kein ganz gutes Gefühl bei der Sache, doch seine Überzeugung von der eigenen Überlegenheit schien ihm das nicht zu nehmen. Er wirkte wie ein Mann, der eine etwas heikle Aufgabe zu erledigen hatte, sich aber sicher war, dass er sie zu einem vorteilhaften Ende bringen konnte – solange er nur achtgab, sich vor Überheblichkeit keine leichtsinnigen Fehler zu erlauben.

Die Männer zogen das Dreieck etwas weiter auseinander und schritten – jeder einen anderen Winkel des Panoramas scharf im Auge behaltend – den Weg auf die Anhöhe zu. Nichts regte sich außer ein paar einsamen Vogelrufen.

Alle paar Schritte blieben sie stehen, um auch hinter sich, zum Hof hin, Ausschau zu halten, obwohl sie dort nicht wirklich etwas zu entdecken glaubten. Denn unberührt erstreckte sich um sie die weiße Decke über die gesamte, große Mulde hinweg. Nur entlang des Wegs, dem sie selbst folgten, zogen sich die sanften Pockennarben einer einzelnen, halbverschneiten Spur. Und von wem diese stammte, wussten sie.

Je weiter sie vorankamen, umso mehr befiel sie eine seltsame Mischung aus Triumph und Unwohlsein: Sollte den Fremden der Mut verlassen haben, sein Versprechen einzulösen? Hatte er sich irgendwo im Tal verkrochen, wo sie ihn unweigerlich aufstöbern und als jämmerlichen Feigling richten würden? Oder war seine Feigheit von anderer Art: Versuchte er, sie in einen Hinterhalt zu locken? Dass sie mit jedem Schritt in die Leere der Ebene hinein ein besseres Ziel abgaben, war ihnen nur zu bewusst. Darum hatten sie ja vorsorglich für eine Versicherung gesorgt, auch wenn sie der Aufforderung des Fremden, sich wie Männer gegenüberzutreten, nicht ausweichen wollten.

Sie hatten etwa die Mitte der Senke erreicht, als sich plötzlich ihr vorsichtiges Spähen als überflüssig erwies: »He!«, schallte es ihnen entgegen, und auf der Anhöhe war in der für den Weg geschlagenen Waldschneise mit einem Mal eine Gestalt erschienen. Es war der Fremde, auf seinem Maultier sitzend, der ihnen mit seinem hochgereckten Gewehr zuwinkte.

Nach dem langen Lauern auf einen Hinterhalt, dem Suchen in jedem Schatten, in jeder Bewegung eines fernen Asts, kam jetzt gerade dieses offene Erscheinen so überraschend, dass sie einen Sekundenbruchteil brauchten, um sich zu fassen und darauf zu reagieren. Das ließ genug Zeit für den Fremden – sobald er gesehen hatte, dass sein Ruf sie erreicht hatte –, sein Gewehr an die Schulter zu nehmen und einen Schuss abzugeben, der ein paar Meter vor ihnen in den Schnee spritzte, noch bevor sie ihrerseits angelegt hatten. Als ihre Kugeln als Antwort in fast gleichzeitigem, dreifachem Krachen dorthin sausten, wo eben noch der Körper des Fremden war, hatte er schon die Zügel herumgerissen, seinem Maultier die Sporen gegeben und war wieder hinter der Hügelkuppe verschwunden.

Der Jüngste schickte ihm noch die Ladung seines zweiten Laufs hinterher, doch der Bärtige rief ein barsches »Halt!«, bevor der andere es ihm gleichtun konnte. Es hatte keinen Sinn, ins Nichts zu schießen, um dann mit leeren Waffen dazustehen.

Keuchend standen die drei Männer in der Stille, die ebenso plötzlich und in ihren Ohren dröhnend wieder um sie herum eingekehrt war, wie kurz vorher das Krachen der Gewehre sie zerfetzt hatte. Die beiden Älteren hielten Kimme und Korn starr auf die Wegmündung am Waldrand gerichtet, während der Jüngste, seinen Fehler einsehend, so überstürzt nachlud, dass seinen klammen Fingern die erste Patrone in den Schnee entglitt.

Doch seine Eile war umsonst. Die Stelle, wo eben die Ge-

stalt erschienen war, blieb leer. Und als ihre von dem nach-
klingelnden Lärm der Büchsen kurzzeitig betäubten Ohren
wieder offen waren, hörten sie Hufgetrappel in den Wald entschwinden.

Der Bärtige zögerte nicht lange: »Die Pferd!«, winkte er
seine Brüder eilig zum Hof zurück. »Schnell!«

Und wenn ihre Hast dabei nicht ganz verausgabend war,
dann dank der Überzeugung, dass der Fremde mit ihrem in
den dunklen Morgenstunden vorausgerittenen Bruder bereits
einen Verfolger hatte.

Es war eine Hoffnung, die sich bald als berechtigt erwies: Die
drei Männer waren selbst kaum über die Kuppe geritten, da
konnten sie nach ein paar Dutzend Metern vor sich erkennen, wie sich zu der Spur des Maultiers im in der Nacht gefallenen Schnee seitlich aus dem Wald kommend eine zweite
gesellte.

Noch immer hüteten sich die drei Brenner-Söhne davor,
etwas zu überstürzen. Sie hatten ihren Pferden einen ge-
schwinden Trab auferlegt statt eines Galopps, sie wollten
nicht zu schnell in eine Situation hineinreiten, die sie vorher
nicht halbwegs Gelegenheit hatten zu überblicken. Aber die
zweite Spur gab ihnen Zuversicht und den Mut, ihr Tempo
nicht zu sehr zu zügeln.

Vor allem hatten sie Vertrauen in ihren Bruder. Er war immer einer der Geschicktesten und Verständigsten von ihnen
gewesen – manche im Dorf hätten auch gesagt, Verschlagens-
ten. Er war der erfolgreichste Jäger unter ihnen, der schon
manche Beute erlegt hatte, an der die anderen die Geduld verloren hatten. Und er hatte schon als Kind, vor über zwanzig
Jahren, die Unbarmherzigkeit eines gestandenen Mannes
gezeigt.

So wunderte es sie auch nicht, dass die Spuren so schnell

kein Ende fanden: Ihr Bruder würde nicht voreilig handeln. Ihm war aufgetragen, den Fremden im Auge zu behalten – ihn aber nicht einfach hinterrücks über den Haufen zu schießen, solange er tatsächlich bereit schien, die offene Konfrontation zu suchen. Die Brennerschen hatten es nicht nötig, feige Mörder zu sein; zuallererst vor sich selbst wollten sie sagen können, dass sie sich wie Männer benahmen. Und noch etwas trieb sie guten Gefühls voran: Es war offenbar die Absicht des Fremden, sie möglichst weit von ihrem heimischsten Terrain zu führen, wo er sie zu sehr im Vorteil wähnte. Der Fremde befand sich nicht auf der Flucht, er wollte nur den Ort der Auseinandersetzung selbst bestimmen. Aber dann musste er auch irgendwo von selbst anhalten und sich ihnen stellen. Denn welchen Sinn hätte es sonst gehabt, überhaupt zu dem vereinbarten Treffen zu erscheinen?

So eilten sie siegesgewiss den Hufabdrücken hinterher, die Anhöhe hinunter, durch den Wald und schließlich in die freie Ebene, wo die Pferde an manchen Stellen bis zum Bauch im Schnee versanken und wo auch die Passage der Vorangerittenen solch breite Spuren in das Weiß gepflügt hatte, dass dem Verlauf eines befestigten Wegs nicht leichter zu folgen gewesen wäre.

Der Vorsprung des Fremden konnte keine Viertelstunde betragen, länger hatte es gewiss nicht gedauert, bis sie die Tiere aus dem Stall gezerrt und gesattelt hatten. Und da auch er in diesem Schnee keinen Galopp anschlagen konnte, mussten sie sein Maultier mit ihren Pferden bald eingeholt haben.

Sie waren sich sicher, dass sie ihn inzwischen schon vor sich sehen könnten, wäre das Gelände, je mehr sie sich dem Mühlbach näherten, nicht wieder hügelig und bewachsen, der Pfad nicht wieder schlängelnd geworden.

Und in der Tat musste ihr Bruder schon gehört haben, dass sie sich von hinten näherten.

Denn als sie über die Mühlbachbrücke stoben, da hatte er den Fremden soeben eingeholt und gestellt.

Der Fremde war nicht viel weiter gekommen als bis zu dem Wrack des Kutschwagens, als der Brenner-Sohn ihn zum Anhalten gezwungen hatte. Die drei Verfolger sahen ihren Bruder – noch immer in die dicke Jacke, Hut und Schal gemummt, mit denen er sich gegen die Kälte der Nachtstunden gewappnet hatte – auf seinem Pferd im sicheren Abstand von einem guten Dutzend Metern links vom Weg warten, das Gewehr unbestechlich im Anschlag. Als er sie über die Brücke kommen sah, winkte er – ohne sein Ziel aus dem Visier zu verlieren – kurz den drei anderen zu und deutete triumphierend auf den Fremden.

Der saß, ohne sich bisher auch nur aus der Richtung seines Ritts gewendet zu haben, mit dem Rücken zu ihnen starr auf seinem Maultier. Sein Gewehr steckte nutzlos in seiner Sattelhalterung.

Die drei Ankömmlinge hielten an, sobald sie die Brücke verlassen hatten. Auch sie wollten nicht den Fehler machen, ihren Triumph zu früh zu feiern, und hielten sicheren Abstand. Alle drei zogen sie ihre Waffen hervor und legten an.

»Steig ab!«, befahl der Bärtige mit hörbarem Genuss dem überrumpelten Widersacher.

Der Fremde rührte sich nicht.

»Steig ab!«, wiederholte der älteste Brenner-Sohn, schärfer diesmal. Und setzte hinzu: »Oder i knall' di glei ab.«

In den Mann auf dem Maultier schien Bewegung zu kommen, aber dann blieb er doch im Sattel sitzen.

Der Bärtige schaute seine beiden Brüder neben sich kopfschüttelnd an, ungläubig angesichts der sturen Feigheit, die der Fremde da an den Tag legte.

»Ein letzt's Mal«, bellte er in die frostige Luft, und seine Stimme ließ keinen Zweifel, dass sein Geduldsfaden bereits gefährlich überspannt war. »Steig ab!«

Der Fremde zuckte eigenwillig zusammen, und dann hieb er seine Füße dem Maultier in die Flanken.

Jetzt hatte der Bärtige genug gesehen. Er hatte jede Bereitschaft gehabt für ein Gegenübertreten unter Männern. Aber wenn den Fremden, der dieses gefordert hatte, jetzt der Mut dazu verließ, dann war das nicht seine Schuld. Dann konnte man nicht mehr von ihm erwarten, dass er so einem auch noch nachritt, dass er da jetzt noch lange Anstalten machte. Da konnte ihm keiner einen Vorwurf machen, wenn er die Sache nun gleich ohne Aufhebens zu dem dreckigen Ende brachte, die sie sowieso genommen hätte. Er presste den Kolben seines Gewehrs fest an die Schulter, peilte mit scharfem Auge, bis der Lauf sich an die Bewegung des widerwillig lostrabenden Tiers geschmiegt hatte, und drückte ab.

Ein rauchendes Loch platzte in der linken Schulter des langen Mantels des Fremden auf und begann nach einer Schocksekunde, sich rot zu färben.

Als hätte dieser Schuss dem Bärtigen den Schlüssel gegeben zu einem allerletzten Quäntchen Geduld, ließ er doch noch einmal den Ruf ertönen: »Steig ab!«

Der Fremde schüttelte sich nur, und dass er dies jetzt noch zum Lachen zu finden schien, machte den Bärtigen rasend. Er nickte seinen Brüdern zu, und alle außer dem schon Vorangerittenen entluden, zusammen mit dem zweiten Rohr des Bärtigen, ihre doppelläufigen Waffen in den Rücken, in den Hinterkopf des Manns auf dem Maultier, das erschreckt bockte und blökte. Rote Wölkchen stieben in das Weiß des Tags.

In blutigen Fetzen sank der Fremde im Sattel zusammen.

Fast tat es dem Bärtigen leid, dass der Mann diese Salve nicht überlebt haben konnte. Er hätte ihm zu gern noch einmal in die brechenden Augen geschaut und ihm ein paar Worte in den Tod mitgegeben, wie sie ein solch feiger Hund verdient hatte. Und dann hätte er ihm in so vielen Einzelheiten, wie das Sterben noch erlaubt hätte, ausgemalt, was die Hure erwartete, die er glaubte, befreit zu haben.

Aber wenigstens das tote Gesicht zu sehen würde ihm eine gewisse, wenngleich viel geringere Befriedigung sein. Und so steckten er und seine Brüder ihre Gewehre weg und ritten gemächlich zu dem Erschossenen. Das Maultier sprang umher, noch verstört von dem Lärm – es schien zu spüren, dass seine Last eine grausige geworden war, und versuchte erfolglos, sie abzuschütteln. Aber bald merkte es, dass das Knallen wieder aufgehört hatte und dass sein Sträuben so anstrengend wie fruchtlos war, und so stand es schnaubend still und schien zu überlegen. Die drei Männer stiegen ab, der Jüngste fasste das Tier am Zügel, strich ihm über die Schnauze und beruhigte es.

Der Bärtige wollte den Toten auf den Boden ziehen, doch seine Füße glitten nicht aus den Steigbügeln, und der Körper kippte lediglich im Sattel nach hinten, wie die erstarrte Karikatur von einem, der sich in geselliger Runde am Tisch nach einem besonders gelungenen Witz vor Lachen bog.

Zunächst erkannte der Bärtige das blutüberströmte, todesverzerrte Gesicht überhaupt nicht wieder. Dann war in seinem Bewusstsein für eine Sekunde nichts als die abwegige Frage, wann der Fremde denn Zeit gehabt hatte, sich einen Backenbart wachsen zu lassen. Und erst im nächsten Augenblick hatte sein Verstand mit einem Schlag, der ihn durchfuhr, als wäre all sein Blut in diesem Moment durch Eiswasser, im nächsten durch kochendes ersetzt worden, alles gesehen und alles begriffen: den Lederriemen, mit dem die Hände des Reiters an den Sattelknauf gezurrt waren, jene, die die Füße an die Steigbügel banden, und den, der ihm das Tuch zwischen den Zähnen hielt, welches man zusammengeknäult fest in seinen Mund gestopft hatte. Und am schlimmsten: das Gesicht seines Bruders, der im Mantel und Hut des Fremden steckte.

Der Bärtige wollte aufschreien, aber noch in dem Moment, wo sich der Schrei in seiner Kehle formte, begriff er das Nächste und Wichtigste, und statt eines Rufs der Überraschung, des Zorns, des Schmerzes wurde es zur kürzest möglichen Warnung: »Weg!«, brüllte er seine verblüfften Brüder an, fuchtelte ihnen den Blick zugleich auf die wahre Identität der Leiche, die Bedrohung in ihrem Rücken und den Weg zur Flucht, und noch bevor die beiden anderen die Hälfte davon erfassten, hatte er schon sein Gewehr aus dem Sattel des nächststehenden Pferds gerissen und war losgespurtet, durch den hohen Schnee mehr stolpernd, rudernd als rennend, um hinter der Kutsche Schutz zu suchen.

Als Zweiter verstand der ältere der beiden Schnauzbärtigen – sobald seine Augen entdeckt hatten, wer da vor ihnen auf dem Maultier saß, schnellten sie hoch und zu dem Mann, der auf der gegenüberliegenden Seite des Wegs auf einem Pferd thronte, das ihm nicht gehörte.

Greider zog den Schal herab, der sein Gesicht fast bis unter die Augen verhüllt hatte.

Dann spannte er aufreizend langsam, mit einem Klacken, welches das ganze Tal zu füllen schien, den Hahn seines Gewehrs.

Der jüngste der drei Brüder war der Letzte, der mitbekam, was vor sich ging, und er verstand davon auch nur so viel, dass aus dem vermeintlichen Sieg ein Albtraum geworden war und dass da drüben ein Mann saß, der sein Bruder hätte sein müssen, der aber jetzt auf sie anlegte – und dass keine Zeit war, mehr ergründen zu wollen, sondern dass es nur eins gab: so schnell als möglich in Deckung zu kommen.

Der ältere Schnauzbärtige hatte zwei Vorteile: zum einen, dass sein einer Bruder schon eine vage Schneise durch den Schnee gepflügt hatte, der er nur zu folgen brauchte, um fürs Erste in Sicherheit zu kommen. Und zum anderen, dass sein jüngerer Bruder als letzter Fliehender ein dankbareres Ziel abgab als er selbst.

Er war gerade unmittelbar nach dem Bärtigen in Deckung gehechtet, da war der Jüngste noch fünf Meter von der auf eine Deichsel gesackten Kutsche entfernt, kurz davor, deren schützende Rückseite zu erreichen. Da tat es einen Knall, und dem Flüchtenden explodierte das rechte Knie.

Eine grausige, lange Sekunde hielt er noch das Gleichgewicht, und sein Gesicht bekam einen fragenden Ausdruck, was da so gekracht habe und warum sein Bein, das er doch eben im Laufen nach vorne gesetzt hatte, keinen Halt finden wollte, sondern ihn fallen, fallen, fallen ließ. Dann stürzte er vorwärts in den Schnee.

Es waren die Schreie ihres jüngsten Bruders, die den beiden anderen schließlich weniger den Mut gaben, hinter ihrer Deckung hervorzulugen, als das Herz raubten, sie noch länger untätig mit anzuhören.

Hinter dem Wagen waren sie vorläufig gut verbarrikadiert: Sie befanden sich auf jener Längsseite, deren noch intaktes Rad die Kutsche aufbockte, und der Schnee hatte die Greider zugewandte Schräge des gestürzten Gefährts in einen kleinen Wall verwandelt.

Geistesgegenwärtig hatte der Schnauzbärtige vor seiner Flucht das Gewehr aus der Sattelhalterung des Maultiers gerissen. Es entpuppte sich als das seines toten Bruders, unge-

272

laden – aber sie führten beide in ihren Jacken noch Patronen bei sich, und so hatten sie bald immerhin vier Schuss bereit und konnten nach beiden offenen Seiten hin sichern, so dass der Fremde sie nicht ohne Gegenwehr überrumpeln konnte.

Aber da war eben das Schreien, Winseln und Betteln ihres Bruders – manchmal einfach unartikuliert im Schmerz, dann wieder voller Unglauben, dass sie ihn da einfach so liegenließen. Es war das Rufen von einem, dem gerade der Glauben zerbrach an alles, was er für die unumstößliche Ordnung der Welt gehalten hatte.

Lang ertrugen sie diese Schreie, aber dann schauten sie sich an und wussten, dass es nicht länger ging. Der Schnauzbärtige zuckte mit den Achseln und rollte sich auf den Bauch, um, das Gewehr in einer Hand, zum Rand ihrer Deckung zu robben.

Auch der Angeschossene hatte versucht, vorwärtszukriechen, aber seine zusehends kraftlos werdenden, eisigen Hände hatten in dem Neuschnee keinen Halt gefunden und sich wund gekrallt bei dem Versuch, in den festgefrorenen Schnee darunter zu dringen. Jede Bewegung ließ den Schmerz in seinem zertrümmerten Bein hochfahren wie eine mit einem Stockschlag gereizte Raubkatze, so dass schwarze Flecken die Welt vor seinen Augen auszulöschen drohten. Auf diese Weise hatte er, immer wieder japsend den Kopf aus dem erstickenden Weiß streckend, kaum einen Meter geschafft.

Da sah er endlich das Gesicht seines Bruders auftauchen. Vorsichtig blinzelte es um die Ecke des Wagens, bereit, sich in einem Wimpernschlag wieder zurückzuziehen. Aus seinem Mund hechelten Atemwolken. Es beäugte die Lage, dann wagte es sich ein kleines Stück weiter hervor.

Der Junge blickte zum ersten Mal über seine eigene Schulter, weil ihm diese Reaktion des Bruders Hoffnung gegeben

273

hatte, dass dort etwas anderes auf ihn wartete als der sichere, sofortige Tod.

Er sah den massigen, aufgeblähten Unterbauch eines Pferdes und vier von sich gestreckte Hufe, die wie die Äste eines gefällten Baums in die Luft stakten und nur hin und wieder kämpfend zuckten, ohne etwas zu finden, gegen das sie sich hätten stemmen können.

Der Fremde hatte offenbar das Tier zu Boden gezwungen, wo er es mit den Zügeln niederhielt. Und hatte sich so seine eigene Deckung geschaffen, hinter der er nicht minder sicher und unsichtbar lag.

Dass zumindest das Gewehr des Fremden nicht unmittelbar auf ihn gerichtet war, gab dem aus dem Schutz der Kutsche Kommenden nach einem Blick in die Augen seines Bruders und einem tiefen Durchatmen den Schneid, sich auf den Ellbogen weiter aus der Sicherheit zu robben, die zumindest teilweise niedergedrückte Spur entlang, auf der der Bärtige und er selbst zuvor gekommen waren, so dass er nicht dauernd im Schnee zu versinken drohte.

Obwohl es ihm den Schnee in Ärmel, Kragen und Hosenbund hineintrieb, dass sein Körper bald wie in Eiswasser badete, schwitzte er, hatte er das Gefühl zu dampfen.

Hoffnung trat in die stieren Augen seines Bruders, eine Hoffnung, die einer gefährlichen Gier nach Überleben glich, der egal war, ob der Halm, an dem sie sich in die nicht mehr erreichbar geglaubte Sicherheit ziehen konnte, dabei ausgerissen wurde. Mit atemlosem, flehendem Brabbeln feuerte der Jüngere ihn an, reckte ihm eine grapschende Hand entgegen.

Einen Meter, zwei hatte sich der Ältere aus der Deckung hervorgerobbt. Immer wieder ging sein Blick ängstlich zu dem am Boden liegenden Pferd, und die Furcht engte ihm die Brust, dass er keuchte, als wäre er, den Teufel im Nacken, durchs halbe Tal gerannt. Weit war es nicht mehr bis zu dem Verletzten – und an den Weg zurück verbot er sich zu denken.

Noch ein Meter war geschafft, es blieb weniger als eine Körperlänge zwischen ihnen. Auch er hatte jetzt, noch sinnlos, seine Hand ausgestreckt, als wolle er sich von einem Schwimmzug noch bis zum Ufer tragen lassen. Als könnte allein diese Geste auf beschwörende Weise den letzten Abstand zwischen ihnen überwinden.

Da stand der Fremde hinter dem Pferd auf.

Er tastete sich nicht herauf, er lugte nicht zuerst aus der Hocke hervor. Er stand auf, wie man nach dem Essen vom Tisch aufsteht. Ohne die geringste erkennbare Furcht, sich selbst zum Ziel zu machen. Er legte flüssig, zügig, aber kein bisschen hektisch an, zielte und drückte ab.

Eine Kugel ließ inmitten der letzten, unüberwindbaren Leere zwischen den beiden Brüdern den Schnee aufstauben.

Der Jüngere schrie auf, mit kreatürlicher Verzweiflung, und fing an, wie ein Ertrinkender mit den Armen zu fuchteln. Aber da hatte der andere schon – mit einem Blick der erbarmungslosen Entschuldigung, einem Blick, der unendlich bedauernd eingestand, dass keine Blutsbande so stark waren wie die Bande an das Blut in den eigenen Adern – den panischen Rückzug angetreten.

Er krabbelte rückwärts, strampelnd wie ein Käfer im Sand, weil ihm das Umdrehen zu viel Zeit zu brauchen schien, weil er es aber auch nicht ertragen hätte, den Fremden mit dem Gewehr im Anschlag in seinem Rücken zu haben, ohne zu wissen, wann der Schuss kam. Dann lieber sehen, wie Greider hinter dem Pferd stand, das von dem Krachen erschreckt wieherte, seinen Hals im Schnee vor- und zurückwarf, sich aufrichten wollte. Dann lieber sehen, wie er zielte, während es noch drei, noch endlose zweieinhalb Meter bis zurück hinter die Kutsche waren. Im letzten Moment aber schloss der Brenner'sche doch die Augen. Und hörte vor sich einen Knall, und neben sich einen Einschlag im Schnee. Und als er die Augen wieder öffnete, sah er gerade noch, wie der Fremde, das aufbegehrende Pferd mit sich hinabzwingend, wieder in seiner Deckung verschwand.

Als er sich, zitternd und bleich, hinter den Wagen rollte, sah man ihm an, dass er kaum mehr daran geglaubt hatte, diesen Rückweg tatsächlich zu überleben.

Der Schnauzbärtige brauchte, als er wieder Atem gefunden hatte, den fragenden Blick seines älteren Bruders nicht zu beantworten. Das wiedereinsetzende Rufen des vor dem Wagen Liegenden erzählte ausreichend, dass die gefallenen Schüsse keine tödlichen gewesen waren.

Und nun setzte das Schreien mit einer Vehemenz ein, die seine vorherige Inkarnation harmlos erscheinen ließ. War es zuvor das Schreien eines Verwundeten, Verlassenen und Verzweifelten gewesen, war es jetzt das Schreien eines Verratenen. Eines Mannes, dem man im letzten Moment alle verlorengeglaubte Hoffnung zurückgegeben hatte – nur, um sie ihm im nächsten Atemzug wieder kaltblütig zu nehmen.

Jetzt waren es Flüche, Verwünschungen – gegen den Fremden, gegen seine Brüder, gegen Gott –, die nur ab und zu zusammenbrachen, um zu einem winselnden, heulenden, brüllenden Flehen zu werden.

Die beiden Brüder kauerten hinter der Kutsche, der Bärtige ließ seinen Hinterkopf immer wieder gegen die Speichen des Rades schlagen, an dem sie lehnten, der andere hielt sich nach einer Weile die Ohren zu. Aber keiner wollte es noch einmal wagen, einen Rettungsversuch zu unternehmen.

Und bald vermieden sie es auch, einander zu oft, zu lang anzusehen. Denn sie bekamen Angst, dass sie im Gesicht des anderen dieselbe verbotene Hoffnung erkennen könnten, die in ihnen selbst keimte: dass das Schreien doch jetzt irgendwann ein natürliches Ende nehmen musste. Und dass sie sich schließlich vielleicht sogar noch würden eingestehen müssen, dass darunter langsam der verdammnisbringende Gedanke eiterte, dass man sonst dem Schreien auch selbst ein Ende setzen konnte.

Dann gab es tatsächlich eine Pause.

Die Vögel, die dem Winter und der Höhe trotzten, waren inzwischen alle aufgewacht. Erst jetzt, als die Stille des Morgens zurückgekehrt war und das Tal rundherum seine Gleichgültigkeit kundgab gegenüber dem Schauspiel, das sich in seiner kalten Mitte abspielte, hörten die Männer ihr Zwitschern.

Es wäre ein schöner Morgen zum Jagen gewesen.

Die Brüder hinter der zusammengesunkenen Kutsche starrten in die Ferne, auf die Bergwände, die ihr Leben umschrieben und einschlossen, solange sie zurückdenken konnten.

Die neu eingetretene Stille beunruhigte sie – auf eine Weise, die sie zuvor nicht gekannt hatten, die aber mindestens ebenso unangenehm war wie der unmittelbare, in die Eingeweide fahrende Schrecken der Schreie. Denn die Stille nahm ihrem Verstand den Fokus, warf ihn auf sich selbst und auf ihre ohnmächtige Untätigkeit zurück.

Dennoch hätte man beim besten Willen nicht behaupten können, dass sie froh waren, als die Schreie wieder einsetzten.

Den Jüngsten hatten offenbar die Sinne verlassen, aber jetzt war er wieder bei Bewusstsein – und kannte nichts Dringlicheres, als sie das wissen zu lassen.

Allerdings hatte zwar nicht die Verzweiflung seiner Rufe, wohl aber ihre Kraft merklich nachgelassen. Und nach einigen langen Minuten setzten sie erneut aus.

Diesmal aber war auch die Spanne kürzer, bis sie ein weiteres Mal anhoben, und für die zum Zuhören verdammten Brüder war dieses neue Warten in Unsicherheit eine Qual, die sie an den Rand des Wahnsinns trieb.

Zweimal wiederholte sich das Abreißen und Wiedererwachen.

»Hör auf!«, brüllte schließlich der Schnauzbärtige, der es nicht mehr aushielt, »hör auf, hör auf, *hör AUF!*«

In dem Moment krachte ein Schuss, und der Verletzte vor dem Wagen jaulte auf wie ein geprügelter Hund.

Da riss etwas in dem Schnauzbärtigen. Da kam etwas über ihn, das auch den Versuch seines Bruders, ihn aufzuhalten, achtlos wegwischte, das ihn aufspringen ließ, das Gewehr packen und aus der Deckung stürmen.

Der Junge starrte ihn mit brechenden Augen an, den Blick voll unbeantworteter Fragen. Ein zweiter, rasch größer werdender roter Fleck breitete sich auf seiner Flanke aus.

Und der Schnauzbärtige zögerte einen Moment, ohne dass sein Bewusstsein etwas mit dem zu tun hatte, was er tat, und die Mündung seiner Waffe konnte sich nicht entscheiden zwischen dem vor ihm am Boden liegenden Bruder und dem Fremden, der in der Entfernung stand und das Gewehr noch im Anschlag hatte.

Diese Sekunde war genug, dass aus dem Lauf Greiders ein zweiter Feuerstoß brechen konnte. Der Kopf des Jungen wurde herumgerissen, als hätte ihn jemand mit einem Klatschen hinter ihm erschreckt, und dann schleuderte es seinen Oberkörper wie von einem heftigen Stoß nach vorn, flach in den Schnee, wo er schlaff, mit rot sickerndem Haupt noch ein-, zweimal mit den Gliedern zuckte und dann reglos liegen blieb.

Der Bruder brüllte, riss das Gewehr hoch und feuerte sinnlos in die Richtung des Fremden, der sich schon wieder in Deckung hatte fallen lassen. Seine zwei Kugeln landeten im Bauch des Pferdes, das Beine und Hals hochriss und kläglich aufwieherte.

Dann fühlte der Schnauzbärtige, wie ihn etwas am Kragen packte, und der Ältere zerrte ihn mit Gewalt wieder hinter die Kutsche.

Der Schnauzbärtige wischte sich immer wieder schniefend die Nase, und sein Bruder ließ ihn vorgeben, dass das nur an der Kälte lag.

Wieder saßen sie im Schutz des von dem Wagen gebildeten Walls, in einem scheinbar unauflösbaren Patt. Aber der Tod des Jüngsten hatte etwas verändert.

Wenn die beiden sich ansahen, dann machten sie wenig Anstalten zu verhehlen, dass sie in einer einzigen Hinsicht froh waren um diesen Tod. Nicht weil das unerträgliche Schreien jetzt endlich für immer aufgehört hatte. Sondern weil dieser Tod die Sache klarer gemacht hatte. Er hatte die letzte Unwägbarkeit, die letzte Rücksichtnahme aus der Gleichung herausdividiert. Jetzt konnten sie klar sehen, was zu tun war.

Sie waren zwei Männer – der Fremde allein. Sie hatten vier Schuss in ihren Gewehren – der Fremde konnte nur zwei haben. Sie mussten nur bereit sein, den Preis, von dem sie schon so viel bezahlt hatten, im schlimmsten Fall noch um eins zu erhöhen. Dann gab es für die Angelegenheit nur ein mögliches Ende.

Die Zeit des Wartens war vorbei. Sie gaben sich einen langen Händedruck.

Geduckt schlichen sie jeder zu einer Seite der Kutsche hin. Sie hatten die Ladung ihrer Gewehre sorgfältig geprüft, hatten noch einmal die Läufe von Schnee befreit.

Beide schnauften tief durch.

Dann gab der Bärtige das Zeichen.

Der Schnauzbärtige, der am linken Ende kauerte, nahm seinen Hut vom Kopf und schleuderte ihn hinaus, so weit er konnte vor den Wagen.

Und tatsächlich hörten sie, kaum dass der Hut in die Luft gestiegen war, ein Donnern, und er wurde wie von einem plötzlichen Windstoß aus seinem Trudeln gerissen.

Der Bärtige nahm ebenfalls seinen Hut ab, warf ihn ebenfalls über den Schneewall. Den Versuch immerhin war es wert.

Aber ein zweiter Schuss blieb aus.

Jetzt gab es keine Zeit zu verlieren. Die Brüder erhoben sich.

Nicht einmal er selbst hätte sagen können, ob er mit Absicht seinen Schritt neben die Kutsche einen Augenblick später gemacht hatte als sein Bruder. Aber als der Bärtige ins Freie trat, da hatte es vor und links von ihm schon einen Doppelschlag von Schuss und Treffer getan, und er sah aus dem Augenwinkel seinen Bruder gefällt in den Schnee sinken.

Er verbat sich, näher hinzusehen. Dieses letzte Opfer würde er später betrauern können. Jetzt galt es, alles darauf zu verwenden, dass es nicht umsonst war. Er musste losstürmen, bevor der Fremde nachladen konnte.

Der Bärtige hatte sich seinen Plan im Kopf mehrmals genau zurechtgelegt. Einen Schuss würde er aus der Entfernung riskieren. Sollte der fehlgehen, blieb ihm noch genug Zeit, die weniger als zwei Dutzend Meter zurückzulegen und den Fremden hinter seiner Deckung zu stellen und sicher zu erlegen, bevor der wieder schussbereit sein konnte.

Der Bärtige drückte ab.

Er hatte hastig und schlecht gezielt, aber er hätte wohl

auch sonst nicht getroffen, denn der Fremde war schon wieder blitzschnell in die Hocke gegangen.

Doch statt ganz hinter dem Pferd zu verschwinden, stützte er seine Arme auf die Flanke des zitternden, vor Schmerz röhrenden Tiers, dessen Bauch verklebt war von einem dampfenden Rinnsal Bluts.

Der Bärtige verschwendete im Rennen keine weiteren Gedanken an dieses seltsame Verhalten. Wollte ihm der Fremde ein besseres Ziel bieten, sollte ihm das nur recht sein. Keuchend sprang er, weit ausholend, durch den Schnee, so flink er konnte. Ihn trug eine seltsame Klarheit: Jetzt mussten nur noch Pulver und Blei sprechen. Alles war unwichtig geworden außer diesem einen, letzten Schuss, den er tun musste. Alles hatte sich reduziert auf zwei Männer und eine Kugel. Seine Kugel.

Da hielt er plötzlich verwundert inne, blieb wie vom Blitz gerührt stehen. Jemand hatte ihm mit dem Hammer sein Gewehr aus der Hand geschlagen.

Drei Dinge erreichten gleichzeitig sein verwirrtes Bewusstsein: dass dies entschieden nicht sein konnte, wo doch außer ihnen weit und breit niemand war. Dass, als er sich – dieser Einsicht zum Trotz – umschaute, wer das gewesen war, er zu seiner Verblüffung feststellen musste, dass er nur noch eine halbe rechte Hand hatte. Und schließlich, dass da ein Knall zu viel gewesen war. Dass aus dem Rohr der doch leeren Waffe des Fremden vor ihm Rauch aufstieg.

Bevor er diese Dinge zusammenbringen konnte, musste er sich schon wieder korrigieren und feststellen, dass es *zwei* Donner zu viel getan hatte. Aber in dem Moment drang ein scharfes Stechen von seinem Bauch aus durch den ganzen Leib, seine Brust wurde ihm mit einem Mal zu eng, es schwindelte ihn, und seine Gedanken wurden ihm zu schweren, glitschigen Steinen, die er vergeblich versuchte festzuhalten, und er beschloss, dass es gut sein würde, sich zuerst einmal niederzusetzen und Rast zu halten – aber da merkte er, dass ihn schon jemand in den Schnee gesetzt hatte, und es wunderte ihn sehr, wie das zuging.

Greider stand auf. Das Pferd spürte, wie das Gewicht von seiner Flanke wich, und versuchte, sich ebenfalls zu erheben. Aber es war zu schwach.

Greider kniete sich neben den Kopf des Tieres. Blutiger Schaum troff ihm aus dem Maul und warf aus den Nüstern rosafarbene Blasen. Seine Augen waren weit und weiß, sein Atem ging flach und stoßweise, vom Schmerz und der Angst jeder Regelmäßigkeit beraubt. Aus der Kehle des Tiers klang ein tiefer, klagender Laut.

Greider streichelte dem Pferd den Kopf, flüsterte ihm wortferne, beruhigende Laute ins Ohr. Wieder versuchte es sich aufzubäumen und fiel kraftlos zurück.

Greider erhob sich, setzte die Mündung seines Gewehrs auf die Stirn des Tiers und drückte ab.

Dann schritt er über den Weg hinüber, wo vor dem Wagen drei Körper im Schnee lagen.

Der eine von ihnen hatte schon lange aufgehört, sich zu regen. Bei dem zweiten versicherte er sich nur kurz, dass ihm die versiegte Blutquelle, wundersam, wirklich genau zwischen den Augen entsprang.

Von dem dritten drang ein Wimmern.

Greider begab sich zu ihm. Der Bärtige hielt sich den Leib mit zwei Händen, von denen eine nur eine ausgefranste Ruine war, aus der die Knochen blitzten.

Der Schnee um ihn saugte durstig sein Blut auf. An der Oberfläche staute es sich zu zähen Pfützen, aber wie von einem fein verästelnden Wurzelwerk wurde es von den Kristallen zu einer immer zarter schimmernden Wolke ausgebreitet.

282

Der Bärtige hatte die Augen geöffnet. Auch sein Atem war flach und schwach, und es gelang ihm nicht mehr, noch Worte zu formen. Aber Greider verstand das Fragen in seinem Gesicht.

Als Erstes hielt er dem Mann das Repetiergewehr nah an den Sitz des nicht mehr weit reichenden Blicks. Er feuerte einen Schuss in die Luft und führte den Mechanismus vor, mit dem die leere, noch glühende Patrone aus der Kammer geworfen und zugleich die nächste hineingeladen werden konnte.

Für einen Moment schien der Mann in staunender Faszination seine Schmerzen zu vergessen. Er hob seine Rechte, um das tödliche Instrument zu berühren, wurde dann deren Zustand gewahr – aber absurderweise brachte ihn das nur dazu, sie wieder zu senken und mit der Linken nach dem schwarzen Holz, den silbernen Beschlägen der Waffe zu greifen.

So ein Gewehr hatte man hier im Tal noch nie gesehen, und es schien ein gewisses Bedauern in den Zügen des gegen das Delirium Kämpfenden zu liegen, dass er es erst unter diesen Umständen kennenlernen durfte.

Nachdem aber diese erste Frage um das furchtbare Wunder seines Todes auf solch irdisch-mechanische Weise geklärt war, erinnerte sich sein wegdämmernder Verstand offenbar an ein zweites, wichtigeres, tieferes Rätsel.

Ein Eifer erfasste den Sterbenden, er wollte sich aufrichten, was ihm nicht gelang, und in einem unhörbaren Wort öffnete und schloss sich flehend sein Mund, dem statt Laut nur Lebenssaft entrann, welcher in seinen Barthaaren Rinnsale bildete.

Greider verstand das Wort auch so.

Es hieß »Warum?«.

Greider schien eine Weile zu überlegen, ob er den Bärtigen verrecken lassen sollte wie das Pferd: eine Kreatur, die nicht begriff, in was sie da hineingeraten war. Die starb, ohne wenigstens den nutzlosen Trost eines Sinns geschenkt zu bekommen.

Aus den Augen des Bärtigen brannte seine Bitte.

Greider richtete sich auf und blickte sich um. Dann hatte er offenbar gefunden, wonach er suchte.

Er kniete sich neben den Todgeweihten, griff ihn unter den Armen und setzte ihn, an sich gelehnt, auf. Dem Bärtigen entfuhr ein Stöhnen und ein Schwall Blut, aber er verlor nicht das Bewusstsein.

Greider drehte ihn in dem geröteten Schnee, bis sein Körper zu einem bestimmten Gipfel am hinteren Ende des Tals gerichtet war. Er streckte seinen Arm aus, so dass er dem Bärtigen eine Sichtachse wies, und zeigte auf das Gipfelkreuz. Welches einst eine grausige, mahnende Last getragen hatte.

Zunächst verstand der Mann, der sich nur noch mit Mühe in diese Welt gekrallt hielt, nicht. Dann war ihm aus dem Verdämmern offenbar die Brücke aufgetaucht zu den lang vergangenen Jahren und dem, was damals geschehen war. Er schloss die Augen und nickte langsam.

Greider ließ ihn zurücksinken.

Er stand auf.

Es waren noch neun Schuss in seinem Gewehr.

Erst die letzten beiden fanden gnädig Herz und Stirn.

Langsam nur hob sich der beißende, wie Metall in die Nasenhöhlen stechende Geruch des verbrannten Pulvers in die eisklare Luft, fand Schwingen, ließ sich nach oben tragen, wo er feiner und feiner wurde, sich in immer dünnere Schwaden zerdehnte, verschwand. Darunter klebte der warme, dunkler metallische Geruch der Blutpfützen im Schnee, deren Dampfen zäh erstarb. Dieser Geruch schien sich nicht von der Erde erheben zu können, er versickerte und erstarrte mit seiner Quelle im kristallenen Untergrund.

Der Atem Greiders und seines Maultiers waren das Einzige, was noch lebte in der unsichtbaren Kuppel aus Winterluft; das Einzige, was mit jedem Ausschnaufen eine kleine Wolke der Selbstbehauptung von sich stieß. Greider befreite das Tier von seiner grausigen Last und zerrte den toten Körper dorthin, wo die Übrigen lagen. Die Gesichter hatten bereits alle eine wächserne Blässe angenommen, sie waren dabei, kalt und starr zu werden wie das Eis um sie herum. Es lag auf ihnen der Ausdruck völliger Blödigkeit, die Abwesenheit jedes Willens, jedes Gedankens, welche der zufälligen Konstellation ihrer erschlafften Muskeln einen Sinn eingeschrieben hätten.

Greider hatte die Männer nebeneinandergeschleift, so dass sie in einer unordentlichen Reihe, mit hingewürfelten Gliedern, in ein bis zwei Armlängen Abstand auf dem Rücken lagen.

Jenen dreien, die es nicht im letzten Schmerz selbst getan hatten, schloss er ihre Augen nicht. Sie starrten blicklos, in einem Erstaunen, das nie mehr enden würde, nach oben ins Nichts; nur der Jüngste, dessen Kopf zur Seite gewandt war, schien seine Brüder anzuschauen und mit seinem wie lallend offenstehenden Mund etwas Unhörbares zuzurufen. Der eine trug noch immer den durchlöcherten Mantel, für Greider unbrauchbar geworden.

So ließ Greider sie liegen, wo sie finden und ihnen ein Begräbnis verschaffen sollte, wer mochte. Und sei es nur der nächste Schnee.

Der letzte Blick, den Greider für sie hatte, war verächtlich und frei von jedem Almosen des Mitleids, war hingeworfen wie eine Münze für einen schäbigen Bettler, in dem man einen einst reichen, hartherzigen Geizkragen wiedererkannte.

Greiders Maultier war froh, endlich wieder einen lebendigen Reiter auf dem Rücken zu spüren. Es war froh, sich wieder bewegen zu dürfen und endlich dem Gestank nach Tod zu entkommen, der ihm in den Nüstern klebte. Es schüttelte sich dankbar und ließ sich wieder auf den Weg lenken, den es zuvor gekommen war – zurück ins Innere des Tals.

XVII

Als Greider zum zweiten Mal an diesem Tag in der Wegschneise über dem Hof erschien, war es inzwischen Mittag. Das Grau des Himmels war durchscheinender geworden, die verborgene Sonne ließ die Wolkendecke leuchten wie eine Lampe ihren Papierschirm.

Der Hof des Brenner schien unter dieser Eisenhelle zu schlummern, bis die Finsternis zurückkehren würde, in der er sich vertrauter fühlte. Nichts regte sich dort unten, nur aus dem Kamin zog sich in die Luft als einziges Lebenszeichen der Rauch dünn und hell wie ein Strich von zügiger, sicherer Hand, der nach vielen Metern erst zu zittern begann und ausfaserte.

Ein, zwei Minuten verharrte Greider auf der Kuppe, gab seinem Tier Gelegenheit, sich von dem Anstieg zu erholen, blickte hinab in die Senke. Nicht das Geringste änderte sich an dem Bild, das sich ihm bot, und kein Geräusch verriet eine noch so kleine verborgene Bewegung.

Greider zog sein Gewehr aus der Halterung, hielt es locker, aber bereit an seiner rechten Seite, raffte mit der Linken die Zügel und befahl das Maultier mit vorsichtigen Tritten die Anhöhe hinunter.

Die Augen behielt er unablässig auf den Hof geheftet, aber seine Aufmerksamkeit wurde nicht belohnt, das Anwesen blieb stumm, seine Fenster blind, die Türen regungslos. Wenn man dort auf die Rückkehr der im Morgengrauen Ausgesandten wartete, oder auf die unerwartete Ankunft eines anderen lauerte, dann tat man es verkrochen im Schutz der Mauern.

Wie die Todgeweihten der Früh, nur in umgekehrter Richtung, durchquerte Greider die Senke stetig witternd nach einem Zeichen, das nicht kam. Er erreichte die Einzäunung des Hofs, ohne dass es sich ihm offenbart hätte, stieg am Wegdurchlass ab und band – dem finster vor ihm daliegenden Haus nie den Rücken zukehrend – sein Tier an das Gatter.

Sein Gewehr beidhändig vor der Brust haltend, betrat er das Gehöft. Der beim Aufbruch der Brenner-Brüder in die Ewigkeit schon halb niedergetretene Schnee knirschte unter seinen Stiefeln. Er setzte seine Schritte mit Bedacht, seine Umgebung weiterhin wachsam belauschend, mit schweifendem Blick absuchend.

Die Tore der Ställe und Scheune waren geschlossen, dahinter ertönten nur hin und wieder gedämpfte Laute, müdes Schnauben, grunzendes Scharren. Die schwarzen Fenster des Hauses waren leere Löcher in ein Inneres, das menschenleer schien, als wären seine Bewohner längst in ihren letzten Schlaf gesunken und zu Staub zerfallen.

Greider erreichte den Brunnen, blieb einen Moment stehen, um sich einmal rundum umzusehen, ging dann weiter, auf die Tür des Hofs zu, die nur noch ein Dutzend Schritte entfernt war. Zu seiner Linken konnte er nun in den Anbau neben dem großen Stall schauen. Auch er war verlassen, einsam stand der Amboss in seiner Mitte, und als einziger Zeuge, dass dies nicht schon Tage, Jahre so war, glomm in der Esse dunkelrot ein Rest von Glut. Da schreckte Greider auf, wirbelte herum, riss sein Gewehr an die Schulter. Um es einen Moment später schon wieder lächelnd sinken zu lassen. Was da so einen knatternden Schlag getan hatte, war nur eine Krähe, die sich mit kräftigen Flügeln vom Scheunendach aufgeschwungen hatte.

Greider setzte seinen Weg fort. Die Tür vor ihm wirkte fast wie ein Höhleneingang: Die Balken, aus denen ihr Stock gezimmert war, waren so dick und roh behauen, dass sie die Hausmauer wie einen Stollen zu stützen schienen; die Bretter, aus denen man sie gefügt hatte, waren so schwarz, dass sie das Licht schluckten wie ein tiefer Brunnenschacht. Greider war darauf gefasst, dass die Tür jeden Moment auffliegen konnte, und schickte sich an, jeden mit einer Kugel zu empfangen, der sich dahinter zeigen würde. Aber er kam ihr näher, Schritt für Schritt, und nichts tat sich.

Schließlich erreichte er die Schwelle. Mit gespannter Entschlossenheit fasste er nach dem Türgriff.

Die Bewegung hinter sich ahnte er mehr, als er sie sah, ein Huschen in seinem Augenwinkel. Zu ergründen, wie es der Schmied geschafft hatte sich anzuschleichen, dazu blieb Greider keine Zeit. Er schaffte es gerade noch, sich halb umzuwenden und den Hünen zu erkennen, der wie aus dem Boden gewachsen plötzlich zwei Schritte hinter ihm stand, und sich instinktiv zur Seite sacken zu lassen. Der Schmied war schon in der Vorwärtsbewegung, sein rechter Arm, aus dessen Faust der kurze, klobige Schmiedehammer ragte, hatte schon den Scheitelpunkt seines weiten Ausholens überschritten. Eine Sekunde später, und er hätte Greider den Schädel zerschmettert, ohne dass der auch nur mitbekommen hätte, was ihn da niederstreckte. So aber sauste der Hammer derart nah an Greiders Ohr vorbei, dass er ihn die Luft zerteilen hörte, fegte ihm den Hut vom Kopf und krachte halb, splittertreibend, gegen die Tür, halb auf Greiders rechte Schulter.

Dies war genug, dass es Greider mit einem überraschten

Schmerzensschrei ganz zu Boden rammte. Im Fallen konnte er aber wenigstens seine Drehung vollenden, so dass er mit dem Rücken zur Tür auf dem Hosenboden landete. Schneller als sein Verstand handelten seine Beine, nutzten den Augenblick, da es den Schmied durch den unerwartet ins Leere gegangenen Schlag aus dem Gleichgewicht gebracht hatte. Sie traten zu, gegen die Schienbeine des Riesen. Der geriet tatsächlich etwas ins Taumeln, musste ein, zwei Schritte zurück machen, um sich wieder zu fangen. Das war Zeit genug für Greiders Hände, in Aktion zu treten, während sein Bewusstsein weiter nur übertölpelter Zuschauer war. Die Hände hielten noch immer das Gewehr, und sie rissen es hoch, deuteten vage in Richtung des Angreifers und drückten ab.

Die Kugel prallte in Höhe des Oberschenkels gegen die starre, speckige Lederschürze des Schmieds, durchdrang sie. Der Hüne grunzte nur kurz auf, schüttelte einmal das Bein, als gelte es, ein Steinchen aus dem Schuh zu schütteln, und kam wieder auf Greider zu.

Der saß auf der Schwelle wie ein Betrunkener, der nachts das Schlüsselloch nicht mehr gefunden hatte. Er versuchte durchzuladen, aber er kam nicht weiter als bis zum Auswerfen der leeren Patronenhülse, die dampfend in den Schnee zischte. Dann hatte der Schmied schon wieder die Distanz zwischen ihnen geschlossen und mit seinem Hammer, der Sense eines Schnitters gleich, die Waffe aus Greiders Händen gemäht. Wie auf eine taube Glocke traf mit metallischem Klang der Schlegel auf den Lauf, dass das Gewehr in hohem Bogen einige Meter weit in den Schnee flog und Greiders Hände von dem Prall brannten.

Hätte Greider sich nicht fast im selben Moment vollends zu Boden fallen lassen, der Hammer hätte ihm auf dem Rückschwung das Gesicht zertrümmert. Und schon holte der Schmied zum nächsten Schlag aus.

Greider hechtete, sich mit den Füßen vom Türstock abstoßend, nach vorne. Der Hieb ging abermals ins Leere.

Greider fand sich auf allen vieren direkt neben den Stiefeln des Riesen wieder. Ein Beobachter aus der Ferne hätte die Szene komisch finden müssen: Wie ein lästiges Hündchen sah das aus, das um die Beine eines Mannes hechelt und springt, der es mit der Hand vertreiben will. Aber in der Hand war ein Hammer, und Greider, im Schnee rutschend und schlitternd, nicht wagend, sich aufzurichten, kämpfte um sein Leben.

Für den Moment war es sein Vorteil, dass er so nah zu Füßen seines Feindes gelandet war, denn das machte es dem Hünen schwerer, genau zu zielen, und es hinderte ihn daran, voll auszuholen, ohne seine eigenen Glieder in Gefahr zu bringen.

Aber nachdem sich Greider zwei-, dreimal aus der Bahn eines halbherzigen Hiebs gerollt hatte, war der Schmied das Spiel leid geworden. Während Greider hektisch nach oben lurte, um den nächsten Schlag kommen zu sehen, traf ihn ein Tritt in die Rippen und hob ihn buchstäblich in die Luft, dass er in hohem Bogen zwei Meter weiter auf dem Rücken im Schnee landete.

Der Aufprall schlug ihm die Luft aus der Lunge, und sie hatte sich noch nicht wieder gefüllt, die schwarzen Flecken waren noch nicht wieder aus seinem Blick versickert, da schien sich die Hand Gottes aus den Wolken zu strecken und ihn bei der Brust zu packen. Der Riese griff ihn mit der Linken an der Jacke des Brenner-Sohns und lupfte ihn in die Höhe wie ein Kätzchen. Greider strampelte, aber seine Füße fanden keinen Boden mehr unter sich, er versuchte, den Arm, an dem er hing, zu kratzen, die Hand zu beißen, mit seinen Fäusten den massigen Leib, das knochige Gesicht dahinter zu bearbeiten. Aber auch das hinterließ nicht mehr

Eindruck, als seien es die spielerischen Tatzen eines jungen Tiers. Der Schmied schüttelte Greider, auf dass der einen Moment stillhielt und er besser Maß nehmen konnte. Seine Rechte holte aus, um ihm den Hammer auf den Schädel sausen zu lassen.

Greider riss seine Hände hoch, fasste den kahlen Kopf des Schmieds und stieß ihm die Daumen in die Augen, drückte sie so fest in die tiefliegenden Höhlen, wie er nur konnte.

Der Hüne schrie auf, ließ Greider fallen und presste seine Handballen auf die verletzten Augäpfel.

Greider zögerte keine Sekunde. Er verschwendete nicht den kleinsten Gedanken an Kampf. Er brachte seine Beine unter sich und rannte los, noch ehe er sich auch nur wieder voll aufgerichtet hatte, so schnell, wie es ihm seine Atemlosigkeit und der tiefe, haltlose Schnee erlaubten.

Er war schon fast wieder am Brunnen angelangt, da hörte er hinter sich einen wütenden Ruf. Seiner Hoffnung schien dieser Ruf schon aus Meilen Entfernung zu kommen, seiner Angst schien er ihm direkt in den Nacken gekeucht – und sein Verstand schien zu wissen, dass die Wahrheit in einer zumindest aussichtsreichen Mitte dazwischen liegen musste. Aber dann kamen auch dem Verstand die Längen durcheinander, denn plötzlich schmetterte die Faust des Riesen Greider in den Rücken und stieß ihn zu Boden.

Noch bevor er benommen aufschlug, hörte er neben sich die Antwort auf diese rätselhafte Verkürzung des Raums dumpf niederfallen: Es war der Hammer, den der Schmied treffsicher geworfen hatte.

Greiders Gesicht stürzte hinein in den Schnee, und die eisige Nässe und die Angst zu ersticken versagten ihm die Zuflucht in der Ohnmacht. Er wälzte sich herum, spürte, wie der erste taube Schock in seinem Rücken einem reißenden Stechen Platz machte. Er wollte sich aufsetzen, aber seine

Beine waren wie eingeschlafen, füllten sich erst langsam wieder kitzelnd mit Gefühl.

Ein Blick verriet ihm, dass zuvor seine Angst der bessere Schätzer gewesen war: Seine Flucht hatte ihn nur ein paar Meter weit gebracht. Der Schmied, mit roten, tränenquellenden Augen, aber sonst nicht im Geringsten beeinträchtigt, stapfte schon wieder auf ihn zu. Es trennten sie kein Dutzend Schritte mehr.

Greider begriff, worin seine einzige Chance lag. Hastig begann er, seine Umgebung abzusuchen. Sosehr er sich zwang – er konnte es nicht bleibenlassen, immer wieder aufzuschauen, wie weit der Koloss noch von ihm entfernt war. Aber eigentlich gierten seine Augen nach einer Delle in der Schneedecke. Wo genau hatte er im Fallen nur das Geräusch gehört?

Der Riese war auf fünf Schritte herangekommen.

Greider wühlte im Schnee, versuchte auszumachen, welche Abdrücke er selbst bei seinem Sturz verursacht hatte.

Es waren noch drei Schritte.

Links von ihm musste es gewesen sein, jetzt also, da er sich umgedreht hatte, rechts. So weit weg konnte es doch nicht sein! Da sah er das Loch in der weißen Kruste.

Zwei Schritte.

Seine Hände, vor Kälte brennend, tauchten hinein, wühlten, tasteten.

Und griffen zu.

In dem Moment, da der Schmied direkt vor ihm angelangt war, zog Greider den Hammer aus dem Schnee und schwang ihn drohend vor sich hin und her.

Der Schmied betrachtete das amüsiert, aber ohne wirkliches Interesse. Es schien ihn nicht weiter zu stören bei dem, was er vorhatte.

Er beugte sich vor, gerade außerhalb der Reichweite von

Greiders Schwung, und packte den rechten Fuß des am Boden Liegenden.

Dann drehte er sich um, klemmte sich Greiders Stiefel zwischen linken Ellenbogen und Achsel und marschierte los.

Es war, als hätte man Greider an eine Lokomotive gebunden. Alles Rudern mit den Armen und Strampeln mit dem freien Bein, alle Versuche, sich in den Schnee zu krallen, halfen ihm so viel wie das Aufbegehren gegen eine Dampfmaschine. Er wurde ungerührt vorwärtsgeschleift, Jacke und Hemd schob es ihm hoch, dass ihm Rücken und Seite vom Eis rotgescheuert wurden. Schnee spritzte ihm ins prustende Gesicht.

Doch es war ihm gelungen, den Hammer fest in seinem Griff zu behalten. Er ergab sich in das Schleifen, hörte auf, wild dagegen anzukämpfen, und beruhigte damit auch seine schlingernde Bahn. Mit aller Wucht schleuderte er den Hammer gegen den Rücken des Riesen. Er traf ihn genau zwischen den Schulterblättern.

Der Schmied grunzte kurz auf, der Hammer tropfte von ihm ab und hätte im Herabfallen beinahe noch Greider selbst am Kopf erwischt. Die brutale Schlittenfahrt aber ging ohne das kleinste Stocken weiter. So schnell wurde er vorwärtsgeschleift, dass es Greider nicht einmal mehr gelang, den Hammer ein zweites Mal zu fassen zu bekommen.

Erst einen Moment später zeigte der Riese doch noch eine Reaktion auf den Hammerwurf: Er schien zu der Überzeugung gekommen, dass Greiders Attacke nicht ohne Strafe bleiben durfte. Mit der rechten Hand verdrehte er ihm den eingeklemmten Fuß. Er hätte ihm mühelos den Knöchel brechen können, aber er hielt seine Kraft gezügelt. Es wollte nur eine Ermahnung an Greider sein, nicht weiter so lästig zu fallen.

Greider brüllte vor Schmerz.

Diese Ermahnung kam ohnehin spät, selbst wenn Greider

noch irgendeine Möglichkeit gesehen hätte, sich zur Wehr zu setzen. Denn das Ziel war fast erreicht. Greider sah vor sich eine schwarze Öffnung, dann rumpelte sein Kreuz peinvoll über eine Schwelle, und festgetrampelte Erde und Stein rissen Schrammen in die vom Eis vorgezeichneten Striemen an seinem Leib. Sie waren in der Schmiede angekommen.

Greider wurde am Amboss vorbeigezerrt, der sich rechts von ihm erhob wie eine Bergkuppe, und dann sah er links die Esse schwarz sich auftürmen. Der Schmied hielt an.

Greider versuchte, sich umzuschauen, aber da hörte er über sich schon ein Klirren, das ihn angstvoll in dessen Richtung blicken ließ.

Der Schmied hatte von einem Haken neben der Esse eine schwere Eisenkette genommen. Gegen alles Strampeln und Sträuben Greiders packte er auch dessen zweiten Fuß und wand ihm die Kette zwei-, drei-, viermal um die Knöchel. Dann schleuderte er das freie Ende zwischen der niedrigen Decke und dem massiven Balken hindurch, an dem über dem Amboss Schmiedezangen, Hämmer und Gesenke hingen. Er griff sich das nun herunterhängende Ende, schritt um den Amboss herum und zog mit beiden Händen kräftig an der Kette.

Greider wurde in die Höhe gerissen. Er wusste, dass es nur noch Sekunden dauern konnte, dann würde er wie ein Schlachtvieh kopfüber von der Decke baumeln, und der Schmied könnte in aller Seelenruhe zu einem der langstieligen Vorschlaghämmer greifen und Greider ins Jenseits schicken.

Greiders Hüfte hatte den staubigen Boden schon verlassen, dann sein Kreuz, seine Brust, mit jedem ratschenden, klirrenden Zug des Schmieds ein Stück mehr. Nur noch seine Schultern berührten die Erde.

Er schlug mit den Armen um sich, haltsuchend, irgendetwas suchend. Aber er fand nichts.

Jetzt war auch sein Kopf vom Boden gehoben, und sein Körper pendelte fast frei in der Luft. Nur mit den Händen versuchte er sich noch im Staub zu halten, anzukämpfen gegen das Drehen und Schwingen, das seinen Leib erfassen wollte.

Doch dieses Drehen wendete ihm den Blick in eine Richtung, die er zuvor versäumt hatte, und er sah, schon fast auf Augenhöhe, eine Hoffnung.

Kurz bevor auch seine Hände den Boden verließen, stieß er sich ab, gezielt vom Amboss weg, und griff am Scheitelpunkt seiner Pendelbewegung zu.

Die Fingerspitzen seiner linken Hand haschten warmes Eisen, wollten es schon fast wieder verlieren, aber Greider machte seinen schmerzenden Leib lang, und dann hatte er den Schürhaken aus der Esse gepackt und zog ihn mit auf den Rückschwung. Als der rauhe, schwarze Stab ganz von seiner Unterlage geschleift war und sein volles Gewicht spüren ließ, fürchtete Greider eine schreckliche Sekunde lang, seinen Griff doch noch zu verlieren. Aber dann packte auch seine Rechte zu, und er hatte das Eisen sicher.

Das alles hatte kaum ein Sekunde gedauert, und schon ließen die blinden Gesetze von Masse und Kraft Greider zurückpendeln zu dem Amboss, hinter dem der Schmied stand. Die Züge an der Kette hatten ihn bereits so hoch gehievt, dass er vollends über der Oberkante des Ambosses schwebte. Greider spannte seinen ganzen Körper, holte beidhändig aus, konzentrierte alle Kraft auf einen einzigen Punkt. Der Schmied hatte nur halb mitbekommen, dass Greider nach etwas gegriffen hatte. Als er jetzt gewahr wurde, was der Fremde da in Händen hielt, war es schon zu spät. Greider ließ seinen Oberkörper vorschnellen und hieb dem Hünen das glühende Ende des Schürhakens mit aller Wucht, zu der er fähig war, zischend in die ungeschützte linke Achselhöhle. Der Aufprall riss ihm die Waffe aus der Hand.

Der Riese schrie auf und ließ unwillkürlich die Kette los.

Greider krachte in den Staub. Hinter ihm her raste die Kette wie eine vielgliedrige Schlange über den Balken und prasselte als eiserner Platzregen neben seinen Füßen herab.

Doch ihr anderes Ende wickelte sich noch immer um seine Knöchel, und eine schnelle Flucht war nicht möglich. Es war nicht daran zu denken, so die Tür der Schmiede zu erreichen. Denn jenseits des Ambosses, zwischen Greider und der Öffnung ins Freie, stand noch immer der Riese. Der Hieb hatte ihn keineswegs außer Gefecht gesetzt. Gerade zog er – nur ein kurzes, markerschütterndes Schnauben von sich gebend – mit der Rechten den Schürhaken aus der Achselhöhle. Das gekrümmte Eisen, obwohl stumpf und kantig, war tatsächlich in das weiche Fleisch gefahren. Dunkles, träges Blut quoll aus dem Wundloch. Der Riese schleuderte den Schürhaken scheppernd auf den Boden und fixierte Greider mit einem Blick, der als Vergeltung Qualen versprach, die das Jüngste Gericht würden verblassen lassen.

Greider tat das Einzige, was ihm seine Panik erlaubte, auch wenn er wusste, dass es nicht das Klügste war: Er floh im Krebsgang – mit Händen und den noch immer halb gefesselten Füßen im festgetretenen Staub rückwärts krabbelnd, die Kette klirrend nachschleifend – in die hinterste, entfernteste Ecke der Schmiede, bis er mit dem Rücken gegen die Wand und eine Reihe dagegengelehnter Bretter krachte.

Eine Stimme in seinem Kopf brüllte ihn dabei die ganze Zeit an, dass der Preis fatal sei für den kurzen Aufschub, dem ihm diese wenigen Meter Entfernung zu dem rasenden Hünen brachten. Denn Greider hatte dafür das letzte Stück Ausweichmöglichkeit aufgegeben, er saß in dieser Ecke fraglos in der Falle.

Und schon musste seine Panik ihre Kurzsichtigkeit eingestehen: Der Riese kam am anderen Ende der Schmiede um den Amboss herumgestapft. Und hatte einen Vorschlaghammer in den Händen, der Stiel fast mannslang, mit einem Kopf so groß wie ein Schädel. Es hätte des roten Scheins aus der Esse nicht bedurft, um die Wut in seinem Gesicht dämonisch zu machen. Zuvor hatte sein Vernichtungswille etwas Unpersönliches, jetzt aber ging es um Rache, um heiße, rauschhafte Rache, die jeden Blutstropfen, jeden Schmerz hundertfach vergolten haben wollte.

Und es waren höchstens ein halbes Dutzend Schritte bis zu dem in der Ecke kauernden Greider.

Der verstand zum ersten Mal, weshalb Kaninchen beim Anblick einer Schlange erstarren, anstatt das Weite zu suchen. Es kostete ihn fast übermenschliche Anstrengung, seinen Blick abzuwenden von dem herannahenden Hünen, es war in ihm ein großes Verlangen, einfach dem herbeischreitenden Tod verwundert ins Auge zu sehen. Aber diesmal vereinten sich die Rufe seines Verstandes mit der Kraft des schieren, weltalten Überlebenswillens, und er schaffte es, seine Augen von der Gestalt loszureißen, die auf ihn zukam wie ein lebender Berg.

Der Riese hatte sich auf höchstens vier Schritte genähert, da entdeckte Greider inmitten der alten Bretter rechts von sich etwas an der Wand lehnen: es war eine alte Egge. Nicht mehr als eine primitive Raute aus Latten eigentlich, in denen in regelmäßigen Abständen lange Eisenstifte steckten. Offenbar befand sich das Gerät zum Ausbessern in der Schmiede, um die Zinken fürs Frühjahr wieder gerade, hart und scharf zu machen.

Greiders Hände waren schneller als sein Verstand, waren schneller als die Füße des Schmieds, dessen Nahen den Boden unter Greider schon spürbar erzittern ließ. Sie hatten das lose Ende der Kette zu seinen Füßen gepackt und es über die unterste Latte der Egge geschleudert.

Dem Schmied fehlten kaum noch drei Armlängen, bis er Greider erreicht hatte. Er hatte den Vorschlaghammer schon ausholend hinter den Rücken gehoben, um dem Fremden ein, zwei Atemzüge später die Glieder zu zerschmettern.

Greider zog an der Kette. Die ersten ihrer Glieder ratterten haltlos von dem Holz. Aber dann verfing sich eines in einem der Zinken und blieb hängen. Greiders Ruck ließ die Egge erst unendlich langsam, dann wie eine Lawine beschleunigend zu Boden rutschen, direkt zwischen ihm und dem Schmied, die Zinken spitz aufragend.

Womöglich hätte der Riese noch einhalten können – obwohl ihn seine Wut fast blind vorwärtspeitschte und er erst viel zu spät erkannte, was da plötzlich in seinem Weg lag; obwohl er schon zum Hammerhieb angesetzt hatte und der Schwung ihn zog. Aber mit der Egge waren auch einige der an die Wand gelehnten Bretter ins Rutschen und Fallen gekommen, und eines davon geriet ihm zwischen die Beine.

Vielleicht hätte er sich noch einigermaßen fangen können, obwohl er nach vorn stürzte. Aber zu spät hatten ihn seine Augen wissen lassen, auf was er da gerade zufiel. Zu spät hatten sich seine Hände entschlossen, den Hammer fallen zu lassen – der auf seiner Bahn gerade halb über seinem Kopf war und ihm nun mit dumpfem Klatschen auf den Rücken krachte, was ihm einen Vorwärtsstoß versetzte. Und zu schnell war sein rechtes Knie schon auf den Boden gesunken – was ihm hätte eine erste Stütze bieten können, wäre es nicht genau über einem der Eggenzinken herabgekommen.

Das Eisen fuhr unter der Kniescheibe ins Fleisch, und der Schmied brüllte auf, dass Greider glaubte, es würde ihm die Trommelfelle zerreißen. Der Schmerz aber ließ auch die Hände des Schmieds unwillkürlich hochzucken, und so verlor er vollends jede Kontrolle über seinen Fall.

Der Koloss stürzte vornüber auf das nagelbewehrte Lattengerüst. Das Holz barst unter einigen der Eisenstifte weg, andere – vor allem jene, die vergeblich durch die Lederschürze zu dringen suchten – verbogen sich tatsächlich unter dem Gewicht. Aber es gab genug, die sich durch die Haut bohrten, in Fleisch und Weiches gruben. Der linke Arm des Hünen wurde gleich an drei Stellen aufgespießt, ein Zinken riss ihm die rechte Wange auf.

Der Schmied brüllte und bebte, wobei sich in seine Schreie schnell ein beunruhigendes Gurgeln mischte. Bei seinen Versuchen, im Liegen die Zinken aus seinem Körper zu reißen, sich loszuspießen, klapperte und krachte das Lattengerüst auf dem Boden wie ein loser Fensterladen in einem Orkan. Auf die Erde der Schmiede sickerte dickes tiefes Rot.

Eine Sekunde lang war Greider von diesem zum Greifen nahen Schauspiel wie gelähmt. Dann wickelte er sich endlich die letzten Windungen der Kette von den Füßen, erhob sich und drückte sich an der Wand entlang, außer Reichweite des Riesen vor bis zur Esse.

Greider hätte wohl selbst nicht sagen können, ob es Mitleid war oder die Angst, dass er seinen Gegner selbst jetzt nicht ausgeschaltet, sondern nur noch gefährlicher gemacht hatte. Jedenfalls rannte er nicht zur Tür, sondern griff sich zwei Gegenstände, die neben der Esse lagen, und kehrte zurück zu dem aufgespießten Riesen. Einen Moment überlegte er, und es kostete ihn sichtlich Überwindung, das Nächste zu tun. Vorsichtig machte er ein, zwei Schritte entlang des hilflos zuckenden Körpers, zwischen den knarzenden Latten um die noch frei aufragenden Zinken herum. Dann kniete er sich dem Riesen aufs Kreuz. Der ließ seine unablässigen Schreie auflodern, ob aus neuem Schmerz oder aus schierer Wut, war nicht zu sagen. Noch einmal beschleunigte, verstärkte sich auch das Beben seines Leibes, doch es war nur noch wenig wahre Kraft dahinter.

Greider setzte den Hufnagel, den er in seiner Linken hielt, in die Kuhle, wo das Rückgrat in den Schädel mündete. Dann holte er mit dem Fausthammer, den seine Rechte umklammerte, aus und schlug zu.

Die Schreie rissen ab wie ausgepustet. Die Beine des Schmieds führten auf dem staubigen Boden einen irren Tanz auf, seine Füße trommelten einen unzusammenhängenden Rhythmus in den Staub, und die Eggenraute spendete dazu ihren klappernden, hölzernen Applaus.

Greider wurde auf dem Rücken des Riesen geschüttelt wie auf einem nicht zugerittenen Pferd. Doch dann ging ein letztes, großes Zittern durch den Körper, er streckte sich, so gut ihm die Zinken das erlaubten, und wurde starr.

In der Werkstatt kehrte eine Stille ein, dass man meinte, man könne draußen den Schnee fallen hören.

XVIII

Greider humpelte aus der Schmiede. Blut klebte an seiner Kleidung, die Schmerzen der Schürfungen und Schläge, verdrängt von der Todesgefahr, verlangten jetzt ihr Recht und standen ihm ins Gesicht geschrieben.

Hinter ihm quoll schwarzer Rauch aus dem grobgezimmerten Tor. Beim Griff nach dem Schürhaken hatte Greider ein Kohlestück aus der Esse geschleudert, das in einem Bretterstapel gelandet war und diesen erst glimmend, dann schwelend, dann züngelnd in Brand gesetzt hatte. Greider hatte eine Weile überlegt, das Feuer zu löschen. Dann ließ er ihm seinen Lauf.

Er schleppte sich zu den Ställen. Das Auftreten mit dem rechten Fuß tat ihm weh, sein Rücken brannte vor Schmerz wie nach einem Spießrutenlauf. Greider machte die Stalltore weit, ging hinein und öffnete auch die Gatter, damit das Vieh den Flammen entkommen konnte. Im Pferdestall entdeckte er die drei Pferde der Brenner-Söhne, die nach Hause geflohen waren und damit den Schmied gewarnt hatten, dass ihre Reiter ein anderes Schicksal ereilt hatte als erwartet.

Dann schritt Greider wieder hinüber zum Eingang des Hofs. Auf dem Weg klaubte er, beim Bücken scharf Luft durch die Zähne ziehend, sein Gewehr aus dem Schnee, säuberte es und begutachtete den Lauf. Die Waffe schien den Hammerhieb unbeschadet überstanden zu haben.

Greider trat zum zweiten Mal vor die schwarze Tür. Kurz schloss er die Augen, um sich zu sammeln, kurz schien er noch zu zögern, als wartete er auf einen zweiten Schlag aus dem Nichts.

Dann fasste er den Türgriff.

Die Tür ging auf.

Es war dunkel und still im Hof des Brenner. Die Luft hatte einen staubigen, fauligen Geruch, als stünde sie seit langem in den Räumen, als dünstete Zersetzung aus dem Gebälk.

Hier drinnen herrschte ein noch tieferes Schweigen als im winterstarren Tal. Auch die letzten Geräusche der Natur waren hier ausgesperrt, es lastete über allem eine graue, klamme, unheilige Andacht. Nur das hölzerne, unerbittlich gemächliche Tocken einer Standuhr tönte aus einem der Zimmer und füllte das Haus.

Vor Greider zog sich ein langer, schmaler Gang in das Innere des Gebäudes hinein. Die Wände waren kahl, unverziert, von schmutzigem Kalkweiß. Die Decke lauerte tief, wie eingesunken vom Gewicht der Jahre.

Die Türen zu den meisten Zimmern – enge, schiefeckige Löcher in der Mauer – standen offen. Greider schritt langsam vorwärts, das Gewehr vor sich haltend, und lurte vorsichtig

301

in jeden der Räume. Aber das war nicht mehr als ein Ritual, eine Beschwichtigung des Schicksals, um es nicht noch zu einer bösen Überraschung herauszufordern. Greider schien in diesen Räumen nichts mehr zu erwarten. Eigentlich zog es ihn vorwärts den Gang hinunter, als wäre er hier schon einmal gewesen, als wüsste er genau, welche Kammer er suchte.

Er ließ die menschenleere Stube links, die kalte, verlassene Küche rechts liegen.

Wo Türen entlang des Gangs geschlossen waren, da öffnete er sie mit derselben pflichtgemäßen Vorsicht. Aber keiner der Räume barg etwas, und keiner war ihm mehr wert als einen kurzen, bestätigenden Blick. Nur in einer Kammer fast am Ende des Gangs, die nichts enthielt als ein schmales Bett unter einem kleinen Fenster, blieb er länger auf der Schwelle stehen.

Er hatte auch, einen Moment zögernd, die freistehende Treppe aus schweren, schwarzen Holzdielen passiert, die in der Mitte des Gangs nach oben führte. Jetzt hörte er an ihrer oberen Mündung geschäftige Geräusche. Ein Paar Füße erschienen dort. Dann Waden, die in einem Rock verschwanden. Dann zwei, drei solcher Paare mehr. Sie huschten die knarzende Treppe herab, zwei der Gestalten eine andere stützend. Greider hielt sein Gewehr bereit, aber er legte nicht an, als wüsste er, dass das nicht nötig war. Die Gestalten erreichten den Flur und wendeten sich kurz um. Greider sah bleiche, ausgezehrte weibliche Gesichter, die ihn angstvoll anstarrten und sich dann hurtig wieder abwandten. Eilig huschten die Erscheinungen den Gang entlang zur Tür, stießen sie auf, verschwanden im gleißenden Weiß.

Greider drehte sich wieder um und schritt weiter.

Es blieb nur noch eine Tür, die letzte, schwarze am Ende des Gangs.

Vor ihr blieb er stehen. Er verharrte etliche von der unsichtbaren Uhr teilnahmslos klackend abgemessene Sekunden. Nun war tatsächlich Angst in seiner Haltung zu erkennen. Jedoch nicht die Furcht vor etwas Unerwartetem – sondern die Angst vor dem letzten, großen Schritt.

Endlich kam Entschlossenheit in seine Züge, und nur kurz schien er unsicher, ob er an der Tür klopfen oder sie mit rascher Gewalt aufstoßen sollte.

Dann drückte er einfach sacht und bestimmt ihre eiserne Klinke herab und öffnete sie.

Der Blick des Alten traf ihn zuerst im Spiegel. Das Bett stand links von der Tür, mit dem Kopfende zum Eingang. Und an der gegenüberliegenden Wand hing das Schauglas über einem Waschtisch, kaum größer als ein Porträt, rahmenlos, grau, halb blind. Doch die Augen darin kannten keine Unschärfe. Sie hatten auf den Ankömmling gewartet, hatten gewusst, wo sie genau seinem Gesicht begegnen würden, wenn er die Tür auftat.

Der Brenner begrüßte Greider mit einem Nicken. Es war der Gruß von einem, der zu lange hatte harren müssen auf etwas, dem er sich nicht entgegensehnte, dessen Unausweichlichkeit er aber anerkannte.

Greider wusste diesen Gruß nicht zu erwidern.

Er betrat die Kammer, die größer war als die anderen im Haus, aber genauso karg, und wandte sich dem Bett zu.

Der Brenner lag unter einer ausgedünnten, gilbweißen Daunendecke, aus der seine Arme hervorragten und sein Oberkörper, der auf ein Kissen gestützt halb sitzend gegen das Kopfstück des Holzbetts lehnte. Er trug ein weißes Hemd, das ebenso gut aufwandlose Tageskleidung sein mochte wie Nachtgewand. Sein Gesicht war noch eingefallener, als Greider es das letzte Mal gesehen hatte, das Fleisch der Wangen schien fast lose zwischen Backen- und Kieferknochen zu hängen, die faltige, fleckige Haut spannte sich noch durchscheinender um den Schädel, der klein geworden schien wie der eines Kindes. Das Haar hing strähnig vom Kopf, die schlohweiße Mähne war zum welkenden Siegerkranz geworden.

Nur zwischen Augen und Kinn hielt sich noch ein wacher, unbeugsamer Wille eingegraben und verteidigte bis zum Letzten seine Stellung gegen den Verfall. Es war das einzig verbliebene Reich, über das der wahre Brenner noch herrschte.

Noch war kein Wort gefallen. Greider betrachtete den Alten, und der schaute auffordernd zurück wie mit einem ›Nun, sieh mich an‹. Greider hatte, kaum dass er die Klinke niedergedrückt hatte, das Gewehr hochgenommen, halb in den Anschlag, und so schlich er jetzt auch um das Bett. Doch Brenner deutete mit einem verächtlichen Lächeln auf die Waffe und breitete die Arme über seinem hinfälligen Körper aus. Nein, da war keine Gefahr mehr, und Greider kam sich auf einmal lächerlich vor mit der Flinte, nahm sie herunter, als wäre sie ihm peinlich geworden.

»Da bist du«, sagte der Brenner, eine knappe, klare Feststellung.

Es war keine Kapitulation, keine Resignation, aber es war das Erreichen eines Endes. Die Stimme des Alten formte ihre Laute mit schwachen Lungen und brüchigen Stimmbändern, aber der Kern ihrer Worte war hart und fest.

Greider konnte nicht mehr sagen als: »Ja.«

Brenner wartete, zuckte mit den Schultern, wie um zu fragen: ›Und, ist das alles?‹, aber als er merkte, dass da nicht mehr kam, winkte er Greider zu sich. Der erstarrte.

»Komm«, forderte ihn Brenner auf, ungeduldig ob der Anstalten, die taten, als müsse Greider noch immer einen Hinterhalt fürchten. Als läge das jetzt nicht alles hinter ihnen.

Zögerlich schritt Greider zu dem Bett, und es brauchte noch ein insistierendes Klopfen auf die Decke, dass er sich tatsächlich – mit einer Miene, als würde er selbst nicht glauben, was er da tat – auf der Bettkante niederließ. Wäre jetzt jemand in das Zimmer gekommen und hätte das Gewehr nicht bemerkt, das ungelenk, verschämt neben Greider lehnte, er hätte einen friedlichen Krankenbesuch gesehen.

»Lass dich anschauen«, verlangte Brenner und fasste Greiders Gesicht mit der Rechten. Die Hand war knorrig, rauh und kalt, aber sie hatte noch Kraft. Brenner drehte Greiders Kopf in dem fahlen, staubdurchtanzten Licht, das durch das einzige Fenster fiel, hin und her, und Greider ließ es geschehen.

»Du bist also …«, sagte Brenner. Und dann machte er eine kleine Pause, warf noch einen durchdringenden Blick auf das Gesicht. »… ihr Sohn«, vollendete er, das ›ihr‹ betonend, als hätte er einen Moment zuvor noch etwas anderes sagen wollen.

Es war keine wirkliche Frage mehr gewesen, aber Greider nickte dennoch.

Es drängte ihn, etwas zu sagen, aber er fand keine Worte.

»Und die Meinigen?«, fragte Brenner stattdessen und zupfte, wie um sich selbst zu antworten, am Ärmel der blutbefleckten Jacke, die Greider trug und die er offensichtlich wiedererkannte.

»Alle tot«, sagte Greider. So lange hatte er vom höhnischen Triumph, von der überlegenen Kälte geträumt, in die er diese Botschaft kleiden wollte – und nun wollte ihm davon nur ein schlechtes Schauspiel gelingen.

Der Brenner sog, wie zu einem tiefen Seufzer, aber tonlos, seine Lunge voll Luft, hielt diese einen Moment an und schloss die Augen. Dann ließ er den Atem entweichen und öffnete sie wieder. Sie waren trocken und leer.

»Alle«, wiederholte er, und dann schaute er Greider an mit Verachtung, aber auch mit einem grausam lächelnd hochgezogenen Mundwinkel, der Greider zu fragen schien, ob er nicht den finstern Witz begriff, den dieses Wort beinhaltete.

»Im Tal hat's freilich noch mehr«, begegnete Greider dem Hohn Brenners, und diesmal lag echter Ekel in seinem Ton.

Dieser Gedanke schien Greider aus einer Benommenheit zu wecken und ihn wieder daran zu erinnern, was ihn hierhergeführt hatte. Er packte Brenner bei der Hemdbrust und zog ihn zu sich heran, bis ihre Stirne sich fast berührten.

»Du Schwein, du elendes Schwein«, zischte er den Alten an, der dies ungerührt, als hätte er darauf schon lange gewartet, über sich ergehen ließ. Aber schon als er sie im Mund hatte, fühlten sich Greiders Worte plötzlich ungemein schal und abgeschmackt an.

Er ließ den Alten zurücksinken. Der strich sein Hemd, strich die Bettdecke glatt.

»Willst wissen, warum?«, fragte er Greider, als hätte es dessen fruchtlosen Zornesausbruch nie gegeben. Es war keine wirkliche Frage, es war eine Bitte um Erlaubnis, das Folgende sagen zu dürfen. Greider, der sein Gesicht halb abgewendet hatte, gab diese mit einem gleichgültigen Nicken.

Jetzt griff Brenner den anderen und zog ihn energisch zu sich her, bis dem sein säuerlicher Atem direkt in die Nase fuhr. »Weil ich *bleiben* wollt'! Weil alles ich sein sollt', ich!«, stieß er in einem heißen Keuchen hervor, mit plötzlich aufgerissenen, fiebernden Augen und einer glühenden Verzweiflung, aus der die ganze Gier sprach nach dem immerwährenden Überleben und die ganze Enttäuschung über dessen Unmöglichkeit. So schnell es aufgelodert war, verflackerte dieses Feuer wieder, und es kam etwas fast Entschuldigendes über das Gesicht des Brenner. Als fände er das nun, so ausgesprochen, selber eine kleine, eine schäbige Erklärung.

Er ließ sich zurück ins Kissen fallen und lachte einmal scharf auf. »Und?«, sagte er und bedeutete mit seinen Armen in einer weiten Geste die kahle Kammer und seinen Körper, bedeutete das, was ihm wirklich geblieben war und auch nicht mehr lange bleiben würde.

Greider erhob sich von dem Bett.

Er hätte jetzt gehen können, und es hätte nicht das Geringste mehr geändert.

Stattdessen sagte er: »Der Hof brennt.« Brenner schaute ihn mitleidig an und zuckte mit den Schultern. Was wollte ihm diese Nachricht noch?

Greider stand da, links von ihm die Tür, vor ihm das Bett. Und in seiner Hand das Gewehr. Er hob die Waffe.

Brenner gebot ihm mit der Handfläche Einhalt. Noch einmal winkte er ihn zu sich ans Bett.

Greider verharrte einen Moment, doch dann tat er die zwei Schritte vor.

Der Brenner schaute ihn an, ein klein gewordener, machtloser alter Mann, aus dem unaufhaltsam das Leben entrann. »Ich bitt' dich, mach's schnell«, sagte er und griff nach dem Lauf des Gewehrs. Er setzte sich die Mündung auf die Brust, direkt über das Herz.

Und Greider, der Stunde um Stunde damit zugebracht hatte sich auszumalen, wie er diesen Mann demütigen und quälen würde, wie er ihm alles heimzahlen und zehnfach heimzahlen würde, was er anderen, was er Greiders Mutter angetan hatte, Greider, der blutgierige Rache geatmet und gespeist und genährt hatte über Tag und Monat und Jahr, Greider konnte nichts anderes, als einfach nur abzudrücken.

Die Schmiede war schon ganz in haushohe, brausende Flammen gehüllt, als Greider aus der Tür des Hofs kam, und mit gierigen Zungen leckten sie schon an der Wand des Stalls. Auf seinen Schultern trug er einen reglosen Körper, in nichts als ein Nachthemd gehüllt. Der Körper schien leicht zu sein und Greider weniger zu belasten als die Schmerzen, die ihn humpeln ließen.

Vor dem Hof stand verwirrtes Vieh und blökte, grunzte, brüllte. Es war vor dem Feuer aus dem Stall geflohen, aber jetzt fand es sich in der fremden, weißen Kälte und wusste nicht, wohin. Greider scheuchte weg, was ihm davon direkt im Weg war. Den Rest überließ er ungerührt seinem Schicksal.

Er bahnte sich so einen Pfad zum Hofgatter, wo sein Maultier noch immer angebunden stand. Es war nervös geworden von den aufgeschreckten Kreaturen um sich und dem Flackern, dem beißenden Qualm des Brandes. Als es Greider nahen sah, zerrte es mit doppelter Kraft an seinem Halfter.

Greider beruhigte das Tier, indem er kräftig seine Flanke streichelte und ihm sanft-eintönige Worte zusprach. Dann lud er ihm den Körper des Brenner auf und vertäute ihn.

Schließlich machte Greider das Maultier los, stieg in den Sattel und ritt fort aus der Senke, ohne sich ein einziges Mal umzuschauen.

Es war fast Abend, als Greider ins Dorf einritt. In seinem Rücken stand im langsam das Licht verlierenden Himmel eine große, schwarze Rauchsäule.

Greider war auf seinem ganzen Weg keinem Menschen begegnet, und auch hier schien alles wie ausgestorben. Nur hinter den Fenstern und Türen bemerkte er – wie einst bei seinem Einzug, eine Handvoll Monate und eine ganze Ewigkeit zuvor – aus dem Augenwinkel immer wieder ein heimliches Huschen.

Er lenkte sein Tier durch die Gassen, bis er den Dorfplatz erreichte. Dort stieg er ab und sah sich um. Die Häuser lagen im Dunkel der länger werdenden Schatten, und noch immer war keiner ihrer Bewohner zu sehen.

Greider löste die Vertäuung und hob den toten Körper von dem Tier. Er legte ihn über die Schulter und trug ihn ein paar Schritte weit, bis in die Mitte des Platzes.

Dort ließ er ihn herab, ehrfurchtslos, aber nicht ohne Vorsicht. Er legte die Leiche, die kalt, weiß und starr geworden war, vor dem Brunnen auf die Erde.

Einen letzten Blick warf er noch auf diesen armseligen Überrest von Macht und finsterer Herrlichkeit. Dann drehte er sich mit halb ausgebreiteten Armen einmal langsam um die eigene Achse, wie ein Zirkuskünstler, der dem versammelten Publikum das Ergebnis eines Kunststücks präsentiert. Danach ging er zurück zu seinem Maultier und saß auf.

Er hatte noch nicht ganz den Platz verlassen, da sah er die ersten Menschen zwischen den Häusern und aus deren Türen hervorkommen. Sie mussten gewartet haben, gewarnt vielleicht von dem Krämer, vielleicht von dem Rauch am Ende des Tals, vielleicht von etwas anderem, Unbestimmbaren.

Es waren die Väter, Mütter, waren Töchter und Söhne dieses Tals. Langsam, mit furchtsamer Faszination, mit ungläubigem Widerwillen liefen sie zusammen. Manche hielten in ihren Händen Knüppel, Heugabeln oder Äxte. Sie mussten sich schon vorher bewaffnet haben, vielleicht weil sie irgendeine Art von Vergeltung fürchteten. Vielleicht weil sie schon auf das lauerten, was folgte. Nach und nach wurden unter ihnen die ersten Rufe laut. Die Vordersten erkannten, bestätigten, was da in einem fadenscheinigen Leichentuch auf der Erde lag. Und immer mehr und immer näher strömten sie, aus allen Richtungen des Dorfs.

Was mit dem heiligen Schweigen einer Prozession begonnen hatte, steigerte sich mehr und mehr in das hysterische

Gekreisch eines Jahrmarkts. Die Ersten hatten den Brenner erreicht und gewagt, seinen toten Körper anzustupsen, ihm einen vorsichtigen, prüfenden Tritt zu versetzen. Auf ihn zu spucken.

Nun drangen auch aus der Gasse, in die Greider hineinritt, Leute. Doch die Menschen schienen ihn gar nicht wahrzunehmen, ihr Strom teilte sich vor ihm wie von selbst und lief hinter ihm genauso natürlich wieder zusammen.

Auf dem Platz herrschte inzwischen großes Gedränge. Noch bildete sich ein kleiner Hof des Respekts um den Toten, und nur vereinzelt wagte es einer, dessen unsichtbare Umzäunung zu überwinden und den Körper zu berühren. Doch der Bannkreis wurde enger, die Berührungen zorniger. Und mit jeder von ihnen schwoll das Geschrei der Menge an.

Greider ritt aus dem Dorf, bevor er sehen konnte, was mit der Leiche des Brenner geschah.

XIX

Die Arbeit an dem Bild ging langsam voran. Das lag daran, dass Greider für die verbleibenden Figuren keine so genauen Studien mehr hatte und viel aus dem Gedächtnis malen musste. Aber noch mehr lag es daran, dass ihm jede Dringlichkeit aus dieser Arbeit gewichen schien.

Was immer ihn einst bewogen hatte, dieses Gemälde zu beginnen, es war nicht mehr da. Das Bild schien ihm überflüssig geworden, schien dem Geschehenen weder etwas hinzufügen noch es wirklich fassen zu können. Was ihn nun noch trieb, war lediglich das Gefühl, die Leinwand nicht zur Hälfte ungefüllt lassen zu können. Doch sein Malen war mechanisch geworden, war eine Ausübung bloßer Technik. Er sah in den Gesichtern nichts. Er erkannte diese Menschen nicht mehr.

Wenn Greider dennoch über viele Tage fleißig in seiner Stube vor der Staffelei saß, solange das Tageslicht es erlaubte, dann hatte das auch den Grund, dass er nicht viel anderes zu tun hatte.

Er lebte jetzt allein im Haus der Gaderin. Luzi war ohnehin bei ihrem Lukas eingezogen. Solange noch der Winter herrschte, konnten sie an ihrem neuen Heim doch noch nicht all die Arbeiten machen, die ihnen vorschwebten, um es wieder in einen richtigen kleinen Hof zu verwandeln. Die Gaderin aber, hieß es, hätte sich in jener Nacht bei Lukas' Familie so wohl gefühlt, mit den Leuten gleich eine so innige Freundschaft geschlossen, dass man auch sie mit Freuden dort aufnahm. Unausgesprochen blieb, dass man nicht mehr mit Greider unter einem Dach leben wollte, mit dem Fremden, der er jetzt wieder vollends geworden war. Doch Greider verstand es auch so.

Freilich kam Luzi ihn öfters zusammen mit ihrem Mann und ihrer Mutter besuchen. Aber die Herzlichkeit, das Fröhliche dieser Besuche traf immer wieder auf Momente, wo es plötzlich schal und erzwungen wirkte, wo das Geplauder auf ungute Pausen auflief und auf einmal keiner so recht wusste, wohin mit den Händen. Wo man sich räusperte und schnell von etwas anderem plapperte, um die vielsagende Stille zu übertönen. Luzi war bei diesen Gelegenheiten kein einziges Mal mit Greider allein in einem Raum.

Und doch blieben diese Besuche nie zu lange aus. Nicht nur, weil es trotz allem eine echte und große Dankbarkeit gegenüber Greider gab. Sondern auch, weil sie ein willkommener Vorwand waren, Greider mit allem Nötigen zu versorgen, ohne dass er sich dafür hätte ins Dorf begeben müssen. Greider tat so, als wisse er nicht nur zu gut, dass man in Wahrheit damit nicht bloß ihm die Besorgungsgänge ersparte – sondern vor allem dem Dorf einen Besuch von ihm. Und so begnügte er sich mit seinem kleinen Reich und seiner unwichtig gewordenen Arbeit und ließ seine Wunden heilen.

Greider war stärker als je zuvor zum Fremdkörper in diesem Tal geworden. Ja, er hatte ihm eine neue Zeit gebracht. Aber Erlöser, die sich nicht aufheben und entschwinden, werden zur Peinlichkeit. Nicht nur war er für viele insgeheim bloß der Zerstörer einer Ordnung, die fragwürdig und grausam gewesen sein mochte, die aber immerhin auch eines gewesen war: vertraut. Freiheit ist ein Geschenk, das sich nicht jeder gern machen lässt. Greiders Anwesenheit machte auch alle die, die erleichtert aufatmeten – und es war besser, nicht zu wissen, welche Gruppe in der Mehrheit war –, verlegen. Denn Greider war die einzig lebende Erinnerung daran, dass nicht alles schon immer so war wie jetzt. Außer der Erinnerung in ihnen selbst – aber die vermochten sie niederzuhalten und fortzusperren. Er jedoch war das wandelnde Zeichen ihrer Schande, war nicht zuletzt gerade für die, die das Joch des Brenner für kaum erträglich gehalten hatten, das Mahnmal in Menschengestalt, dass keiner von ihnen je gehandelt hatte. Dass es Greider gebraucht hatte, um sie zu befreien. Das verziehen sie ihm nicht.

Ein paar wenige Male war Greider dennoch ins Dorf geritten, einfach um zu sehen, was passieren würde, hatte sich einmal sogar ins Wirtshaus gesetzt. Aber es hatte ihn nur an seine Ankunft erinnert. Man war ihm aus dem Weg gegangen, soweit man konnte, und hatte ihn hinter seinem Rücken begafft. Kurz hatte er überlegt, ob er in den Krämerladen gehen und etwas kaufen sollte. Aber er sah die bleiche Unverbindlichkeit, mit der man ihn dort bedienen würde, direkt vor Augen, und er verzichtete mit Grausen.

Einmal noch ritt er ins Innere des Tals hinein, wenige Tage nach dem Tod des Brenner. Es war ein sonniger, kalter Tag, und der Hof lag in dunklen Trümmern, aus denen sich noch immer feine Rauchschwaden in die klare Luft erhoben. Sonst war dort nichts mehr, und Greider spürte, dass auch dieser Ort für ihn seine Bedeutung verloren hatte. Vor dem Hof lagen nur wenige starre, kaum aufgequollene Kadaver von Vieh, das verhungert oder erfroren sein musste, weil es von seinem einstigen Heim nicht lassen konnte. Die meisten Tiere aber hatten offenbar ihr Glück auf Gedeih und Verderb woanders gesucht oder hatten neue Besitzer gefunden. Mehrmals hatte Greider Huftritte am Haus der Gaderin vorbeistapfen hören und gewusst, dass wieder ein Bauer die Gelegenheit genutzt hatte, seine Herde zu vergrößern.

Auch die Kirche hatte er noch einmal aufgesucht. Luzi hatte ihm berichtet, dass man den Pfarrer und die Brenner-Söhne gefunden und bestattet hatte, den Pfarrer mit halbwegs gebührlicher Zeremonie, die Brenner-Söhne ganz ohne. Greider fand die frischen Gräber. Nur auf dem Breisers stand ein Name. Im Gotteshaus hatte jemand den Beichtstuhl notdürftig gesäubert und die von ihm abgesplitterten Teile aufgeklaubt.

Man würde sich wohl im Frühjahr, wenn der Weg ins Tal wieder frei war, um einen neuen Geistlichen bemühen müssen. Bis dahin blieb die Kirche leer. Der Gemeinde war augenscheinlich nicht danach, sich dort zu versammeln. Ob in den Häusern in jenen Tagen viel gebetet wurde, das konnte Greider nur vermuten.

Und so geschah es, dass, wenige Tage nachdem der letzte Pinselstrich getan und das Gemälde getrocknet war, Greider es von seinem Rahmen spannte und zusammenrollte. Er nahm auch das Porträt von der Wand und rollte es um das frische Bild. Dann ließ er die Leinwand in ihr Lederfutteral gleiten.

Seine wenigen Sachen waren bald wieder in seinem Reisegepäck verstaut. Das Gewehr schlummerte schon seit dem ersten Tag wieder in seiner dunklen Röhre.

Lukas half Greider, die Taschen hinunterzutragen. Mit der letzten in der Hand, wandte sich Greider noch einmal um und warf einen Blick in die Kammer, die ihn so lange beherbergt hatte. Ohne seine Habe war sie wieder ein fremder Raum. Er zog die Tür zu.

Es dauerte etwas, bis alles Gepäck wieder so auf dem Rücken des Maultiers befestigt war wie am Tag von Greiders Ankunft. Aber schließlich war er reisefertig.

Der erste Föhnsturm war Ende Februar über die Gipfel herabgebraust, und er hatte so lange seine aufgestaute Macht entladen, bis die Schneedecke in sich zusammengesackt war, bis sie feucht und schwer wurde und dann Risse bekam.

Es war ein trügerischer Vorbote, war nicht der Frühling, sondern ein neckischer Imitator. Noch manche Male würde es in den kommenden Wochen schneien, bis der Winter das Hochtal wirklich aus seinem Griff ließ. Aber da das Tauen mit jedem Meter hinab ins Tal nur noch stärker sein musste, war es genug, um den Abstieg zu wagen.

Luzi, Lukas und die Gaderin hatten sich vor dem Haus versammelt, das sie nun würden selbst in Besitz nehmen können. Lukas reichte Greider die Hand zu einem festen Druck, die Gaderin nahm ihn ein letztes Mal in die Arme. Und dann stand er Luzi gegenüber, die auch erst nur ihre Hand ausstreckte. Die ihn dann aber ansah, ihm um den Hals fiel und mit aller Kraft an sich drückte. Ihre Umarmung war von einer Heftigkeit, die wenig gemein hatte mit Herzlich- oder Zärtlichkeit. Sie dauerte nur einen Augenblick, dann ließ Luzi ihn los und trat zurück, schmiegte sich an Lukas, der seinen Arm um sie legte und den sie auf die Wange küsste.

Greider nahm die Zügel seines Maultiers in die Hand und

schritt auf den Weg. Die drei winkten ihm zum Abschied. Es lag durchaus Wehmut darin, aber nicht der Wunsch nach einem Wiedersehen.

Greider marschierte durch das Dorf, und es überraschte ihn nicht, dass er es auch dieses letzte Mal scheinbar menschenleer fand.

Doch auf dem Weg aus dem Dorf sah er weit vor sich eine andere Gruppe mit einem schwerbeladenen Tier auf den Ausgang des Hochtals zustreben. Er war nicht der Einzige, der auf die erste Gelegenheit gewartet hatte, diesen Ort zu verlassen. Nicht der Einzige, den hier nichts mehr hielt.

Greider ging gemütlich, warf hie und da noch einmal einen Blick ins Rund des Gipfelkessels. Aber seine Schritte strebten ohne Zögern ihrem Ziel entgegen.

Der schmale Felsdurchlass war durch den Föhn nicht ganz vom Schnee befreit. Aber die eisige Decke war dünn genug geworden, dass Mann und Tier gut ihren Weg hindurchfanden. Diesmal blickte sich Greider nicht mehr um.

Er trat am anderen Ende aus der Spalte, und unter ihm erstreckte sich weit die Ebene. Dort hatte der warme Sturm tatsächlich gründlicher sein Werk verrichtet. Zum ersten Mal seit Monaten sah Greider wieder das Grün von Wiesen, das fruchtbare Schwarz von zur nächsten Aussaat bereiten Feldern. Auch am Hang unter ihm klebten nur mehr einzelne Flecken von Weiß. Er würde den Abstieg ins Tal gut bewältigen können.

Zunächst aber wandte sich sein Blick nach oben, wo über den Bergen ein Azur prangte, das von keiner Wolke getrübt war und aus dem der gleißende, seelenlose Ball der Sonne strahlte.

Und lange schauten seine dunkelbraunen Augen in den blauen, leeren Himmel.

DANKSAGUNG

Schreiben, heißt es, sei eine einsame Angelegenheit. Aber die Stunden allein vor der leeren Seite, die damit gemeint sind, wären weder möglich noch sinnvoll ohne eine große Zahl von Menschen, die das übrige Leben füllen.

Mein erster und größter Dank gilt meinen Eltern, die mich immer in all meinen Entscheidungen fraglos unterstützt haben, die mir in jeder Hinsicht die nötige Freiheit und Sicherheit gegeben haben, dass ich meinen eigenen Weg gehen kann. Ohne sie wäre dieses Buch nicht denkbar gewesen.

Dann danke ich all meinen Freunden. Weil das Ganze ohne sie nicht einmal halb so viel Freude machen würde. Aber auch, weil sie sich geduldig schon so lange angehört haben, dass ich »an was schreibe«, ohne sich je Zweifel daran anmerken zu lassen, dass das irgendwann auch fertig wird. Voilà!

Ein besonders dickes »Merci!« gilt dabei all jenen, die der Arbeit an diesem Buch ein Heim verschafft haben, wenn ich tatsächlich einmal Einsamkeit und Abgeschiedenheit dazu gebraucht habe: Karin, Maike & der Familie R., Nadine und Birgit.

Ein sehr herzliches »Vergelt's Gott« gebührt auch allen meinen Testlesern. Die mir zum einen die Zuversicht gegeben haben, dass dieser Roman wirklich mehr sein könnte als ein Privatvergnügen. Und die zum anderen mit vielen Hinweisen mitgeholfen haben, ihn seine endgültige Gestalt finden zu lassen. Als da wären (in alphabetischer Reihenfolge): Angie, Anna, Christa, Gabi, Heiko, Karin, Leonore, Marianne,

Michael, Nadine, Rainer, Regine, Richard und Ursula. Sowie ein »Thanks« an Dr. Thomas »The Smith of Justice« Schmid für juristische Hilfestellung.

An Jürgen Christian Kill geht ein großes »Mille grazie!« dafür, dass er als erster Verleger den schönsten Satz äußerte, den es für einen Geschichtenerzähler gibt: »Ich will wissen, wie's weitergeht!«

Außerdem bin ich den (nun darf ich sagen:) Kollegen verpflichtet, die mir unbekannterweise mit dem ein oder anderen Ideen-Lehnstück ausgeholfen haben und die ich zugleich um Verzeihung bitte, sollte ich damit zu arg Schindluder getrieben haben: Cormac McCarthy, Walter Van Tilburg, Clark und Rauni Mollberg.

Und schließlich ziehe ich wahlweise den Tiroler- oder Cowboyhut vor jenen beiden, denen dieses Buch als (etwas seltsames Paar von) Schutzheiligen anempfohlen sei: Ludwig Ganghofer und Sergio Leone.

Die Erfolgsserie des Bestsellerautors Jo Nesbø:

Harry Holes 1. Fall: Der Fledermausmann
Kriminalroman. ISBN 978-3-548-25364-0

Harry Holes 2. Fall: Kakerlaken
Kriminalroman. ISBN 978-3-548-28049-3

Harry Holes 3. Fall: Rotkehlchen
Kriminalroman. ISBN 978-3-548-25885-0

Harry Holes 4. Fall: Die Fährte
Kriminalroman. ISBN 978-3-548-26388-5

Harry Holes 5. Fall: Das fünfte Zeichen
Kriminalroman. ISBN 978-3-548-26725-8

Harry Holes 6. Fall: Der Erlöser
Kriminalroman. ISBN 978-3-548-26968-9

Harry Holes 7. Fall: Schneemann
Kriminalroman. ISBN 978-3-548-28123-0

Harry Holes 8. Fall: Leopard
Kriminalroman. ISBN 978-3-548-28321-0

Harry Holes 9. Fall: Die Larve
Kriminalroman. ISBN 978-3-548-28493-4

www.ullstein-buchverlage.de